Frank Göhre · An einem heißen Sommertag

Ein Tag in den Sommerferien, Ende der Fünfziger Jahre. Am Waldsee vergnügen sich die Jugendlichen. Nur Lutz ist nicht dabei. Er muss an der Tankstelle seiner Tante aushelfen. Sehnsüchtig sieht er Monika nach, wie sie mit den anderen davon radelt. Er liebt sie, doch seine Liebe bleibt unerwidert. Wenig später wird Monika tot am See aufgefunden. Sie ist erwürgt worden. Der junge Kommissar Gottschalk hat seinen ersten Mordfall.
Auch der noch im Ruhrgebiet tätige Kommissar Broszinski hat es in den Siebzigern mit einer Clique Jugendlicher zu tun. Sie sind verwickelt in Autoschiebereien, wollen schnelles Geld machen, zerstreiten und verraten sich dabei.

An einem heißen Sommertag vereint zwei frühe Romane von Frank Göhre („Letzte Station vor Einbruch der Dunkelheit" und „Schnelles Geld"), in denen die Ermittler seiner legendären Kiez-Trilogie und „Zappas letzter Hit" erstmals aktiv werden, ergänzt durch die Erzählungen „Verrückte Schritte" und „Keine Chance".

Frank Göhre, 1943 in Tetschen geboren, verließ mit 15 das Gymnasium, „um einen praktischen Beruf zu ergreifen". Lehre im technischen Großhandel, Buchhändlerlehre, Arbeit in einer Druckerei, Werbetexter, Kunsthändler, Bibliotheksarbeit, Verlagsangestellter. Seit 1981 lebt er als Roman- und Drehbuchautor in Hamburg. Er schrieb u.a. den Kino-Hit „Abwärts", Drehbücher zu „St. Pauli Nacht" (Regie Sönke Wortmann), „Tatort", „Cobra 11" und „Großstadtrevier"-Folgen. Frank Göhre gab in den Achtziger Jahre die von ihm mit Nachworten versehenen Romane und Erzählungen von Friedrich Glauser heraus und veröffentlichte 2008 im Pendragon Verlag „Mo – Der Lebensroman des Friedrich Glauser" .
(Weitere Infos unter www.frankgoehre.de)

Frank Göhre

An einem heißen Sommertag

PENDRAGON

Inhalt

Letzte Station vor Einbruch der Dunkelheit

Freitagnachmittag

Der Junge sah ihnen nach. Sie fuhren auf ihren Rädern zum See runter, und sie lachten und riefen sich was zu. Monika war ein Stück zurückgeblieben. Der Junge hoffte, dass sie ihm doch noch winken würde. Aber das tat sie nicht. Sie stemmte sich hoch und trat kräftiger in die Pedale, beugte sich weit vornüber. Ihr Rock wehte und für den Bruchteil einer Sekunde blitzte ihr Höschen auf, ein weißes Teil. Dann hatte auch sie den Waldrand erreicht, sich wieder auf den Sattel gesetzt und hob die Hand – um sich ihr Haar aus dem Gesicht zu streichen.

Der Junge blieb noch einen Moment am Fenster stehen.

Monika würde gleich unten am Ufer sein, ihre Decke ausbreiten und Rock und Bluse ausziehen, sich zeigen in ihrem Bikini, sich eincremen, den Rücken eincremen lassen. Von irgendeinem der Jungs. Sie würde baden, in der Sonne liegen und Musik hören, *Sweet Little Sixteen* und *Be Bop-A-Lula, Maybelline, Crazy Love* und *Summertime Blues.*

Es war Sommer, und es war ein heißer Sommer.

Es waren Ferien und so ziemlich alle Mädchen und Jungs aus dem Ort waren die Nachmittage über am See, alberten herum und hatten ihren Spaß. Nur er musste hier ausharren, auf Kundschaft warten, arbeiten.

Der Junge gab sich einen Ruck. Er verließ seinen Platz und ging zurück an die Werkbank. Birgit hatte ihm aufgetragen, Ordnung zu schaffen. Von Grund auf. Sämtliche Ecken sollte er sich vornehmen, die alten Reifen stapeln, Kanister zusammenstellen, Muttern und Schrauben ordnen, die Schraubschlüssel, das Werkzeug putzen. Seit Wochen suchte sie nach einem neuen Meister oder einem Gesellen, der einen gut aufgeräumten Arbeitsplatz vorfinden sollte. Dem Letzten hatte sie kündigen müssen. Der Junge glaubte inzwischen zu wissen, warum.

Birgit war eine Frau, von der selbst er gelegentlich träumte.

Sie war seine Tante, die jüngere Schwester seiner Mutter, und sie war ungewöhnlich groß und schlank, hatte langes, rotblondes Haar und grün schimmernde Augen. Und sie war nicht verheiratet, hatte wohl auch keine Bekanntschaften mit irgendwelchen Männern. Zuhause war oft darüber geredet worden. Damals hatte ihn das nicht sonderlich interessiert, aber seitdem er hier draußen bei ihr auf dem Land lebte, fragte er sich manchmal doch, was eigentlich dahintersteckte.

Weitaus mehr aber dachte er an Monika.

Sie war eines Abends vorbeigekommen, um ein paar Gläser Marmelade abzuholen, und Birgit hatte sie eingeladen, mit ihnen zu essen. Sie wollte erst nicht, weil es dann zu spät werden würde, ihre Eltern auf sie warteten. Birgit hatte abgewinkt und mit ihnen telefoniert, es sogar geschafft, dass Monika die Erlaubnis bekam, über Nacht zu bleiben.

Diesen Abend würde er nie vergessen.

Sie hatten sich auf Anhieb gut verstanden, sich viel erzählt, von der Schule und Lehrern, von Filmen und Schlagern, die sie mochten, hatten über alles Mögliche gelacht und auch Wein trinken dürfen. Schließlich hatte Monika tanzen wollen, mit ihm, und Birgit hatte das Radio lauter gestellt, es wurde gerade *Petite Fleur* gespielt, und Monika hatte ihre Hände auf seine Schultern gelegt, sie schwankte ein wenig und er musste sie richtig festhalten, an den Hüften, und sie hatte sich dann enger an ihn geschmiegt, ganz heiß war ihm geworden und er hatte geglaubt, es zerreiße ihn.

Es war so unglaublich schön gewesen, sie zu spüren.

Und jetzt schaute sie nicht einmal mehr zu ihm hin, war immer nur mit den anderen zusammen. Er begriff das nicht. Sie konnte ihn doch nicht einfach vergessen haben. Sie musste doch wissen, gemerkt haben, wie gern er sie hatte, dass er sie – dass er sie liebte.

Der Junge rieb sich die Augen, schüttelte den Kopf. Wenn er wenigstens mit jemandem darüber reden könnte.

Er hatte gebetet, abends im Bett, die Hände gefaltet und

ganz fest zusammengedrückt. Geschluchzt hatte er, geheult, und wenn er dann endlich eingeschlafen war, hatte er geträumt. Schöne, aber auch schreckliche Träume. Er erinnerte sich an beinahe alle.

In einem war er mit Monika im Wald spazieren gegangen. Sie waren auf eine Lichtung gekommen und Monika hatte ein Lied gesungen. Sie hatte eine helle, klare Stimme. Er hatte mitsingen wollen, doch da war hinter ihm gejohlt und gelacht worden. Seine Klassenkameraden trommelten wild auf die Tische und schrien: *Denkt Fünf und hat Sechs! Sechs! Sechs! Ungenügend! Ungenügend!* Monika saß plötzlich unter ihnen und übertönte sie alle. Ihr Gesicht war zu einem hellen Fleck geworden, der in der Sonne glänzte, einem Spiegel, in dem er sich verzerrt gesehen hatte, dick wie ein Tonne und mit einem winzig kleinen, roten Kopf.

Schlimm war das gewesen. Er war nicht dick, nicht zu dick. Er schwitzte nur leicht und hatte oft feuchte Hände. Und als er daran dachte, überkam ihn das Bedürfnis, sie zu waschen.

In dieser äußersten Einsamkeit konnte niemand auf die Hilfe des Nachbarn zählen, und jeder blieb mit seinen Gedanken allein. Wenn einer von uns zufällig versuchte, aus sich herauszugehen und etwas von seinen Gefühlen zu verraten, so war die Antwort, die er erhielt, fast stets verletzend, gleichgültig, wie immer sie ausfiel …

„Was liest du denn da?“, fragte Olaf. Er hockte sich neben sie und griff nach ihrem Buch.

„Lass mich“, sagte Monika.

„Tu ich doch.“ Er hatte den Umschlag schon gesehen. „Camus. Das ist kein echter Exi.“

„Ach, nee.“ Monika wehrte seine Hand ab und tat, als lese sie weiter. Sie starrte konzentriert auf die Seite und runzelte die Stirn. Aber natürlich bekam sie mit, dass Olaf grinste. Und sie anschaute, seinen Blick über ihren ausgestreckten Körper gleiten ließ, über Beine und Po.

„Hast du das eigentlich schon länger?“

„Was?“

„Diesen hässlichen Ausschlag da.“ Unwillkürlich schreckte sie hoch. Ihr Bikinioberteil fiel. Dieses Schwein! Er hatte die Schleife mit einem kurzen Ruck aufgezogen, sprang zur Seite und gab die Sicht frei.

Die anderen schienen darauf gewartet zu haben, klatschten und pfiffen anerkennend.

Monika versuchte, ihre Brüste bedeckt zu halten. Es gelang ihr nicht ganz. Schließlich war es ihr egal. Sie erhob sich und ging direkt auf Olaf zu, holte aus und langte ihm eine. Der Schlag traf ihn voll. Augenblicklich verstummte die Clique. Alle saßen wie erstarrt. Monika nutzte den Moment, um ihr Oberteil neu zu verknoten.

„Mach das nicht noch mal“, sagte sie.

Olaf betastete seine Wange. Er fing sich schnell, lächelte schief.

„War doch nur Spaß.“

„Spaß.“ Sie schnaubte verächtlich.

In die Gruppe kam wieder Bewegung. Die Jungs umringten Olaf, klopften ihm auf die Schulter. Er hatte die Wette gewonnen. Stark.

Die Mädchen kicherten. Eine meinte, sie solle sich nicht so haben.

Monika drehte sich abrupt um. Sie bemühte sich, ganz normal zum Ufer zu gehen. Nur die letzten Meter lief sie, streckte die Arme vor und hechtete ins Wasser. Als sie auftauchte und zurückblickte, sah sie Olaf Anlauf nehmen.

Er holte sie ein.

„Der hat gesessen.“ Er drehte sich in Rückenlage. „Hätt’ ich nicht gedacht.“

„Hau ab.“

„Nun spinn’ nicht rum. Das war nicht meine Idee.“

„Ach, nee“, sagte sie wieder.

„Nee, wirklich nicht. Sie wollten’s mir nur nicht glauben.“

Sie zwang sich, ihn nicht zu beachten. Er blieb neben ihr, ließ sie nicht aus den Augen und schnitt entschuldigende Grimassen.

„Ehrlich", fuhr er dann fort. „Aber ich wusste es längst. Du bist überall braun. Keine Streifen, nirgendwo."

Monika spürte, dass sie rot wurde.

„Na, und?!", schnappte sie und verpasst ihm eine Handvoll Wasser. Und noch eine. „Na, und?! Na, und?!"

Er sackte weg und schoss dicht vor ihr wieder hoch, hielt sie an den Hüften und zog sie an sich. Sie wehrte sich heftig, aber er hatte sie fest im Griff.

„Ich hab's gesehen. Ich kann zu euch rüberschauen, auf euren Balkon. Ist doch nichts dabei." Er fasste ihre Handgelenke.

Monika strampelte wild.

„Ich schrei!"

„Tust du nicht. Oder soll ich allen sagen, was ich noch weiß?"

„Ich – du bist – du bist gemein!"

„Ich schweige. Ehrenwort." Er hatte sie jetzt eng an sich gepresst, machte sich schwer und tauchte mit ihr unter, ließ sie nicht los. Sie nahm alle Kraft zusammen, brachte die Hände nach vorn, drückte die Knie in seinen Bauch, stieß sich ab, trat und kam frei. Luft! Luft! Es schien ihr eine Ewigkeit, bis sie oben war. Sie japste, schluckte Wasser, hustete und keuchte.

Birgit setzte den Kombi zurück, hupte und stieg aus. Ihre Bluse klebte durchgeschwitzt am Rücken. Sie sehnte sich nach einer Dusche, nach einem Schluck Wein, kühlen Laken, ihrem abgedunkelten Zimmer. Nackt auf dem Bett liegen, an nichts mehr denken. Trinken, rauchen, allmählich müde werden, einschlafen. Tief und fest schlafen, traumlos. Es würde ihr nicht gelingen. Nichts von dem. Diese unsägliche Hitze. Es kühlte auch nachts kaum ab.

Lutz musste versorgt werden. Versorgt. Ihr fiel auf, dass sie an ihn wie ein Haustier dachte. Einen Hund, einen braven, treuen Hund, der sein Fressen haben sollte.

Er kam auch schon angetrottet.

Mehr bewegen sollte er sich, Sport treiben. Ihn nur bei den Mahlzeiten einigermaßen unter Kontrolle zu halten, half sonst nichts.

Lutz nickte ihr matt zu.

„Und, gab's was?“, fragte sie.

„Nein.“ Er sah nicht so aus, als habe er groß was geschafft. Ganz saubere Hände. Pfoten. Patschpfoten. Monika hatte ihr gestanden, dass sie sich vor ihnen geekelt habe.

Monika. Die kleine Liane. Eigentlich hätte das Mädchen längst mal wieder vorbeischauen können.

„Absolut nichts? Keine Kunden?“

„Doch“, sagte Lutz. „Zwei Wagen. Soll ich die Sachen reintragen?“

„Du sollst mir alles sagen, und nicht erst, wenn ich mehrmals nachfrage. Können wir uns darauf einigen?“ Sie wartete seine Antwort nicht ab, ging zum Heck und öffnete die Klappe.

Lutz schlurfte ihr nach.

Birgit zog den Karton mit den Lebensmitteln vor. Die Flaschen stießen leicht aneinander.

„Ich trag's.“

„Nimm den Korb“, sagte sie und hob den Karton heraus. Lutz blieb mit offenem Mund vor ihr stehen, rührte sich nicht. „Was ist? Was gaffst du?“

„Deine – deine Bluse.“

Ein Knopf war abgesprungen. Sie hatte es nicht bemerkt.

„Zum Teufel, ja. Wirst du's überleben?“ Sie bedauerte es sofort. Wenn er nur ein bisschen weniger verklemmt wäre, dabei gelacht oder auch gegrinst hätte. Aber nein.

Kopfschüttelnd nahm sie die beiden Stufen zum Haus und stieß die Tür auf. Mit einem Blick stellte sie fest, dass er in der Küche, am Kühlschrank gewesen war. Eine Wurstpelle lugte aus dem Abfalleimer, ein ziemlich breiter Streifen.

Nun gut. Dann blieb er eben fett. Wenn er es so wollte.

Sie setzte den Karton ab, ging rüber in ihr Zimmer und zog die Bluse aus, warf sie aufs Bett.

Lutz tappte jetzt in der Küche herum.

„Im Korb sind Eier!", rief sie. „In der braunen Tüte! Pass bitte auf! Ich leg mich einen Moment hin."

„Ja."

Sie zündete sich erst eine Zigarette an, trat ans Fenster und schaute hinaus.

Die Sonne stand noch hoch über den Wipfeln der Bäume. Es konnte nicht später als fünf sein. Niemand war zu sehen. Kein Wagen näherte sich. Nur aus weiter Ferne war ein Trecker zu hören. Zwei Kunden in vier Stunden. Nichts. So gut wie nichts. Genau genommen hatte Lutz recht. Es war keiner Erwähnung wert.

Birgit schnippte die Asche weg, wollte sich umwenden, als sie drüben am Waldrand das Fahrrad sah. Es wurde geschoben. Monika schob es, lief, stolperte, fing sich und sprang dann auf. Und schien sie nun gesehen zu haben, winkte, machte deutlich, dass sie zu ihnen kommen würde, zu ihr. Um diese Zeit?

Der Mann wischte sich mit dem Handrücken über den Mund und verkorkte die Flasche. Er hatte einen großen Schluck von dem Zeug genommen. Irgendein Schnaps. Olaf roch es.

Er hatte sich durch das Schilf gekämpft, durch die dichten Büsche am anderen Ufer. Wo nie jemand hinschwamm, weil man sich nirgends hinlegen konnte, es keine Wege, keine Pfade gab. Nur brüchiges Unterholz, Farn und riesige Tannen. Und plötzlich hatte er vor diesem Mann gestanden, sich irrsinnig erschrocken.

Der Mann legte seinen Kopf zurück. Er saß unter einem der Bäume, trug schwarze Lederkluft und Stiefel. Die Kappen waren mit Eisen beschlagen. Den Reißverschluss seiner Jacke hatte er aufgezogen.

„Nun hock dich nieder", sagte er leise, beinahe flüsternd.

„Wer sind Sie?"

„Brauchst keine Angst haben. Ich ruh' mich nur ein wenig aus, oder?"

„Sie – Sie sind nicht von hier."

Der Fremde lächelte. Er griff in seine Jackentasche und nestelte ein Tabakpäckchen heraus.

„Rauchst?", fragte er.

„Nein – ja. Ich – woher kommen Sie?"

„Hock ab, Bub. Rauch eine Zigarett' mit mir und harr' ein Weilchen aus. Wie unter Kameraden, oder? Sollst schon noch hören, was du wissen willst."

Er sprach noch immer sehr leise, hatte eine weiche Stimme. Nur das R klang merkwürdig hart.

Olaf setzte sich zögernd.

Der Mann drehte geschickt zwei Zigaretten, reichte ihm eine. Ihre Finger berührten sich. Der Mann hatte schmale Hände, an der Rechten einen silbernen Ring mit einem dunkelblauen Stein.

„Danke", sagte Olaf und beugte sich vor, als der Mann ein Zündholz anriss. Er sog den Rauch nicht tief ein, paffte nur.

Der Fremde machte ein paar Züge, bevor er wieder redete.

„Wie alt bist denn?"

„Sechzehn", sagte Olaf.

„Sechzehn. Und schwimmst gut, oder? Bist ausdauernd. Ich hab's von dort drüben gesehen. Auch das Meitschi. Ich bin nie gern im Wasser gewesen. Im Heim haben wir nach der Feldarbeit baden gemusst, jeden Tag, bis in den Herbst. Der Herr Direktor hat eine besondere Methode gehabt, uns das Schwimmen zu lehren. Er hat uns vom Steg einfach hineingestoßen in das Wasser. Und das war gar nicht lustig, oder?"

„Sie haben – Sie waren im Heim?"

„Vielleicht hab' ich's deshalb nie gelernt. Es war keine gute Methode. Auch alles andere nicht." Er machte eine abfällige Geste. „Was war mit dem Mädchen? Es ist weggelaufen."

„Sie – nichts, wirklich nichts. Das war Spaß. Wir haben nur Spaß gemacht."

„Es ist ein schönes Mädchen, oder?"

Olaf nickte nur flüchtig. Und der Mann nickte auch, mehrere Male. Dann rauchte er weiter.

„Sind Sie – sind Sie schon lange hier?", fragte Olaf.

„Einige Stunden sind's sicher. Du kannst mich Jo nennen. Nur die Mama ist beim Josef geblieben. Für den Vater war ich der Bub. Der böse Bub, oder? Er hat mich immer hergenommen, hat immer gemeint, ich hab' was ausgefressen. Eine Schandtat begangen. Ist dein Vater lieb zu dir?"

„Der Alte – ich hab' keinen Vater mehr, keinen richtigen."

Der Mann hob die Augenbrauen.

Olaf wich seinem Blick aus.

Der Alte. Sein Stiefvater war wirklich alt. Alt und hässlich, ein vollgefressenes Schwein. Ein hundertprozentiger Nazi, nach wie vor. Er hasste ihn. Und er würde ihn noch ans Messer liefern, eines Tages. Ma liebte ihn doch auch nicht.

„Und deine Mama? Ist deine Mama eine liebe Frau?"

Olaf drückte die Kippe aus, schluckte.

„Ja", sagte er. „Ja, Ma ist – sie ist – sie ist in Ordnung."

Kälin überquerte die Straße. Es war spät in der Nacht. In dem Haus brannte Licht. Er fühlte sich bestätigt. Sein Gefühl hatte ihn nicht getäuscht. Langsam ging er auf das Haus zu. Der Schotter knirschte unter seinen Sohlen. Er sah sie hinter der Scheibe und musste stehen bleiben.

Ihr Haar fiel bis weit über die Schultern.

Sie hatte den Kopf in den Nacken gelegt und hielt ein Glas an den Lippen, trank es aus und setzte es ab, griff zur Flasche.

Er glaubte das Klingen zu hören, als sie das Glas neu füllte und gleich wieder einen Schluck nahm.

Ihr Kupferhaar. Es glänzte im Schein der Lampe.

Lisa hatte es tagsüber hochgesteckt und seine Hand in ihrem Nacken spüren wollen. Seine Finger zuckten, und dann trafen sich ihre Blicke. Es war kein Erschrecken in ihren Augen.

Sie stellte das Glas weg und kam zum Fenster, öffnete es.

Er nickte nur. Es schien ihm unendlich lang, bis sie ihm bedeutete zur Tür zu kommen.

In der Diele standen sie sich gegenüber, und weder er noch sie wusste etwas zu sagen.

Die Lisa hatte auch oft nur mit den Augen gesprochen. Das Reh. Es tat ein wenig weh, die Lisa so zu sehen. Sie zitterte leicht. Er streckte seine Arme nach ihr aus.

Es war nicht die Lisa. Die Frau wankte etwas. Er musste sie stützen, und er durfte sie nicht allein lassen.

„Musst keine Angst haben", hörte er sich sagen. „Ich tu dir nicht weh. Du kannst mir vertrauen."

Die Worte ließen sie lächeln. Es war ein seltsam entrücktes Lächeln. Sie schien nach irgendetwas zu lauschen. Es war still in dem Haus. Wenn er neben der Lisa gelegen hatte, hatte sie manchmal gesungen, ganz leise. *Ja, kann das Reh denn auch singen?* Und dann hatte sie weiter gesungen. So wie ein kleines Kind, wenn es zufrieden ist.

Er hörte das Lied, und die Frau wiegte sich zu der Melodie. Sie hatte sich eng an ihn geschmiegt. Er spürte ihren Körper. Für einem Moment war es ihm, als müsse er doch noch etwas sagen und erklären, warum er gekommen war. Es war gleich wieder vorbei.

Frühmorgens

Ungenügend! Ungenügend! Er stand auf dem Schulhof. Nur er, ganz allein. Das Gebäude war riesig. Die Fenster waren dunkle Löcher, und die Stimme kam aus einem im obersten Stock. Und dann flog sein Heft heraus. Ein Windstoß erfasste es und zerriss es in winzige Fitzel. Er würde Ma die Klassenarbeit nicht mehr vorlegen können. Aber sie musste sie doch unterschreiben und auch in die Schule kommen. Zur Elternstunde. Du hast keine Eltern. Du hast nur noch mich. Sie hob ihn auf den bronzenen Froschkönig. Es war Ostern. Die bunt bemalten Eier waren im Park versteckt. Eins fehlt noch. Das richtige Geschenk. Ungenügend! Ungenügend! Er wollte weitersuchen. Ma ließ ihn nicht. Hör mir zu. Hör mir bitte zu. Dein Vater ist gefallen. Er ist im Krieg geblieben. Caesar führte Kriege. Veni, vidi, vici. Du hast es so gewollt. Gymnasium. Tote Sprache. Vater ist tot. Ich gehe nicht mehr in die Schule. Schnee fiel. Er brauchte neue Schuhe. Die Socken waren nass. Niemand war zu Hause. Auf dem Tisch sein Essen. Der Topf war mit einer dicken, braunen Decke umwickelt. Es klingelte an der Tür. Renate trug Kniestrümpfe und einen weißen Kittel. Sie hatte Angst, allein in den Keller zu gehen. Da gibt es Ratten. Erich war schon im Verschlag. Er hackte Holz. Er sagte, dass er aufpassen werde, und er haute das Beil in den Pflock. Erich war gut in Latein. Auch in Englisch. Sehr gut. Weil meine Alte mit einem Ami zusammen ist. Von dem bekam er auch Zigaretten. Lucky Strike. Renate nahm eine. Du kannst jetzt wieder gehen. Schularbeiten machen. Sie lachten und er lief davon. Auf dem zerbombten Nachbargrundstück wuchs hohes Gras. Er kletterte auf seinen Baum. Unten auf der Straße schrie der verrückte Albert. Ich krieg euch, ich schnapp euch alle und mach euch tot! Er schmiss eine Flasche. Wie war es in der Schule? Hast du die Arbeit zurück? Nun lass den Jungen doch essen. Oma löffelte ihm Soße über den Hackbraten. Es gab breite Nudeln dazu. Birgit saß mit am

Tisch. Du musst jetzt ins Bett. In der Tür drehte er sich noch einmal um. In der Küche war es dämmrig geworden. Oma und Ma waren verschwunden. Birgit drängte. Ins Bett. Ins Bett. Es ist spät. Er war nicht müde. Renate durfte immer bis zehn aufbleiben. Sie hatte ihre Haare lang wachsen lassen. Er sah jetzt, dass es nicht Renate war, die sich hinter Birgit versteckt hatte. Monika weinte. Olaf hatte sie an den Beinen unter Wasser gezogen. Ihr Kleid war nass. Es hing zum Trocknen über der Leine. Der Wind war nicht mehr kalt. Keine Wolken am Himmel. Sterne, unzählige Sterne. Nichts war zu hören. Der Boden war weich. Er sank bis zu den Knöcheln ein. Dick und dumm. Die Stimme war scharf. Reinhold winkte ihn nach vorn. Lutz denkt? Er dachte an Monika und sagte Renate. Erich lachte ihn aus. Meine Ratte mag sie. Sie spielt gern damit. Er musste die Hände vorzeigen. Reinhold bog das Lineal. Wo ist dein Heft? Und deine Mutter ist nicht gekommen. Ma muss arbeiten, wollte er sagen. Aber er brachte keinen Ton heraus. Reinhold schlug zu. Er zog die Hand zurück, wich aus und stieß irgendwo an.

Er brauchte einen Moment, um zu begreifen, dass Reinhold ihm nichts tun konnte. Nie mehr. Die Uhr auf dem Nachttischchen war umgefallen. Lutz stellte sie wieder hin. Es war zwanzig vor sechs. Draußen war es schon hell.

Sein Mund war trocken.

Dieser Traum. Lutz rieb sich die Augen. Reinhold hatte ihn vom ersten Tag an auf dem Kieker gehabt. Da hatte nichts genutzt. Kein stundenlanges Büffeln, keine Nachhilfestunden.

Vorbei. Es war vorbei. Warum träumte er immer noch von ihm? Und nicht von Monika? Renate. Monika war nicht wie Renate. Renate war versaut. Sie hatte es mit Erich gemacht. Mit Dieter auch.

Mit allen.

Mit ihm nicht.

Lutz strampelte das Laken weg. Er stand auf und ging zum Fenster. Vorsichtig drückte er die Flügel auf, hakte sie fest.

Birgit hatte ihren Wagen wieder direkt vor dem Haus geparkt. Um sieben war sie mit Monika fortgefahren, hatte sie nach Hause bringen wollen. Sie hatten gemeinsam das Rad ver*staut*. Und ihn allein zurückgelassen. *Warte nicht auf mich. Ich bleibe länger.* Bei Monikas Eltern? Sie hatte nichts weiter gesagt. Und Monika auch nicht. Kein *Auf Wiedersehen*, kein *Bis dann.* Sie hatte den Schlag zugezogen, sich zurückgelehnt und die Augen geschlossen. Immer noch angespannt, verkrampft. Total runter. Unter Wasser. Dieser Olaf. Hatte Birgit sich ihn vorknöpfen wollen? Aber das war doch nicht ihre Sache.

Lutz atmete tief ein. *Die Landluft wird dir gut tun.* Ma hatte dabei bekräftigend genickt. *Du wirst es merken, wenn du den ganzen Tag über draußen bist. Im Wald. Schwimmen gehst.*

Er war bisher nur einmal am See gewesen, hatte nur geguckt, das Hemd nicht ausgezogen. Weil die anderen zu ihm herübergeschaut, dumm gelacht hatten.

Jetzt würde er baden können. So früh war sicher niemand da unten.

Der Gedanke beflügelte ihn.

Lutz ging zum Schrank und kramte seine Badehose hervor.

Sie löste sich vorsichtig aus seiner Umarmung und stand auf. Der Mann erwachte nicht. Sie brauchte nicht lange, um sich anzuziehen, nahm ihre Schuhe in die Hand und schlich zur Tür. Der Flur war erleuchtet. Aus einem der anderen Zimmer hörte sie Musik. Unten an der Rezeption saß niemand. Sie stieg in ihre Schuhe und warf noch einen Blick in den Spiegel, strich ihr Kleid glatt. Es hatte einen tiefen Ausschnitt und lag eng an. Unter dem dünnen Stoff zeichnete sich ihr Höschen ab. Aufreizend. Sie trug keine Strümpfe. Ihre schmalen Beine waren braungebrannt. Sie gefiel sich. Die lange Nacht hatte keine sichtbaren Spuren hinterlassen. Wie immer hatte sie kaum etwas getrunken und nicht geraucht. Auch mit dem Mann hatte sie einen guten Fang gemacht. Er hatte sich ihr als Versicherungsvertreter vorgestellt und nicht verschwiegen, dass er verheiratet war. Eigentlich glücklich sei, zwei Kinder habe. Es ihn aber doch manchmal jucke. Sie musste unwillkürlich lächeln, als sie daran dachte, wie stark sein Verlangen gewesen war. Er hatte einige ausfallene Wünsche geäußert, sie behutsam und zugleich fordernd angewiesen und sie zu Höhepunkten getrieben, in denen Lust und Schmerz sich die Waage hielten.

Jetzt fühlte sie sich leicht, trat hinaus auf die Straße und schlenderte zum Eck. Die Uhr an der Haltestelle zeigte zehn vor sechs. Wenn sie gleich zu ihrem Wagen ging und losfuhr, konnte sie um sieben zuhause sein. Das war zu früh. Sie würde Rolf noch antreffen, seine Blicke ertragen müssen. Er sagte schon längst nichts mehr zu ihren Fahrten in die Stadt, wusste, dass sie die Nächte mit irgendwelchen Männern verbrachte. Anfangs hatte er ihr gedroht, hatte sie zum Teufel jagen, sich scheiden lassen wollen. Aber dann fürchtete er doch den Skandal. Denn sie hätte ausgepackt. Es sogar in die Zeitung gebracht. Alles. Dass er nie richtig mit ihr geschlafen hatte, sich nur beim Anblick dieser entsetzlichen Fotos selbst befriedigen konnte. Grauenvolle Bilder aus dem Lager. Er wäre geliefert. Das war ihm früh genug klar geworden. Er hatte sie unterschätzt. Sie hatte ihn einzig und allein Olaf zuliebe geheiratet. Der Junge sollte es besser haben, sollte studieren, musizieren können. Sein Lieblingsstück kam ihr in den Sinn, eine melancholische Melodie, *Moonglow*. Ein rot glühender Mond. Mondlicht hatte das Zimmer erhellt. Ein weit geöffnetes Fenster. Ihre Schreie mussten auf der Straße zu hören gewesen sein. Sie glaubte, den Mann wieder zu spüren. Seine Hände auf ihren Hüften, ihren Schenkeln. Wie er ihren Hintern hochgedrückt, sie sich ihm entgegengestemmt hatte. Eine wilde Nacht. Heiß. Eine, die sie nicht so schnell vergessen würde. Sie bedauerte ein wenig, den Mann nicht wieder zu sehen, ihn nicht nach seiner Telefonnummer gefragt zu haben. Auch er wusste kaum etwas von ihr. Nur ihren Vornamen. Im Bett hatte er ihn nicht mehr ausgesprochen. Kein zärtliches Geflüster. Ein eher kühler Ton. Das hatte ihr gefallen.

Sie steuerte auf das Lokal zu, in dem sie schon oft gefrühstückt hatte. Die Frau hinter der Theke nickte ihr zu, stellte ihr eine Tasse hin. Die Männer schauten nur kurz auf. Für sie war sie eine, die ihre Arbeit hinter sich hatte. Sie nippte an dem Kaffee. Er war gut. Einer der Männer ging zur Musikbox. *Am Tag, als der Regen kam.* Sie erinnerte sich an einen anderen Mann. Er hatte geschwitzt. Dicke Schweißtropfen waren auf ihr Gesicht gefallen. Regen, Regen. Es sollte endlich regnen, hatte er später gemeint. Er arbeitete bei einem Bauern, war für einen Abend in die Stadt gekommen. Sie war mit ihm gegangen, weil er kräftig aussah. Er hatte sie enttäuscht, es auf die andauernde Hitze geschoben. Sie trank ihren Kaffee nicht aus, zahlte. Es war nicht weit bis zu ihrem Wagen. Sie ließ sich Zeit.

Der Himmel war klar. Sie dachte daran, an den See zu fahren, zu baden. Und dann in der Sonne liegen, die Augen schließen und träumen.

Wochenende

Das Mädchen war nackt. Es lag auf dem Rücken. Die Beine waren unnatürlich verrenkt, die Arme weit nach hinten gestreckt, die Finger gespreizt. Weicher Boden, registrierte Kommissar Gottschalk. Waldboden. Hohe Tannen. Neben einem Baumstamm ordentlich zusammengelegte Kleidungsstücke. Ein rot gepunktetes Teil, Rock oder Kleid. Er würde es gleich wissen. Der Name klang noch in ihm nach. Monika, Monika Honczek. Sie hatte langes, blondes Haar und wahrscheinlich blaue Augen. Grünblaue Augen, graublaue Augen. Die Augen waren ihr geschlossen worden. Der Mund war leicht geöffnet. Ein schöner Mund, volle Lippen. Ein Schmollmund.

Gottschalk schluckte trocken. Sie war Sechzehn, vielleicht Siebzehn, hatte einen schlanken, gut proportionierten Körper. Eine kleine Brigitte Bardot, nicht mehr Kind und noch nicht richtig Frau. Würgemale am Hals. Angefallen, zu Boden geworfen, gewürgt, erwürgt. Vergewaltigt.

Gottschalk sah es deutlich vor sich. Ihn überlief es kalt.

Irgendwo in der Nähe musste ihr Fahrrad sein. Er drehte sich zu Mayer um. Schlumbohm wischte sich den Schweiß von der Stirn.

„Wollt ihr jetzt mit ihnen reden?", fragte er und wies auf die beiden Jungen in kurzen Hosen. CVJMler. Sie trugen grüne Fahrtenhemden mit aufgenähten Abzeichen, blaue Halstücher.

„Ja", sagte Mayer.

Gottschalk seufzte.

„Ja", sagte auch er. Mayer winkte die Jungs heran. Der Größere schien schon darauf gewartet zu haben.

„Wir haben nichts angefasst", begann er. „Ich habe sie zuerst entdeckt. Ich bin vorgegangen, von da oben, von der Straße, den Weg hier runter. Das war kurz nach neun, fünf nach so was." Er klopfte mit der Fingerkuppe auf das Glas seiner Armbanduhr. „Ziemlich genau. Und ich sag' gleich zu Bernd – das ist Bernd, Bernd Ruhnau, ich bin der Wolfgang

Köster – ich sag' also zu Bernd, Polizei, fahr zurück in den Ort und alarmier' die Polizei. Die ist tot, die rührt sich nicht. Das habe ich sofort gesehen. Ich bin dann aber doch noch näher ran, um ganz sicher zu sein. Gehört hab' ich nichts, auch Bernd nicht. Und niemanden gesehen, die ganze Zeit über nicht. Das wär' ein schöner Platz zum Zelten gewesen."

„Ja", stoppte Gottschalk ihn.

„Ihr seid keinem Menschen begegnet?", fragte Mayer nach. „Auch auf der Straße nicht? Keine Wagen?"

„Das schon."

„Ein Trecker", sagte Bernd. „Dann der Ford, ein dunkelgrüner Ford, und der weiße Porsche. Das Fünfundfünfziger Modell, offenes Verdeck. Den fuhr eine Frau."

„Hilde", sagte Schlumbohm.

„Hilde?"

„Die Sträter. Sage ich euch später was zu." Hinter ihm wurden Stimmen laut. Weitere Beamte trafen ein.

Gottschalk gab Mayer zu verstehen, die Kollegen anzuweisen. Er kannte sie alle und wusste, dass sie ihn nicht mochten. Er setzte sich nie zu ihnen in die Kantine, soff nicht mit ihnen, ging seine eigenen Wege. Sein Vater besaß ein Lederwarengeschäft, seine Mutter hatte ein festes Engagement an der Städtischen Bühne. Peter Gottschalk wohnte noch in der elterlichen Villa am Stadtpark, trug maßgeschneiderte Anzüge aus englischem Tuch und handgearbeitete Schuhe. Er spielte Tennis und fuhr oft Hunderte von Kilometern, um in einer der größeren Städte Jazzclubs zu besuchen. Mayer war der Einzige im Präsidium, mit dem er sich darüber unterhalten konnte. Er hatte ähnliche Interessen und war zudem mit der Freundin seiner Freundin verheiratet.

Schlumbohm schloss sich Mayer an.

„Gut", sagte Gottschalk zu den Jungs. „Die Fahrerin des Porsches ist offenbar bekannt. Von wo kam der Trecker?"

„Aus dem Ort. Und der Ford auch. Nach uns. Die haben uns überholt."

„Lange bevor ihr hier runter seid?“

„Nein.“

„Nein, fünf Minuten vielleicht.“ Der Junge tippte wieder auf seine Armbanduhr. Er schien mächtig stolz darauf zu sein. Der andere schaute zu den Beamten, die auf der Lichtung verschiedene Stellen markierten.

„Habt ihr im Ort übernachtet?“

„Nein, wir sind erst heute mit dem ersten Zug gekommen. Acht Uhr Dreizehn. Müssen wir noch mit auf die Wache?“

„Ja“, sagte Gottschalk. „Wo habt ihr eure Räder?“

„Oben am Weg.“

„Das von – von dem Mädchen habt ihr nicht zufällig entdeckt?“

„Sollen wir suchen helfen?“

„Schaut euch mal um“, sagte Gottschalk. Er ging zu den anderen, grüßte knapp und nahm Schlumbohm beiseite.

Schlumbohm schüttelte den Kopf.

„Ich gäb’ was drum, es ihnen nicht sagen zu müssen. Ihren Eltern. Das wird schwer.“

„Das machen wir. Was muss ich von ihnen wissen?“

„Sie – sie haben sie abgöttisch geliebt. Nie Probleme mit ihr gehabt. Wirklich nicht. Sie wohnen bei mir gegenüber. Ich kenn’ sie seit Jahren. Ich muss dabei sein. Das sind Nachbarn, gute – mein Gott, wenn ich den Kerl zu fassen kriege. Ihr einziges Kind, Peter. Das musst du wissen. Ihr Einziges. Ein Mädchen, das – das grundanständig war. Ein fröhliches, aufgewecktes Mädchen, das niemanden auch nur –“

„Ja“, unterbrach Gottschalk ihn. „Ja, schon gut. Ich verstehe. Badete sie oft hier? Morgens?“

„Ich weiß nicht. Einige Male hab’ ich sie früh losfahren sehen. Seit die Ferien angefangen haben – ja.“

„Immer unbekleidet? Ich meine, wenn sie hier allein war. War das bekannt?“

Schlumbohm presste die Lippen aufeinander. Er hatte ein breites, fleischiges Gesicht, sanfte Augen. Sie hielten Gottschalks Blick nicht stand. Schlumbohm schaute runter zum See.

Der See war nicht sehr groß und sicher nicht sehr tief. Ein Waldsee. Dichtes Gebüsch bis nah ans Ufer. Keine Wege, kein anderer Zugang. So sah es jedenfalls aus.

Schlumbohm atmete tief ein.

„Davon habe ich nie was gehört“, sagte er schließlich.

„Hatte sie einen Freund?“

„Freunde, Freundinnen – eine ganze Clique. Sie ist gerade erst Sechzehn geworden!“

„Ich frag' ja nur, Achim. Ich frage nur.“

„Das war keiner aus dem Ort.“

„Was wolltest du uns über diese Hilde sagen?“

„Als dieser Junge mich rausgeklingelt hat und mir – er hat gesagt, eine Frau, eine tote Frau. Da hab' ich an sie gedacht. Dass es sie erwischt hat.“

Gottschalk ließ sich auf den Beifahrersitz fallen und kurbelte das Schiebedach auf. Dann nickte er mehrere Male, bevor er sich an Mayer wandte.

„Tscha“, meinte Mayer. „Damit werden wir bestimmt einige Tage beschäftigt sein. Mindestens.“

„Das denke ich auch. Quartieren wir uns ein?“

„Müssen wir wohl. Siebzig Kilometer hin, siebzig zurück – das kommt dem Laden teurer als ein Zimmer.“

„Zwei“, sagte Gottschalk.

„Mach' dir da mal keine Illusionen. Anerkannt und abgerechnet werden nur Doppelzimmer. Ich habe einen ruhigen Schlaf.“

„Aber ich nicht. Ich brauche meinen eigenen Raum.“

„Es gibt nur einen Gasthof. Sehen wir uns die Zimmer an und entscheiden dann.“

Gottschalk erwiderte nichts. Er überlegte bereits, was er alles benötigen würde. Schon auf der Hinfahrt war ihm klar geworden, dass es unsinnig und nervenaufreibend sein würde, jeden Tag diese Strecke zu fahren. Mayer hätte das wissen, es ihm sagen müssen. Er hätte gleich seine Sachen packen können. Drei, vier Hemden mit kurzem Arm, das braunseidene vielleicht noch. Die Weste, die bequem sitzende weiße Leinenhose, Unterwäsche, Strümpfe. Einen leichten Pullover, Halstücher. Sandalen. Badehose. Und *Madame Bovary.* Gottschalk seufzte leise.

Sitten der Provinz. Er war in der tiefsten Provinz, im abgelegensten Ort des Landkreises. Gerade noch ihr Zuständigkeitsbereich. Mayer hatte von einem Katzensprung geredet. Schnell rüber, gleich hinter Tiede. Landstraße nach Boevensen. Gottschalk hatte kaum hingehört.

Seine Mutter hatte ihm das Telefon ins Bad gebracht. Er war in der Nacht mit Marianne zusammen gewesen, nach dem Kino in eine Hotelbar, nach ein paar Gläsern Rotwein auf ein Zimmer. Weil Mama Marianne nicht akzeptierte. *Eine kleine Verkäuferin, Peter, ich bitte dich. Worauf die aus ist, ist doch offensichtlich.* Zum Teufel mit Mama. Er war fünfundzwanzig und hatte in seinen sieben Dienstjahren eine bemerkenswerte Karriere gemacht, verdiente entsprechend. Konnte sich auch eine Wohnung leisten. Warum tat er es nicht endlich? *Aber Peterle, du hast doch hier alles. Dein schönes, großes Zimmer, das Bad. Und uns. Mich.* Ja – Ma. Kurz vor dem Abitur hatte er acht Wochen liegen müssen. Hepatitis, Gelbsucht. Der Hausarzt hatte ihn ins Krankenhaus überweisen wollen. Aber Mama überzeugte ihn, dass sie ihren Peter ebenso gut pflegen könne. Gottschalk hatte nicht widersprochen. Das war ein Fehler gewesen. Mama fühlte sich seitdem noch mehr für ihn und sein Leben verantwortlich, glaubte, dass er ohne sie völlig hilflos war. Sie war eine liebe, eine sich aufopfernde Frau. Auf der Bühne waren das ihre stärksten Rollen. Sie trat nicht mehr oft auf. Pirandello, Ionesco, Beckett, Absurdes Theater – das gab für sie nichts her. Nichts für ihren Typ. Sie inszenierte sich selbst, zuhause, ihm gegenüber. Vater entzog sich. Gottschalk schaffte es nicht. Er wollte ihr nicht weh tun. Aber er verletzte

Marianne, kränkte sie, stand nicht zu ihr. Ein Hotelzimmer. Kein gemeinsames Frühstück. Im Morgengrauen nach Hause. In der Badewanne eingeschlafen. Er spürte Mayers Blick.

„Ja – nun fahr schon", blaffte er ihn an.

Mayer grinste. Er startete den VW, ließ die Kupplung kommen und gab Gas. Der Wagen schoss zur Straße vor. Gottschalk zwang sich, nicht zu fluchen. Er presste die Lippen aufeinander und schaute zum Seitenfenster hinaus. An der Tankstelle war niemand zu sehen.

„Dieser Bernd", sagte Gottschalk. „Der Junge – warum hat er es nicht da versucht? Zu telefonieren?"

„Hat er. Ich hab ihn das schon gefragt. Es hat sich keiner gerührt. Schlumbohm sagt, die Frau schläft meistens lang. Birgit. Sie schluckt gern einen."

„Ah, ja."

„Ja, und ihr Neffe – Lutz, den hab ich auf Liste. Der verbringt seine Ferien hier. Ist alles notiert."

„Wie machst du das?"

„Was?"

„Ich seh' nur das Mädchen vor mir."

„Nein", sagte Mayer. „Du bist ganz woanders. Erzähl' mir nichts. Es sei denn, du willst. Ich bohre nicht."

„Ich bin noch halb zuhause."

Mayer lachte.

„Wusst' ich's doch."

„Einen Scheiß weißt du."

„Du hast nicht frühstücken können – das weiß ich. Und du hast wenig oder gar nicht geschlafen. Wahrscheinlich hat dir auch Marianne noch zugesetzt. Egal. Du bist jedenfalls etwas daneben. Wir werden uns hier jetzt erst einmal einquartieren, was essen, und dann nimmst du den Wagen und fährst zurück, erledigst, was zu erledigen ist und hast dabei Zeit, wieder auf die Reihe zu kommen. Ich liste inzwischen auf, mit wem wir zu reden haben, ziehe ein paar Erkundigungen ein."

„Die Eltern", wandte Gottschalk ein.

„Ja – gut. Das ist richtig. Überlass es mir."

„Vorher. Vor allem anderen."

„Ja", sagte Mayer. „Ja – aber du nicht. Nicht in der Stimmung." Gottschalk schnaubte. Mayer hatte Recht. Das war nicht sein Tag, noch nicht.

Mayer schaltete runter.

Sie hatten die ersten Häuser erreicht, eine Bäckerei. Kopfsteinpflaster, niedrige Bordsteine. Schmale Fußgängerwege. Zwei ältere Frauen unterhielten sich angeregt. Sie trugen Schürzen. Eine hatte einen Besen in der Hand. Ein Elektrogeschäft. Die Apotheke. Ein an die Scheibe gelehntes Damenfahrrad.

Das Fahrrad des Mädchens hatten sie gefunden. Tief im Gebüsch versteckt. Sicher nicht von ihr – von Monika. Monika Honczek. Gottschalk legte den Kopf zurück und schloss kurz die Augen.

Sie fährt frühmorgens zum Schwimmen. Zieht sich aus, ganz aus. Nimmt das Handtuch mit zum See. Da lag es noch. Glatt ausgebreitet. Trocken. Sie badet und kommt aus dem Wasser, und – der Täter steht vor ihr. Ein ihr Unbekannter? Oder einer, den sie erwartet hatte, mit dem sie verabredet war? Ein grundanständiges Mädchen, hatte Schlumbohm gesagt. Keinen festen Freund. Freunde. Freunde, vor denen sie keine Scham hatte? Nicht zum Handtuch griff? Nein.

Gottschalk rieb sich die Stirn, schüttelte den Kopf.

„Keine Einwände", sagte Mayer. „Du kannst später noch mit ihnen reden. Da ist es." Er zeigte nach vorn.

Die Straße mündete auf einen Platz. In der Mitte stand eine riesige Eiche. Um den Stamm herum eine grün gestrichene Bank, auf der ein Mann saß, Pfeife rauchte. Der Gasthof war gegenüber. Zur alten Eiche. Natürlich. Die Tür stand offen.

Mayer parkte direkt davor. Gottschalk stieß den Schlag auf und stemmte sich aus dem Sitz.

„Sieht doch nett aus", sagte Mayer.

„Zwei Einzelzimmer. Und wenn ich draufzahlen muss."

„Papa hat's ja", ergänzte Mayer und stieß Gottschalk leicht in die Seite. „Mein' ich nicht so. Weißt du – ja?"

Als Gottschalk gut vier Stunden später wieder zurückkam und die Gaststube betrat, brachen die Männer an der Theke ihre Unterhaltung ab. Einer räusperte sich und nickte Gottschalk zu. Er war stark übergewichtig, trug eine graue Hose mit scharfer Bügelfalte und ein Tennishemd. Seine kurzen, weißblonden Haare waren nass gekämmt und links gescheitelt. Er schob dem Wirt sein leeres Bierglas hin und ging auf Gottschalk zu.

„Gestatten – Sträter", sagte er. „Dr. Sträter. Sie leiten die Ermittlungen?"

„Ist mein Kollege auf seinem Zimmer?", fragte Gottschalk den Wirt. Der schüttelte nur kurz den Kopf und hielt das Glas unter den Hahn.

„Ihr Kollege, Kommissar – Ihr Name?"

„Gottschalk."

„Gottschalk? Verwandt mit Leder-Gottschalk?"

„Mein Vater", sagte Gottschalk widerstrebend und abschließend. Er wollte an dem Mann vorbei. Sträter verstellte ihm den Weg.

„Kenne Ihren Herrn Vater. Braver Mann. Grüßen Sie ihn. Kameradschaftliche Grüße von Dr. Sträter. Rolf Sträter. Wird sich freuen. Was ich Ihnen sagen will – Ihr Kollege ist auf dem Holzweg. Meine Frau hat mit dieser abscheulichen Angelegenheit nicht das Geringste zu tun."

„Es gab einen Hinweis –"

„Papperlapapp", unterbrach Sträter ihn. „Irgendwelche Bengel, die sich wichtig machen wollen. Meine Frau war heute früh nicht unterwegs – basta. Ich wünsche, in der Angelegenheit nicht weiter belästigt zu werden."

„Ich werde hören, was mein Kollege mir zu sagen hat." Gottschalk drängte sich an ihm vorbei und verlangte an der Theke seinen Schlüssel. Der Wirt hakte ihn vom Brett ab. Die anderen Männer schwiegen noch immer. Es waren drei, und keiner von ihnen hatte Striche auf seinem Deckel. Nur der von Sträter war gezeichnet.

Gottschalk musterte die Männer. Sie taten, als sei er Luft, glotzten zu den Flaschen auf dem Bord. Einer schob die Unterlippe vor. Sein Nachbar zupfte sich am Ohr.

Gottschalk nahm den Schüssel und öffnete die Tür zur Treppe.

„Beamte", hörte er Sträter noch sagen und abfällig lachen.

Gottschalk atmete tief ein. Er fragte sich, woher Sträter seinen Vater kannte. Kameradschaftlich. Das schmeckte nach Truppe, Kompanie und Schützengraben. Oder Einmarsch nach Paris. Sein Vater redete nie darüber. Aber Gottschalk wusste, dass er dabei gewesen war. Wie alle. Ein Volk, ein Reich, ein Führer. Millionen Mann und ein Befehl. Wünsche, nicht belästigt zu werden. Ordne an, Ermittlungen einzustellen.

Gottschalk verspürte das Bedürfnis, gleich wieder herunterzugehen. Er hatte keine gute Figur gemacht, nicht hart genug reagiert, einen miesen Abgang gehabt.

Ärger überkam ihn, eine böse Wut.

Er stapfte die letzten Stufen herauf.

Das Zimmer befand sich am Ende des Ganges. Es hatte ihm gefallen. Jetzt schien es ihm klein, zu eng. Er brauchte mehr Raum, um sich Luft machen zu können, musste sich ordnen. Ruhig werden.

Über dem Bett hing ein gerahmter Van Gogh-Druck. Die Sonnenblumen. Gottschalk ließ seinen Blick solange auf dem Bild ruhen, bis ihn wieder neue Kraft durchpulste, er über sich lächeln konnte. Sohn des Leder-Gottschalk. Er legte den Koffer aufs Bett und ließ die Schlösser aufschnappen, packte aus. Mit jedem Teil, das er in die Hand nahm und im Schrank unterbrachte, fühlte er sich ein wenig besser. Er wünschte, dass Mayer käme und berichtete. Sie alles Bisherige gemeinsam durchdenken und besprechen konnten. Er brauchte nicht zu warten, hatte gerade sein Hemd gewechselt, als er im Flur unverkennbar Mayers Schritte vernahm, seinen leicht hinkenden Gang.

Gottschalk öffnete ihm.

„Du hattest sicher auch schon das Vergnügen", begann Mayer und wies hinter sich. „Der Specknacken hat mich abblitzen lassen. Kein Wort mit der gnädigen Frau. Die Frau Gemahlin beliebt noch zu ruhen. Hat heute das Haus nicht einen Moment verlassen. Das Haus – eine Villa, sag ich dir, da gehen dir die Augen über. Riesiger Garten, Pool und diese Hollywoodschaukeln, Terrasse, Garage – abgeschlossen natürlich. Er hat mir nicht gestattet, einen Blick auf den Wagen zu werfen. Da stimmt was nicht, Peter. Ich glaube den Jungs. Ein weißer Porsche, eine Frau mit langen, schwarzen Haaren – das war sie. Die wilde Hilde, sagt Schlumbohm. Und noch was – das Haus der Honczeks liegt auf der Rückseite der Sträter Villa. Vom Zimmer des – des Mädchens hab' ich in den Garten rübersehen können. Die gnädige Frau stand drüben auf dem Balkon und redete äußerst lebhaft mit ihrem Sohn. Fünf, zehn Minuten bevor ich bei ihnen geklingelt habe und dieses arrogante Schweinegesicht mir dumm gekommen ist."

Er schaute in den Schrankspiegel, straffte sich.

„Wie war es bei den Eltern?", fragte Gottschalk.

„Sie waren nicht in der Lage, ihre Tochter zu identifizieren. Der Vater hält sich einigermaßen unter Kontrolle. Schlumbohm ist bei ihnen geblieben. Schlimm, wirklich schlimm. Wenn du ihr Zimmer siehst – wie sie es ihr eingerichtet haben. Du kriegst einen engen Hals, ehrlich. Ich hab' sie nicht viel fragen können. Monika muss gegen sechs losgefahren sein. Wahrscheinlich kurz nach. Honczek ist wach geworden, als sie draußen ihr Rad aufgeschlossen hat. Bis zum See ist es eine Viertelstunde, maximal. Sagen wir, sie ist um Halbsieben draußen."

„Ja – und den beiden Pfadfindern kommt vor neun der Porsche entgegen. Zweieinhalb Stunden sind das. Ich denke, wir können davon ausgehen, dass es um sieben passiert ist. Sie hat gebadet –"

„Das wissen wir noch nicht genau. Sie hat sich unter den Bäumen ausgezogen. Alles weitere sind Vermutungen."

„Sie war am See – das Handtuch."

„Möglich – ja. Ich will die Sträter hören. Woher sie kam, ob sie etwas gesehen hat."

„Was ist mit dem Fahrrad?", fragte Gottschalk.

„Nichts. Abgepinselt – kein einziger Abdruck. Das ist natürlich irgendwie verrückt. Selbst wenn es unsere Person – ach, Scheiße – Person. Mörder, Lustmörder –"

„Ja, warum?", unterbrach Gottschalk. „Warum versteckt er das Rad? Das hat er vorher getan, Uli. Als sie im Wasser war. Sie sollte ihm nicht entwischen."

„Es bleibt verquer. Ob mit oder ohne Rad – er war ihr zweifellos überlegen. Wie bekommen wir die Sträter zu sprechen?"

„Er steht noch unten?"

„Ja – das wäre die Gelegenheit. Stimmt. Wir müssen ja nicht durch die Stube." Er sah noch einmal in den Spiegel. „Ich sollte wieder anfangen zu trainieren. Mit dem Bein geht's allmählich." Er zog es hoch, fasste das Fußgelenk und drückte die Ferse an den Hintern.

Gottschalk merkte, dass er dabei die Zähne aufeinander biss. Er sagte nichts.

Sie trug Shorts und ein hellrotes Bikinioberteil, und als sie vor ihnen auf die Veranda trat, blieb Gottschalk ein paar Schritte zurück, um sich noch kurz in dem großen Wohnraum umzusehen. Er war sparsam aber teuer eingerichtet. Eine mit hellem, breit gerippten Cord bezogene Sitzgarnitur, flauschiger Teppich, mehrere Orientbrücken. Auf einem Sideboard zwei antike Kerzenhalter. Darüber an der Wand ein Ölgemälde, eine ländliche Szene. Ein abgeerntetes Feld, vespernde Mägde und Knechte vor hochgestellten Garben.

Vor der Fensterfront stand ein Flügel. Die Gardinen waren zugezogen. Gottschalk ging hinaus.

Sie hatte sich bereits gesetzt, zog einen Servierwagen näher an den Tisch und nahm zwei hohe, geriffelte Gläser, stellte sie ihnen hin.

„Eistee“, sagte sie. Nicht als Frage. Sie schenkte schon ein. Mayer schob den Stuhl ein wenig zurück und streckte sein linkes Bein aus. Gottschalk nahm ebenfalls Platz.

„Danke“, sagte er.

Sie schlug die Beine übereinander und lehnte sich zurück.

„Es ist entsetzlich“, sagte sie dann. „Olaf – mein Sohn hat es mir erzählt. Ein Freund hat ihn angerufen. Sie waren gestern noch zusammen, alle, die ganze Clique. Monika – mein Gott.“

In ihrem Gesicht zeigte sich nichts. Sie sah in ihr Glas, drehte es in den Händen.

„Ihr Sohn.“ Mayer hatte sein Notizbuch hervorgezogen und es aufgeklappt. „Darüber würden wir uns gern mit ihm unterhalten.“

„Sie haben sich irgendwo verabredet. In der Eisdiele, könnte ich mir vorstellen. – Wie kann ich Ihnen helfen?“

„Ihr Mann hat Ihnen nichts gesagt?“

„Mein Mann – „Sie unterbrach sich, sah von Mayer zu Gottschalk und wieder Mayer an. „Was sollte er mir gesagt haben?“

„Ich war schon einmal hier. Um mit Ihnen zu reden. Ihr Mann hat es mir verweigert.“

Sie schüttelte den Kopf, nippte an ihrem Glas und setzte es ab.

„Ich nehme an, er war noch aufgebracht. Nein, davon wusste ich nichts. Ich hatte heute Morgen eine Auseinandersetzung mit ihm und habe mich zurückgezogen. Der Anlass war, dass ich gestern eine Freundin besucht und bei ihr übernachtet habe. In der Stadt.“

„Verstehe“, sagte Gottschalk in einem Ton, der sie aufmerken ließ.

„Sie sind also erst heute früh zurückgekommen?“, fragte Mayer.

„Ja."

Mayer nickte zufrieden. Er schrieb etwas in sein Buch.

„Haben Sie auf der Höhe des Waldsees irgendetwas bemerkt?", fragte Mayer. Sie wandte sich an Gottschalk.

„Was wollen Sie verstanden haben?"

„Ihre Reaktion, sich zurückzuziehen." Eine Freundin also, dachte Gottschalk und sagte sich sogleich, warum eigentlich nicht? Warum phantasierst du augenblicklich ein Verhältnis? Nur weil sie außerordentlich attraktiv und wesentlich jünger als ihr Mann ist, muss sie ihn nicht zwangsläufig betrügen. Aber die Vorstellung blieb. Sie war ihm unangenehm, stellte ihn auf eine Stufe mit Sträter.

„Ich kann mich ihm gegenüber durchaus behaupten", sagte sie. „Es wird nur mehr und mehr ermüdend. Und auch sinnlos. – Zu Ihrer Frage. Ja, es gibt etwas, was ich Ihnen sagen muss. Ich bin auf dem Weg hierher angehalten worden. Von einem Motorradfahrer. Im Nachhinein ist das – "

„Einen Moment bitte." Mayer hatte einen schnellen Blick mit Gottschalk gewechselt, beugte sich nun vor. „Wann war das? Und wo?"

„Neun, zehn Kilometer vor der ersten Abzweigung zum See. Ich trage keine Uhr. Bei meiner Freundin bin ich – ja, so um sieben herum aufgebrochen. Es kann acht gewesen sein oder auch später. Ich bin nicht sehr schnell gefahren."

Sie fegte eine Fliege von ihrem Schenkel und griff wieder nach ihrem Glas. Gottschalk merkte, dass sie sich jetzt sehr konzentrierte, zu wissen schien, worauf es ihnen ankam. Und doch zweifelte, noch zögerte. Er zog die Augenbrauen hoch.

Mayer notierte, wollte schon wieder fragen.

Sie kam ihm zuvor.

„Nein, warten Sie. Ich bin fest davon überzeugt, dass er – " Sie stockte, atmete tief ein. „Er kann das nicht getan haben. Ein so junges Mädchen wie Monika. Nein, das ist – unmöglich. Ich habe ein paar Worte mit ihm gewechselt. Sein Tank war leer. Ich habe ihm aushelfen können und dabei – er hat gesagt, dass er Arbeit sucht. Ich weiß nicht genau warum, aber ich habe meinen Mann erwähnt. Dass er es bei ihm versuchen solle. Sträter, habe ich gesagt und da – da hat er gelacht. Er hatte mit Olaf gesprochen."

„Mit ihrem Sohn?"

„Ja", sagte sie. „Und das ist es, was mir ein wenig zu schaffen macht. Olaf ist ihm gestern Nachmittag unten am See begegnet. Er hat Jo –"

„Entschuldigung – Jo? Ist das der Name des Mannes?"

„Josef. Josef Kälin."

„Das ist doch schon eine ganze Menge", sagte Mayer. „Dieser Kälin war also gestern am See –"

„Ja", sagte sie. „Ja. Als er davon sprach, wusste ich noch nicht, was – was geschehen war. Aber jetzt – bitte, ich möchte und will ihn nicht verdächtigen."

Gottschalk winkte flüchtig ab. Er wollte, dass sie bei ihrem Strang blieb, hatte noch kein Bild von dem Mann, allein sie vor sich. Frühmorgens auf der Landstraße. In ihrem Porsche. Nach acht, halbneun. Gestoppt von einem Motorradfahrer, mit dem sie offenbar länger geredet hatte.

„Machen Sie sich darüber vorerst keine Gedanken", sagte er.

„Na, hör mal", sagte Mayer. „Du bist gut. Wir müssen den Mann aufspüren – sofort."

Gottschalk überhörte es.

„Was hat er Ihnen noch erzählt?"

„Was Olaf über meinem Mann gesagt hat. Dass er ihn einen – einen Ausbeuter genannt hat. Was mich nicht wundert, aber – ich habe es dabei belassen, Olaf allerdings zur Rede gestellt. Obwohl ich selbst gerade mit meinem Mann aneinander geraten war. Ja, und dann kam der Anruf. Dass Monika am See – dass sie ermordet worden ist. Ich – ich kann es immer noch nicht fassen."

Gottschalk nickte. Das passte.

„Wie war denn Ihr Eindruck von – von diesem Jo?"

Sie sah ihn offen an.

„Er war mir sympathisch", sagte sie. „Sehr freundlich und ruhig. Ausgeglichen. Er muss Mitte, Ende Dreißig sein. Ein großer, kräftiger Mann. Aber er war es nicht. Bestimmt nicht. Wenn Sie mit ihm reden, werden Sie – Sie werden sehen, warum ich mir so sicher bin."

„Und Ihr Sohn? Was sagt der?"

„Er – er ist völlig durcheinander. Monika – sie war oft hier bei uns. Sie sind in einer Klasse, haben schon als Kinder miteinander gespielt. Er wollte gleich zu ihren Eltern rüber. Aber ich hielt das in dem Moment nicht für angebracht, habe auch – ich brauchte und brauche Zeit."

„Ja", sagte Gottschalk. „Danke. Vielen Dank. Sie haben uns sehr geholfen."

„Ich habe versucht, Schlumbohm anzurufen", sagte sie noch. „Seine Frau sagte, dass er bei den Honczeks ist und sie Ihnen Bescheid sagen sollte. Ich möchte mich für meinen Mann entschuldigen."

Gottschalk stand auf, und auch sie erhob sich.

Mayer stemmte sich entschlossen hoch. Er blätterte in seinem Buch zurück.

„Kann ich von hier kurz telefonieren?", fragte er.

„Natürlich. Der Apparat ist in der Diele."

Gottschalk wartete, bis Mayer die Veranda verlassen hatte.

„Ihr Sohn sieht das anders", sagte er dann.

„Ja. Er will wissen, dass – dass Jo am See campiert hat."

„Jo – Josef Kälin. Haben Sie seinen Namen von ihm oder erst von Ihrem Sohn erfahren?"

„Von ihm. Warum?"

„Ich denke über Ihr Gespräch mit ihm nach. Über die paar Worte."

„Ach so. Ja, Sie haben Recht. Es war mehr."

„Sympathie, sagten Sie."

„Ich war von ihm beeindruckt – ja. Er – er ist nicht der Mann, der über ein junges Mädchen herfällt, es umbringt. Ich kenne Männer, denen ich das zutrauen würde. Aber er – nein."

Gottschalk ließ sich Zeit. Er schlenderte die Straße hinunter, vorbei an kleineren, eingeschossigen Häuser mit gepflegten Vorgärten. Jägerzäune und hohe Hecken grenzten die Grundstücke ab. Eine Katze huschte vor ihm auf die andere Seite. Spatzen tschilpten. Sonst war es ruhig. Eine träge, undurchdringliche Stille.

Früher Nachmittag. Ein Samstagnachmittag. Die Arbeit war getan. Das Wochenende hatte begonnen. Zum Abend hin würde vielleicht noch der Rasen gesprengt. Geduscht. Frische Wäsche, ein weißes Nyltesthemd. Pomade ins Haar. Von Mama heimlich einen Schein, und dem Vater den Wagenschlüssel abgeluchst. So nahm er es in seiner Nachbarschaft wahr, im Parkviertel der Stadt. Er wusste, wer da mit wem loszog und wohin, kannte die Kinos, aus denen die Jungs dann mit wiegendem Gang herauskamen, die Daumen in den Gürtel gehakt, lässig die Zigarette im Mundwinkel, jeder ein James Dean, aufsässig verloren, kein Blick für die Mädchen, nicht direkt jedenfalls, erst später im Tanzlokal, bei Cola-Rum *Dream Lover* und *Put Your Head On My Shoulder.* Paul Anka. *I'm Just A Lonely Boy.* Eng aneinandergeschmiegt, sich kaum bewegend, nur seine Hand gleitet langsam zu ihrem Strumpfgürtel runter. Der Wunsch, jemanden zu lieben. Partygeflüster. Zungenküsse hinter der Litfasssäule, in dunklen Hausfluren, im Park. Erste Liebe. Enttäuschungen und Eifersucht. Allmählich aufkeimender Hass. Oder das Verlangen, sich gewaltsam zu nehmen, was ohnehin verfügbar schien. Angeblich. Gezeigt, ausgestellt wurde.

Wippender Petticoat. Nylonbestrumpfte Beine. *Tutti Frutti, Lollipop. Auch du hast dein Schicksal in der Hand.*

Das konnte hier nicht anders sein. Sie waren am See gewesen, alle. Eine Clique. Ihre Clique. Sie hatte Freundinnen, Freunde. Ein grundanständiges Mädchen. Gerade erst sechzehn geworden.

Sweet Little Sixteen.

Gottschalk wollte nicht, dass der Song sich bei ihm festsetzte. Er beschleunigte seine Schritte. Als er die Eisdiele betrat, verklangen gerade die letzten Takte von *Petite Fleur*. Ein schmaler, gutaussehender Junge stand vom Tisch auf und ging zur Musikbox. Gottschalk erkannte ihn sofort. Er war seiner Mutter wie aus dem Gesicht geschnitten. Olaf sah ihn fragend an.

„Gottschalk“, sagte Gottschalk. „Kriminalkommissar Gottschalk. Darf ich du sagen – Olaf?“

Er streckte ihm die Hand hin. Olaf schaute zu seinen Freunden. Die drei Jungs erhoben sich und kamen heran.

„Der Motorradfahrer war's“, sagte einer. „Haben Sie das Schwein geschnappt?“

„Dieser Dreckskerl. Totgeschlagen gehört der.“

Der Italiener hinter der Theke wischte sich die Hände an einem Handtuch ab und machte Anstalten, ebenfalls zu kommen. An den Fenstertischen saßen jüngere Jungen und Mädchen. Sie blickten gespannt und auch ein wenig ängstlich herüber.

„Ich möchte mit dir reden“, sagte Gottschalk zu Olaf. „Mit dir allein.“

„Klar“, sagte Olaf. Er steckte eine Münze in den Schlitz der Musikbox, drückte schnell einige Tasten. „Das hat sie immer gehört.“

Es dauerte einen Moment bis wieder Petite Fleur erklang.

Gottschalk ließ Olafs Freunde stehen und ging zu einem der hinteren Tische.

„Deine Mutter“, begann er, als Olaf sich zu ihm gesetzt hatte. „Deine Mutter hat uns gesagt, dass du gestern Nachmittag am See mit einem Mann gesprochen hast. Kälin. Erzähl' mal, wie das war.“

„Er hat uns beobachtet. Von der anderen Seite aus. Sie waren doch draußen – ja? Wo wir immer sind und baden. Direkt gegenüber, im Wald, da hatte er sich versteckt.“

„Und wie kommt man dahin? Ich hatte den Eindruck, da gibt es keine Wege.“

„Genau. Genau richtig. Das heißt, oben am Wald entlang kann man schon rum. Nicht ganz. Nicht bis zu unserer Stelle hin. Er muss durchs Gehölz runtergeschlichen sein."

„Und du?"

„Ich bin rübergeschwommen."

„Hattest du ihn gesehen?"

„Nein. Nur so."

„Wie hast du ihn denn bemerkt?"

„Ich bin – ich wollte aus dem Wasser und hab' nach 'ner Stelle gesucht, um mich kurz auszuruhen. Das ist schon 'ne ordentliche Strecke."

„Na ja", sagte Gottschalk. Ihm war der See nicht sehr groß vorgekommen. Ich muss rausfahren, dachte er. Mit Olaf. Mir zeigen lassen, wo er Kälin getroffen hat.

„Hin und zurück", sagte Olaf. „Sind Sie gut im Schwimmen? Müssen Sie doch sicher. Sport überhaupt und Schießen. Sie haben keine Pistole bei sich."

„Nein. Nicht ständig."

„Ist das nicht Vorschrift? Schlumbohm sagt, im Dienst muss er sie tragen. Auch den Knüppel."

„Ich denke, ich brauche sie hier nicht. – Gut, und dann?"

„Was?", fragte Olaf. Er hatte kurz zu seinen Freunden hingeblickt und ihnen etwas signalisiert. Sie zuckten jedenfalls die Achseln und standen auf, gingen zur Theke und zahlten.

„Kälin", sagte Gottschalk.

„Er war in der Legion. In der Fremdenlegion – in Algerien. Ich weiß, dass das alles Mörder sind. Die überfallen Dörfer und schlachten jeden ab."

„Habt ihr darüber geredet?"

„Über die Legion – ja. Das hat er gesagt. Dass er dabei war."

„Und getötet hat?"

Olaf strich sich eine Haarsträhne zurück. Er hatte schönes, dichtes Haar und ein schmales Gesicht. Braungebrannt. Seine Augen waren dunkel und wach. Er zögerte.

„Nein“, sagte er dann. „Aber das ist doch immer so. Keiner gibt's von sich aus zu. Die für Hitler waren auch nicht. Die SS–Männer, die Lagerkommandanten – niemand.“

„Monika ist erwürgt worden. Und vergewaltigt.“

„Ja.“ Er schluckte und nagte an seiner Unterlippe. „Er hat sie gesehen und hat mich nach ihr ausgefragt.“

Gottschalk schüttelte unwillkürlich den Kopf.

„Du warst gut mit ihr befreundet?“

„Wollen Sie nicht wissen, was er gesagt hat? Sie ist schön, hat er gesagt. Ein schönes Mädchen. Ein – ein Meitschi.“

„Meitschi?“

„Er ist in der Schweiz geboren und war im Heim. In einem Erziehungsheim. Und er wollte sich hier Arbeit suchen.“

„Ja“, sagte Gottschalk. „Und er war in der Fremdenlegion und ist ein Mörder. Monikas Mörder – davon bist du überzeugt. Gehen wir.“

„Wohin?“

„Ich frage mich, warum du nicht schon längst bei Schlumbohm warst. Gleich, nachdem du es gehört hast. Wer hat dich übrigens angerufen?“

„Wilfried. Der hat's von seinem Vater – Bauer Drewke.“

Gottschalk hatte den Stuhl zurück geschoben, sah auf Olaf herab. Der Junge hob leicht resignierend die Schultern.

Früher Nachmittag

Er weinte wieder. Er wusste nicht, warum. Die Tränen flossen, und er schniefte und hatte eine heiße Stirn. Es war alles so anders als bisher. Drüben auf der Straße war hin und wieder ein Wagen vorbeigefahren, auch Trecker, aber niemand hatte getankt. Unter Birgits Schlafzimmerfenster war das Motorrad aufgebockt. Er hatte nicht gehört, nicht gesehen, wer gekommen war und wann. Als er heute früh vom See zurückgekommen war, hatte es noch nicht da gestanden. Er war hinauf in sein Zimmer gegangen, hatte die Badehose ausgewaschen und über die Stuhllehne gehängt. Und sich dann hingelegt, für einen Moment nur. Eigentlich. Um an Monika zu denken, sich vorzustellen, sie zu umarmen, ihren Körper zu spüren, ihre Hände. Er hatte es nicht gewollt, nein, nicht das, was plötzlich so stark und schmerzhaft geworden war. Nicht mit Monika. Renate hob ihren Rock hoch und hatte nichts darunter, und ließ jeden ran. Im Keller. Er war mit ihr im Verschlag, und sie fand nichts dabei, wollte es. Zog ihn auf sich und fing an zu keuchen. Es war schlimm. Es war gut. Es tat weh, und danach hatte er geheult, in das Kissen geschluchzt und den lieben Gott und Ma angefleht, ihm zu verzeihen. Es Monika nicht wissen zu lassen, dass er das getan hatte. Weil sie ihn dann nie mehr ansehen und sich vor ihm ekeln würde. Und er liebte sie doch, hatte sie nur streicheln wollen. Ihr Haar. Zärtlich. Lieb, lieb. Liebe Monika. Immer wieder hatte er es geflüstert, liebe Monika, und darüber musste er eingeschlafen sein, tief und fest geschlafen haben, bis weit nach zehn. Da war er hochgeschreckt und aus dem Bett gestiegen, hatte geglaubt, Birgit habe nach ihm gerufen, hatte sie auch gehört, nein, nur einen kurzen Schrei, und noch einen. Nicht seinen Namen. Sein Herz hatte stark geklopft, und er hatte sich hastig angezogen und war nach unten gestürmt. Nichts. Sie war nicht in der Küche gewesen, und die Tür zu ihrem Zimmer war geschlossen. *Birgit?* Ganz leise. *Birgit?* Keine Antwort. Eine unheimliche Stille. *Untersteh dich, ohne weiteres in mein Zimmer zu kommen.* Er hatte es einmal getan, sie mit der Flasche in der Hand gesehen. War angefaucht worden. Nein. Kein Laut. Hätte er klopfen sollen? Nein. Bei allem Elend war er nun doch froh, sich nicht bemerkbar gemacht zu haben. Er wischte sich die Nase, schaute zu dem Motorrad hin. Er hatte sich nicht getraut, es aus der Nähe zu betrachten. Birgit war nicht allein, hatte sich die ganze Zeit über nicht einmal blicken lassen. Als ob es ihr völlig egal sei, was mit ihm war und was sonst vielleicht sein konnte. Dass doch jemand tanken wollte und sie Geld wechseln musste. Ein Mann. Sie hatte einen Mann bei sich. Und sie hielt es nicht für nötig, ihm Bescheid zu sagen, kümmerte sich kein bisschen um ihn. Kein Frühstück, kein Mittagessen, nichts. Er hatte keinen Hunger, hätte keinen Bissen runterkriegen können. Trotzdem. Sie hatte überhaupt nichts von Ma. Seine Lider zuckten. Er wollte nicht mehr heulen, nein. Sie lag mit einem Mann im Bett. Ja, seit Stunden schon, seit irgendwann heute morgen. Sie. Keine Bekanntschaften, keine Männer. Doch. Das war offensichtlich. Sie hatte sich eingeschlossen und machte es. Gemein. Das war so gemein und hässlich. Schmutzig. Vor seinen Augen. Er sah sie nackt. Ihre Brüste. *Was ist? Was gaffst du?* Sie hatte ihre Bluse ausgezogen und aufs Bett geworfen. Titten. *Renate hat tolle Titten.* Erich lachte. Er lachte ihn aus und schickte ihn weg. *Geh spielen. Mach Schularbeiten. Räum die Werkstatt auf.* Das hatte sie gestern gesagt. *Geh schlafen, geh ins Bett.* Niemand wollte ihn um sich haben. Aber Monika hatte mit ihm getanzt. Wo blieb sie heute nur? Sie radelte doch jeden Nachmittag zum See. Es war nichts wie sonst. Die Sonne stach, stand hoch am Himmel. Er wusste nicht, wie spät es war, konnte und wollte auch nichts tun, nicht ins Haus gehen und nachschauen, nicht in die Werkstatt, blieb im Schatten hocken und versuchte an nichts zu denken, an wirklich gar nichts. Doch immer wieder kreisten seine Gedanken um das, was ihn auf seinem Zimmer überkommen hatte, und er fing an sich zu sagen, dass alles andere die Strafe dafür war.

„Es ist lange her", sagte Birgit leise und schmiegte sich enger an ihn. Kälin legte seine Hand in ihren Nacken.

„Sag' jetzt nichts."

„Aber ich möchte mit dir reden, deine Stimme hören. Du hast eine schöne Stimme. Mir war gleich ganz anders, und ich war traurig, als du nicht mehr neben mir lagst."

„Jetzt bin ich da."

„Ja, ja, das bist du. Und du bleibst. Du darfst nicht mehr gehen. Ich glaube, ich würde dann nicht mehr leben wollen."

„Sag' so etwas nicht."

„Es ist so. Ich habe nie daran geglaubt. Dass es einem das Herz brechen könnte, allein bei dem Gedanken. Halt' mich. Halt' mich fest." Sie schob ihr Bein zwischen seine und nahm seine Hand, drückte sie an ihre Brust. Kälin schloss für einen Moment die Augen und atmete tief.

„Das darfst du nicht. Wirklich nicht. Nicht einmal denken."

Sie rutschte höher und suchte seinen Mund.

Kälin befreite seine Hand und fasste ihr Kinn.

„Küss' mich", flüsterte Birgit. „Küss' mich, und halt' mich. Du musst nicht reden, wenn du nicht willst. Es ist so unglaublich schön. Ich liebe dich. Ich liebe dich so sehr."

Er schüttelte leicht lächelnd den Kopf, aber sie ließ nicht ab, entwand sich seinem Griff und begann, ihn zu streicheln.

Kälin schaute zum Fenster hin. Sein Krad stand draußen. Es hätte ihn davongetragen bis zur nächsten Station und weiter. Gen Norden, ans Meer. Er dachte an seine Überfahrt nach Oran. In Port-Vendres war er an Bord gegangen. Mit vielen anderen, die wie er geflohen waren. Vor staatlichem Zugriff, vor dem Gefängnis. Haft. Strafe. Er hatte sich einer Frau entzogen, ihrer Liebe. Hatte sie nicht mehr ertragen können.

Das Meer war schmutzig gewesen. Eine Enttäuschung. Graue Wellen. Trübe Gedanken.

Die Frau hatte ihn halten, ihn allein für sich haben wollen. Die Frau. Er hatte sie immer nur *Mein Reh* genannt. Weil sie so scheu war, anfangs. Dann aber ständig um ihn war.

Birgit küsste seinen flachen Bauch.

Er wollte jetzt nicht. Nicht mehr länger liegen.

„Der Junge", sagte er.

Birgit richtete sich auf und strich ihr Haar zurück.

„Denk' jetzt nicht an ihn."

„Er soll wissen, was ist. Es ist nicht gut, ihm nichts zu sagen." Er nickte ihr zu und stand auf. Seine Kleider lagen auf dem Boden. Er zog nur die Unterhose an, nahm das Tabakpäckchen und ging zur Tür. Als er sie hinter sich geschlossen hatte, drehte er sich eine Zigarette.

Der Junge sah ihm entgegen, blinzelte.

Kälin streckte ihm die Hand hin.

Jetzt, allein auf dem Bett liegend, wurde ihr allmählich bewusst, wie viel Zeit vergangen war und sie versuchte sich zu erinnern, was alles gewesen war. Die nächtlichen Stunden waren verschwommen. Sie hatte getrunken, als sie zurückgekommen war. Monika. Ihre Eltern. Ihr kühler und etwas herablassender Ton. Wieder einmal war ihr deutlich gemacht worden, dass sie nicht gern gesehen wurde. Eine allein stehende Frau. Eine Zugezogene. Sie gehörte nach wie vor nicht zur Gemeinschaft, wollte es auch nicht. Nicht im Kirchenkreis sein, und erst recht nicht mit den Frauen in ihren Stuben und Dielen glucken und die Fahnen der Schützen besticken. Oder Kuchen backen, Salate anrichten. Sie lebte für sich, hatte ihre eigenen Probleme. Die Pacht. Die Werkstatt. Dabei half ihr niemand. Nur der Griff zur Flasche.

Manchmal schämte sie sich. Wenn sie nicht aufhören konnte, mehr und mehr in sich hineinkippte und herumwankte, und davon phantasierte, diese spießigen Dörfler zu provozieren. Es mit einem aus dem Ort treiben würde, mit allen Männern. Sie hatten es ohnehin im Kopf, es auch schon mehrfach versucht. Anzügliche Bemerkungen gemacht. Sie taxiert, wie eins ihrer Schweine. Gut im Futter. Hoher Wasserfall. Sie zogen sie mit ihren lüsternen Blicken aus, und vom Alkohol benebelt stellte sie sich dann vor, sich von ihnen nehmen zu lassen. Und ekelte sich augenblicklich. Musste sich andere Bilder schaffen, ruhige, zärtliche Situationen heraufbeschwören. Doch auch die kippten wieder weg, und es blieb, dass sie ihre Hand zwischen die Schenkel presste und versuchte, sich Befriedigung zu verschaffen. Es wäre wieder darauf hinausgelaufen. Sie stand bereits auf der Kippe, als sie die Schritte auf dem Hof gehört hatte. Ihn. Er war langsam herangekommen, und er hatte irgendetwas gesagt. Alles weitere war für sie nicht mehr nachvollziehbar, nicht im Einzelnen. Bruchstücke. Sein Lächeln. Seine Stimme. Sein Körper. Ein Fremder, und doch war er ihr gleich so nah und vertraut. Als hätten sie schon Jahre miteinander verbracht. Sie konnte es sich nicht erklären. Früh morgens war sie aufgewacht, und er hatte nicht mehr neben ihr gelegen.

Sie zog das Laken über sich. Wäre nicht dieser Geruch geblieben, hätte sie sich sagen müssen, geträumt zu haben. Doch Jo war da, wieder hier, und der Tag war klar und gefüllt mit schönen, mit lustvollen Momenten. Sie lächelte zufrieden und räkelte sich, verspürte eine so starke Kraft, eine völlig neue Energie. *Der Junge.* Dass er an den Jungen dachte. Sie war entschlossen, ihn nach Hause zu schicken. Er würde nur stören, hatte sie von Anfang an eigentlich nur belastet. Ja. Sie reckte sich noch einmal und drehte sich auf die Seite, tastete nach ihren Zigaretten. Rauchend überlegte sie, was nun zu tun war.

„Ihr Name ist Kälin, Josef Kälin?"

„Ja."

„Wie schreibt sich das?", wollte Schlumbohm wissen. Gottschalk reichte ihm den Pass herüber. Mayer stand mit dem Rücken zum Fenster, hatte die Arme vor der Brust verschränkt und schaute grimmig zu Kälin hin.

„Sie sind Schweizer und haben hier keinen festen Wohnsitz", sagte Gottschalk. „Über Frankreich und Belgien nach Deutschland gekommen. Im Juni, Ende Juni. Das ist nun schon über einen Monat her. Was haben Sie in der Zeit gemacht?"

„Ich habe arbeiten wollen."

„Als was?"

„Ich kann alles mögliche. Ich habe ein Diplom als Gärtner."

„Haben Sie eine Arbeit gefunden?"

„Nein", sagte Kälin. „Darf ich rauchen?"

„Ja, natürlich." Gottschalk lehnte sich in seinem Stuhl zurück und legte die Fingerspitzen aneinander. Schlumbohm sah von seinem, in die Schreibmaschine eingespannten, Blatt auf.

„Brauchen wir das?"

„Personalien, gelernter Beruf", sagte Mayer. „Das reicht. Reden wir von dem gestrigen Tag. Von wo sind Sie gekommen?"

„Aus Hildesheim."

„Mit welchem Ziel?"

Kälin wandte sich Mayer zu.

„Ich habe kein Ziel. Die Gegend gefiel mir, und ich bin von der Autobahn abgefahren."

„Na, schön. Über die Dörfer zum See. Machen wir's also kurz."

„Nein", sagte Gottschalk. „Ich will noch wissen, ob Sie irgendwelche Vorstellungen hatten. Oder Pläne."

„Ich musste bald ein wenig Geld verdienen, oder?"

„An Arbeit mangelt's eigentlich nicht."

„Das ist doch jetzt wirklich scheißegal", sagte Mayer. „Er war am See. Punkt, aus. Bringen wir es schnell hinter uns. Der Fall ist klar."

„Ja", bestätigte Schlumbohm. „Nach Olafs Aussage –"

„Dazu wollen wir Herrn Kälin hören", stoppte Gottschalk. „Sie brauchten Geld – dringend?"

„Ja – schon. Das Benzin kostet ja." Er hatte seine Zigarette noch nicht angesteckt, hielt sie locker in der Hand. „Ich habe am See eine Rast gemacht."

Gottschalk suchte in dem Gesicht des Mannes nach einem Ausdruck der Beunruhigung, nach Angst. Es irritierte ihn, nichts davon zu sehen. Kälin gab sich, als habe er nicht das Geringste zu befürchten. Er zündete sich jetzt die Zigarette an, nahm einen Zug und blies den Rauch zur Seite.

„Eine Rast", wiederholte er. „Der Bub kam und wir haben ein wenig geredet. Er hat das Mädchen unter Wasser gezogen."

„Quatsch", sagte Mayer.

„Welches Mädchen – Monika?"

„Ein blondes Meitschi. Sie hatte langes Haar. Ich habe es dann nicht mehr gesehen, das Mädchen, oder? Und der Bub ist wieder hinüber."

„Er hat gesagt, dass Sie am See campieren wollten."

„Ja, das wollte ich."

„Und? Haben Sie es?"

„Ich habe ein wenig geschlafen. Als ich aufgewacht war, ist es Nacht gewesen. Da bin ich zur Tankstelle." Er nickte nachdenklich. „Es hat mich dort hingebracht. Ein Gefühl, oder? Es war der richtige Weg. Die Birgit, die hat mich gebraucht. Sie hat es nicht leicht."

„Ein Gefühl." Mayer schnaubte.

„Ein Gefühl", sagte auch Gottschalk. „Können Sie mehr dazu sagen?"

„Nein. Aber ich bin bei ihr geblieben."

Schlumbohm kam nicht mit. Er signalisierte es Mayer.

„Halt das erstmal so fest", sagte Mayer. „Wir formulieren es später."

„Ja." Gottschalk legte beide Daumen unters Kinn und die Zeigefinger an die Lippen. Kälin rauchte.

„Die Nacht hab' ich mit ihr verbracht", fuhr er dann fort. „Ein paar Stunden sicher. Es war noch dunkel, als ich von ihr gegangen bin, oder?"

„Ah, ja", meinte Mayer. „Wohin?"

„Wieder zum See hin, zu meinen Sachen."

„Weiter."

„Dann bin ich halt doch noch einmal müde geworden, und hab' mich hingelegt. Aber wie das so ist, ich hab' nicht mehr richtig schlafen können, oder? Ich hab' nachdenken müssen, viel nachdenken. Darüber ist's Tag geworden und ich bin aufgebrochen. – Das war ein Fehler."

„Wie meinen Sie das?"

„Nun, ich wollt' wieder fliehen."

„Fliehen?"

„Eine Flucht, ja. Das ist nicht gut. Es war kein Abschied. Ich hab' mich davongeschlichen, oder?"

„Sie sprechen von der Tankstellenpächterin?"

„Ja."

„Und bei Ihrem Aufbruch – da haben Sie nichts gesehen oder bemerkt?"

„Nein."

„Nicht etwa das – das Meitschi?", fragte Mayer. „Die Monika – nein? Nicht im See, nicht in der Nähe?"

„Nein, nichts."

„Und das sollen wir Ihnen glauben, ja? Jetzt will ich Ihnen mal was sagen."

„Nein, Uli. Warte. Wie lange haben Sie von Ihrem Platz zur Straße gebraucht – ungefähr?"

„Nicht lange. Zehn Minuten vielleicht."

„Olafs Mutter, Frau Sträter, ist auf der Straße so zwischen halbneun und neun von Ihnen angehalten worden. Sie erinnern sich?"

„Ja, gewiss."

„Monika muss gegen Halbsieben am See gewesen sein. Um kurz nach neun ist sie gefunden worden. Tot. Vergewaltigt und erwürgt. Es geht um zweieinhalb Stunden, Herr Kälin. Zweieinhalb Stunden, in denen auch Sie da draußen waren. Auf der anderen Seite, wo Sie Ihre Sachen hatten und das Motorrad – oder?"

„Das war weiter oben, in einem Gebüsch."

„Ich habe mir das alles schon angesehen, Herr Kälin." Gottschalk blickte dabei kurz zu Mayer hin, der seinen Oberschenkel rieb. „Auch ihr Motorrad, als ich es an der Tankstelle entdeckt habe."

„Es war nicht versteckt, oder?" Kälin knipste die Zigarettenglut ab. Sie fiel auf den Boden, und er trat sie aus. Schlumbohm stemmte sich hoch und schob ihm den Ascher näher heran. Er sagte nichts.

„Nein", sagte Gottschalk. „Aber der Tank war gut voll."

Kälin hob fragend die Augenbrauen.

Wahnsinn, es war einfach Wahnsinn. Dizzy nahm das Thema noch einmal auf und Bird spielte nur kurz an, unverwechselbar war die Kraft und die Reinheit seines Tons. Gewaltig. *A Night In Tunesia.* Max Roach schlug einen irre komplizierten Rhythmus, und Olaf ging mit, griff einen Akkord auf der Tischplatte und schob die Zunge raus und wackelte mit dem Kopf. Das Urwaldmädchen lächelte nicht. Es schaute ihn von unten herauf über die nackte Schulter an. Falten. Vier tiefe Falten am Hals. Zwei bildeten beinahe ein V. Eine unbehaarte Muschi. Monika hatte dichtes Haar gehabt. Bird brachte sie ihm zurück. Sie rückte näher. Nackt sonnte sie sich auf dem Balkon. Er hockte neben ihr und vergrub seinen Kopf zwischen ihren Schenkeln. Es wurde Nacht. *A Night In Tunesia.*

Sand. Ein Zelt in der Wüste. Algerien. Er hat sie umgebracht. Er hat sie umgebracht. Er, er, er. Er ballte die Hände zu Fäusten, schlug auf den Tisch. Sie mussten ihn verhaften und einsperren. Sonst würde er noch Ma –

Seine Kehle wurde eng. Er durfte nicht daran denken. Er presste die Fäuste an die Augen. Nichts sehen. Nichts wissen. Aber er wusste, wohin sie fuhr und warum. Es tat weh, es tat so entsetzlich weh. Und Bird blies sein Horn. Eine Nacht, unzählige Nächte. Fort von zuhause. In der Stadt. Einmal würde er sie stellen und sie nur ansehen. Nur anschauen und nichts, nichts sagen. Kein einziges Wort. Ganz in Schwarz. Dann musste sie sich erklären. Der Alte zog nicht. Das ließ er nicht gelten. Und anfassen ließ er sich von ihr auch nicht. Sie sollte reden. Bis ihr die Tränen kamen. Mingus, Bud Powell. Sie legten einen besänftigenden Teppich. Wenn sie vor ihm auf die Knie gesunken war und bittend zu ihm hochblickte, dann, vielleicht dann würde er ihr vergeben. Nicht ohne ihr ein Versprechen abzunehmen. Das musste sie. Es nie, nie wieder zu tun.

Er wischte das Foto beiseite. *Reproduktion verboten.* Lächerlich. Er hatte es im Kopf. Jede Einzelheit. Marion Michael. Das in der *Film-Bühne* war besser, ähnelte ihr mehr. Urwaldnächte. Lagerfeuer. Sie hatte sich ausgeschlossen. Camus. Was brachte ihr Camus? Ma blätterte immer in Illustrierten. Tu es nie wieder.

Olaf gab sich einen Ruck. Er sprang auf und stellte die Musik lauter. Bird spielte ihn an. Mingus trieb. Begeisterte Zurufe. Er hämmerte auf imaginäre Tasten, hörte das Klopfen an der Tür nicht. Ma war plötzlich im Zimmer.

Olaf errötete. Sie lächelte nur.

„Willst du nicht runterkommen und auch was essen?"

„Nein."

Sie ging zu dem Bord und drehte den Apparat leiser.

„Das gefällt mir nicht so gut", sagte sie. „Wer ist das?"

„Charlie Parker. Ein Genie."

„Na, ich weiß nicht. Warum spielst du nicht etwas? Für mich. Ich habe heut' früh *Moonglow* im Ohr gehabt. Das magst du doch auch sehr gern."

„Manchmal", sagte Olaf. „Warst du schon drüben. Bei – bei ihren Eltern?"

„Ich kann nicht, Olaf. Ich kann es nicht."

„Ich muss 'ne Klarinette haben. Wir haben beschlossen, dass ich am Grab ihr Stück spiele. Wenn du mir gleich Montag eine kaufst, schaff ich das bis dahin. Ich wollte immer schon eine."

„Das musst du aber erst – ich mag noch nicht daran denken."

„Ich kann mit dem Zug zurückfahren." Olaf sagte es leichthin. Er sah, dass Ma ihre Lippen aufeinander presste und an ihrem Ring drehte. Sie hatte sich wieder enorm rausgeputzt, trug den dunkelblauen, ausgestellten Rock und eine farblich etwas hellere Bluse. Darunter nichts.

Sie bemerkte seinen Blick.

„Warum sagst du das?", fragte sie.

„Wenn du noch zu Britta willst."

„Ich war erst gestern bei Britta."

„Ist doch `ne gute Freundin, oder?" Unwillkürlich hatte er Kälins Tonfall nachgeahmt und erschrak. Auch Ma zuckte leicht zusammen.

Der Plattenspieler klickte sich aus. Von unten war Sträters Stimme zu vernehmen. Der Alte telefonierte.

„Ich glaube, wir müssen mal miteinander reden", sagte Ma.

Kein Wort. *Kein einziges Wort . Nur anschauen und nichts, nichts sagen.* Er senkte seinen Blick.

„Sie wiederholte immer wieder: ‚Ich habe einen Geliebten! Einen Geliebten!', und dieser Gedanke berauschte sie, als ob sie zum zweiten Mal zur Frau geworden wäre. Sie sollte also endlich jene Freuden der Liebe kennen lernen, jenen Rausch des Glücks, auf den sie schon nicht mehr gehofft hatte. Sie war dabei, in eine

wunderbare Welt einzutreten, in der alles Leidenschaft, Ekstase, Taumel sein würde; eine blaue Unermesslichkeit umgab sie, die Gipfel des Gefühls funkelten in ihren Gedanken, und der Alltag lag weit unten, im Schatten dieser Höhen."

Ich habe zurückschlagen müssen, und mir diese Passage vorgelesen, sie abgeschrieben. Meine Schrift gefällt mir nicht. Ich bemühe mich immer noch, „schön" zu schreiben. Eine Seite habe ich wieder herausgerissen, weil ich „Freunde" statt „Freuden" geschrieben hatte. Ich könnte schließen, dass es kein Zufall war, kein Flüchtigkeitsfehler. Freunde wünsche ich mir. Uli ist ein guter Kollege. Ich kann mit ihm über Jazz reden und manches andere. Bei Frauen wird es schon schwieriger. Marianne wird sich bei ihm beklagt haben. Oder bei seiner Frau, und seine Frau hat ihm – Gerede, Gerede. Je mehr wir reden, desto komplizierter wird alles.

So gesehen kann ich diese Birgit verstehen. Trotzdem begreife ich es noch nicht ganz. Sie öffnet mitten in der Nacht einem Fremden die Tür, lässt ihn ins Haus und schläft mit ihm. Schlumbohm hat sich an den Kopf gefasst. Er weiß von einigen Männern, die versucht hatten, mit ihr etwas anzufangen. Sie hat sich mit niemandem eingelassen. Es soll hier Leute geben, die vermuten, dass sie „andersherum" sei. Sträter habe es auf einem Schützenfest einmal ausgesprochen. Im Suff. Es war an seine Frau gerichtet. Schlumbohm sagt, dass Hilde jeden Freitag in die Stadt fährt und vorher immer bei Birgit tankt. Er sagt auch, dass ein Bauer gesehen haben will, wie die beiden gemeinsam ins Haus sind und es noch waren, als er vom Feld zurückgekommen ist. Gerede. Gerüchte.

In so einem Ort will jeder von jedem alles wissen. Merkwürdig ist, dass sowohl Birgit wie auch Hilde übereinstimmend der Meinung sind, dass Kälin nicht der Täter ist. Ein Vergewaltiger. Ein Mörder.

Aber Birgit hat gelogen. Kälin hat von sich aus zugegeben, dass er frühmorgens zurück an den See gegangen ist. Sie wollte davon nichts hören. Immer wieder hat sie wiederholt „Er war's nicht", „Er war's nicht."

„Der Alltag lag weit unten." Sie weigert sich beharrlich, diesen Fakt zu akzeptieren. Ich hatte mehr und mehr den Eindruck, dass sie mir überhaupt nicht zuhörte.

Kälin ist ohne Frage ein gutaussehender Mann. Redet ruhig und gibt sich unverhältnismäßig gelassen. Im Verhältnis zu was?

Monika. Das Meitschi. Der Bub hat es unter Wasser gezogen. Zu Olaf hat er darüber hinaus nichts weiter gesagt.

Mir fällt es schwer, zu ordnen, was ich bisher gehört habe. Ich bin immer noch nicht richtig angekommen. Oder schon wieder weg.

Für Uli ist der Fall abgeschlossen. Er hat mit dem Haftrichter telefoniert und wird Kälin morgen früh in die Stadt bringen. Schon wieder weg?

Ich bin in Gedanken bei den beiden Frauen. Sie sind im gleichen Alter. In etwa. Birgit ist Fünfunddreißig. Hilde könnte / müsste ein, zwei Jahre älter sein. Rot und Schwarz. Rotblond. Mit Kälin im Bett.

Uli ist der Meinung, dass zwischen ihr und Kälin beim Zusammentreffen in der Nacht etwas vorgefallen sein muss. Für ihn ist es undenkbar, dass sie so ohne Weiteres mit ihm geschlafen hat. Kälin wollte es. Kälin ist abgewiesen worden. Und Kälin reagiert sich an Monika ab. Aber er kehrt zu Birgit zurück.

„Sie sollte also endlich jene Freuden der Liebe kennen lernen." Das wäre eine Erklärung. Es bedauert zu haben. Schlumbohm sagt, sie braucht jemanden in der Werkstatt. Kälin will alles mögliche können. „Freuden der Liebe." Gab es denn wirklich nie einen Mann in ihrem Leben?

Fragezeichen. Großes Fragezeichen. Albern. Ich merke, dass ich müde bin. Ich habe heute kaum etwas gegessen.

Morgen noch einmal mit Birgit reden?

Mit Hilde?

Von einer Frau wie sie träumt man. Verdammt. Kälin hätte auch mit ihr – nein, Unsinn. Verheiratet. Das hat sie ihm gesagt. „Ich habe meinen Mann erwähnt."

Was findet sie an diesem Specknacken?

Die Tage danach

Sonntagvormittag.

Frühstück. Uli nimmt bei Schlumbohm Kälin in Empfang. Will im Präsidium veranlassen, dass das Motorrad abgeholt wird. Neugierige an den Fenstern und vor Schlumbohms Wache. Hasserfüllte Zurufe, als Kälin zu Uli in den Wagen steigt. Sehe Olaf und winke ihn beiseite. Er zögert, als ich ihm vorschlage, einen Spaziergang mit mir zu machen. Trottet aber dann doch mit. Fragt, ob ich noch bleibe und warum. Antworte ausweichend und bringe das Gespräch auf seine Mutter. Stammt aus ärmlichen Verhältnissen, sagt er. Polnische Vorfahren. Ihr Vater Bergarbeiter. Ruhrgebiet. Hat einen Goldschmied geheiratet. André Giesler. Mit 21. Olaf ist 16. Also noch im gleichen Jahr geboren. Vater bei einem Bombenangriff umgekommen. Hilde nach Kriegsende in die Kreisstadt. Arbeit im Krankenhaus. Sträter mit Gallenoperation auf Station. Fuhrunternehmer Sträter.

Nicht vergessen: Vater fragen.

Olaf bestätigt indirekt, dass „der Alte" Dreck am Stecken hat. Wechselt zu Kälin. Weiß für sein Alter erstaunlich viel über Legion. Liest „Spiegel". Erwähnt Reise von Bundestagsabgeordneten nach Oran. Und Freddy. Auftritt vor über 1000 Legionären in Sidi Bel Abbes. „Überall lauert das Verderben, denn auf der Flucht, da wartet das Sterben." Spuckt aus.

Bebop ist seine Musik. Erzählt von seiner Plattensammlung. Flügel. Will jetzt eine Klarinette. Oder eine „Kanne", ein Altsaxophon. Sage, dass ich seinen Musikgeschmack teile. Er wird ungeheuer lebendig. Namen, Titel. Er hört gar nicht mehr auf. Von Hilde nicht weiter, so sehr ich auch versuche, ihn wieder darauf zurückzubringen. Waren weit draußen, schon nahe am Wald. Lädt mich ein, abends vorbeizukommen. Jazz hören.

Der Alte sei weg. Schützenverein.

Gelegenheit, Hilde zu sehen.

Nachts.
Beklemmung. Diese Frau hat eine ungewöhnlich starke sexuelle Ausstrahlung. Habe mir das gestern noch nicht eingestehen wollen. Obwohl ich schon bei dem Gespräch mehr ihre Figur bewundert als ihr zugehört habe. Figur! Ihre Beine. Ihr Busen. Ihr Hintern. Sie hat einen wahnsinnigen Gang. Hat mir die Tür geöffnet. Mich erwartet. Vor mir durch das große Zimmer, zu Olaf hinauf gerufen. Sich dabei über das Geländer gebeugt, ein Bein angehoben. Absicht. Sie weiß um ihre Wirkung. Trinken Sie etwas?

Von Olaf in sein Zimmer geschleppt. Viele Platten, viele Bücher. Ein Stapel Film-Illustrierte. Unter den Platten noch Oldtime. Swing. Benny Goodman, Miller, Duke Ellington. Boogie. Erklärt, dass er so ziemlich alle bedeutenden Stücke spielen kann. Interessiert ihn nicht mehr sonderlich. Modern Jazz.

Sehe mir die Bücher an. Auffällig viel Sartre. Legt Charlie Parker auf. „Perdido“, „A Night In Tunesia“. Interpretiert sehr genau. Merke, dass ich ständig an seine Mutter denke. So eine Frau. So einen Sohn. Unsinn! Ich habe getrunken.

Sie kommt ins Zimmer und sagt, sie habe einen kleinen Imbiss vorbereitet. Große Käseauswahl. Brot, Wein. Einen Bordeaux. Olaf trinkt mit. Bei Tisch selbstverständlich Monika. Hilde erzählt. Kinder haben zusammen gespielt. Geburtstage. Olaf macht deutlich, dass er davon nichts hören will. Kälin, kommt von ihm. Hilde fragt mich über Kälin aus. Und Birgit. Es muss sich an diesem Tag wirklich alles herumgesprochen haben. Natürlich.

Einzelheiten. Disput zwischen Olaf und ihr. Olaf argumentiert wie Uli. Hilde: Nein, es wird so sein, wie Birgit es gesagt hat. Ich kann mich gut in sie hineinversetzen.

Olaf lacht böse. Entschuldigt sich aber gleich und geht zum Flügel. Spielt „Moonglow“ und bekommt feuchte Augen.

Hilde: Mein Lieblingsstück.

Danach verabschiedet sich Olaf von mir. Geht auf sein Zimmer. Sehr abrupt. Hilde. Wechsel vom Tisch in die Sessel.

Erst Schweigen. Dann beginnt sie von Olaf zu reden. Leise. Akzeptiert ihren Mann nicht. Grund kann nicht der eigentliche Vater sein. Kleinkind. Keine einschneidenden Erinnerungen. War Zwölf als sie Sträter heiratete.

Vernunftehe, sagt sie. Lächelt entschuldigend. Olaf ist hochbegabt. Ohne Frage. Studium. Sagt, mein Preis. Ob ich verheiratet bin? Verlobt? Eine Freundin habe? Verneine. Marianne, verzeih' mir. Nein, lass mich fallen. Bin nichts für dich. Du bist nichts für sie. Mutter. Ach, Mutter. Deine Liebe. Mutterliebe. Hilde und Olaf. Es ist verrückt. Bin wirklich sehr betrunken. Hilde zu umarmen. Allein schon ihre Hand halten. Kurz. Beim Abschied.

Mayer würde mir einen Tritt in den Hintern geben. Bin froh, dass er weg ist und ich diesen Abend hatte.

Unten in der Wirtsstube saufen sie noch. Schützenverein. Alles absurd. Absurdes Theater. Sräter im Gasthaus. Ich bei seiner Frau. Irgendjemand hat mich bestimmt gesehen. Gerede. Gerede.

Montag.

Sechs Uhr raus an den See. Gelaufen. Eine knappe dreiviertel Stunde. Mit dem Fahrrad also wirklich nicht länger als eine halbe Stunde. Von ihrem Haus aus. Schwimme. Komme ungefähr da ans Ufer, wo Olaf aus dem Wasser ist. Wäre nicht weiter hoch gekrabbelt. Unnötig.

„Nach einer Stelle gesucht, um mich auszuruhen."

Nachfragen. Aber hat das eine Bedeutung?

Zum zweiten Mal an „seinem Platz". Setze mich an den Baumstamm. Fröstele etwas. Jedes Geräusch gut vernehmbar. Nein. Offenbar doch nicht alles. Wieder unten sehe ich gegenüber eine Gestalt. Tauche unbemerkt unter. Trübe Brühe. Eklig. Dann hoch.

Überrasche den Jungen von der Tankstelle bei meinem Kleiderbündel. Lutz. Sagt, dass er baden wollte.

Jeden Morgen? Nein, nein. Etwas zu heftige Reaktion. Frage ihn nach Birgit. Antwortet wirr. Unterm Strich: Birgit hat seit Samstag kaum mit ihm geredet. Erfahre, dass Birgit ihn zurück nach Hause schicken wollte. Wäre ihm lieb gewesen. Hat hier keine Freunde. Monika war gelegentlich bei Birgit. Am Freitag: War wütend auf Olaf. Was auch Kälin gesagt hat. Die Szene im Wasser. Birgit hat Monika heimgefahren.

Birgit-Monika.

Später.

Tankstelle. Birgit lehnt ab, sich mit mir zu unterhalten. Nur ein Blick auf sie. Furchtbar. Verheult.

Abends.
Daheim. Bahnfahrt. Präsidium. Uli zuversichtlich in Bezug auf Geständnis Kälin. Ist in U-Haft.

Ma brät Filet. Salat. Weißwein. Vater auf Geschäftsreise. Anruf Marianne. Verabredung.

Dienstagabend.
Gestriges Treffen mit Marianne. Sie will essen gehen. Ich habe schon. Erste böse Bemerkung. Mama hat Sohnemann bekocht. Zum Teufel! Trinke Bier. Marianne will Klarheit. Was ist, was wird mit uns? Lange Diskussion. Endet damit, dass sie die Nacht bei mir verbringen will. Gut. In meinem Zimmer benimmt sie sich unmöglich. Ist laut. Heftige Umarmungen, Küsse. Ungewohnt offensiv von ihr. Will, dass ich sie auf dem Teppich nehme. Nein. Im Bett großes Gestöhne und spitze Schreie. Nichts hilft. Ich hätte es mir denken können. Morgens klopft Ma an, schaut ins Zimmer. Marianne sofort hellwach und aus dem Bett. Hallo, Frau Gottschalk.

Frühstück. Marianne muss los. Bleibe noch. Ma: Du bist erwachsen. Du musst wissen, was du tust.

Sonst nichts. Kloß im Hals. Wut. Anruf im Büro. Melde mich krank.

Spaziergang in den Anlagen. Marianne. Schlafe mit ihr, aber habe darüber hinaus kein Interesse. Gut. Nicht gut. Beendigung der Beziehung hieße, Ma recht geben. Überlegung: Eigene Wohnung. Schluss mit Marianne. Am besten sofort in eine andere Stadt. Großstadt.

Mittagessen im Stadtpark-Hotel. Der Entschluss ist gefasst. Grund genug, mir einen schönen Tag zu machen.

Mit dem Wagen unterwegs.

Mittwoch.

Hilde. Gestern Abend. In ihrem Porsche neben mir an der Ampel. Ein Blick herüber. Ein Winken. Pizzeria. Ihre erste Frage: Kälin. Nein. Sie sagt Jo. Erzählt, dass Birgit sich um einen Anwalt kümmern will. War bei Birgit, hat lange mit ihr geredet. B. versucht, Geld flüssig zu machen. Sträter u. U. die Pacht abtreten. Hilde: Sie ist entschlossen, zu kämpfen. Lächelt dabei. H. trägt ein eng anliegendes Kleid mit tiefem Ausschnitt. Weiß. Rückt den Stuhl so, dass sie ihre Beine übereinander schlagen kann. Redet weiter über Birgit. Kälin muss in der Tat ihr „erster Mann" gewesen sein. Die „große Liebe". Bleibe skeptisch. Sie spricht von dem „gewissen Funken". Einer bestimmten Ausstrahlung. Kälin hat sie. Eine Wirkung, der auch sie sich nicht entziehen konnte. Nur schwer. Gesteht freimütig, dass sie Kälin an jenem Morgen auf der Stelle gefolgt wäre. Unbehagliches Gefühl. Was ist an diesem Mann? Auf mich hat er keinen sonderlich starken Eindruck hinterlassen.

H. verabschiedet sich. Freundin besuchen. Britta. Zögert. Vielleicht später am Abend noch etwas gemeinsam unternehmen?

Verabredung um Zehn.

Britta, eine blonde Person mit etwas aufdringlichem Sex-Appeal.

Tanzlokal. Kapelle. Schnulzen. Britta fordert mich zum Tanz auf. Nutze es, um sie nach ihrer Freundschaft mit Hilde auszufragen. Mit Hilde auf der Krankenhausstation. Viel zusammen rumgezogen. Plappert über ihre „Abenteuer". Männergeschichten. Schmiegt sich enger an mich. Kann Erektion nicht verhindern. Sie flüstert, dass sie sich freut, mich kennen gelernt zu haben. Sie lebt allein. Ich: Frau Sträter ist oft über Nacht bei Ihnen. Sie: Hilde wird uns schon nicht stören. Eindeutig.

Am Tisch keine großen Gespräche. Hilde beobachtet, dass Britta sich um mich bemüht. Kann es nicht verhindern. Ist mir auch nicht völlig unangenehm. Tanze mit Hilde. Sie bleibt auf Distanz. Bricht gegen Mitternacht auf. Entschieden. Will nach Hause fahren. Trinke noch mit Britta. Trinke viel. Es endet, wie es enden musste. In Brittas Wohnung. Britta ist schneller aus den Kleidern als ich. Es klappt nichts. Erst einmal. Britta versucht alles Mögliche. Schließlich ein verzweifeltes Rammeln. Kurz. Schmerzhaft. Bei Tagesanbruch ein zweiter Versuch. Schließe dabei fest die Augen und stelle mir vor, Hilde unter mir zu haben. Es gelingt. Höre Britta kaum. Sie krallt, kratzt, beißt. Der Schmerz bringt mich vollends auf Touren. Sie kommt. Will es dann noch einmal und es klappt wieder. Vögele kalt und konzentriert.

Im Bett noch Gespräch über Hilde. Britta sagt mir auf den Kopf zu, dass ich auf sie scharf war/bin. Fühlt sich aber nicht gekränkt. Erfahre, dass Hilde nie bei ihr übernachtet hat. Und ich bei ihr nicht die geringste Chance habe. Entweder gleich oder nie, sagt Britta.

Dann sehr sachlicher Abschluss.

Zuhause. Schlaf bis Nachmittag. Unruhig. Depressiv.

Abendessen mit Ma und Vater. Später Gespräch mit Vater. Allein. Sträter. Vater schweigt lange. Dann nur: Mit Sträter in einer Kompanie. Polen. Sträter ist zurückbeordert worden. Alles Weitere unbekannt. Wirklich? Vater bleibt dabei. Will auch nicht gewusst haben, dass Sträter im Landkreis wohnt. Glaube ihm nicht.

Glaube allmählich niemandem mehr.

Hilde. Sie geht mir nicht aus dem Kopf.

Donnerstag.

Arzt. Freund der Familie. Keine Schwierigkeiten mit einem Attest.

Telefonat mit Uli. Kälin bleibt bei seiner Geschichte. Es gibt keine Beweise, die dagegen sprechen. Monikas Leiche ist freigegeben worden. Beisetzung soll Samstag sein.

Marianne ruft an. Mittagessen mit ihr.

Verstärkt der Gedanke an Flucht. Einfach abhauen.

Samstagvormittag

Die Sonne brannte grell und heiß. Er kauerte an der Mauer unter den weit überhängenden Zweigen mit ihrem dichten Blattwerk, und er schwitzte am ganzen Körper. Die Verzögerung in der Kirche war ihm unerklärlich. Eigentlich hätte die Trauergemeinde schon längst am Grab sein müssen. Um elf Uhr hatten die Glocken geläutet und mit dem letzten Schlag hatte die Orgel eingesetzt. Das Lied der Gemeinde war bis zu seinem Versteck hin deutlich zu hören gewesen: *Die Herrlichkeit auf Erden muss Rauch und Asche werden, kein Fels, kein Erz kann stehn. Dies, was uns kann ergötzen, was wir für ewig schätzen, wird als ein leichter Traum vergehen.*

Er hatte wieder weinen müssen. Monika würde er nie vergessen können. In seinen Träumen lebte sie, aber die Träume waren nicht leicht. Es waren Alpträume. Sie endeten meist mit ihrem angstverzerrten Gesicht, mit einem letzten erstickten Schrei. Erwürgt. Tag für Tag hatte er sich seitdem Kälins Hände in Erinnerung gerufen, immer und immer wieder. Seine feingliedrigen Finger. Die kurz geschnittenen Nägel. Sauber. Geschickt hatte er seine Zigaretten gedreht, und vor dem Essen einen Takt auf die Tischplatte getrommelt, versonnen eine Melodie gesummt. Gelächelt. Er hatte ein völlig anderes Bild von ihm gehabt, mit einen unangenehm grinsenden, widerlichen Kerl gerechnet. Aber Kälin war ihm freundlich und voller Verständnis und Mitgefühl gegenübergetreten. Er hatte sich entschuldigt. Richtig dafür entschuldigt, dass er Birgit davon abgehalten habe, ihm Bescheid zu sagen. Ungewollt, sicher. *Weißt, das ist mitunter so, dass die Gedanken woanders sind. Ich hätt's lenken können. Nun ja.* Es hatte ihm leid getan. *Darfst mir nicht böse sein.* Augenblicklich hatte sich alles verflüchtigt. Erst als Birgit dann gesagt hatte, sie denke daran, ihn nach Hause zu schicken, war es ihm wieder hochgekommen. Doch Kälin hatte sofort den Kopf geschüttelt: *Nein, nein, der Lutz wird mir schon zur Hand gehen müssen, oder?* Sie hatten nicht länger darüber reden können. Jo war abgeholt worden. Zum Verhör. Verhaftet. Verdächtigt, Monika ermordet zu haben.

Er sah wieder Kälins Hände vor sich. Seinen Ring mit dem dunkelblauen Stein. In dem Reif spiegelte sich Monikas nackter Körper. Ganz klein. Winzig. Wenn er sie doch hätte beschützen können. Er merkte, dass er zitterte. Dieser Morgen am See. Seine Knie schmerzten und er wechselte die Stellung. In der Bewegung hörte er Schritte hinter sich auf dem Kiesweg. Erschrocken verharrte er, aber er war schon entdeckt worden.

Tief geduckt zwängte sich der Kommissar zu ihm durch und tupfte sich dann mit einem Taschentuch die Stirn ab.

„Du traust dich nicht, dich blicken zu lassen, ja? Sieht man gut von hier aus?“ Er schien keine Antwort zu erwarten, richtete sich vorsichtig auf. Ein Zweig verfing sich in seinem Hemdkragen.

„Ich –“

„Du musst nichts sagen. Ich kann mir schon denken, wie das ist.“

„Ich – ich kenn’ doch niemanden.“

„Das Grab“, sagte der Kommissar. Er hatte über die brusthohe Mauer geblickt. „Eine böse Sache, nach wie vor. Der Kälin ist dabei geblieben, dass er’s nicht war.“

„Ja?“

„Ja, und es gibt auch nichts, was ihm bewiesen werden konnte.“

„Kommt er – kommt er frei?“

„Du magst ihn auch. Die Frauen mögen ihn und du. Aber dort in der Kirche predigt der Pfarrer von Gott, der mit Feuer und Schwert kommen möge, um das Übel auszurotten. An Kälins Stelle würde ich alles andere, als hierher zurückzukehren. Er ist schon aus der Haft. Seit gestern morgen.“ Der Kommissar wandte sich ihm zu. Sein Gesicht glänzte schon wieder feucht und auf seinem weißen Hemd zeichneten sich große Schweißflecken ab. Er nickte bekräftigend.

„Er – er ist frei?"

„Du hast mir doch gesagt, dass deine Tante die Monika am Abend zuvor heimgefahren hat. Dass sie draußen bei euch war. Weißt du, mir lässt das alles keine Ruhe. Die ganze Geschichte nicht. Glaubst du, dass der Olaf ihr wirklich Böses wollte? Du warst doch dabei, als sie davon erzählt hat."

„Er war gemein zu ihr."

„Hat sie gesagt, warum?"

Die Glocken ertönten, und der Kommissar machte eine kleine, beruhigende Geste.

Drüben erschien der Pfarrer im weit geöffneten Kirchentor. Er hielt die Bibel mit beiden Händen vor der Brust. Langsam schritt er die drei Stufen hinab. Hinter ihm wurde der helle Eichensarg hinausgetragen. Sechs junge Burschen trugen ihn. Einer von ihnen war Olaf. Es war kein sehr langer Weg bis zum Grab, aber sie brauchten viel Zeit, schleppten sich dahin. Die Gruppe, die dem Sarg folgte, musste immer wieder stehen bleiben und warten, bis die Frau an ihrer Spitze mühsam weiterging. Ihre Mutter. Monikas Mutter. Er hatte sie nie zuvor gesehen. Auch ihren Vater nicht. Er stützte seine Frau. Sie schluchzte laut auf.

„Schlimm", flüsterte der Kommissar. „Furchtbar. Und noch dazu bei so einer Hitze." Er duckte sich ein wenig.

Die Prozession hatte die ausgehobene Grube erreicht. Vorsichtig setzten die Jungen den Sarg ab, und als Olaf sich aufrichtete, blickte er zu ihnen herüber. Sein Gesicht verriet, dass er etwas bemerkt hatte.

„So lasset uns denn beten", begann der Pfarrer.

Birgit hing den Stutzen ein und machte sich daran, die Scheiben zu säubern. Der Fahrer des Wagens war ein paar Schritte zur Straße hin gegangen und blickte umher. Er trug eine Schirmmütze, die er hoch in die Stirn geschoben hatte, ein offenes, kariertes Hemd und eine weite Bundhose.

„Die Sonne sticht ja heute gewaltig", meinte er, als er zu seinem Wagen zurückgekommen war. „Verkaufen Sie auch was zu trinken?“

Birgit wies zum Kran neben der Zapfsäule.

„Das Wasser ist gut“, sagte sie.

„Keine Cola?“

„Im Ort.“ Sie wrang das Leder aus.

„Ich wollte eigentlich durchfahren. Dörfer. Ich hasse diese Kaffs. Entschuldigen Sie, aber so ist’s nun mal. Ich muss meine Mutter abholen. Sie ist bei ihrer Bauernfamilie zu Besuch. Ist mir unverständlich. Nach dem Krieg ist sie von ihnen ausgenommen worden bis aufs Hemd, und jetzt sind’s auf einmal ganz liebe Leute.“

„Ja“, sagte Birgit. „Fünfzehnachtzig.“

Der Mann griff in seine Hosentasche und zog ein Bündel zerknitterter Scheine hervor. Er klaubte einen ab.

„Wenn Sie vielleicht doch was anderes als Wasser haben –“ Er beendete den Satz nicht, hielt ihr den Zwanziger hin.

„Wein“, sagte Birgit. Der Mann verzog sein Gesicht.

„Nee – ein Bier?“

„Nein“, sagte Birgit. „Tut mir leid.“

„Da ließe sich aber ein Geschäft mit machen. Überlegen Sie mal. Betreiben Sie das hier alleine?“

„Mit meinem Mann.“

„Ah, ja. Und Sie kommen gut zurecht?“

Birgit klaubte in ihrer Schürzentasche nach Kleingeld. Sie brachte nur zwei Mark zusammen, gab sie dem Mann und bedeutete ihm, dass sie ins Haus müsse. Der Mann rückte seine Mütze zurecht und sah ihr nach. Sie spürte seinen Blick im Rücken. Mein Mann. Es war gut, das sagen zu können. Mein geliebter Mann. Jo. Ich warte auf dich. Sie beeilte sich.

Der Fahrer hatte sich schon in den Wagen gesetzt und den Motor angelassen. Er streckte die Hand aus.

„Getränke“, sagte er. „Gut gekühlte Getränke. Besprechen Sie das mit ihrem Mann. Das bringts.“

Er tippte kurz an seine Mütze und gab Gas. Schotter spritzte und Staub wirbelte auf. Birgit blieb noch einen Moment unter der Wellblechüberdachung stehen. Aus der Ferne hörte sie die Kirchglocken. Mein Mann. In einem weißen Kleid an Jos Seite. Josef hatte fliehen müssen vor den Häschern. Sie lächelte bei dem Gedanken. Maria. Jungfrau Maria. Die Stunden mit Jo liefen erneut in ihr ab. Sie würde ein Kind haben. Das wusste sie. Ein Kind von ihm. Ihr Kind. Es war schön, daran zu denken und es war grausam. Sie merkte, dass Monika kaum mehr in ihrer Erinnerung war. Sie hatte sie ausgelöscht, in jener Nacht schon. Und sie war ihr doch zuvor nah gewesen. Eine junge Freundin. Ein Mädchen, das sich ihr anvertraut und sie bewundert hatte. Vergessen. Keine Trauer, kein Schmerz. Sie empfand nichts. Nur in Verbindung mit Jo war etwas da, was sie sogleich auszuschalten versuchte. Zuschüttete.

Sie ging ins Haus und goss sich ein Glas Wein ein. Nahm es mit in ihr Zimmer und setzte sich aufs Bett. Sie trank, stand noch einmal auf und holte sich die Flasche. Trank weiter, bis sie Jo neben sich glaubte, seine Hand fasste und den Arm um sich legte und zu reden begann.

„Möchtest du einen Cognac?", fragte Sträter.

„Ja, danke." Sie verfolgte, wie er die Gläser aus dem Barschrank nahm und prüfend die dickbauchige Flasche hochhielt, bevor er einschenkte.

„Beerdigungen sind scheußlich", sagte er.

„Der Tod", meinte sie. „Jeder Tod."

„Nein, dieser christliche Mumpitz. Obwohl mir an der Predigt einiges gefallen hat. Solche Elemente gehören ausgerottet."

„Du würdest dich bestimmt gern dafür zur Verfügung stellen. – Es ist alles andere als klar, dass Kälin es war."

„Das ist ein Grund meiner Bitte, mit dir zu reden." Er reichte ihr den Cognacschwenker und ging hinter seinen Schreibtisch.

„Kälin?“

„Deine Unterhaltungen mit diesem jungen Schnösel, diesem Gottschalk. Du bist mir in den Rücken gefallen – nein, unterbrich mich nicht. Wir haben eine Abmachung und die lautet, du führst dein Leben und ich führe meins. Was ich mir allerdings verbitte ist, dass du deine Eskapaden dermaßen öffentlich machst. Geh ins Bett, mit wem du willst, aber wahre gefälligst die Form.“

„Hast du dazu eine Woche gebraucht?“

„Ich bin noch nicht fertig.“

„Es wäre anders, wenn du mir mehr geben würdest.“

„Papperlapapp – du warst von Anfang an allein auf mein Geld aus. Und darum geht es. Ich habe mein Testament aufgesetzt.“

Hilde nahm einen großen Schluck und versuchte, sich nichts anmerken zu lassen. Sträter setzte sich und zog eine Mappe aus der Schreibtischschublade.

„Du willst es mir vorlesen?“

„Ja.“

„Warum?“

„Um eventuell Gegenmaßnahmen ergreifen zu können. Ich habe nicht vergessen, was du mir angedroht hast.“

„Schön – ich höre.“

Er schlug die Mappe auf und nahm ein Blatt heraus.

„Ich werde das selbstverständlich noch notariell beglaubigen lassen und hinterlegen. Sowohl du als auch dein Sohn sind berücksichtigt. Olaf werden bis zu seinem fünfundzwanzigsten Lebensjahr monatlich achthundert Mark zugesprochen. Dir wird nach meinem Ableben eine einmalige Summe von dreissigtausend Mark zugeteilt.“

„Lächerlich“, warf sie ein. Sträter ließ sich nicht beirren.

„Firma, Haus und Grundbesitz sind zu veräußern und die Erträge zusammen mit meinem restlichen Vermögen für den Bau einer Gedenkstätte zu verwenden.“

„Nein – oh, nein.“

„Dem Gedenken der Opfer beider Kriege. Den Kameraden“, schloss er.

„Dir ist klar, dass ich das nicht hinnehmen werde“, sagte Hilde und stellte ihr Glas ab. „Eine Gedenkstätte – von dir, von deinem Geld. Nein, Rolf, du hast wieder einen Fehler gemacht. Wenn du dabei bleibst, sind wir geschiedene Leute.“

Er lehnte sich breit zurück. Sein Hemd spannte sich über dem Bauch. Er faltete seine Hände.

„Mehr wirst du in keinem Fall erhalten“, sagte er.

„Ich kann dich vernichten.“

Er lachte kurz.

„Dann hast du nichts. Ich würde einen entsprechenden Passus hinzufügen. Überleg' es dir gut. Alles.“

Hilde warf den Kopf zurück und blickte zur Decke hoch. Olaf war oben in seinem Zimmer. Achthundert Mark monatlich. Dreißigtausend für sie. Wenn er unter der Erde war.

„Was hast du dir sonst noch ausgedacht?“, fragte sie kalt.

„Du meinst, solange ich lebe?“

„Ja.“

„Ein wenig mehr Zurückhaltung deinerseits. Ansonsten wird es euch an nichts mangeln.“

Gottschalk bestellte für den Jungen eine große Portion Eis mit Sahne und für sich einen Kaffee. Dann ging er zur Musikbox, warf ein paar Münzen ein und drückte ihr Lied. Mit den ersten Takten drehte er sich um. Lutz saß wie versteinert auf seinem Platz.

„Das hat sie gemocht, habe ich mir sagen lassen. *Petite Fleur* – die kleine Blume. Ich werde morgen Blumen auf ihr Grab legen. Willst du noch einmal mit?“

„Wa– warum?“

„Was?“

„Warum tun Sie das?“

„Um sie nicht zu vergessen. Ich habe schlimme Tage gehabt. Du denkst vielleicht, für so jemanden wie mich ist das Alltag.

Nur ein Mord mehr. Ich habe noch nicht viele Mordfälle bearbeitet. Bearbeitet – schrecklich. Das ist keine Arbeit wie andere. Gut, man lernt gewisse Dinge. Es wird einem gesagt, wie und was man zu fragen hat, worauf man achten soll. Theorie. Theoretisch weist alles auf Kälin hin. Ein Motiv?" Gottschalk zuckte die Achseln. „Eine eindeutige Spur? Einen Zeugen? – Nichts. Nur was man sich so denkt. Was passieren kann, wenn jemand abgewiesen wird. Es bei der nächsten versuchen will. Mit Gewalt. Aber Kälin sagt, dass deine Tante ihn nicht fortgeschickt hat. Und sie bestätigt das. Magst du mir was von ihr erzählen?"

Lutz schniefte. Er schaute auf seine nackten Knie. Das heulende Elend, dachte Gottschalk. Der Junge, den es in jeder Klasse gibt. Dicklich, unbeholfen, ständig Zielscheibe der anderen. Die leichte Bräune milderte die unreine Haut.

Der Italiener kam und stellte die beiden kleinen Silbertabletts vor ihnen ab. Lutz griff sofort nach dem Löffel und hob einen Schlag Sahne ab. Gottschalk wartete. Er schaute zu, wie Lutz sich das Eis vornahm und allmählich ein wenig ruhiger wurde.

„Was soll ich denn erzählen?"

„Nun, was dir gerade einfällt. Ich habe Zeit."

„Manchmal ist sie richtig nett. Sie hat uns mal besucht, früher, da war ich noch klein. Sie ist mit mir in den Tierpark und auf den Turm. Und ist mit mir Boot gefahren. Das hat sie alles bezahlt."

„Hmm", machte Gottschalk und nahm einen Schluck Kaffee.

„Abends hat sie Ma zum Essen eingeladen."

„Verstehen sich die beiden gut?"

„Ich – nein, nicht immer. Oma hat Ma lieber. Weil Birgit nicht geheiratet hat."

„Weiß man, warum nicht?"

„Oma sagt, sie ist zu wählerisch und wird noch – noch komisch."

„Verstehe", sagte Gottschalk und nickte Lutz aufmunternd zu. „Wenn du möchtest, bestellen wir noch eine Portion."

„Ich soll nicht soviel essen."

„Ach, das braucht man manchmal. Komisch – ja, das kann ich mir gut denken. Sie ist eine schöne Frau. Wie ist sie eigentlich hier aufs Land gekommen, und an die Tankstelle?"

„Das weiß ich nicht genau. Ich glaub', das war gleich nach dem Krieg"

„Da ist sie aber noch sehr jung gewesen", sagte Gottschalk. Er winkte den Italiener heran.

Nachmittags

Das Geschirr war gespült, der Küchenboden gewischt worden. Auf dem Tisch lag eine weiße Wachstuchdecke. Von der Lampe baumelte ein neuer Fliegenfänger herab. Die gelbgestreiften Vorhänge bauschten sich. Hilde stieß mit dem Absatz die Tür zu und fasste Birgit wieder fester um die Taille. Der Knall ließ sie aufschrecken. Sie murmelte etwas.

Hilde schleppte sie zur Bank.

„Trinken – trinken wir – wir einen Wein", sagte Birgit stockend und stützte sich an der Tischplatte ab. Ihre Augen waren gerötet.

„Du hast genug", sagte Hilde. Sie ging zum Bord, nahm einen Topf und setzte Wasser auf.

„Nicht genug."

„Nein, zuviel. Mein Gott, hast du dich mal angesehen? Willst du dich zugrunde richten? Wegen eines Mannes? Hör zu, ich verstehe, dass du dich nach ihm sehnst. Wir haben darüber geredet. Gut. Ihr hattet ein paar phantastische Stunden. Aber mehr auch nicht. Begreif' das endlich. Dass sonst nichts war."

„Viel – zuviel."

Hilde baute sich vor Birgit auf, packte sie an den Schultern und schüttelte sie.

„Nichts", wiederholte sie. „Du steigerst dich in was rein, was keine Grundlage hat."

„Wir – wir gehören zu– zusammen."

„Birgit." Hilde fasste Birgits Kopf, hob ihn an und sah ihr eindringlich in die Augen. „Birgit, du machst mir Angst. Das kann nicht wahr sein. Du bist eine erwachsene Frau. Du warst immer klar und vernünftig. Das ist verrückt. Was ist nur mit dir geschehen?"

Birgit verzog ihr Gesicht, befreite sich aus Hildes Griff und tastete auf dem Tisch herum.

„Trinken", sagte sie. „Ein Glas –"

„Nein, zum Teufel! Keinen Tropfen trinkst du mehr. Und wenn ich dich einsperren muss."

Birgit lachte schrill. Sie lachte und lachte, lachte, bis Hilde ausholte und sie schlug. Birgit kippte zu Seite, riss die Decke mit. Hilde beugte sich vor, wollte sie halten und wieder hochziehen. Birgit stieß sie von sich, trat nach ihr. Schwer atmend kam sie hoch.

„Entschuldige", sagte Hilde. „Ich kann das nicht sehen, wie du – wie du mehr und mehr durchdrehst."

„Du – du hast – du hast mich geschlagen."

„Ich weiß nicht mehr weiter." Sie rückte sich einen Stuhl zurecht und setzte sich. Birgit starrte sie noch immer fassungslos an. Schließlich schüttelte sie den Kopf.

„Geschlagen – das hat nie –"

„Tut mir leid. Ich – verdammt, ich könnte heulen. Warum kümmere ich mich überhaupt darum? Ja, warum? Warum glaube ich, dir helfen zu müssen? Fräulein Schwester. Krankenschwester." Sie sprach zu sich selbst. „Pflegeschwester Hilde. Pflegefälle, aussichtlose Fälle und doch dabei bis zum letzten Atemzug. Ich sollte längst abgehärtet sein oder alles vergessen haben. – Entschuldige, bitte. Ich wollte dir nicht weh tun." Sie streckte ihre Hand nach Birgits Hand aus, ergriff sie und drückte sie leicht. Birgit entzog sie ihr nicht. Schweigend verharrten sie eine Weile so. Das Wasser kochte. Hilde stand nicht auf. Birgit begann, leise zu weinen, und Hilde streichelte nun ihre Hand. Sie dachte an all die Angehörigen, die in den Krankenhausfluren gewartet, den Ärzten entgegengesehen hatten, stumm und regungslos das aufnahmen, was ihnen mit dem Ausdruck des Bedauerns mitgeteilt wurde. Floskeln. Routine. Auch sie hatte nichts anderes zu sagen vermocht. Damals nicht. Nicht zu Monikas Eltern. Worte. Sie wusste, dass sie nicht gehört wurden. Ihre Gedanken schweiften ab. Vor ihrem inneren Auge wurde André sichtbar. Nicht einmal zwei volle Jahre hatten sie miteinander verbracht. Sie hatten geheiratet, heiraten müssen, weil sie schwanger geworden war.

Auf Druck seiner und ihrer Familie. Weder sie noch er waren stark genug gewesen, sich dem zu widersetzen. Bei André hatte das zu Rückzug, zur Verweigerung weiterer *ehelicher Pflichten* geführt.

Hilde lächelte bitter als sie daran dachte, wie verletzend er sie hatte spüren lassen, dass ihm seine *Freiheit* genommen worden war. Dieser Scheißkerl. Und doch hatte sie geheult und war zusammengebrochen, als man ihn tot aus den Trümmern geborgen hatte. Dumpf verbrachte Tage, Wochen. Das Ende des Krieges, der *Friede* – nichts hatte sie freudig gestimmt, aufleben lassen. Völlig unverständlich war es ihr später erschienen. Viel später. Als sie sich endlich für ihr eigenes Leben entschieden hatte.

„Ich hab' mir das schon gedacht", sagte Schlumbohm. Er stand am Herd und gab einen ordentlichen Brocken Butter in die Pfanne. „Reichen dir zwei Eier?"

Gottschalk hatte sich ein Stück Brot in den Mund geschoben, nickte kauend. Er saß auf einem Schemel neben dem offenen Fenster und schaute wieder hinaus auf die schmale Straße. Schräg gegenüber wohnten die Honczeks. Er konnte den Hauseingang, die Fenster sehen. Sie waren geschlossen und sämtliche Vorhänge waren zugezogen. Monikas Fahrrad lehnte am Gartenzaun. Als ob sie es gleich morgen wieder aufschließen und zum See radeln würde.

Schlumbohm schlug die Eier auf.

„Ich befürchte, dass Kälin wieder bei Birgit auftauchen wird", sagte Gottschalk. „Du kennst die Leute hier. Ich hab' nur gehört, was euer Pfarrer gepredigt hat. Das wird Mord und Totschlag geben. Sie werden nicht verstehen, dass er frei herumläuft."

„Verstehst du es denn?"

„Erwin, es gibt nichts –"

„Ja, ja, das hast du gesagt. Aber wer dann? Es war niemand sonst da draußen."

„Ihr Mörder“, sagte Gottschalk. „Herrgott, bei allen habe ich das Gefühl, dass sie etwas zurückhalten und auch lügen. Uli hat von den Eltern nichts erfahren können – ein heiteres, unbeschwertes Mädchen. Bei jedem beliebt und gern gesehen. Selbst du sagst –“

„Ja, ja, ja“, unterbrach Schlumbohm ihn wieder. Er nahm den Knochenschinken vom Haken und brachte ihn zum Tisch. „Es war nun mal so. Keine Streitereien, keine bösen Geschichten. Sie war Sechzehn, Peter. Bei euch in der Stadt geht das anders zu, ich weiß. Na gut, ich könnte dir auch bei uns ein paar Mädchen nennen, die es mit den Burschen nicht so genau nehmen und sie gegeneinander aufstacheln. Aber Monika – nein.“

„Dieser Lutz war in sie verliebt.“

„Der?“ Schlumbohm schnaubte kurz. Er holte die Pfanne und tischte auf. „Wenn, dann war's wohl eher eine Schwärmerei. Der Junge macht mir nicht den Eindruck, als könne er Süßholz raspeln.“

„Eben“, sagte Gottschalk. „Und er ist nicht gerade James Dean. Was weißt du übrigens noch über Birgit?“

„Worauf willst du hinaus?“

Gottschalk stippte Brot in das Dotter und spießte den Happen auf. Der Schinken roch gut. Schlumbohm säbelte einige Scheiben ab.

„Wissen, alles wissen.“

„Es wird dir nichts nützen. Birgit – denkst du etwa –“

„Sie war dabei, in eine wunderbare Welt einzutreten“, zitierte Gottschalk aus dem Gedächtnis. „Flaubert, Madame Bovary. Ich hab's mir rausgeschrieben. Flaubert soll gesagt haben, die Bovary, das bin ich. Seine Empfindungen, seine Gefühle. Er hat sich verstanden und von daher – ja, Erwin, das ist es im Grunde genommen. Ich verstehe mich selbst kaum, geschweige denn andere und darum –“

„Spinnkram“, sagte Schlumbohm trocken. „Noch 'n Bier?“ Er stand schon auf.

„Darum will ich wissen", schloss Gottschalk. „Krücken. Aber man kann auch mit Krücken vorankommen."

Schlumbohm bekam es nicht mit. Er hebelte die Kronkorken ab.

Gottschalk sah wieder hinüber zu dem Haus.

„War sie oft da?"

„Wer?"

„Birgit. Drüben bei den Honczeks."

„Ich wüsste nicht", sagte Schlumbohm und musste lachen. „Wissen, nicht wissen – du kannst von einem Menschen nicht alles erfahren. Und das ist vielleicht auch gut so. Birgit hat nie groß über sich geredet. Sie war eines Tages da, hat von dem alten Suffkopp die Pacht übernommen und wohl auch das hier." Er stieß die Flaschen aneinander und reichte Gottschalk eine. „Sie hat's nicht leicht, verdammt. Obwohl ihr anfangs jeder halbwegs ausgewachsene Mann unter die Arme greifen wollte. Weit unter die Arme, bis vorn zur Brust. Sie hat sie zum Teufel gejagt, alle miteinander. Von dem Gerede dann hab' ich dir erzählt." Er nahm einen großen Schluck und setzte sich.

Gottschalk gabelte sich eine Scheibe Schinken vom Brett und legte sie sich aufs Brot.

„Weiter", bat er. „Erzähl' weiter."

„Was noch, Peter? Sie war Mitte Zwanzig, als sie sich da draußen niederließ. Erst nach und nach hat man dann mal einiges gehört. Von der Schwester und deren Sohn. Dass die Familie im Krieg alles verloren hat und sie – " Er stockte und schlug sich leicht an die Stirn. „Sie hatte Geld. Ja – nicht viel, aber es reichte. Klar, jetzt erinnere ich mich. Dass darüber auch eine zeitlang gemutmaßt wurde."

„Und was?"

Schlumbohm dachte noch nach.

„Ja, was? Alles mögliche. Warte – das war Sträter."

„Euer Mann für Gerüchte."

„Nun ja, er ist – er war damals noch nicht verheiratet."

„War er auch einer von denen, die ihr unter die Arme greifen wollten?"

„Ich glaube – ja, ich denke schon."

„Und? Was hat er dann über sie geredet?"

„Soweit ich weiß, ging das in die Richtung ausnehmen. Dass sie Männer schröpfte oder – oder erpresste. Erpresst haben sollte."

Gottschalk nickte zufrieden.

„Na, siehst du", sagte er. „Krücken." Er stopfte sich einen weiteren Bissen Brot in den Mund, kaute bedächtig. Der Ältere schüttelte zweifelnd den Kopf.

Hilde schaltete hoch. Der Fahrtwind peitschte ihr Haar. Sie umklammerte das Lenkrad fester und konzentrierte sich auf die Straße. Doch immer wieder flackerten Bilder auf, kehrten ihre Gedanken zurück. Für ihr Leben entschieden. Für Olaf. Das hatte zusammengehört. Sie erinnerte sich an die zerstörte Stadt. Das feuchte und kalte Zimmer. Untermiete. Kohlenklau. Schwarzmarkt. Tabletten, Ampullen, Spritzen für Kaffee und ein paar Lebensmittel. Sonntägliche Hamsterfahrten aufs Land. Lange Wege mit Olaf im Kinderwagen. Der Junge rührte die Herzen der Bäuerinnen. Ihre Männer drehten die Schmuckstücke in den feisten Händen. Erwachsene Söhne leckten sich die Lippen. Eine kräftige Hand tatschte ihren Hintern. Eindeutige Angebote. Etwas Milch. Eine Wurst. Ein Schinken. Alles für Olaf. Es tat nicht weh. Sie gewöhnte sich daran. Wie viele andere junge Frauen. Die Blicke der Eltern, der Schwiegereltern waren schlimm. Weg. Nur weg. Auf die Kreisstadt waren keine Bomben gefallen. Die Krankenhausbetten normal belegt. Anstellung, ein möbliertes Zimmer mit Küche- und Badbenutzung bei einem freundlichen Ehepaar. Kinderlos geblieben. Olaf war in guten Händen. Oberärzte luden ein. Neues Geld. Grünes und blaues. Es war frisch. Es gab Stoffe und Blusen zu kaufen. Hochhackige Schuhe und Lippenstifte. Für Geld konnte man alles haben. Die Ladenkassen klingelten. Männer warteten mit Blumen vor dem Krankenhaus. Jeder hatte etwas anzubieten. Kino. Ein Abend in einem Weinlokal. Ein Essen im Restaurant. Tanz. Und eine Bude. Ein Bett. Viele Nachtdienste. Olaf war eingeschult worden. Eine riesige Tüte mit Süßigkeiten. Eine neues Xylophon. Heiratsanträge. Rolf.

Hilde drückte das Gaspedal fester durch. Die Tachonadel zitterte auf 130, 135 zu. Es war noch hell, aber die Sonne hatte ihre Kraft verloren, gleißte nicht mehr.

Rolf. Nicht besser und nicht schlechter als jeder andere. Nur mehr Geld. Ein Fuhrunternehmen. Ein großes Haus. Einen Garten. Wunderbar für den Jungen. Alles vorhanden. Er versprach, keine großen Ansprüche zu stellen. Getrennte Schlafzimmer. Gelegentlich ein paar gemeinsame Stunden. Schwester. Pflegeschwester. An vieles gewöhnt. Aber nicht an das, was er ihr dann zumutete. Entsetzen. Ekel. Ihr allmähliches Begreifen. Seine Vergangenheit. Obersturmführer Rolf Sträter. Auschwitz.

Sonntagmorgen

Durch die Zweige hindurch konnte er sie sehen. Sie hatte ihre Schuhe ausgezogen und sie in die Hand genommen, war zum Ufer gegangen und schaute über den See. Er kauerte nicht allzu weit von ihr entfernt im Gebüsch und beobachtete sie. Sie ließ jetzt die Schuhe fallen und hakte den Verschluss ihres Kleides auf. Eine ihm bisher unbekannte Erregung überkam ihn. Er wollte wegschauen, doch er konnte es nicht. Gebannt verfolgte er, wie sie sich aus dem Kleid schälte und es zu Boden sinken ließ. Ihr weißes Höschen. Sein Herz begann heftig zu klopfen. So stark, dass er glaubte, sie müsse es hören. Sie zögerte, strich sich sanft über ihren flachen Bauch, hob ihre Brüste an, streichelte auch sie. Er presste die Zähne aufeinander. Sie straffte sich jetzt und lief ins Wasser, hechtete vor, tauchte unter, kam hoch und schwamm mit kräftigen Zügen. Erleichtert atmete er tief ein. Sie war schnell in der Mitte des Sees, drehte sich in Rückenlage und paddelte nur noch leicht. Ein leises Plätschern, das sich mit dem Zwitschern der Vögel vermischte, den Geräuschen der Tiere im Wald. Er lauschte und achtete dabei weiter auf sie, die dem anderem Ufer allmählich näher kam, zielstrebig wieder zulegte und das Schilf erreichte. Genau an der Stelle, die unterhalb *seines* Platzes lag. Sie richtete sich auf und watete die letzten Meter durch das Wasser. Dann verschwand sie hinter den Büschen.

Kälin hatte sie kommen hören. Er nahm die graue Wolldecke vom Boden und hielt sie ihr hin. Hilde nahm sie und hüllte sich in sie ein. Eine Zeitlang schwiegen sie.

„Du hast ihnen nichts gesagt", begann Hilde schließlich.

„Nein, es wäre sich gleich geblieben."

„Du hast Monika dort drüben noch gesehen."

„Ja", sagte Kälin, ging zu dem Baum und hockte sich hin. Er begann, sich eine Zigarette zu drehen. Hilde setzte sich ebenfalls.

„Ja", wiederholte Kälin. „Als sie ins Wasser gesprungen ist, bin ich hochgeschreckt, oder? Sie schwamm direkt hier herüber, und es wär' nicht gut gewesen, wenn sie mich entdeckt hätte. Ein junges Mädchen, das sich allein glaubt. Sie hätte sich furchtbar erschreckt."

„Sie ist ermordet worden."

„Ich hab' schnell meine Sachen zusammengerafft und bin hoch. Hab' oben am Krad noch eine Weile ausgeharrt. Eine Zigarette geraucht, zwei, oder?"

„Ich weiß, dass du sie nicht umgebracht hast."

Kälin leckte das Blättchen und zündete sich die Zigarette an. Er blickte zu Boden. Hilde zog die Decke enger um sich.

„Ich wollt' fort -"

„Ja", unterbrach Hilde. „Und ich habe geglaubt, es sei gut für Birgit, wenn du bleiben würdest. Gut auch für mich."

„Das hast du mir in den Stunden nicht gesagt."

„Du hast die meiste Zeit geredet, und jetzt hat es sich erledigt. Du kannst nicht mehr zu Birgit."

„Sie braucht mich aber, oder?"

„Es hat sich alles verändert, verstehst du das nicht? Alles. Für die Leute im Ort bist du der Mörder. Es nutzt dir nichts, dass die Polizei dich hat laufen lassen. Sie sind fest davon überzeugt."

Kälin schüttelte leicht den Kopf. Er schaute Hilde an.

„Die Leute machen es sich immer leicht", sagte er. „Überall auf der Welt. Ich bin das gewohnt."

Gottschalk trat aus dem Schatten der Bäume und ging mit schnellen Schritten den schmalen Weg entlang, der an der Tankstelle vorbei zur Straße führte. Obwohl es noch früh am Morgen war, brannte die Sonne bereits mit einer unerbittlichen, sengenden Glut und drückte alles flach zu Boden. Hart und scharf zeichnete sich gegen das Hellblau des Himmels das einstöckige Haus und der links davon liegende Schuppen ab. Die Werkstatt.

Gottschalk blieb kurz stehen und legte die Hand über die Augen. Auf dem Hof war niemand zu sehen. Er zog sein Taschentuch hervor und wischte den Schweiß von Gesicht und Nacken. Dann trabte er weiter. Als er die Straße erreicht hatte, wandte er sich nach rechts und sah weit hinten Kälin. Er schwang sich gerade auf seine Maschine und startete. Das schwere Motorrad setzte sich langsam in Bewegung.

Gottschalk wartete. Kälin fuhr an der Einfahrt zur Tankstelle vorbei und hielt auf ihn zu. Er kuppelte kurz vor ihm aus und bremste ab.

„Steigen Sie auf", begrüßte ihn Kälin. „Wir fahren ein Stück."

„Wir haben zu reden."

„Ja – sicher. Es gibt noch einiges zu sagen. Kommen Sie."

Gottschalk zögerte noch. Kälin kickte die Fußraste aus.

Hilde schwamm langsam zurück und suchte sich dann einen sonnigen Platz. Sie legte sich auf den Rücken, streckte die Beine und spreizte sie leicht. Die heiße Sonne trocknete schnell ihre Haut, und sie genoss die Hitze, drehte sich nach einiger Zeit herum und vergrub ihr Gesicht in der Armbeuge.

Ein Klappern ließ sie hochschrecken, und noch bevor sie zu ihrem Kleid greifen konnte, tauchte Olaf auf seinem Rad auf, klingelte und winkte ihr zu. Er sprang ab, ließ das Rad achtlos fallen und eilte heran.

„Kälin!" rief er. „Der Kälin ist wieder hier. Ich hab' ihn gesehen. Mit dem Gottschalk. Der ist auch da."

„Mit Gottschalk?"

„Ja – sie sind mir entgegengekommen, und Gottschalk hat sich noch nach mir umgedreht. Auf dem Motorrad. Du, der ist frei."

Hilde stand auf und zog das Kleid über. Sie strich es glatt und sah ihren Sohn nachdenklich an. Er stand sonst nie früh auf. Nicht in den Ferien. Nie vor zehn, elf Uhr.

„Was hat dich aus dem Bett getrieben?", fragte sie.

„Die haben den Mörder –“, setzte er an.
„Ich habe dich etwas gefragt, Olaf.“
„Ma, das ist –“
„Was?“
„Das ist doch egal. Ich war wach und – ich wollte schwimmen.“
„Du lügst.“
„Nein“, sagte er.
Hilde zeigte zu seinem Rad.
„Du hast nicht einmal ein Handtuch dabei.“
„Hast du ja auch nicht“, erwiderte er trotzig.
„Es geht nicht um mich.“
„Ich hab’ gehört, wie du aus dem Haus bist.“
„Das war für dich nie ein Grund aufzustehen.“
„Kannst du ja gar nicht wissen. Was ich mach’, wenn du –“
„Olaf“, unterbrach sie ihn. „Ich will wissen, warum du um die Zeit mit dem Rad unterwegs bist und hier an den See kommst.“
Er stöhnte theatralisch und hob die Schultern.
„Nur so“, sagte er.
„Eben war es noch schwimmen.“
„Du glaubst mir ja doch nichts. Was fragst du überhaupt? Auf einmal. Sonst kann ich tun und lassen, was ich will. Das ist dir völlig egal. Die ganzen Ferien über hast du nicht ein einiges Mal gefragt, wo ich war und was ich mache, und ob ich mich nicht vielleicht langweile. Und ich langweile mich, ja! Ich langweile mich vom ersten Tag an! Langweilig, langweilig, langweilig! Alles ist so verflucht langweilig!“
„Das hast du dir aber bisher nicht anmerken lassen.“
„*Du* merkst nichts. Wann siehst du mich denn schon –?“
„Nie vor elf Uhr morgens, um darauf zurückzukommen, und – “
Olaf trat wütend in den Sand.
„Und nichts!“, schrie er. „Du kümmerst dich einen Dreck um mich.“

Insgeheim freute er sich. Obwohl er ihm eigentlich nicht glaubte. Er hatte ihn oft genug mit den anderen zusammen gesehen, und sie hatten gelacht und im Wasser herumgespritzt, hatten da auf ihren Decken und Handtüchern gelegen und Musik gehört, *Sweet Little Sixteen*, und die Jungen waren näher an die Mädchen herangerückt, hatten mitgesungen und auch mit den Fingern geschnippt, *Wake Up Little Susie*, hatten die *Nivea*-Creme auf den schmalen und schönen Schultern der Mädchen verteilt, auf dem Rücken, und sie an den Hüften gefasst, gekitzelt, er hatte das fröhliche Lachen immer noch im Ohr, es hatte ihn verfolgt bis hoch zur Tankstelle, war umgeschlagen in ein höhnisches Gelächter, *die fette Sau hat gelinst*, sie konnten ihn nicht gesehen haben und doch war ihm das in den Sinn gekommen, die Schimpfworte, die sie ihm auf dem Schulhof nachgerufen hatten, und auf der Toilette am Becken, *Pimmelchen, er hat ein winzig kleines Pimmelchen*, laut in der Klasse herausposaunt, es allen weitergesagt, und die blöden Ischen hatten hinter der vorgehaltenen Hand gekichert, Spießrutenlauf über die Flure, einen hochroten Kopf und feuchte Hände, und Ma hatte wissen wollen, wie der Tag in der Schule gewesen war und ob er auch alles gewusst habe, er wusste, dass er groß werden musste, richtig groß und stark, so wie Kälin, der zurückgekommen war und wohl keine Angst kannte, frei, aus der Haft entlassen, und doch war er nicht gleich zur Tante, das verstand er nicht, sie hatten sie zu Bett bringen müssen, er und Olafs Mutter, sie war sehr besorgt gewesen und hatte ihn noch alles mögliche gefragt, wo er denn gesteckt habe, Tränen, wieder Tränen, er hatte es nicht verhindern können vor ihr zu weinen, weil er an den Sarg hatte denken müssen, an den Moment, in dem er in die Grube gesenkt worden war, für immer und ewig, nie mehr sie sehen, wenn auch nur von weitem, auf ihrem Rad, ihr langes, blondes Haar und das Leuchten in ihren Augen, *Petite Fleur*, der Kommissar hatte die Platte nur einmal gedrückt, für sie, um sie nicht zu vergessen, Blumen auf ihr Grab, zugeschaufelt, er hatte nicht mehr hinschauen können und geglaubt, nun auch nicht mehr leben zu können, Eis, er hatte zwei Portionen Eis gegessen und es hatte ihm geschmeckt, erst auf dem Rückweg war ihm schlecht geworden, er hatte laufen wollen, allein, und der Kommissar hatte ihn gelassen, Gottschalk also, hatte Olafs Mutter gemeint, und jetzt war sie hier, und sie schrien sich noch immer an, *langweilig, langweilig, langweilig,* das war gelogen, da hatte sie recht, er hatte sich gelangweilt, um ihn hatte sich niemand gekümmert, nicht richtig, nur Kälin hatte gesagt, dass er ihn brauche, und es würde sicher Spaß machen, mit ihm in der Werkstatt zu sein und überhaupt.

Sie legten sich in die Kurve. Gottschalk musste Kälin fester umfassen. Es war ihm erst unangenehm gewesen, seine Arme um ihn zu schlingen. Mit ihm in Fühlung zu sein. Der Asphalt wischte knapp unter seinen Füßen weg. Kälin steigerte die Geschwindigkeit. Links und rechts der Straße erstreckten sich weit die bereits abgeernteten Felder. Vor ihnen kam der tiefer liegende Ort in Sicht, die Giebel der Fachwerkhäuser, der Kirchturm. Kälin nahm eine Abzweigung. Sie holperten über einen breiten, trockenen Lehmweg, zogen eine Staubwolke hinter sich her.

Gottschalk kniff die Augen zusammen und presste die Lippen aufeinander. Hier und da blinkte ein Tümpel zwischen knorrigen Baumstämmen. Wiesen. Ein Gehöft. Gänse watschelten über den Hof. Der Weg wurde allmählich schmaler. Kälin sagte etwas. Gottschalk verstand es nicht. Sein Blick folgte Kälins ausgestreckter Hand. Es war eine verfallene Hütte, vor der sie anhielten. Die Fensterscheiben waren heraus gebrochen. Die Tür hing schief in den Angeln.

„Das lässt sich in ein paar Tagen herrichten“, sagte Kälin. Er hatte die Maschine aufgebockt und nestelte am Reißverschluss seiner Lederjacke.

„Sicher“, sagte Gottschalk. „Wem gehört die Kate?“

„Dem Bauern dort hinten. Ich hab schon mit ihm gesprochen, oder? Er verlangt nicht viel dafür.“

„Kälin.“ Gottschalk klopfte seine helle Hose ab. „Auch der Bauer wird Leute drüben im Ort haben, die ihm nahe legen, Sie zum Teufel zu jagen.“

„Leute – das sagt ihr alle.“

„Hilde, nicht wahr?“

Kälin zog die Tür auf und schleppte eine Bank heraus. Er stellte sie an die Hütte, setzte sich und streckte die Beine aus.

„Hilde“, wiederholte Gottschalk. „Es war ja heut’ früh allerhand los am See. Ich wollte eigentlich nur meinen Kopf lüften. Doch dann kam Hilde und schwamm rüber. Zu Ihnen, Kälin."

„Ja."

„War das abgesprochen?"

„Sie hat einen Fehler gemacht, und sie wird's Ihnen wohl auch noch selbst sagen. Es ist eine dumme Geschichte, wenn man einmal lügt und nicht recht weiß, warum. Alles verwirrt sich, oder? Ich hab' an dem Morgen lang mit ihr geredet. Es ergab sich so. Sie hatte angehalten und war ausgestiegen, hat mich gefragt, ob sie mir helfen könne. Weil ich das Krad noch schob. Nein, danke, hab' ich gesagt. Merci. Sie hat wissen wollen, wo ich herkam und wohin. Eins ist dem anderen gefolgt, und wir haben uns hingehockt, oder?"

„Also nichts mit Benzin und – und welche Zeit war das?"

„Ich denk', es war gegen sieben."

„Lange geredet. Das heißt, fast zwei Stunden?

„Ja", sagte Kälin. Er hatte sich eine Zigarette gedreht, zündete sie an. Gottschalk blieb vor ihm stehen und schaute ihn an. Dann schüttelte er den Kopf.

„Es ist belanglos", meinte er. „Trotzdem verstehe ich nicht, warum das nicht gleich gesagt wurde. Oder haben Sie sich nicht *nur* mit ihr hingehockt?"

„Wir haben nebeneinander gelegen."

„Nebeneinander." Gottschalk nickte knapp. „Zwei Stunden lang."

„Ich war in der Nacht bei der Birgit."

„Ja, das hatten wir alles. Ein paar Stunden mit Birgit. Weitere mit Hilde. Und wieder Birgit." Er merkte, dass Hohn mitschwang. Zynismus. Neid. *Bin in Gedanken bei den beiden Frauen. Rot und Schwarz. Rotblond. Mit Kälin im Bett.*

Kälin erwiderte seinen Blick. Ein Lächeln umspielte seine Lippen. Es war ein seltsames Lächeln. Ein mitleidiges.

„Die Hilde hat mir zugehört."

„Na schön. Ich höre auch."

„Es ist, wie ich gesagt habe. Mich hat's in der Nacht zu der

Birgit hingebracht, und das war sicher nicht zufällig. Das gibt es, dass zwei Menschen aufeinander treffen und gleich miteinander vertraut sind. Als ob man sich schon eine Ewigkeit kennt, oder? Bei der Birgit war's so. Ich hab' das Reh vor mir gesehen, die Lisa. Das ist noch nicht lang her. Ich hab' als Gärtner gearbeitet, in Basel, und die Lisa, die war aus reichem Haus. Eine angesehene Familie. Ich hatte in ihrem Garten zu tun, und die Lisa war immer in der Nähe. Da war was zu spüren, und so ist's dann passiert, oder? Es wurd' bös für uns. Der Lisa hätten sie vielleicht noch verziehen. Aber sie ist halt zu mir, nur mit dem Nötigsten, und hat nicht von mir lassen wollen. Sie hat sich nicht groß gesorgt, oder? Der Meister hat mir die Stellung gekündigt, und nirgends in der Stadt hab' ich eine neue Arbeit finden können. Das sind die Leute. Sie stoßen einen aus, wenn ihnen da was nicht gefällt. – Ich hab's nicht ausgehalten, damals. Hab' die Lisa heimlich verlassen und bin fort. In der Legion dann hab' ich von einem Gesellen aus Basel die Nachricht erhalten. Der Lisa hat es das Herz zerbrochen. Sie hat sich aufgeknüpft."

Er sah zu Boden, auf seine Stiefelkappen, und er schwieg.

Gottschalk wartete einen Moment.

„Das haben Sie Hilde erzählt?"

„Noch mehr von der Lisa und von der Zeit mit ihr."

„Hmm", machte Gottschalk. „Und dann?"

„Es hat sie wohl gerührt."

„Ja, es ist traurig, was Ihre Lisa –"

„Ich hab' sie auf dem Gewissen", unterbrach Kälin ihn ruhig. „Ich hätt' es mit ihr durchstehen müssen. Alles. Und ihre Liebe annehmen, oder? Nicht fliehen dürfen."

Gottschalk fühlte sich plötzlich an Marianne erinnert. Annehmen. Nicht einfach abhauen. Er atmete tief ein.

„Darum sind Sie zurück zu der Birgit. – Also gut. Und was war noch mit Hilde?"

Hilde fuhr langsam neben Olaf her. Er starrte stur nach vorn, trat verbissen in die Pedale. Sie hielt ihren Wagen auf gleicher Höhe.

„Du bist mehrfach gefragt worden!", rief sie ihm zu. „Ich habe dir zig Vorschläge gemacht. Aber nein! Das Zeltlager war dir zu blöd! CVJM, Bibelstunden! Das war dein einziger Kommentar. An die See?! Nein! Nichts hat dir gepasst! Alles für Kinder! Du bist gerade mal sechzehn! Vergiss das bitte nicht! Ja, ich denke nicht daran, dich allein trampen zu lassen! Das ist nur zu verständlich! Und das hast du ja auch eingesehen! Beschwer dich jetzt bitte nicht! – Was erwartest du eigentlich?! Rolf hat dir angeboten, auf einem der Wagen mitzufahren! Da hast du nur gelacht! Das verstehe ich! Aber was ich nicht akzeptiere, sind deine Vorwürfe! Jetzt, nach drei Wochen, war auf einmal alles langweilig! Ich habe Augen im Kopf, Olaf! Und ich habe einige Male mit dir reden wollen! Wer zieht sich denn auf sein Zimmer zurück?!"

Olaf stemmte sich hoch und radelte schneller.

„Lass mich!", schrie er.

Sie holte auf und sah, dass sein Gesicht verzerrt war. Für Sekunden dachte sie daran, ihn wirklich hinter sich zu lassen. *Kümmern.* Sie hatte sich immer um ihn gekümmert.

„Weißt du eigentlich, was du mir damit antust?! Dass mich das kränkt?! Du hättest jederzeit mit mir reden können!"

„Hau ab!"

„Olaf!"

Er hatte den Lenker herumgerissen und landete mit dem Rad im Graben. Hilde bremste scharf. Sie sprang aus dem Wagen und lief zu ihm. Olaf versuchte aufzustehen. Er knickte ein.

„Lass mich in Ruhe!"

„Olaf." Sie kniete sich neben ihn und ihr enges Kleid rutschte hoch. Olaf wandte sich ab. Hilde fasste ihn an den Schultern.

„Olaf", sagte sie noch einmal. „Olaf, was ist nur los mit dir?

Komm, bitte. Wenn ich wirklich etwas falsch gemacht habe, sag' es mir. Es kann ja sein, dass ich dir manchmal nicht richtig zugehört habe."

„Nie."

„Bitte, du weißt, dass das nicht stimmt."

„Nie", wiederholte er. Er wollte sich ihrem Griff entziehen. Hilde zog ihn enger an sich. Sie hielt seinen Nacken, drückte sein Gesicht an ihre Schulter und küsste sein Haar. Er verkrampfte sich. Dann zitterte er am ganzen Körper. Ihr Sohn. Ihr einziger Sohn.

„Olaf. Olaf. Olaf." Die Worte waren eine Bitte. Er sollte sich nicht allein fühlen. Sie begann, seinen Rücken zu streicheln. Nach und nach entspannte er sich.

„Ich wollte – ich wollte nur sehen –"

„Was, Olaf? Was wolltest du sehen?"

„Wo du hin bist."

„Du meinst, heute früh?"

„Ja", sagte er leise.

„Und warum, Olaf?"

„Die haben den Kälin laufen lassen. Ich hab' – ich hab' ihn schon gestern gesehen. Auf dem Friedhof. Er – er hat sich hinter der Mauer versteckt."

„Aber was – was hat das mit mir zu tun?"

Olaf löste sich von ihr. Er wischte sich die Nase.

„Er hat Monika ermordet."

„Du hattest Angst um mich?", fragte sie ungläubig. „Das ist – Olaf, das ist doch Unsinn. Und Jo – Kälin ist kein Mörder. Sonst wäre er nicht frei."

Kälin hatte den Kopf zurückgelegt und die Augen geschlossen.

Gottschalk ging vor ihm hin und her. Er hatte die Hände in die Hosentaschen gesteckt und hielt den Blick gesenkt. Schritt für Schritt überdachte er, was er gehört hatte. Birgit, die eine Erinnerung an die Lisa brachte. An eine Schuld. Eine nie vernarbte Wunde, hatte Kälin gesagt. Hatte die Geschichte der Hilde erzählt. Einer ihm völlig unbekannten Frau. Möglich. Zwei Stunden mit ihr im Gras gelegen. Neben ihr. Von ihr bestärkt worden, bei Birgit zu bleiben. Warum?

„Warum?", fragte er laut.

Kälin öffnete die Augen.

„Es wird sicher nicht leicht, sich den Leuten zu stellen", sagte er.

„Ich frage mich, warum Sie Hilde brauchten, um zu dem Entschluss zu kommen."

„Entschlossen habe ich mich, oder?"

„Kälin, im Grunde spielt das alles keine Rolle. Nicht die für mich entscheidende. Ich erfahre zwar mehr und mehr, und das ist in gewisser Hinsicht gut, aber wer nun Monika umgebracht hat – "

„Glauben Sie mir, dass ich es nicht war? Dass ich –"

„Zum Teufel, warum wohl sind Sie draußen? Weil Ihnen nichts nachgewiesen werden konnte. Glauben! Sie sind und bleiben der Einzige, der zu der Zeit am See war."

„Ja", sagte Kälin. „Aber warum hätt' ich mich an so einem Meitschi vergehen sollen?"

Gottschalk zuckte die Achseln. Selbst Uli hatte einsehen müssen, dass seine Theorie nicht griff. *Er war's nicht. Er war's nicht. Die Gipfel des Gefühls funkelten in ihren Gedanken, und der Alltag lag weit unten, im Schatten dieser Höhen.*

„Hundert Meter von Ihrem Platz entfernt", sagte Gottschalk mehr für sich. „Auf der anderen Seite. Im Schatten – ach, was rede ich. Gerede, Gerede."

Kälin rollte sich wieder eine Zigarette, rauchte. Der Rauch schwebte zu Gottschalk herüber. Würziger Tabak.

„*Sie* hatten doch zu reden", sagte Kälin.

„Ja, über Sie und – und Hilde. Sie hat offenbar keinerlei Scham vor Ihnen. Ich verstehe wirklich nicht, was in den Köpfen dieser Frauen vor sich geht."

„Es sind einsame Frauen, oder? Sie haben niemanden, der ihnen zur Seite steht."

„Soviel ich weiß, sind sie bislang gut zurecht gekommen."

„Es passiert halt", sagte Kälin.

„Was?"

„Irgendwann hält man's so nicht mehr aus."

„Ja – ja. Irgendwann ist auch Monika vergessen. – Warum sag' ich das jetzt?" Er sah Kälin an. „Man hält's so nicht mehr aus. Das ergibt keinen Sinn. Nicht für Monika."

„Was hat der Junge Ihnen erzählt?"

„Was? – Welcher Junge?", fragte Gottschalk. Er war noch irritiert von seiner Reaktion.

„Der Olaf."

Hilde fuhr langsam an. Sie schaute in den Rückspiegel. Olaf lächelte beruhigend. Ein wenig verlegen. Er stand bei seinem Rad und hob den Arm. Winkte.

Hilde winkte zurück. Sie war nicht froh. Nicht zufrieden. Nie hatte sich Olaf dermaßen kindisch verhalten. Störrisch, ja. Bockig manchmal. Wenn er nicht gleich bekam, was er sich wünschte. Eine Klarinette. War das der eigentliche Grund? Sie hatte ihn nicht mit in die Stadt genommen. Es vergessen. Nein, es nicht gewollt. Die Honczeks hatten nichts davon hören wollen. Jazz am Grab. Was sich die Kinder dabei dachten. Schüler. Mitschüler. Sie hatte es Olaf nur kurz mitgeteilt. Es wird nicht gewünscht. Sie hätte länger mit ihm reden müssen. Dass er so an Monika hing, war ihr nie klar geworden. Unsinn. Er hatte sich doch kaum mehr für sie interessiert. Hatte nicht erinnert werden wollen an die Geburtstagsfeiern. Der Abend mit Gottschalk fiel ihr ein. Wie sie bei Tisch gesessen und über Monika geredet hatten. Als Kinder zusammen gespielt. Mit Monika im Garten. Mit ihr und anderen Kindern aus der Nachbarschaft. Fangen und Verstecken. Sie hatte ihnen Limonade herausgebracht. Kuchen. Kindernachmittage. Das hatte irgendwann aufgehört. Das Gymnasium. Schularbeiten. Andere Interessen. Seine Musik. Die Platten. Mädchen. Hilde überkam ein unbehagliches Gefühl. Olaf hatte ihr nie etwas von Mädchen erzählt. Einer engeren Freundschaft, einer Liebe. Sechzehn. Er war gerade erst sechzehn. In dem Alter hatte auch sie nicht – doch. Schon daran gedacht. Davon geträumt. Mit ihm über Mädchen reden. Ihn aufklären. Der Gedanke war ihr unangenehm. Ein Versäumnis. Rolf hätte das übernehmen müssen. Ausgerechnet Rolf. Sie schnaubte verächtlich.

Olaf hatte ihr keinen Anlass für das Thema gegeben. Es gab Bücher. Er las alles Mögliche. Sicher auch darüber. *Woher die kleinen Kinder kommen.* Eine peinliche Vorstellung, dass sie ihm eins dieser Hefte in die Hand drückte. Er hätte sie bestimmt ausgelacht. Das weiß ich doch längst. Schulhofgespräche. Biologieunterricht. Bienen und Blüten.

Hilde musste lachen. Es war kein befreiendes Lachen.

Sie würde das Gespräch mit ihm fortsetzen. Ihn behutsam fragen. Angst. Er hatte um sie Angst gehabt. Das war lächerlich.

Sie beschleunigte.

„Ich habe 'nen Platten", sagte Olaf. „Kannst du mir helfen?" Er schob das Rad zur Werkstatt und lehnte es an die Holzwand.

Lutz wischte sich die Hände an der Hose ab. Er sah zum Haus hinüber. In Birgits Zimmer waren die Vorhänge noch immer zugezogen.

„Ja?", fragte Olaf. „Kannst du? Ich brauche 'ne Schüssel Wasser."

„Hol' ich", sagte Lutz. „Dreh' es schon mal um."

Er ging in die Werkstatt und griff sich rasch einen Eimer, eilte zum Wasserhahn.

„Ich bin im Graben gelandet", sagte Olaf. „Das ist auch ein Scheißrad. Ich sollte längst ein besseres haben. Aber jetzt krieg' ich bald ein Moped. Fahren kann ich schon. Auch den Wagen von meiner Alten. Den Porsche. Kinderleicht. – Wie heißt du eigentlich?"

„Lutz."

„Olaf. – Ich hab' dich mal unten am See gesehen. Musst du hier richtig arbeiten?"

„Eigentlich nicht. Ich komm' im Herbst in die Lehre. Zuhause. Ich bin zu Besuch."

„Ziemlich lange schon."

„Hm."

„Haben sie dich auch gefragt? Wegen der Monika? – Sicher, müssen sie ja. Der Kälin war doch – erzähl' mal, wie sie den geschnappt haben. Der Gottschalk. Das hatte er nämlich von mir. Ich hab' den Kälin in seinem Versteck entdeckt."

„Der hat sich nicht versteckt", sagt Lutz. Er wollte zu dem Rad, aber Olaf hielt ihn zurück.

„Lass mal. Das ist nicht so wichtig. Wie war das?"

„Er war es nicht."

„Die können ihm nur nichts beweisen. Und jetzt schleicht er wieder in der Gegend rum. Aber der Gottschalk ist bei ihm.

Der ist eigentlich ganz in Ordnung. Er hat mich zuhause besucht und mit mir Jazz gehört."

„*Petite Fleur*", sagte Lutz leise.

„Nee – sag' mal, kanntest du etwa die Monika? Das war ihr –"

„Sie war mit – das weißt du doch alles. Dass sie öfter bei – bei meiner Tante war."

„Irrtum", sagte Olaf. „Keine Ahnung. Die war in letzter Zeit komisch geworden, die Monika. Richtig zickig manchmal. Die hat keinen Spaß mehr vertragen."

„Unter Wasser ziehen ist – ist kein Spaß."

„Wer hat dir denn –?"

„Monika", sagte Lutz. „Monika hat – sie hat's erzählt. Dass du sie beinahe – sie wär' fast ertrunken."

„Das ist doch Quatsch. Das war – das hat sich der Kälin ausgedacht. Genau. Der hat das gesagt. Um sich –"

„Der Kälin hat die Monika nicht umgebracht."

„Ich etwa?", fragte Olaf. „Weil ich – das weiß übrigens der Gottschalk. Und der ist nicht so blöd, da groß was draus zu machen."

„Die Monika hat's gesagt", beharrte Lutz.

„Die Monika ist –"

„Die hat geheult."

„Die ist nicht zum ersten Mal gedöppt worden. Das haben wir immer. Und die konnte auch verdammt gut schwimmen. Weil sie jeden Tag raus ist. Die war besser als wir alle."

„Ja", sagte Lutz. Besser. Lieb. Sie war lieb zu ihm gewesen. Sie hatte mit ihm geredet und mit ihm getanzt. *Petite Fleur* . Eine kleine Blume. Blumen auf ihr Grab. Gottschalk hatte ihn abholen wollen. Mit Olaf Jazz gehört. *Der ist nicht blöd.* Kälin war es nicht.

„Die hat sich nur abgesondert", sagte Olaf. „Wenn sie nicht allein an den See wär' – die ist nackt gewesen. Die hatte nichts an." Er fasste zu dem umgestellten Rad und gab dem Reifen einen Schwung. Das Blech klapperte.

Lutz sah Monika vor sich. Auf ihrem Fahrrad. Drüben auf dem Weg zum See. Ihr Rock wehte und für den Bruchteil einer Sekunde blitzte ihr Höschen auf. Weiß. Olafs Mutter streckte sich am Ufer aus. Drehte sich herum und ihre nackten Brüste waren zu sehen. Schreckte hoch, griff nach ihrem Kleid. Olaf ließ sein Rad fallen. Kälin. *Der Kälin ist wieder hier. – Was hat dich aus dem Bett getrieben? – Ich wollte schwimmen. Die konnte auch verdammt gut schwimmen. Weil sie jeden Tag raus ist.* Nackt. Nichts an.

„Nie?“, fragte Lutz sich.

„Was sagst du?“

„Monika.“

„Was hat die denn noch alles erzählt?“, fragte Olaf.

Birgit wachte auf. Sie hörte Stimmen von draußen und schob sich hoch, stopfte sich das Kissen zurecht. Sie brauchte einige Zeit, um zu sich zu kommen, schaute auf die Uhr. Es war acht. Dumpf erinnerte sie sich an Hilde. Das war Mittag, früher Nachmittag gewesen. Der Wein. Heißer Tee und – und Tabletten. Ihr Gaumen war trocken. Ausgetrocknet. Hatte sie wirklich solange geschlafen? Traumlos? Sie rieb sich das Gesicht, massierte die Schläfen. Was hatte Hilde ihr eingetrichtert? Warum überhaupt war sie gekommen? Jo. *Wegen eines Mannes? Du machst mir Angst.* Was ging sie das an? Hilde hatte sie geschlagen. Birgit betastete ihre Wange. Die Stimmen waren undeutlich. Der Junge. *Er soll wissen, was ist.* Was war denn? Ein Schmerz. Ein unsäglicher Schmerz. Er würde bleiben und wachsen. Monat für Monat. Neun Monate. Ein Kind. Ihr Kind. Sie spürte es. Wusste es. Halt mich fest. Sie schlang ihre Arme um sich. Sie musste etwas tun, viel tun. Das hatte sie sich an diesem Morgen auch gesagt. An ihrem ersten und letzten gemeinsamen Morgen. Pläne gemacht. Sich das Leben mit ihm vorgestellt. Schöne, klare Bilder. Wie sie zusammen aufwachten, sich in der Küche gegenüber saßen. Er über den Hof in die Werkstatt ging. An irgendetwas arbeitete. Seine

Hände. *Ihr hattet ein paar phantastische Stunden, aber mehr auch nicht.* Warum sagte sie das? Was wusste sie denn schon? Hilde. Sie würde das nie erfahren können. Nicht mit Sträter.

Jetzt war es da. Sträter. Obersturmführer Rolf Sträter. *Warum kümmere ich mich überhaupt darum?*

Birgit sprang aus dem Bett. Der Schlüssel. Sie riss die Kleiderschranktür auf und griff unter die gestapelte Bettwäsche. Der Schlüssel war da. Sie nahm ihn und ging zur Kommode, bückte sich und schloss sie auf. Der graue Karton war im unteren Fach. Sie zog ihn heraus und nahm den Deckel ab. Erleichtert setzte sie sich auf den Boden und sah auf die dicke Kladde. Vaters Aufzeichnungen. Sein penibel geführtes Tagebuch. *Obersturmführer Sträter ordnete an. Gab den Befehl. Legte eigenhändig den Sperrriegel vor.*

Warum glaube ich, dir helfen zu müssen? Hatte sie gefragt und gesagt: Ich kann nicht mit ansehen, wie du mehr und mehr durchdrehst. Den Verstand verlierst. Alles andere vergisst.

Es war nicht vergessen. Es hatte nur nicht mehr die Bedeutung. Schon lange nicht mehr.

Birgit schlug die Kladde auf. Die Eintragungen ihres Vaters begannen mit den Sätzen:

Der glorreiche Frankreichfeldzug ist zu Ende. Heute traf der erste Transport von jüdischen Häftlingen ein. Sie erhielten sofort die Aufgabe ihr eigenes Lager zu errichten. Nach den Befehlen des Reichsführers sollte außer dem Bau des Lagers für die Austrocknung der Sümpfe und überschwemmten Flächen Sorge getragen und das Land für den Ackerbau nutzbar gemacht werden. Alles ist hier flach und öde.

Obersturmführer Sträter …

Kälin kam in die Küche und setzte sich an den Tisch, als sei er nur kurz draußen gewesen. Birgit hatte das Motorrad heranfahren gehört, war aber nicht aufgesprungen, nicht hinausgelaufen. Sie hatte nur das Besteck aus den Händen gelegt und zur Tür hingesehen.

Kälin blickte sie lange an. Lutz wollte von der Bank hoch.

„Bleib ruhig“, sagte Kälin. „Du sollst auch hören, was ich zu sagen hab’, oder? Es ist nicht viel. Wir werden es schwer haben. Doch es wird schon werden. Der Kommissar ist ein anständiger Kerl. Ich denk’, er wird bald herausgefunden haben, wer das Mädchen ermordet hat. Das wird’ den Leuten nicht gefallen, weil’s einer von ihnen gewesen sein kann. Ich weiß es nicht. Ich hab’ niemandem dort am See gesehen.“

„Jo, du – du bist da.“

„Ja, und ich bleibe. Wie ich es dir versprochen hab’.“

„Ich – ich kann es noch nicht glauben. Ich habe –“

„Ich wollt’ es dir –“, setzte Lutz an. Birgit schaute zu ihm und Lutz machte eine hilflose Geste.

„Was willst du?“

„Er wird’s vom Kommissar haben, nicht wahr?“

„Ja –“

„Was hat er –?“

„Ich bin schon gestern her gekommen und hab’ noch ein wenig für mich sein wollen. Auch noch einmal schauen –“

„Gestern schon? Und du kommst nicht –“

„Die Hilde war bei dir.“

„Hilde?!“ Sie sah ihn aus weit aufgerissenen Augen an. „Hilde? Du kommst nicht gleich zu mir, weil Hilde – du nennst sie Hilde? Was hat das zu bedeuten? Was hat sie – Jo, Jo, warum bist du nicht zu mir? – Was glotzt du?“ Sie hatte sich an Lutz gewandt, der auf der Bank herumrutschte. „Geh auf dein Zimmer. Nun geh schon!“

„Ich – ja.“

„Er hat noch nicht gegessen.“

„Ja, das ist – mein Gott, ich will dich. Du musst mir sagen, warum du seit gestern, seit gestern schon irgendwo –“

„Am See“, sagte er ruhig. „Und lass den Jungen.“

Lutz war von seinem Platz aufgestanden, blickte unschlüssig auf den Teller.

„Ich – ich geh dann raus.“

„Ja – nimm meinetwegen dein – ach, mach was du willst. Aber lass' uns, lass' uns allein."

Kälin rutschte mit dem Stuhl beiseite, klopfte leicht Lutz Arm.

„Nun ja", sagte er. „Vielleicht ist's besser für ein Weilchen. Ich schau' später nach dir, oder?"

Birgit wartete, bis Lutz hinausgegangen war, wartete noch einen Moment. Dann stand auch sie auf, holte sich ihre Zigaretten vom Küchenbord und steckte sich eine an. Ihre Hand zitterte leicht. Sie nahm einen tiefen Zug.

„Am See", sagte sie dann. „Du verbringst also einen Nachmittag, eine Nacht am See. Was ist nur an diesem gottverdammten See? Und ich sitze hier und denke und denke, und weiß nicht ein und aus. Weiß nicht, ob ich nicht tatsächlich verrückt geworden bin, mich verrückt mache, ob nicht alles nur ein Traum, eine Einbildung war. Unsere Nacht, unser Morgen. Ich phantasiere herum, ich sehne mich nach dir – ja, ich bin vielleicht nicht ganz bei Verstand. Ich habe mich nie so gefühlt, nie zuvor. Du hast mich angeschaut und ich habe nicht mehr gewusst, wie mir geschah. Erklär' es mir. Sag' mir, warum ich so fest davon überzeugt bin, dass wir uns gehören. Sag' mir, ob ich mich irre. Du hast nicht viel reden wollen. Aber jetzt, jetzt will ich es. Ich will, dass du mir sagst, was mit dir ist. Was dich abgehalten hat, gleich zu mir zu kommen. Hilde. – Was ist mit Hilde?"

Kälin nickte. Er hatte sein Tabakpäckchen hervorgezogen.

„Hilde", sagte er während er sich die Zigarette drehte. „Die Hilde hat den Ausschlag gegeben. In gewisser Weise. Ich hab' an dem Morgen mit ihr geredet, oder? Auf der Straße dort. Das weiß du ja sicher. Sie wird's dir erzählt haben."

„Nein, das hat sie nicht."

„Der Kommissar, der Gottschalk. Dann wird er's dir gesagt haben."

„Ich weiß nicht mehr, was dieser Kommissar alles gesagt oder gefragt hat. Ich frage dich."

„Nun, wenn's so ist – “ Er riss das Streichholz an, rauchte. „Setz dich doch.“

Liebe Ma, ich habe dir die ganze Woche über nicht schreiben können, aber viel an dich gedacht. Es ist noch immer sehr heiß, auch nachts wird es nicht richtig kühl. Von dem Zimmer habe ich dir ja schon erzählt. Ich würde jetzt lieber bei dir sein. Heute hat Birgit Nudeln gekocht, aber keinen Hackbraten dazu und keine Soße. Nur einen Stich Butter hat sie drauf getan. Es ist Sonntag, und ich habe mir das Heft mit raus genommen und sitze draußen im Schatten. Die Fliegen sind sehr lästig. Birgit hat mich nicht aufessen lassen. Sie hat Besuch, aber es ist eigentlich kein Besuch. Oma hat doch immer gesagt, die Birgit werde noch einmal komisch. Das stimmt. An Oma habe ich auch oft denken müssen. Sie hat mir ja immer Geld gegeben. Das kann ich dir jetzt ruhig sagen. Als sie noch lebte, hat sie nicht gewollt, dass du davon weißt. Ich habe die Oma sehr gern gehabt. Auf dem Friedhof war es so, wie bei ihr. Hier auf dem Friedhof. Die Monika ist umgebracht worden. Ich habe dir von der Monika ja schon geschrieben. In der letzten Woche war sie noch einmal da und am nächsten Tag ist sie am See gefunden worden. Ich bin in der ganzen Zeit nur einmal Schwimmen gewesen. Das war kurz vorher. Das habe ich keinem gesagt. Weil die Monika mich gar nicht gesehen hat. Ich war schon aus dem Wasser und habe gehört, wie sie auf ihrem Rad gekommen ist. Da habe ich mich schnell versteckt. Ich hatte nur meine Badehose an. Die Monika hat sich ganz ausgezogen. Du darfst nicht schlimm von mir denken. Ich habe nicht hingeschaut und bin auch weggelaufen, als sie im Wasser war. Ich bin sehr traurig, dass sie tot ist und ich weine auch immer. Wenn ich nicht weggerannt wäre, würde sie bestimmt noch leben. Die Birgit gibt mir nicht viel zu essen. Ich bin viel dünner geworden und auch braun. Aber ich hätte die Monika beschützen können. Sie fand mich nett. Sie hatte sehr schönes Haar. Fast so lang wie Tante Birgit. Der Besuch, der jetzt bei Birgit ist, heißt Kälin. Das ist ein Mann, der ein Motorrad fährt. Es ist eine 125er DKW.

Der Kälin hat mir gesagt, es ist ein Zweitakter und hat sechs PS. Damit kann er über 100 fahren mit seinem Gepäck. Er hat nicht viel dabei, nur zwei Taschen an den Seiten. Ich habe nicht lange mit ihm reden können. Er ist nämlich gleich darauf verhaftet worden. Aber die Monika hat er nicht umgebracht. Er ist jetzt wieder frei und bei Birgit in der Küche. Birgit war völlig durcheinander. Wie Oma immer gesagt hat. Aber ich will dir nicht viel von Tante Birgit schreiben. Monika ist gestern beerdigt worden. Ich war dabei und habe noch mehr geweint als bei Oma. Oma war ja alt und hat auch schlecht gehört. Und Oma ist sanft entschlummert, hast du gesagt. Die Monika ist erwürgt worden. Wenn ich noch in der Nähe gewesen wäre, hätte ich sie sicher schreien hören. Aber ich war zurück im Zimmer und habe noch einmal fest geschlafen. Nachts kann ich oft nicht schlafen. Auch nicht, wenn ich vorher lange bete und an zuhause denke. Als der Kälin zum ersten Mal hier war, wollte Birgit dich anrufen und mich in den Zug setzen. Jetzt sind die Ferien bald um. Der Kommissar, der den Kälin verhaftet hat, ist wieder im Ort. Er hat mich zum Eis eingeladen und was von Tante Birgit wissen wollen. Du hast mit Oma ja oft über Birgit geredet. Wenn ich besser zugehört hätte, würde ich dem Kommissar mehr sagen können. Du siehst, dass ich in den letzten Tagen nicht habe schreiben können. Es ist wirklich viel passiert. Ich muss jetzt wieder an die Monika denken. Die Männer auf dem Friedhof haben Erde auf den Sarg geworfen. Alle haben Kränze und Blumen auf das Grab gelegt. Ich will auch noch einmal hin. Ich bete jeden Abend, dass der Mörder gefasst wird und ich denke auch immer an dich, liebe Ma. Hoffentlich musst du nicht zuviel arbeiten und kannst auch mal in den Stadtpark. Gib dem Froschkönig einen Kuss. Ich küsse dich ganz lieb – Lutz.

„Was wollen Sie schon wieder?“, herrschte Sträter Gottschalk an. Er trug kurze Hosen und ein bis zu seinem Bauchansatz aufgeknöpftes, gestreiftes Hemd. Die Ärmel hatte er aufgekrempelt. Mit den Fingern der rechten Hand presste er eine halbangerauchte Zigarre. Hässlich, dachte Gottschalk. Er ist wirklich ausgesprochen hässlich.

„Ich muss Ihre Frau sprechen“, sagte Gottschalk. „Und mein Herr Vater lässt grüßen. Erinnert sich nicht so gern an Polen.“

Sträter grinste und zeigte seine Zähne.

„Brav“, meinte er. „Nehmen Haltung an. – Aber ich lasse mich nicht provozieren. Meine Frau ruht.“

Sie strafte ihn der Lüge. Auf hochhackigen Sandaletten kam sie heran. Mit einem Gang, der Gottschalk wieder aus dem Konzept brachte.

„Ich sehe“, sagte Gottschalk. „Gestatten Sie.“

„Sei nicht albern, Rolf“, sagte sie. „Herr Gottschalk –“ Sie machte eine kleine, einladende Bewegung. Sträter trat widerwillig beiseite. Gottschalk hörte, dass irgendwo ein Radio eingeschaltet war. Eine Fußball-Reportage lief. Hilde durchquerte vor ihm den Raum und nahm die Treppe nach oben. Die Tür zu Olafs Zimmer stand offen. Olaf war nicht da. Hilde führte Gottschalk in ihren Schlafraum. Er war elegant möbliert. Ein Einzelbett mit einem wunderbaren Messinggestell. Frisiertisch, ein Sekretär, zwei niedrige Sessel, ein Tischchen, auf dem einige Zeitschriften lagen. An den Knöpfen des eingebauten Schranks hingen Blusen auf Bügeln und in der Ecke sah Gottschalk ein achtlos hingeworfenes Höschen. Weiß. Hilde bemerkte seinen Blick, hob es auf und stopfte es unter die Bettdecke.

Sie setzte sich in einen der Sessel und schlug ihre Beine übereinander.

„Sind Sie schon länger im Ort?“, fragte sie.

„Ich habe noch einige Fragen." Er setzte sich ebenfalls.

„Kälin betreffend", sagte sie. „Er hat mit Ihnen gesprochen." Es war eine Feststellung und Gottschalk reagierte nicht darauf. Er schaute sie nur an. Ihr Gesicht, ihr Haar, ihren Hals, den Ansatz ihrer Brüste. Sie zuckte die Achseln. „Was muss ich ergänzen?"

„Warum Sie wollten, dass er bei Birgit bleibt."

„Das war nicht gänzlich uneigennützig", gestand sie. „Birgit ist in keiner guten Verfassung. Schon seit einiger Zeit nicht. Sie lässt es sich nicht anmerken, aber wer sie ein bisschen besser kennt – ich würde nicht sagen, dass ich mit ihr befreundet bin. Wir haben nur allmählich ein wenig mehr miteinander geredet. Und in einer Nacht einmal sehr lange. Sie hatte bereits getrunken und ich habe auch etwas gebraucht. Ich kam aus der Stadt zurück. Sie wissen, dass ich nicht nur Britta treffe und so gut wie nie bei ihr übernachte. Birgit sprach es an. Meine Affären." Sie machte eine kleine Pause, bevor sie weiterredete. „Es sind keine Affären. Es sind ein paar Stunden, die ich mit irgendwelchen Männern verbringe. Nein, nicht mit irgendwelchen. Mit bestimmten. Männer, von denen ich annehme, dass sie auch nur eins wollen und keinen Deut mehr."

„Gut – davon habe ich gehört."

„Sie wären dafür nicht der richtige Mann. Entschuldigen Sie, ich sage das, weil sie mich anders ansehen."

„Sie machen es mir nicht leicht", erwiderte Gottschalk. „Wenn Sie mir von Anfang an –"

„Ich weiß. Ich wollte nicht, dass mir Kälin zugeordnet wurde. Er sollte seine Geschichte bei und mit Birgit klären."

„Sie sagten, nicht uneigennützig."

„Ich war bei Birgit", setzte sie neu an. „Sie fragte mich in dieser Nacht nach dem eigentlichen Grund meiner Fahrten. Ich erzählte ihr von Rolf. Was ich mehr oder weniger mit ansehen, ja, ertragen musste. Es ist widerlich. Es hat mit seiner Vergangenheit zu tun. Bevor ich ihn heiratete, wusste ich nicht allzu viel von ihm. Im Laufe der Jahre konnte ich mir dann einiges denken. Es fügte sich nach und nach zusammen. Er war überzeugter Nazi, war in Polen und später in Auschwitz. Birgit hat es schwarz auf weiß. Ihr Vater war Rolf unterstellt und hat ein erschreckend sachliches Tagebuch geführt. Auf beinahe jeder Seite wird Rolf erwähnt. Obersturmführer Rolf Sträter."

„Das dürfte –"

„Entschuldigung, sagen Sie jetzt nicht, dass seine – seine Tätigkeit, seine Arbeit im KZ bekannt sein müsste. Dass es keine weiteren Dokumente gibt. Irgendwo ist sicher etwas eingekellert. Mit der Kladde, die Birgit in ihrem Besitz hat, könnte und müsste das ans Licht. Ich habe Birgit immer wieder gedrängt. Sie hat kein Interesse daran und will das Buch auch mir nicht überlassen."

„Und warum nicht?"

„Sie sagt, das habe noch Zeit. Das verjähre nicht. Bis vor kurzem hat sie an ihre Mutter gedacht. Die Frau ist jetzt tot und Birgit – ich brauche diese Aufzeichnungen. Ich war einige Male nahe dran, sie ihr zu stehlen."

„Wenn Sie Ihren Mann anklagen wollen, wird es auch noch andere Wege geben."

Sie lachte kurz.

„Mein Mann fühlt sich inzwischen sicher genug. Hier wird doch alles unter den Teppich gekehrt. Wiederaufbau. Wirtschaftswunder. Sträter hat kräftig mit angepackt. Es gibt genügend Leute, die ihm verpflichtet sind. Einflussreiche Personen im Landkreis. Bis hin nach Bonn. Nein, solange ich nichts vorlegen, in die große Presse bringen kann, wird er – er hat es schon getan. Ich habe ihm bislang nur gedroht, aber er ist nicht mehr beunruhigt. Er hat mir sein Testament eröffnet. Hohnlächelnd. Wenn ich etwas gegen ihn unternehme, bekomme ich keinen Pfennig."

„Was nützt es Ihnen dann – ?"

„Genugtuung. Vergeltung. Kälin würde das verstehen. Er hätte mich unterstützt."

„Ich denke, er hat ein anderes Problem", sagte Gottschalk.

„Flucht", sagte Hilde. „Ich fliehe auch ständig. Vor Sträter. Vor mir. In gewisser Weise auch vor Olaf."

Gottschalk schwieg eine Weile.

„Könnte ich was zu trinken haben?", fragte er dann.

Hilde nickte und stand auf. Als er sie die Treppe hinab gehen hörte, erhob er sich. Er betrachtete sein Gesicht im Spiegel. Es war gerötet und verschwitzt. Er wischte es sich mit dem Taschentuch ab. Woran sah sie, dass er nicht der richtige Mann war? Obersturmführer Sträter. Das war ihre Geschichte. Er suchte keinen Massenmörder. Er suchte den, der Monika umgebracht hatte. Sträter, schoss im kurz durch den Kopf. *Widerlich.* Was war widerlich? Gottschalk vernahm Sträters Stimme. Und ihre. Sie klang scharf. Als sie das Zimmer wieder betrat, stieß sie heftig die Tür hinter sich zu.

„Er liegt nicht falsch", sagte sie. „Ich werde es jedem erzählen."

„Was weiß Ihr Sohn davon?", fragte Gottschalk und nahm ihr eins der beiden hohen Gläser ab.

„Olaf", sagte sie. „Olaf ist für mich momentan ein Problem."

„Inwiefern?"

„Dass er Rolf hasst, ist keine Frage. *Ich* komme nicht an ihn heran. Er ist mir gegenüber plötzlich verschlossen. Und macht mir gleichzeitig Vorwürfe. Ich verstehe ihn, und ich verstehe ihn auch wieder nicht. Er – er ist mir heute Morgen nachgefahren. Sie sind ihm ja begegnet."

„Ja. Sie waren unten am See", sagte Gottschalk. Sie sah ihn an und hob leicht die Augenbrauen.

„Kälin", sagte sie.

„Ich war vor Ihnen da."

„Ah ja?" Um ihre Lippen war ein spöttisches Lächeln. „Na, schön. Das bestätigt, wie ich Sie einschätze – als Mann."

Gottschalk hielt ihrem Blick stand.

„Sie sind nicht die erste Frau, die ich so gesehen habe."

„Beobachtet“, korrigierte sie ihn. „Heimlich. Aber was soll's? Sie haben nach Olaf gefragt.“

Gottschalk trank einen Schluck Limonade. Er spürte, dass ihm der Schweiß ausbrach. Wieder wischte er sich Gesicht und Nacken. Hilde ging zum Fenster und zog die Übergardine vor.

Heimlich. Heimlich beobachtet. Für einen Moment wollte er sich entschuldigen. Sich erklären.

„Fühlt Olaf sich einsam?“, fragte er stattdessen.

Sie setzte sich und schaute ihn von unten herauf an.

„Das ist möglich“, sagte sie. „Er nennt es Langeweile. Langweilig, für ihn ist alles langweilig.“

„Und was wünscht er sich?“

„Ich frage mich, ob ich ihm tatsächlich zu wenig gebe. Zeit, Aufmerksamkeit – Liebe.“

„Monika war keine Liebe, keine Jugendliebe?“

Hilde schüttelte den Kopf.

„Ich habe Angst“, sagte sie dann. „Ich glaube, wir denken dasselbe. Aber ich kann es mir nicht vorstellen. Ich will es nicht.“ Es war ein langes Schweigen, bevor Gottschalk sie fragte, wo Olaf jetzt sei.

In dieser äußersten Einsamkeit konnte niemand auf die Hilfe des Nachbarn zählen, und jeder blieb mit seinen Gedanken allein. Wenn einer von uns zufällig versuchte, aus sich herauszugehen und etwas von seinen Gefühlen zu verraten, so war die Antwort, die er erhielt, fast stets verletzend, gleichgültig, wie immer sie ausfiel … Das hatte sie angestrichen, abends vielleicht noch. Nachdem sie ihm eine runtergehauen hatte. Wegen ihrer albernen Titten. Die Seite war eingeknickt. Sie war nicht weit gekommen in den drei Wochen. Vormittags nackt auf dem Balkon gesonnt. Und sich zwischen den Schenkeln gerieben. Ist doch nichts dabei. Das tat er auch. Alle fassten sich dahin. Selbst Ma wahrscheinlich. Nein. Die brauchte das nicht. Die hatte dafür ihre Männer. Sie sollte nicht immer wieder in die

Stadt fahren und über Nacht wegbleiben. Es konnte ihr was passieren. Sie konnte an einen geraten, der ihr dabei die Kehle zudrückte. Sie erwürgte. Er klappte das Buch zu. *Die Pest. Albert Camus.* Nobelpreisträger. Sartre hätte ausgezeichnet werden müssen. *Es gibt Menschen, die werden mit einer Verpflichtung geboren: sie haben keine Wahl, man hat sie in eine Bahn geworfen, am Ende dieser Bahn steht eine Tat, die ihrer wartet, ihre Tat.* Orest. *Die Fliegen.* Er stellte sich Orest ganz in Schwarz gekleidet vor. Kälin trug Schwarz. Es war nicht Kälins Tat. Es war seine. Die Tat ist vorherbestimmt. Ma hatte ihn in die Bahn geworfen. Geboren und seinem Schicksal überlassen. *Auch du hast dein Schicksal in der Hand. Conny.* Er wollte nicht, dass die Melodie im Kopf blieb. Schlager. Er zwang Bird herbei. Sein Horn. Er wünschte, ihn begleiten zu dürfen. Bud Powell. Von Club zu Club. In Kellern. In Paris gab es wahnsinnige Jazzkeller. *Ich denke nicht daran, dich allein trampen zu lassen. Du bist gerade mal sechzehn.* Monika hatte von einem lieben Mann geträumt und Kinder haben wollen. Und du? Jazz spielen. Eine Brille tragen. Fensterglas. Aber eine Brille. Und eine Mütze wie Dizzy. Schwarze Zigaretten rauchen. Pfeife. Durch Europa trampen. Frankreich. Spanien. Sie zog doch auch los. Nahm sich ihre Freiheit. Man war frei. Frei auch, zu morden. Er hatte sie nicht töten wollen. Er war Ma entgegen gefahren. Monika war weit vor ihm gewesen. Sie hatte sich nicht einmal umgedreht, ihn überhaupt nicht gesehen. Es war ihm auch egal. Ma sollte vor ihm halten. Und ein schlechtes Gewissen haben. Er hätte nichts gesagt. Ruhig angeschaut. Düster lächelnd. Ihr weißer Porsche. Ihr verdammt enges Kleid. Nutten trugen solche Kleider. Nitribitt. In ihrem Mercedes 190 SL. Erwürgt mit einem Nylonstrumpf. Ma trug im Sommer keine Strümpfe. Nur dünne Kleider und darunter eigentlich nichts. Ein Höschen. Sie kaufte immer wieder neue Höschen. Er hatte einmal an einem gerochen. Einem benutzten. Sich vorgestellt, wie sie es auszog. Es ihr abgestreift, heruntergerissen wurde. Monika hatte zu ihrem Höschen greifen wollen. Er hatte sie vorher gepackt. Ist doch nur Spaß. Sie wollte schreien. Es war leicht gewesen. Kein Wort war über ihre Lippen gekommen. Sie hatte nur geflüstert. Olaf. Olaf. Und es sich gefallen lassen. Alles. Er hatte keine Mühe gehabt, in sie einzudringen. Doch. Es hatte weh getan. Und sie hatte die Augen ganz weit aufgerissen und er hatte gedrückt, gedrückt, immer fester gedrückt. Wie Kälin Ma an sich gedrückt hatte und sie ihre Wange an seine gelegt hatte. Wieder ein Mann. Eine Nacht hatte ihr nicht gereicht. *Und deine Mama? Ist deine Mama eine liebe Frau*? Sie würde mit ihm ficken. Bei dem alten Nazischwein arbeiten und seine Mutter vögeln. Sie hatten sich schon in den Armen gelegen. Er war gerannt. Monika. Monika hatte blondes Haar. Sie war nackt. Sie lag auf dem Balkon und dachte auch nur daran. Von wegen einen lieben Mann und Kinder. Viele Männer. Es fing schon an. In Gedanken. Er nahm sich die Freiheit, sie davor zu bewahren. Ma würde ihn verstehen. Es war ein Zeichen. *A Night In Tunesia.* Viele Nächte. Und Bird war gleich da. Sein Horn sang und seufzte und wimmerte. Wahnsinn. Es war Wahnsinn. Niemand würde ihn verstehen. Auch Ma nicht. Er konnte nicht mit ihr reden. Nicht darüber. Es ging einfach nicht. Wenn sie ihn nur umarmen würde. Sich neben ihn legen. So wie früher. Manchmal. Sie ging mit anderen Männern ins Bett. Vielleicht auch noch mit dem alten Schwein. Es war furchtbar. Die Pest. Das gelbe Taschenbuch auf ihrem Handtuch. In der Sonne liegen und so tun, als lese sie. So schlecht war Camus nun auch nicht. *In dieser äußersten Einsamkeit konnte niemand auf die Hilfe des Nachbarn zählen …*

„Ich war überall“, sagte Gottschalk. „Bis draußen zur Tankstelle und auch am See. Wo zum Teufel steckt er?“ Schlumbohm angelte zwei Bierflaschen aus dem Kasten.

„Seit wann ist er weg?“

„Seit heute früh. Er ist ihr zum See nachgefahren. Sie hat ihn zur Rede gestellt und dann ist er mit seinem Rad zur Tankstelle.

Hat sich lange mit Lutz unterhalten. Und seitdem – verdammt, ich will nicht, dass er sich was antut!"

„Bist du dir denn sicher?" Schlumbohm reichte Gottschalk die Flasche. Gottschalk nahm einen langen Schluck.

„Nein", sagte er. „Nicht bevor ich mit ihm geredet habe. Vom Gefühl her – ja. – Hilde ist wirklich eine – ja, eine außergewöhnliche Frau. Normalerweise tun Mütter alles, um ihre Söhne – ach, was rede ich. Wir müssen Olaf finden."

„Olaf – hm. Der Junge ist nie in irgendeiner Weise auffällig geworden."

„Ja, wie auch?!", blaffte Gottschalk und winkte gleich ab. „Los, komm." Er trank schnell sein Bier aus. Schlumbohm seufzte. Er folgte Gottschalk die schmale Stiege hinunter und hakte einen Schlüsselbund vom Brett. Es war noch immer eine sengende Hitze. Sie trabten zu Schlumbohms Wagen und stiegen ein. Schlumbohm kurbelte das Seitenfenster herunter. Das auf Gottschalks Seite klemmte. Er fluchte.

Schlumbohm startete schon.

„Versuchen wir's im Wäldchen", sagte er. „Auf Kälins Seite."

„An der Stelle war er nicht. Aber ich bin nicht weiter durch."

Er hatte es geschafft und hängte seinen Arm raus.

„Du bist heute früh raus. Ich habe dich gehört, aber – mein Gott, wir haben ordentlich was weggeputzt."

„Ich hab' nicht gut geschlafen. Ich bin zum See. – Es war ein ereignisreicher Tag. Hilde –"

„Du spricht viel von Hilde."

„So?"

„Ja, als du schon ein bisschen angetrunken warst. Erinnerst du dich nicht?"

„In etwa. Du hast damit angefangen. Von Sträter. – Der Mann war in einer Wachkompanie in Auschwitz. Obersturmführer. Hat zig Juden in die Kammern getrieben, und protzt hier in seiner Villa. Davon hätte ich hören wollen."

Schlumbohm reagierte nicht gleich. Sie rumpelten über die Ausfahrtstraße. Links und rechts standen nur noch vereinzelte Häuser. Gepflegte Vorgärten. Rasen. Hecken. Büsche. Jägerzäune.

„Auschwitz also“, sagte Schlumbohm schließlich. „Das ist mir nie zu Ohren gekommen.“

„Konzentrationslager Auschwitz – ja. Birgit weiß davon.“

„Du hast ja eine Menge rausgekriegt.“

„Ja, kann man sagen. Und mit Olaf ist das alles noch längst nicht zu Ende. Für mich nicht. Wenn er es war, meine ich.“

„Wenn“, sagte Schlumbohm. „Ich kann's mir schlecht vorstellen. Sie wohnen praktisch Haus an Haus.“

„Andere leben unter einem Dach und bringen sich gegenseitig um. Hilde jedenfalls –“

„Hilde“, sagte Schlumbohm trocken. Sie hatten die Landstraße erreicht und Schlumbohm schaltete hoch.

„Hilde jedenfalls wird Sträter über kurz oder lang vernichten. Seinen Ruf zumindest. Und ihn verlassen. Wirklich –“

„Eine außergewöhnliche Frau – ich sage mal, du bist heftig hinter ihr her. Das ist nicht gut in unserem Beruf. Verstellt den Blick.“

„Hat es – vielleicht. Ich bin nicht hinter ihr her, aber ich bin ein Mann. Schaust du ihr nie nach?“

„Doch“, sagte Schlumbohm.

„Na, also. – Das Einzige, was sie sich vorwirft ist, sich wahrscheinlich nicht genügend um Olaf gekümmert zu haben. Wenn ich da eine meine Mutter denke –“ Er beendete es nicht. Weit vor ihnen tauchte die Tankstelle auf. Das *Esso*-Schild war schon zu erkennen.

„Denkst du eigentlich gar nicht mehr an den anderen Jungen? An Lutz?“

„Ja. – Ich hab' dir doch gesagt, dass Olaf bei ihm war. Mit seinem Rad. Was meinst du, wie weit kommt der in fünf, sechs Stunden? Wenn er abhauen will?“

„In der Hitze? – Bis hin zur Autobahn sicher.“ Sie kamen

schnell näher an die Tankstelle. Gottschalk beugte sich vor. Kälins Motorrad war vor dem Haus aufgebockt.

Sie hatten sich alles gesagt, und Kälin hielt Birgits Hand und streichelte sie. Ihm war merkwürdig zumute. Er verspürte Glück und Freude und auch eine Traurigkeit.

„Musst keine Angst haben", sagte er noch einmal leise. „Da war nichts, und es wird auch nichts sein. Die Hilde hat an dich gedacht, oder?"

„Hilde denkt an sich."

„Die Menschen brauchen sich mitunter."

„Ja. – Ich brauche dich. Und nur dich. Nichts sonst."

„Du darfst nicht so reden. Das tut mir weh."

„Das will ich nicht", sagte sie. „Ich will niemandem mehr weh tun. Nicht mal –" Sie stockte und schüttelte den Kopf. „Nein, ich will es nicht. Ich will meine Ruhe haben. Ich hab' mir ausgemalt, dass wir immer gemeinsam aufwachen werden, und hier sitzen und unseren Kaffee trinken – möchtest du einen Kaffee?"

„Ja, aber lass mich machen. Weißt, ich bin gern in Küchen. Meine Mutter war eine gute Köchin."

„Erzähl' mir von ihr. Du musst mir noch soviel erzählen."

Kälin stand auf und küsste ihre Stirn. Sie hielt ihn fest und hob ihr Gesicht zu ihm. Er küsste leicht ihren Mund.

„Die Mama hat lange, weiße Kleider gehabt mit vielen Spitzen und Rüschen, oder? Sie war eine schöne Frau und hatte dichtes schwarzes Haar. Der Großvater war aus Italien. Der hat mich viel gelehrt. Er ist weit herumgekommen in der Welt. Das bin ich auch. Möglich, dass ich's von ihm habe. Dieses Herumziehen."

„Jetzt bleibst du."

„Jetzt brau' ich uns einen Kaffee." Er ging zum Herd, und Birgit ließ sich auf ihrem Stuhl zurückfallen und schloss die Augen. Kälin machte Kaffee und brachte die Tassen an den Tisch. Er stellte sie ab und drehte sich stehend eine Zigarette.

„Ich möchte auch eine", sagte Birgit.

Sie rauchten und lauschten nach draußen. Vom Wald her waren die Rufe der Vögel zu hören. Sonst war es still.

„Ich hab' dem Jungen gesagt, dass ich noch nach ihm schau."

„Lass ihn."

„Du bist nicht lieb zu ihm", sagte Kälin.

„Das stimmt nicht. Er – ach, ich weiß nicht. Er hat manchmal was, das –"

„Ja?"

„Er sieht mich manchmal so merkwürdig an. – Und er frisst wie ein Schwein. Ja." Sie lachte. „Wie ein Schwein."

Kälin verzog keine Miene.

„Du bist nicht lieb zu ihm", wiederholte er. „Das macht dem Jungen zu schaffen. Weißt, mein Vater war auch nicht gut zu mir. Ich hab' einem Nachbarsbub mal ein Stück Kuchen gegeben. Da hat er mich einen Dieb geschimpft."

„Das ist was anderes."

„Nein. Es war ungerecht."

„Ich bin nicht ungerecht zu ihm. Er soll nicht soviel essen. Du siehst doch, wie fett er ist. Patschpfoten – mein Gott!"

„Was ist?"

„Nichts. Ich – ich hab nur gerade daran gedacht, ich weiß so wenig von dem, was – was passiert ist. Mit Monika."

Es dämmerte bereits, als Olaf über die Feldwege den Ort erreichte. Über die Straßen flanierten jetzt jüngere Paare, und sie lachten fröhlich. Die Türen und Fenster der Häuser waren weit geöffnet. Vereinzelt brannte schon Licht. Essensgeruch lag in der Luft. Aus der Gaststube „Zur alten Eiche" drang Musik. Olaf musste wieder Freddy hören. Er dachte an Kälin. Ein Legionär. Ein Fremdenlegionär hatte Revolver und Gewehr mit Bajonett.

Und auch ein Messer. Legionäre töteten unschuldige Frauen und Kinder. Sie brannten Dörfer ab. Um die Eiche herum liefen kleinere Mädchen und Jungen und spielten Fangen. Niemand ist unschuldig, sagte Olaf sich. Er hatte die meiste Zeit über mit sich geredet. Gespräche geführt mit Sartre und Bird. Sie waren frei. Sie nahmen sich ihre Freiheit jeden Tag. Olaf stieg von seinem Rad ab und schaute zu den spielenden Kindern herüber. *Die Menge murrt – aus der Fassung gebracht.* Regieanweisung. Olaf hob den Arm. *Ich weiß, ich jage euch Angst ein. Schaut mich an, Leute von Argos, ihr habt verstanden, dass mein Verbrechen mir gehört, ich nehme es für mich in Anspruch vor dem Angesicht der Sonne.* Die Sonne war untergegangen. Die Kinder lachten und riefen laut. Olaf trug keine schwarze, lange Hose, keinen Rollkragenpulli. Am Grab hatte er einen Anzug getragen und den Hemdkragen durchgeschwitzt. Der Pfarrer hatte gesprochen. *So lasset uns denn beten. – Fürchtet eure Toten nicht mehr, es sind meine Toten.* Ich bin nicht Gott der Herr. Orest spricht zu euch. *Ich will ein König ohne Land und ohne Untertanen sein. Lebt wohl, meine Leute, versucht zu leben. Alles ist neu hier, alles ist von vorn zu beginnen. Auch für mich beginnt das Leben. Ein sonderbares Leben. Hört noch dieses: Eines Sommers wurde Sykros von Ratten heimgesucht. Es war eine grauenhafte Pest …* Olaf griff erschrocken zum Gepäckträger. Erleichtert stellte er fest, dass das Buch noch unter dem Halter klemmte. *Albert Camus,* Die Pest. Monikas Buch. Er würde es Ma reichen. Sieh her, das habe ich für dich getan. Ich liebe dich, um deinetwillen habe ich getötet. Augenblicklich kam die Angst. Ma würde ihn verstoßen. Sie würde nicht begreifen, was er getan hatte. Ihn ausliefern an Gottschalk, an den Kommissar, ein Gericht. An Richter, die Nazis waren. Die millionenfach gemordet hatten. Sie hatten kein Recht, über ihn zu richten. Seine Tat war einzig, und es war sein freier Entschluss gewesen, sie zu vollbringen. Nein, das stimmte nicht. Kein freier Entschluss. Er war getrieben worden. In die Bahn geworfen. Ein Opfer. Ihr Opfer. Olaf ging langsam weiter. Er schob sein Rad neben sich her. Das Blech klapperte. Der Kommissar war in den Ort zurückgekommen. Er war mit Kälin auf dem Motorrad gefahren. Sie hatten Kälin frei gelassen. Es gab nur einen Grund dafür. Keine Beweise. Olaf versuchte, sich von Orest zu lösen. Wenn er abstritt, es getan zu haben, konnten sie auch ihm nichts beweisen. Das Buch. Er hatte sich ihr Buch gegriffen und im Straßengraben unter einem Stein versteckt. Selbst das hatten sie nicht gefunden. Nicht die Stelle, an der Ma mit Kälin gestanden hatte. Jetzt hatte er es bei sich. Es kam ihm nun lächerlich vor, es seiner Mutter zu geben. Alles war lächerlich. Die ganze Aufregung um Monika. Monika war nicht die Welt. In Algerien wurde gemordet, und Kälin war ein größerer Mörder. Bestimmt.

Wer in die Legion ging war ohnehin ein Verbrecher. Er musste sich herausgeredet haben. Es konnte durchaus sein, dass Kälin ihn beschuldigte. Das Mädchen unter Wasser gezogen. Selbst dieser fette Lutz hatte ihn vorwurfsvoll angesehen. Monika hat gesagt. Kälin sagte aus. Ma löcherte ihn mit Fragen. Je näher er dem Haus kam, desto entschlossener wurde er, ihnen zu trotzen. Allen kalt ins Gesicht zu blicken und zu leugnen. Das war feige. Er versuchte, dem Gedanken keinen Raum zu geben. Feige. Es hatte keine Größe. Feige wie Sträter. Feige Nazis, die sich mit Befehlen rechtfertigten. Er hörte ihn schon. Er hörte den Alten schreien. Olaf hob sein Rad an und öffnete leise die Gartentür. Sie waren auf der Veranda, standen sich gegenüber. Olaf lehnte sein Rad an. Er schlich sich näher heran. Ma. Sie lehnte an der Brüstung und stützte sich ab. Sie sah den Alten nicht an. Er brüllte, dass er es nicht zulassen werde. Was? *Nicht solange du in meinem Hause lebst. Hier bestimme ich.* Was bestimmte er? Ma antwortete ihm nicht. *Er ist dein Sohn, aber ich bin mit für ihn verantwortlich und ich will keinen Skandal.* Olafs Körper spannte sich. Keinen Skandal. Für mich verantwortlich. Nein, du bist nicht für mich verantwortlich. Ich habe nichts mit dir zu tun. *Ich werde gehen,* sagte Ma. Er schrie wieder. *Das ändert nichts. Was bildest du dir eigentlich ein? Wer bist du schon? Du zerstörst nicht, was ich mir aufgebaut habe!* Ma lachte. Es war ein bitteres Lachen. *Wer ich bin? Ich weiß, wer du bist, und ich weiß, dass es aus mit uns ist, endgültig aus. Ich habe dich einzig und allein aus Sorge um Olaf geheiratet. Wegen deines Geldes. Geliebt habe ich dich nie.* Sträter zischte irgendetwas. Olaf verstand es nicht. Er hörte seine Mutter. *Ja, und die Freiheit werde ich mir auch in Zukunft nehmen.* Sie konnte nur eins meinen. Olaf presste sich die Hände an die Ohren.

Sträter setzte sich wieder. Er hatte sich in der Küche eine Platte mit Aufschnitt zurechtgemacht, Käse und Gurken dazugelegt. Er griff nach dem Messer und bestrich ein Brot.

Hilde sah ihn kalt an. Er tat, als sei ihr Gespräch beendet. Eine der üblichen Auseinandersetzungen. Etwas heftiger vielleicht, aber nicht einschneidend. Dachte er. Er glaubte sich ihrer sicher. Immer noch. Der Herr im Hause. Obersturmführer. Gewohnt, Anweisungen zu geben. Knappe Befehle. Sie verspürte einen eisigen Hass.

„Ich gehe", sagte sie. „Mich hält hier nichts mehr."

Sträter schlug mit der flachen Hand auf den Tisch. Das Bierglas schepperte an die Flasche. Der Verschluss klackte an den Flaschenhals.

„Es ist alles gesagt!", schrie er.

„Du verstehst nichts." Sie drehte sich um und hielt inne. Die Haustür war zugeschlagen worden und sie hörte draußen in der Einfahrt schnelle Schritte. „Olaf!"

Sie wollte nach vorn, aber Sträter war aufgesprungen und hielt sie am Arm fest.

„*Ich* verstehe sehr wohl. – Olaf." Er lachte abfällig. „Der Schnösel wird meinen Einfluss bitter nötig haben, wenn er wirklich so dumm gewesen sein sollte –"

„Olaf!", rief sie noch einmal und versuchte, sich zu befreien. Ein Wagen wurde gestartet. Ihr Wagen. Panik überkam sie. Sträters Griff war schmerzhaft. Sie zerrte. Unvermittelt ließ er sie los und Hilde stolperte, fiel. Sträter sah auf sie herab.

„Dumm – ja. Darin seid ihr euch gleich. Mir dumm kommen. Mir drohen, mich erpressen wollen."

Hilde kam hoch. Sträter verstellte ihr den Weg.

Schlussakkord

Kälin schwang sich auf seine Maschine. Er zog den Reißverschluss seiner Jacke hoch. Birgit stand neben ihm.

„Nimm mich mit", bat sie noch einmal.

„Es dauert nicht lang, und es ist sicher nicht gut für dich in dem Gasthof. Ich hole doch nur das Bier, oder? Und ich bin gleich zurück."

„Ich warte draußen. – Ich möcht' dich halten."

„Es sind Minuten."

„Jede Minute ohne dich ist eine Ewigkeit."

Kälin seufzte leise und schüttelte den Kopf. Er drehte den Zündschlüssel. Der Motor sprang an. Kälin stieß sich mit den Füßen ab und gab ein wenig Gas. Langsam fahrend drehte er sich zu Birgit um und winkte kurz. Sie winkte zögernd zurück. Das Reh. Das Reh hatte auch ständig bei ihm sein wollen. Ihn nicht gelassen. Die Liebe. Die Liebe halten und dennoch Zeit für sich haben. Eine Fahrt übers Land. Er schaute zur Seite über die Felder. Es war ein gutes Land. Es erinnerte ihn an seine Heimat, an das Waadtland. Der Vater seines Vaters hatte dort als Bauer gelebt. Ein wortkarger Mann, der seinen Sohn streng erzogen hatte. Er hatte diesen Großvater nie gemocht. Die Mutter hatte unter ihm zu leiden. Die Mutter putzte sich heraus. Sie verzärtelte ihren Bub. Sie war immer lieb zu ihm gewesen, und er hatte mit ihr lachen und singen können. Die Mutter hätte ihn schon gehen lassen, wenn es an der Zeit gewesen wäre. Vor dem Vater hatte er fliehen müssen. Vor seiner Ungerechtigkeit. Die Birgit sollte nicht ungerecht sein und ihn nicht traurig stimmen. Die Trauer verflog nur, wenn er fortfuhr, weit weg. Wenn neue Landschaften sich vor ihm erstreckten. Er nur den gleichmäßigen Rhythmus der Maschine vernahm, er den Wind spürte. Der Wind wehte alles weg. Dahinrollend verlor sich, was ihm das Leben schwer gemacht hatte. Der Vater. Die Schule. Das Heim. Der Direktor, der ihn ins Wasser gestoßen und geohrfeigt hatte und nachts durch die Schlafsäle geschlichen war. Die Laken kontrolliert hatte. Er war kein guter Lehrer gewesen. Auch der Meister nicht, in der Gartenbauschule. Die Gesellen hatten zusammengehalten. Die hatten ihn nicht verstoßen, als die Geschichte mit dem Reh war.

Kälin drehte den Gasgriff weiter auf. Gleich zurück. Dass er das sagen musste. Sie sollte wissen, dass ich zurück bin. Und dass ich bleiben will. Doch da war wieder dieses Gefühl, dass es schwer werden würde. Ihre Liebe war so groß. Beängstigend groß. Sie hatte an nichts anderes gedacht, als an ihn. Die ganze Zeit über. Und sie hatte getrunken, viel Wein getrunken. Die leeren Flaschen neben dem Herd. Nur das Bier holen zum Essen. Es war mehr. Es war der Wunsch, zu fahren und für einen Moment einen kleinen Abstand zu gewinnen. Ein paar Gedanken zu fassen. Er war nicht vom ganzen Herzen froh. Es war richtig, sich zu stellen. Im Grunde, ja.

Er sah die Hilde vor sich. Er sah ihren Wagen.

Kälin sah ihn wirklich.

Der weiße Porsche kam ihm mit hoher Geschwindigkeit entgegen.

Die Scheinwerfer waren nicht eingeschaltet.

Der Wagen schoss heran, und er wechselte die Spur, hielt auf ihn zu, und war schnell, sehr schnell.

Es war ein sehr harter Stoß und ein Krachen. Der Zusammenprall schleuderte Kälin vom Sattel und der Wind, der Wind …

Die Explosion ließ Schlumbohm unwillkürlich auf die Bremse treten. Gottschalk warf es nach vorn. Er konnte sich gerade noch am Armaturenbrett abfangen. Schlumbohm stieg schon wieder aufs Gaspedal. Knapp einen Kilometer vor ihnen ragte eine Stichflamme gen Himmel, mündete in einem schwarzen Rauchball und sank langsam in sich zusammen, während der Rauch noch dichter und schwärzer wurde, und die Flammen jetzt an dem Wagen leckten, über den Asphalt weiter krochen zum Motorrad und es in Brand setzen, eine zweite, weniger starke Explosion auslösten.

„Mein Gott!“, schrie Gottschalk. „Mein Gott! – Kälin!“

Schlumbohm bremste knapp vor der Unfallstelle ab und zerrte einen kleinen Feuerlöscher aus dem Heck.

Gottschalk war schon aus dem Wagen gesprungen und lief ein Stück, blieb hilflos stehen. Eine gewaltige Hitzewelle schlug ihm entgegen. Der Rauch nahm ihm den Atem.

Schlumbohm riss an dem Löscher. Der zischende Strahl reichte nicht aus, den Brand zu stoppen. Im Ort wurde die Feuerglocke geläutet.

„Kälin!“, schrie Gottschalk wieder. „Hilde!“ Er hatte den Wagen erkannt. Über dem Steuer hing eine leblose Gestalt.

„Hilde! – Mein Gott! Hilde! – Kälin!“

Schlumbohm war näher zum Porsche vorgerückt.

„Olaf!“, schrie er. „Das ist Olaf!“

Gottschalk sprang in den Graben und kroch die Böschung hoch. Hinter der Flammenwand sah er Kälin am Boden liegen. Bäuchlings. Das rechte Bein war unnatürlich abgewinkelt. Gottschalk hob die Arme schützend vors Gesicht und lief hin. Es glaubte, selbst am ganzen Körper zu brennen, kniete sich zu Kälin und hob seinen Kopf. Seine Hände wurden feucht und klebrig. Er griff in nachgiebiges Fleisch, spürte Knochen. Kälins Schädel war ein matschiger, blutender Klumpen.

„Kälin!“, schluchzte Gottschalk auf. Seine Kehle war eng. Er schluckte, würgte.

Vom Ort her näherten sich schnell die ersten Wagen. Bremsen quietschten. Stimmen wurden laut. Gottschalk fühlte sich gepackt und weggezogen.

„Zum Wagen!“, schrie Schlumbohm. „Auf den Wagen richten! Olaf! Es ist Olaf!“

Gottschalk machte sich frei. Er nahm Leute um sich wahr. Beißender Rauch hüllte sie ein. Gottschalk riss sich das Hemd vom Leib, schlug blindlings vor sich her. Er war schweißüberströmt. Tränen stiegen ihm in die Augen. Er hörte Schlumbohm heraus.

„Olaf!“, schrie er immer wieder. „Olaf!“

Helles Sonnenlicht fiel durch die Fenster. In den Strahlen tanzte Staub.

Birgit saß mit durchgedrücktem Kreuz auf ihrem Stuhl. Sie starrte an Gottschalk vorbei nach draußen auf den Hof. Ein Brummer zog seine Bahnen. Es war ein lautes Geräusch. Schmerzhaft.

„Ich kann Ihnen nur noch sagen, dass – dass Ihr Mann unschuldig war“, sagte Gottschalk. „Unschuldig an dem Mord und – und er hat den Unfall auch nicht verursacht.“

„Mord“, sagte Birgit. „Es war Mord.“

„Olaf ist ebenfalls tot. Der Junge –“

„Der Mörder.“

„Ja, er hat Monika umgebracht. Im Garten seiner – seiner Eltern haben wir ihr Buch gefunden. Olaf hatte –“

„Er hat Jo getötet“, unterbrach sie ihn. Ihre Stimme war tonlos. „Er hat mir Jo genommen. Ich hätte bei ihm bleiben sollen. Bei Jo. Dann wären wir jetzt für immer vereint. Wir waren es schon. Wir waren es von der ersten Sekunde an. Füreinander bestimmt. Es ist ungerecht, dass er vor mir von mir gegangen ist. Ermordet.“

„Es war ein Unglück“, sagte Gottschalk. Er glaubte es eigentlich nicht.

„Es gibt keine Gerechtigkeit.“

„Olaf wusste, dass wir ihn suchten. Er hat im Garten versteckt gehört, dass Hilde es gesagt hat. Er ist in Panik geraten und hat –“

„Er hat Jo ermordet.“

„Er ist mit dem Wagen losgerast. Er hatte keine Fahrpraxis.“ Die Fakten. Sie erklärten nicht, was Olaf in seinen letzten Stunden, in diesen Minuten gedacht hatte. Was überhaupt in ihm vorgegangen war.

„Mit ihrem Wagen.“ Sie lachte. Es klang furchtbar. „Ihr Wagen. Ihr Sohn. Ein Mörder.“

Gottschalk fror plötzlich. Er wollte gehen. Fortlaufen. Es war alles entsetzlich. Aber er konnte nicht aufstehen und sie so zurücklassen.

„Es ist kein Trost“, sagte er. „Aber Hilde – sie fühlt sich schuldig.“

„Hilde denkt nur an sich.“

„Nein“, widersprach Gottschalk. „Als sie es ahnte, hat sie begonnen –“

„Das ändert nichts.“

„Nichts an dem was geschehen ist. Nein. Aber sie hat einen Schlussstrich gezogen. Sie wird neu beginnen. Unter Schmerzen. Sie haben Kälin verloren. Hilde ihren Sohn. Und sie hat alles aufgegeben.“

„Sie hat Sträter nie geliebt.“

Gottschalk nickte. Jetzt sah auch er zum Fenster hinaus. Wartete einen Moment und nickte dann noch einmal.

„Sträter ist tot“, sagte er dann. „Zwischen Hilde und ihm ist es zu einem Handgemenge gekommen, als Olaf mit dem Wagen los ist. Sie wollte hinter ihm her. Hilde – sie wollte Sträters Wagenschlüssel. Er hat sie ihr nicht gegeben. Sie hat sich auf ihn gestürzt. Sträter hat sie geschlagen und mit einem Messer bedroht. Dabei ist es passiert.“ Er spürte Birgits Blick und wandte sich zu ihr. „Sie hat sich wehren müssen. Es gibt keinen Grund, daran zu zweifeln. – Ich hätte Sträter zur Verantwortung gezogen. Auch ohne die Aufzeichnungen Ihres Vaters. Hilde war daran interessiert – ja. Aber jetzt ist das alles bedeutungslos geworden. Sie trauert um ihren Sohn, und das ist ebenso schlimm für sie wie Ihr Verlust.“

Alles, dachte er noch. Er selbst war nicht frei von Schuld, hatte Fehler gemacht, war nachlässig gewesen. Er schwieg. Seine Versäumnisse, sein Nichtbegreifen. Damit musste er fertig werden. Sich stellen. Gottschalk stand auf. Er hatte nichts mehr zu sagen.

Hilde war in Olafs Zimmer. Sie stand vor seinem Plattenspieler und legte die 45er auf. *Benny Goodman, Moonglow.* Die Melodie erfüllte den Raum. Sie brachte Erinnerungen. Ihre Nacht in dem Hotelzimmer. Ein glücklich verheirateter Mann. Sie war mit ihm gegangen und hatte ihn wieder verlassen. Wie viele vor ihm. Eine Tasse Kaffee. Die Fahrt zurück. Kälin. Auf dem Weg wie sie. Nehmen und gehen, hinter sich lassen. Ihn zurückbringen. Stellvertretend für sich und heimfahren zu einem, den sie verachtete. Beschimpfungen, Beleidigungen, die an ihr abglitten. Wassertropfen auf ihrer Haut. Olaf, der in ihr Zimmer gestürmt war. *Monika ist umgebracht worden.* Schon an diesem Morgen hatte sie ein merkwürdiges Gefühl gehabt. Es war sein Blick gewesen. *Du warst wieder weg.* Über Nacht. Und gleich darauf hatte er von Kälin angefangen. Das hätte sie aufmerken lassen müssen. Hatte es auch. Dass er ihn sofort beschuldigte. Ihr Abwiegeln. Ihre Auseinandersetzung mit ihm. Alles verdrängt, nicht wahrhaben wollen. Olaf ein Mörder. Ihr kleiner, lieber Sohn. Der sich nie groß beklagt hatte. Immer mehr für sich geblieben war. Bücher und Platten. Seine Musik.

Hilde dachte an Nachmittage, in denen sie auf der Veranda gelegen und ihm zugehört hatte. Ein Blues. Ein Boogie. *Moonglow.* Bilder waren vor ihr entstanden, Momente lebten auf. Eine Zufriedenheit mit sich und mit dem, was sie erreicht hatte. Sie hatte Rolf in gewisser Weise ertragen können. Nein. Das war falsch. Nicht mehr länger. Nicht mehr nachdem Birgit ihr die Aufzeichnungen gezeigt hatte. Damit hatte es angefangen. Hatte sich verstärkt. Sie in immer kürzeren Abständen in die Stadt getrieben. Fort. Vergessen. Sich nicht trauen, die letzte Konsequenz zu ziehen. Jetzt erst hatte sie es getan. Während Olaf auf Kälin zuraste. Warum? Warum Kälin? Sie wusste die Antwort, wollte sie aber nicht wissen. Nichts mehr.

Der Tonarm klickte aus. Sie setzte ihn zurück und nahm die Platte vom Teller. Die *Benny Goodman Story.* Er hatte die

Aufnahmen nicht mehr sonderlich gemocht. *Charlie Parker.* Zerrissene Melodien. Fetzen. Alles zerstört. Sein Leben.

Hilde sah sich noch einmal in seinem Zimmer um. Bücher und Platten. Sein Schreibtisch. Das Bett. Der Blick aus dem Fenster ging in den Garten. Der Pool. Die Hollywood-Schaukel. Die erste große Party, die er im letzten Jahr gefeiert hatte. Kinder. Es waren Kinder. Monika. Er. Sie hatten unbeschwert gelacht, sich um Grillwürste gerauft, miteinander getanzt. *Petite Fleur.* Eine harmlose Umarmung. Nicht mehr. Er war lieber allein gewesen. Angeblich. Nun war er es, und sie war es auch.

Lutz schloss seinen Koffer und schleppte ihn herunter. Er stellte ihn in der Diele ab. Birgit war in der Küche und schmierte Brote. Mit einer Kopfbewegung winkte sie ihn herein.

Lutz rückte seine Windjacke zurecht. Er trug die lange dunkle Hose, Kniestrümpfe und feste Schuhe. Unter der beigefarbenen Jacke hatte er ein weißes Hemd an. Nur der Kragenknopf war offen. Er schaute auf seine Armbanduhr. Er hatte sie die ganzen Wochen über nicht getragen. Es war ungewohnt, sie wieder am Handgelenk zu haben. Es war fünf nach zehn. Sein Zug fuhr um 11.03 Uhr vom Bahnhof ab. Nach Hause. Zu Ma. Er hatte ihr viel zu erzählen. Viel Trauriges.

„Du hast noch Zeit", sagte Birgit. „Setz dich."

Er tat es und zog seine Hosenbeine hoch. Birgit schnitt daumendicke Fleischwurstscheiben ab.

„Ich brauch' nichts mitnehmen", sagte Lutz.

„Die Wurst isst du doch gern. Da bist lange unterwegs. Ich mach dir auch noch eins mit Schinken und eins mit Käse. Oder noch eins mit Wurst?"

„Das – das ist zuviel."

„Das schaffst du schon. – Ich war nicht immer nett zu dir. Du freust dich sicher, wegzukommen."

„Nein – nein, ich meine, es – es war in Ordnung."

„Nein“, sagte Birgit. „Es war alles andere als in Ordnung. Ich hätte öfter mal mit dir reden sollen. Du hast die Monika gemocht.“

„Ja“, sagte er leise.

„Ich hab' sie auch lieb gehabt. Ich glaube, ich habe mich manchmal mehr mit ihr beschäftigt, als mit dir. Bevor Jo kam. Nein, es war keine gute Zeit für dich. Deine Mutter wird allen Grund haben, von mir enttäuscht zu sein. Ich war nicht absichtlich so. – Aber ich denke jetzt, dass ich ihr vielleicht was heimzahlen wollte. Sie hat sich immer mit allem abgefunden. Schon als junges Mädchen. Sie hat sich von deinem Vater ausnutzen lassen und später von Oma.“

„Nein, das –“

„Das war so, glaub' es mir. Ich habe mich allem entzogen, für nichts eine Verantwortung übernehmen wollen. Nicht im Haushalt, bei keinem Mann und als Oma zu uns zog, bin ich aus dem Haus. Ich wollte meine Mutter nicht um mich haben. Ich habe sie gehasst. Weil sie auch alles hinnahm. Sie hat gewusst, was dein Großvater für ein Mensch war und es hat sie nicht gekümmert. Ich gebe dir etwas mit auf die Reise. Ein Buch. Lies es – bitte. Es hat mich lange beschäftigt, mir viele schlaflose Nächte bereitet. Väter – Männer. Was sie angerichtet haben. Es ist ein Grund, warum ich allein gelebt habe, allein bleiben wollte. Aber dann – Jo war anders. Denk' ein wenig an ihn, wenn du in der Kladde liest. Dass er vielleicht auch deshalb tot ist. Weil er nicht so war.“

Lutz nickte.

„Ja“, sagte er. Er wollte noch etwas sagen, aber sie mussten sich beeilen. Birgit spürte seine Unruhe. Sie klappte die Brothälften zusammen und wickelte sie ein.

Während der Fahrt sprachen sie nicht miteinander. Als sie an die Stelle kamen, wo es passiert war, schaute sie weit nach vorn und fuhr ein wenig schneller. Lutz sah über die Felder, zu dem hinten am Horizont auslaufendem Waldstück hin. Er dachte noch immer an Monika. *Du hast die Monika gemocht.*

Er hatte sie geliebt, eigentlich mehr noch als Ma. Das war böse, aber es stimmte. Ma fand sich nicht mit allem ab. Sie hatte geweint, als er von der Schule gewollt hatte. Sechs, sechs. Ungenügend. Er war davongelaufen. Nie mehr Hausaufgaben machen müssen. Keine Klassenarbeiten mehr. Er war am See weggehastet. Wenn er geblieben wäre, hätte er Monika beschützen können. Kälin wäre zur Hilfe geeilt. Sie hätten Monika mit zu Birgit genommen und gemeinsam am Tisch gesessen. Monikas Hand in seiner Hand. Birgit und Kälin. Ein schöner Tag wäre das gewesen. Eine schöne Zeit. Monika hätte ihn dankbar angelächelt, und sie wäre nie mehr allein zum See gefahren. Und zuhause hätte er sagen können, ich habe eine Freundin. Weggelaufen. Man durfte nicht weglaufen. Und doch war er froh, gleich im Zug zu sitzen. Trotzdem war er traurig. Das war seltsam.

Auf dem Bahnsteig schaute er immer wieder zu der großen Uhr hoch. Der Sekundenzeiger rückte unendlich langsam vor. Und dann sah er sie. Sie hatte nur eine kleine Tasche dabei und war ganz in schwarz gekleidet. Ihre hohen Absätze klackten.

Birgit drehte sich zu ihr um. Olafs Mutter kam näher. Sie hatte keinen Blick für ihn. Allein für Birgit und Birgit war ganz steif. Auch er konnte sich nicht bewegen. Seine Mutter. Olaf hatte Monika ermordet und Kälin umgebracht. Wie konnte sie sich noch blicken lassen?

Sie blieb vor Birgit stehen. Es war plötzlich eine Totenstille. Er hörte gar nichts mehr. Es sagte auch niemand etwas. Birgit nicht, und sie nicht. Sie sahen sich schweigend an. Und er hatte mit einem Mal Angst. Angst, dass wieder etwas passieren würde. Etwas Furchtbares. Wenn doch der Zug käme. Fort. Nur weg von hier. Er würde das Buch nicht lesen. Es aus dem Fenster werfen. An Kälin würde er auch so denken. Sie dachte an ihn. Birgit. Sie musste an ihn denken. Olafs Mutter stand vor ihr. Ihr Sohn war an allem schuld. Nein.

„Ich war es“, sagte er leise. Sie beachteten ihn nicht. Birgit löste sich aus ihrer Erstarrung. Sie fielen sich in die Arme und hielten sich aneinander fest.

Der Pfiff der einfahrenden Lokomotive ließ ihn zusammen schrecken. Er wusste später nicht mehr, wie er auf seinen Platz gekommen war. Draußen zog die Landschaft vorbei. Sein Gesicht spiegelte sich in der Scheibe. Er war allein in dem Abteil. Sie war nicht eingestiegen.

Er fuhr zurück zu Ma.

Schnelles Geld

Eine Nacht ist lang genug, um durchzudrehen

Frühmorgens auf der Straße, den Kopf voll Suff und Rock 'n' Roll. Charly fuhr sich durchs Haar. *Elvis ist tot, und ich fühl mich auch schon ganz elend.* Er stakste weiter, die Renne rauf. Papierfetzen wirbelten über den Asphalt, der Himmel war grau, *verdammt, wir müssen raus aus dem Dreck, da gibt es gar nichts, wir müssen hier weg.* Die Melodie, der Rhythmus, Charly fasste langsam Schritt, nahm Sachen in Schaufensterauslagen wahr, bunte Kerzen und Basttaschen und Puppen und das *Bett im Kornfeld* als Plakat an der Scheibe. Charly lachte bitter in sich hinein. Jetzt werben sie damit für Möbel, demonstrieren Fröhlichkeit und vor Jahren, da hatte er mit Babette ein Zelt aufgeschlagen, in Bochum, Höhe Haarstraße, und ein Metallbett in das Kornfeld gestellt, und *dabei ca. 12 qm Korn zertreten* , was zu beweisen war durch Polizeimeister Wurzel, der plötzlich vor dem Bett gestanden und sie aufs Revier geschleppt hatte, wo sie sich fix reumütig zeigten, um abzulenken von dem, was echt Trouble machen würde: der Shitklumpen, den Babette in der Tasche hatte. Als dann später der Bußgeldbescheid kam, 25 Mark, *weil davon ausgegangen wird, dass Sie sich eine derartige Zuwiderhandlung nicht mehr zuschulden kommen lassen,* hatten sie gelacht und kräftig einen durchgezogen, hatten Musik gehört und sich so gut gefühlt, wie danach nie wieder.

Das war lange her. Er war vor Babette abgehauen, hatte nichts mehr von ihr wissen wollen. Und jetzt war sie ihm fremd. Er war bei Rita aufgewacht, die ihn aus dem Bett gescheucht hatte. *Komm, ich muss los.* Kein Kaffee und rein gar nichts, und die Straßen waren noch menschenleer. Charly ging die Renne rauf, Richtung Bahnhof. Er brauchte heißen Kaffee und was zwischen die Zähne.

In der Kassenhalle der *Volksbank* wischte eine Frau die Fliesen. Sie drehte ihm den Rücken zu und Charly bückte sich schnell, zog die WAZ unter dem Gitter raus. Er klemmte sie unter den Arm und schlenderte weiter. *Hotel Savoy, Orient-Teppiche.* Die Ladentür stand offen. Charly sah auf die Uhr. Früh dran, die Jungs. Er wollte weitergehen, hörte auf einmal laute Stimmen, Geschrei. Charly verstand nicht, um was es ging, interessierte ihn auch nicht. Er blieb aber doch stehen.

Er sah, wie ein Mann aus dem hinteren Teil des Ladens nach vorn stürzte, wild mit den Armen fuchtelte, an ihm vorbei auf die Straße stolperte, zusammenbrach.

Charly schüttelte den Kopf und beugte sich zu ihm herunter.

Charly wurde flau.

Charly fror. Und dann war ihm heiß.

Charly schluckte.

Im Rücken des Mannes steckte ein Messer.

„Name?"

Charly machte eine Handbewegung zu seinem Ausweis hin, der neben der Schreibmaschine auf dem Tisch lag. Der Beamte zog die Augenbrauen zusammen, nahm das Papier, klappte es auf, blätterte vor und wieder zurück.

„Kunkelfuß?"

Charly nickte und der Mann hackte auf die Maschine.

„Vorname Hans?"

Charly lehnte sich zurück und schloss die Augen. Er hörte, wie der Mann weiterhämmerte.

„Die Adresse stimmt?"

„Ja. Kann ich 'ne Tasse Kaffee haben?" Der Bulle sah auf und sie starrten sich einen Moment lang in die Augen.

„Später."

Er sieht den kalten Griff des Messers. Ein leichter Druck mit dem Daumen, die Klinge schnellt heraus, ein hartes Klicken. Die Klinge schimmert schwach im gedämpften Licht des Ladens.

Charly ließ sich wieder zurückfallen und der andere machte weiter.

„So", sagte er nach einiger Zeit. „Und jetzt mal schön der

Reihe nach. – Sie sind also ganz friedlich die Huestraße herunterspaziert und plötzlich?"

Also das Ganze noch einmal.

Die Klinge dringt durch Jacke und Hemd. Der Schmerz. Der Mann stolpert, dreht sich halb um. Die vor Entsetzen geweiteten Augen. Der Versuch zu schreien. Die Beine knicken weg, er fängt sich noch einmal. Blut schießt in den Mund, das Pflaster wölbt sich ihm entgegen und …

Charly diktierte langsam in die Maschine, und dann las ihm der Beamte von Anfang bis Ende vor: … *als ich die Polizei benachrichtigen wollte, hörte ich die Sirene und ein Streifenwagen bog um die Ecke, gefolgt von einem Krankenwagen Punkt Bochum Komma Siebzehnter August Neunzehnhundert-achtundsiebzig Unterschrift des Zeugen*, schob ihm das Blatt rüber und Charly unterschrieb.

„Warten Sie bitte hier."

„Wieso? Ist doch alles klar."

„Ja-ja, einen Moment noch." Der Beamte stand auf und ging ins Nebenzimmer. Charly klopfte seine Taschen nach Zigaretten ab. Nichts. Und immer noch kein Kaffee.

Aus dem Moment wurde eine gute halbe Stunde. Ständig latschten irgendwelche Bullen in das Zimmer, nickten kurz zu ihm hin, grabschten sich das ein oder andere Papier vom Tisch, warfen einen Blick drauf, runzelten die Stirn und raus. Das Telefon klingelte in einer Tour, brach immer wieder ab. Wurde wohl nebenan abgenommen. Charly gähnte. Dann endlich erschien sein Mann.

„Kommen Sie bitte."

Charly stand auf. Der Beamte lehnte sich gegen den Türrahmen.

„Hauptkommissar Broszinski möchte Sie noch einmal kurz sprechen."

Broszinski saß locker hinter seinem Schreibtisch, war in Zivil und rauchte französisches Kraut.

„Kaffee?", fragte er und schob eine Tasse rüber.

Charly setzte sich. Broszinski drehte sich auf seinem Stuhl zur Seite, nahm eine Thermoskanne vom Fensterbrett, schraubte sie auf und goss ein. Die Kippe im Mundwinkel.

„Milch, Zucker?"

„Schwarz", sagte Charly. Er nahm einen Schluck. Broszinski drückte die Zigarette aus und legte die Fingerspitzen aneinander.

„Der Mann ist tot", sagte er dann. „Hartmut Becker. Sie kannten ihn nicht?"

Charly schüttelte den Kopf.

„Sie haben auch niemanden sonst gesehen?"

„Nein."

„Im Geschäft war kein Mensch", sagte Broszinski. „Und der Inhaber ist nicht zu erreichen. – Na ja, wir werden ihn schon zu fassen kriegen." Klar, dachte Charly.

„Aber Sie haben Stimmen gehört?"

„Ja."

„Es war ziemlich früh. Wohin waren Sie unterwegs?"

„Zum Bahnhof. Kaffee trinken", sagte Charly.

„Ah ja. Sie sind – " Broszinski griff nach dem Protokoll. „Sie sind Büchereiangestellter in Wattenscheid?"

„Ja."

Broszinski sah auf seine Uhr.

„Na ja, dann will ich Sie nicht länger aufhalten."

„Ich hab Urlaub."

„Ach so. Urlaub. – Trotzdem. Es ist ja soweit alles erledigt. Vielleicht brauchen wir Sie später noch einmal. – Stimmen. Laute Stimmen. Merkwürdig." Er stand auf, kam zu Charly und streckte ihm lächelnd die Hand hin. „Das hat man schon mal – so früh am Morgen. Vorerst vielen Dank für Ihre Aussage."

Charly tat, als sehe er die Hand nicht.

Es sah nach Regen aus. Charly stand unschlüssig auf den

Stufen vor dem Präsidium. Er hatte Kopfschmerzen und seine Hände zitterten als er sich das Hemd weiter zuknöpfte. *Der Mann ist tot.* Eine schnelle Bewegung mit dem Messer und ein paar Bullen lüften ihre Ärsche. Routine. *Werden ihn schon zu fassen kriegen.*

Gegenüber hielt ein schwarzer Citroen. Ein Typ stieg aus und raste los, direkt an Charly vorbei in die Eingangshalle. Er hatte eine verspiegelte Sonnenbrille auf.

Die Wohnung war in der zweiten Etage, direkt unter dem Dach. Sie war nicht groß und nicht billig, aber ruhig, mit Fenstern zum Garten hin. Die Schräge im Bad war aus Glas, und wenn Charly in der Wanne lag, sah er das Grün der Bäume. Vor einigen Monaten hatte er sich Blumenkästen gekauft und wilden Farn gepflanzt, der jetzt vor der niedrigen Wand wucherte.

Charly ließ heißes Wasser einlaufen, schloss den Recorder an und holte ein paar Kassetten aus dem Zimmer. Er zog sich aus, stieg in die Wanne und schloss die Augen, döste vor sich hin, rauchte und hörte Kris Kristofferson. Als das Wasser abkühlte, zog er den Stöpsel, frottierte sich und schlappte ins Bett. Er schlief sofort ein.

In der Ausleihe der Bücherei drängen sich Leute vor den Regalen, ziehen Bücher heraus, blättern Seiten um, fragen, um was es geht. Ist es spannend? Liest es sich gut? Sie halten ihm die Bücher hin. Er sagt irgendetwas, versucht, sich Platz zu schaffen. Rita und Hugo kommen herein. Rita winkt ihm zu. Er schüttelt die Leute ab, stürzt den beiden entgegen. Hugo ist zurückhaltend. Er sieht an ihm vorbei. Er geht mit Rita in den Lesesaal. Da ist Renate. Sie fragt: Was willst du denn hier? Du hast doch Urlaub. Sie stützt ihr Kinn auf und sieht ihn an. Er zieht Rita mit sich. Du, ruft Renate ihm nach. Sie dehnt das Wort. Duuu-uh! Ihm wird heiß. Duuu-uh, kannst du mir den Brockhaus aus dem Magazin holen? Rita reißt sich los. Er läuft ihr nach. Sie steht im

Flur, lehnt an einem Regal. Ich muss mit dir reden, sagt sie. Er nickt. Wenn du wieder nüchtern bist, muss ich mit dir reden. Sie kommt auf ihn zu, fasst ihn an den Schultern, dreht ihn um. Hinter ihm liegt Hugo auf dem Boden. Er ist tot, sagt Rita. Gehen wir essen? Nein, sagt er. Nein! Er schreit und läuft weg. In der Ferne hört er das Meer.

Als er aufwachte, war er nass geschwitzt. Er schlug das Laken zurück, drehte sich zur Seite. Es war kurz nach vier. Charly rieb sich die Augen, stand auf und ging ins Bad.

Es klingelte. Er zog den Bademantel über und öffnete die Tür.

„Hey", sagte das Mädchen und war schon im Zimmer, hockte sich auf das Bett und strahlte ihn an. „Ich brauch'n Buch von dir. Von der Grün. Hast du was von der?"

Charly schloss die Tür und setzte sich ans Fenster.

„Ich bin noch nicht da."

„Okay, okay", sagte Uli und machte es sich bequem. „Eilt nicht. – Man sieht deinen Schwanz."

„Was?"

„Dein Bademantel ist offen." Charly stand auf und knotete sich den Gürtel enger.

„Was von der Grün?"

Uli kicherte.

„Du wirst ganz schön fett."

„Hör mal", sagte Charly. „Ich hab 'ne lange Nacht hinter mir und 'nen verdammt ungemütlichen Morgen und …"

„War sie zickig?"

„Wer war zickig?"

„Ich frag ja nur. Okay, okay, ich nerv dich. Krieg ich 'ne Zigarette?" Sie griff nach seiner Packung und schnippte sich eine raus. Charly holte sich ein Bier aus dem Kühlschrank. „Stellenweise Glätte!", rief sie ihm nach.

„Glatteis."

„Was?!"

„Glatteis!", schrie er.

„Mann, bist du fickrig“, sagte Uli. „Kannst du's mir leihen?“
„Ich hab's nicht.“
„Du hast ja gar nicht nachgesehen.“
„Ich weiß, was ich habe und was nicht.“ Er rülpste. Uli streckte ihm die Zunge raus.
„Du bist widerlich“, sagte sie. „Du bist ein widerlicher alter Fettsack.“
Charly nahm noch einen großen Schluck. Das Bier tat gut. Er trank und sah aus dem Fenster. Es hatte geregnet, aber jetzt blinkten Sonnenstrahlen durch die Blätter und der Himmel war klar. Aber die Fassaden der Häuser sind dunkel und die Luft schmeckt bitter, bitter wie das Bier. Gut. Nicht gut.
Letztes Jahr mit Babette in Spanien. Sie musste zurückfliegen, weil das Semester begann. Er hatte ihren Wagen gefahren. Mit offenem Verdeck an der Küste entlang, durch Frankreich, Belgien. Nachts war er im Ruhrgebiet angekommen, war ausgestiegen, hatte tief eingeatmet, die Luft geschmeckt. Er war zuhause. Er war in die Kneipe gegangen, hatte sich an den Tresen gestellt und den Leuten zugehört. Hatte gehört, dass im Schrebergarten die Tomaten reif sind und die Kaninchen bald fett. Und dä Fußball ist wieder am laufen. Und Vattern hat Last mit die Füße, dat bleibt ja nich aus bei die Maloche. Willze noch 'n Pilsken?
„Ich brauch's aber.“
„Was?“
„Das Buch, Mann!“
„Ja-ja“, sagte Charly.
„Ja!“, schrie Uli. Charly drehte sich überrascht zu ihr um. Und dann lachten sie. „Morgen ist ein Strandfest“, sagte Uli. „In Haltern. Hast du Lust?“ Charly zuckte die Schultern.
„Es kommen jede Menge Leute.“
„Mal sehen“, meinte er.
„Rainer kriegt den Wagen von seinem Alten und wir müssen sowieso hier vorbei. Okay?“
„Es ist 'n bepisstes Wetter.“
„Morgen ist es schön. Wetten?“ Sie hielt ihm die Hand hin

und Charly zog Uli vom Bett hoch.

„Ich geh dann mal“, sagte sie.

„Und das Buch?“

„Nicht so wichtig. Tschüs dann.“ Sie boxte ihn leicht in den Bauch und ging. Sie war fünfzehn und liebte Rainer.

Rainer haute den vierten Gang rein und Charly warf's zurück in die Polster. Er saß hinten. Uli versuchte den englischen Sender reinzukriegen und gab es schließlich auf. Das Verdeck war offen. Ihre Haare flatterten im Fahrtwind. Rainer ließ den Arm raushängen. Der Wagen schlingerte.

„Pass auf!“, schrie Charly.

„Schiss?!“, schrie Rainer zurück.

Uli drehte sich zu ihm.

„Rainer ist ein wahnsinnig guter Fahrer.“

Charly wünschte sie sonst wo hin. Sie rasten über die Autobahn, über die Brücke. Rechts der Schrottplatz.

Sein VW. – Hundert, hatte der Mann gesagt. Mehr ist nicht drin. Er zog eine Brieftasche aus dem Overall und klappte sie auf. Ein Bündel Hunderter und einige Fünfziger waren zu sehen. Is' gut bezahlt für dat Möhrken! Er spuckte aus. Nu' nimm schon. – Aber die Reifen. – Die Reifen, die Reifen! Guck' dich hier ma um. Wat siehste? – Ein Mercedes bog um die Ecke, hielt vor der Bude. Die Fahrer stieg nicht aus, hupte. – Also gut, hundertfuffzig. Kommste mehr als gut bei weg. – Abgegriffene Fünfziger. Er nahm sie und warf noch einen Blick auf seinen zerbeulten VW. Hundertfünfzig und aus und vorbei. Der Mercedesfahrer hupte noch einmal.

Sie waren von der Autobahn runter, fuhren an Recklinghausen vorbei, Richtung Oer-Erkenschwick, alles schön flach, Wiesen und Wald. Uli beugte sich zu ihm nach hinten.

„Hast du gelesen – da ist einer auf offener Straße abgestochen worden.“

„Ja-ja, ich war dabei.“

„Und meine Oma spielt bei Schalke“, lachte Rainer.

„Ehrlich?“ Uli rutschte ganz rum. „Erzähl mal.“

„Frag ihn“, sagte Charly. Rainer nahm jetzt auch noch die rechte Hand vom Lenkrad. Der Wagen schoss verdammt nah an den Bordstein.

„Du magst mich nicht“, sagte er.

„Du kannst mich am Arsch lecken!“, schrie Charly. „Nimm die Flossen ans Steuer und sieh zu, dass wir hinkommen.“

„Er mag mich nicht.“ Rainer hielt Uli die Wange hin.

„Sei nicht so grob zu Rainer. Er ist so wahnsinnig lieb.“ Sie küsste ihn flüchtig und Rainer grinste.

„Halt an“, verlangte Charly.

„Geht jetzt nicht.“

„Anhalten!“

Rainer drückte aufs Gas. Der Wagen schoss über die Kreuzung, kam mit quietschenden Reifen auf dem Fahrradweg zum Stehen.

Charly stieg aus und pisste an den Hinterreifen.

Sie saßen auf den Steinen, die Jeans hochgekrempelt, Füße im Wasser. Schräg hinter ihnen um ein Feuer Ulis Clique. Ein Junge führte das große Wort, sprach von einem Hof in Klein-Gaddau, Landkreis Lüchow-Dannenberg, zu haben für'n Appel und 'n Ei, sozusagen, und zwölf Hektar Land für Kühe und Korn, das ist die Sache, wenn alle mitmachen und jeder zweitausend rein steckt, kommen wir die ersten Jahre gut über die Runden, und dann läuft das, Gemüse, Milch und Käse, und selbstgebackenes Brot, und Energie durch Sonne und Wind, das ist alles machbar, ich war in Tvind.

„Wo is'n das?“

„Dänemark. Kennste nich? Echt stark.“

„Früher gab's hier noch Mauersegler“, sagte Jens. Charly warf Steinchen ins Wasser. „Und da drüben der Tommy, total abgesperrt, Militärgebiet, kommste überhaupt nicht rein.“

„Bist du oft hier?“, fragte Charly.

„Hin und wieder. Kollege von mir hat ’n Boot da drüben liegen.“

„Bist du immer noch bei dem Italiener?“

„Hm. – Lass dich doch mal wieder blicken. Ich mach dir für’n Heiermann eine Superpizza.“

„Komm selten in die Kante.“ Sie schwiegen, sahen auf das Wasser.

Jens drückte seine Kippe aus. Ein paar Jungs machten sich am Grill zu schaffen.

„Hugo war gestern da.“

„Und?“, fragte Charly.

„Klappt wohl nicht mehr so richtig mit Rita.“

„Kann man sagen.“

„Hast du was mit ihr?“

„Ich hab’ eine Nacht mit ihr geredet.“

„Na ja“, sagte Jens. „Geht mich ja auch nichts an.“ Charly nahm einen Schluck Bier. Er hatte Rita und Hugo im *Oblomow* getroffen und war weiter mit ihnen rumgezogen. Rita wollte tanzen, und sie waren in den Schuppen am Busbahnhof gegangen, wo sich die Typen trafen, die auf Elvis und Cliffy standen und auch so aussahen: Röhrenjeans und Dreivierteljacken, gestreifte T-Shirts, *Jailhouse Rock*, Hüftdrehung und Überschwung. Die Musik dröhnte aus den Boxen, die Spotlights flackerten und Rita hatte ihn auf die Tanzfläche gezogen. Schweißtriefend hielt er durch, mit Seitenstichen und trockenem Mund. Als sie eine Pause machten, war Hugo weg. Rita war zur Theke gegangen, hatte Cola mit Schuss bestellt, mit den Schultern gezuckt: *Wahrscheinlich wieder überfordert, der Arme, ist ja keine sechzehn mehr. Ehrlich, ich hab sein Rumgeschlurfe langsam dicke. Dass er ’ne Glatze kriegt, dafür kann er ja nichts, aber dass er sich auch so verhält und einen auf Frührentner macht, das steht mir langsam bis hier. Glaubst du, der macht noch was? Nee, ist ihm alles zu lästig, wird ihm zuviel. Ein ruhiges Bierchen und im Fernsehen ist ja auch ’n ganz gutes*

Programm. Ohne mich, du. Wenn er sich einmotten will, okay, aber nicht bei mir.

„Blöd, dass wir uns nicht mehr treffen“, sagte Charly. „Ich meine, alle, wie damals.“

„Damals.“ Jens winkte ab.

„Ist alles weg“, murmelte Charly. „Alles kaputt und tot. Läuft nichts mehr. Noch keine Fünfundzwanzig und schon durch. Mit Otto geh ich kegeln, verstehst du? Kegeln! Und dich treff ich auf ’ner Teenieparty. Okay, frag mich nicht, warum ich hier bin. Weiß ich auch nicht. – Komm, lass uns einen saufen.“

„Is was?“, fragte Jens.

„Ich fühl mich beschissen.“

„Kenn ich“, sagte Jens.

„Ja, du kennst das. Und jetzt?“

„So.“ Jens hielt den Daumen hoch. „Astrein. Alles klar.“

„Bei deinem Job?“

„Bei meinem Job“, sagte Jens. „Da und auch sonst.“ Charly stemmte sich hoch, hakte die Daumen in den Gürtel und spuckte ins Wasser.

„Na, bestens“, sagte er. Es klang bitter. „Ich hol mal ’n Bier.“

„Bring was zu fressen mit!“, rief Jens ihm nach. Charly stapfte zum Grill, besah sich die Würste, wendete sie. Die Jungs nickten ihm zu: *Dufter Abend.* Er starrte in die glühenden Kohlen. Uli kam.

„War nicht nett von dir, ihm an den Wagen zu pinkeln“, sagte sie. „Rainer ist unheimlich sauer. Auf mich übrigens auch, weil – ich musste so lachen. Aber trotzdem, nett war das nicht.“

„Ich fahr mit Jens zurück.“

„Ist der das?“ Sie machte eine Handbewegung zum Ufer hin.

„Hm.“

„Warum setzt ihr euch nicht zu uns?“

„Später.“

„Okay, okay, versteh schon.“

Charly nahm sich ein paar Dosen Bier, klemmte sie unter den Arm. Nichts verstand sie. Er ließ sich vier Würste geben, Brot und Senf, und ging wieder runter ans Wasser. Jens nahm ihm die Dosen ab, und sie fingen an, langsam die Wurst zu essen.

„Nicht richtig durch", meinte Jens. „Warum hast du gleich doppelt mitgebracht?"

„Die anderen sind okay." Ein letzter Segler zog seine Bahnen, kleine Wellen schlugen an die Steine. „Sag mal", fragte Charly. „Wie kommst du eigentlich hier her, zu denen?"

„Nur so." Er wischte sich über die Lippen. Charly runzelte die Stirn, sah ihn an.

„Mann, die wollten Stoff", sagte Jens. „Frag nicht so blöd."

„Ich denk', du bist davon runter."

„Bin ich auch. Nur hin und wieder mal 'nen Spliff, klar."

„Hast du was?"

„Willst du?"

„Wär' nicht schlecht."

Später. Von weit her die Bongos, ein leichtes Pochen in den Fingerkuppen, er spürte seinen Schweiß, Blut tropfte auf das schwarze Pflaster, trübte sich ein und wurde dunkel, ein schwerer Purpur, eine Wolke über dem See, die sich vor den Mond schob, vor das Gesicht des Mannes, und über den Rand der Kaffeetasse hinweg gefragt, *Sie kannten ihn nicht?* Nichts weiter gesehen, nur den glatten Griff des Messers. Die Hand wurde kalt. Haar streifte Charlys Lippen.

„Warum kommt ihr nicht rüber?"

„Was?"

„Ans Feuer. Jerry dreht einen Joint." Der Geruch von frischen Äpfeln. Ulis Stimme, klein, nah, weit weg.

„Ja, ja." Der Kies knirschte.

„Einen Joint." Jens kicherte. „Er dreht einen Joint. Klingt toll, was?" Charly lächelte.

„Der Stoff ist saugut, Mann."

„Ja, Mann", sagte Jens. „Aus Italien. Hab' ich aus Italien mitgebracht. Warst du schon mal in Italien? Alles ganz anders da. Mann, die Sonne, die Straßen, du trinkst deinen Espresso, schaust zu. Ich sag dir, Mann, immer, wenn ich da ankomm', atme ich auf. Das ist alles viel, viel … ich weiß auch nicht. Ich bin da ein anderer Mensch, ja. Ich bin oft oben in Mailand, kenn' da jede Menge Leute, das macht schon was aus. Trotzdem, auch so, Mann. Wenn ich hier mal Schluss mache, dann nur Italien."

Charly schloss die Augen. Er wusste nicht, wie lange er so gelegen hatte. Als er sich aufrichtete, war ihm kalt. Jens schnippte eine Kippe ins Wasser.

Sie lag zusammengekrümmt hinter den Sitzen, die Hände auf dem Gesicht.

„Und nun?", fragte Jens.

„Wecken", sagte Charly und schüttelte Uli an der Schulter.

Sie reagierte nicht.

Jens stieg ein, ließ den Motor an und legte den Rückwärtsgang ein. Der Spider schoss zurück. Jens bremste hart.

Uli knallte gegen die Rückwand, schrie auf.

„Wo sind wir?", fragte sie.

„Am See. In Haltern. Und da drüben ist deine Clique."

„Ich will nach Hause."

„Deine Leute sind da." Charly zeigte auf die Gruppe am Strand.

„Ich will nach Hause", wiederholte sie matt. Charly wusste, dass es sinnlos war, weiter auf sie einzureden. Er kannte sie lange genug. Sie würde stur diesen einen Satz wiederholen, ohne Ende.

Er stieg ein. Jens schaltete kommentarlos und gab Gas. Schotter spritzte auf. Er fuhr schnell und sicher, nahm die

Nebenstraße über Dülmen, kannte sich aus. Rainer hatte sich verfahren. Uli war wieder eingeschlafen.

„Wer ist sie?“, fragte Jens.

„Uli. Herberts Schwester oder besser Stiefschwester.“

„Der von der Zeitung?“

„Ja. Haben damals ’ne Menge zusammen gemacht. Als du beim Bund warst.“

„Damals, damals. Mann, das ist für mich alles unheimlich weit weg, vorbei, kaum noch was da. Man muss sehen, dass man über die Runden kommt. Was glaubst du, was mich allein die Karre hier im Monat kostet?“

„Dealst du deshalb?“

„Quatsch. Das bringt doch nichts. Nee, ich mein nur, du bist einfach in einem bestimmten Dreh, da gibt es kein Zurück, kein damals und so, da zählt nur, was jetzt ist.“

„Und? Was ist jetzt?“

„Jetzt zeig’ ich dir mal, was ich aus dem Wagen rauskitzle.“

Bei Ulis Elternhaus angekommen, klingelte Charly. Uli war weggesackt, hing schwer in seinem Arm.

„Was is’?“, rief Jens vom Wagen aus.

„Niemand da!“

„Mann, ich muss los!“

„Ey, Uli!“ Charly schüttelte sie. „Uli!“ Sie reagierte nicht. Er ließ sie zu Boden gleiten, versuchte es noch einmal. Im Haus rührte sich nichts. Charly klopfte ihre Taschen ab. Einen Schlüssel schien sie auch nicht zu haben. Er stöhnte, fasste ihre Hände, hievte sie hoch und schleppte sie zurück zum Wagen.

„Fahr bei mir vorbei“, sagte er. Jens öffnete den Schlag.

„Hat ja schwer einen im Kahn“, meinte er.

Zu Hause legte Charly sie aufs Bett, streifte ihr die Sandalen ab und deckte sie zu. Er sah sie nachdenklich an, schüttelte den Kopf und zog dann leise die Tür hinter sich zu.

Seit er hier draußen am Stadtpark wohnte, ging er abends öfter auf ein Bier ums Eck, setzte sich auf die überdachte Veranda zur Straße hin. Er bestellte einen Korn. Es war noch immer angenehm warm und der Himmel sternklar. Vereinzelt fuhren Wagen vorbei, in der Ferne hörte man die Geräusche von der Autobahn. Er fühlte sich ruhig und entspannt, genoss den leichten Wind der Nacht und als der Kellner kam, kippte er den Korn und strich über das Glas bis die Eisschicht sich in dünne Rinnsale auflöste. Ein Paar verließ das Lokal.
Die junge Frau trug ein langes ärmelloses Kleid und hatte die Haare hochgesteckt. Der Mann war ganz in Weiß. Er blieb auf dem Bürgersteig stehen, zündete sich eine Zigarette an und die Frau legte den Arm um ihn. Er schüttelte sie ab und sagte etwas. Dann ging er. Die Frau machte Anstalten ihm nachzulaufen, ließ es aber dann doch sein und drehte sich energisch um. Charly erkannte sie. Es war Antje.

Er zögerte einen Moment bevor er ihren Namen rief. Sie sah erschrocken zu ihm hin.

„Ja?", fragte sie. Charly stand auf und trat ins Licht der Laterne.

„Charly!" rief sie. „Charly!" Sie lief auf ihn zu und fiel ihm um den Hals. Die stürmische Begrüßung verwirrte ihn. Er hielt sie an den Schultern.

„Du hast dich verändert", sagte er. „Ich hab dich kaum erkannt. Gut siehst du aus." Sie lächelte. „Wir haben uns lange nicht gesehen. Komm." Sie gingen zu dem Tisch und setzten sich.

„Erzähl mal", sagte Charly. „Wie geht's? Studierst du immer noch in Hamburg, und wer war dieser Typ in Weiß?"

„Ganz in Weiß und ziemlich schwarz", sagte sie.

„Was?"

„Ach, nichts. Ein Bekannter. Wir haben uns gestritten, nicht weiter tragisch." Sie nuschelte und strich eine Haarsträhne zurück. „Ja, ich studiere immer noch in Hamburg."

„Und, wie ist es?"

„Ziemlich stressig. Ich hab mir's leichter vorgestellt. Ich häng ständig in der Uni, in Seminaren und … ich hab kaum Zeit für mich. Selbst jetzt, in den Semesterferien, sitze ich an 'nem Referat und komm kaum raus." Charly sah auf ihr Kleid. Sie bemerkte seinen Blick. „Trotzdem", sagte sie. „Es bringt auch was. Du wolltest mich doch immer mal besuchen."

„Ja."

„Hamburg ist wirklich eine tolle Stadt. Hab ich dir eigentlich schon meine neue Adresse geschrieben?"

„Nee", sagte Charly.

„Struenseestraße dreiundsechzig. Kannst du's dir merken? Du musst wirklich mal kommen, am Wochenende. Mit dem Wagen bist du in gut drei Stunden da."

„Ich hab keinen Wagen."

„Immer noch nicht?"

„Nicht mehr. Totalschaden, kann man sagen."

„Aber du kannst dir doch einen neuen leisten. Oder bist du nicht mehr in der Bücherei?"

„Doch, schon."

„Und was machst du mit dem ganzen Geld?" Er lachte verlegen.

„Ich hab was vor, in ein-zwei Jahren vielleicht. Ich will den ganzen Kram mal 'ne Zeit hinschmeißen. Südamerika vielleicht, ich weiß noch nicht genau. Auf jeden Fall weg. Für länger."

„Das wollte ich auch mal."

„Und?"

„Na ja." Sie zuckte mit den Schultern. „Abi und direkt den Studienplatz bekommen, und so ging's weiter. Trinkst du noch ein Bier mit?" Sie stand auf und ging ins Lokal. Charly sah ihr nach. Sie war schmal geworden und kam ihm größer vor als damals.

Damals, damals. – So ein Quatsch!

Sie waren die letzten Gäste und der Kellner fragte, ob er kassieren dürfe. Antje zahlte.

„Wo wohnst du jetzt?", fragte sie.
„Hier um die Ecke."
„Allein?"
„Ja." Sie gingen nebeneinander. Er hatte die Hände in den Taschen, den Kopf gesenkt. Antje blieb stehen.
„Kann ich bei dir schlafen?", fragte sie leise. Er wusste nicht, was er sagen sollte. „Ich mag jetzt nicht allein sein", fuhr sie fort. „Verstehst du?"
Er verstand und verstand auch wieder nicht, nickte nur und sie gingen schweigend weiter. Als er die Haustür aufschloss, fiel ihm Uli ein.
„Ach, du Scheiße!"
„Was ist?" Er lehnte sich gegen die Wand, erzählte ihr die Geschichte mit Uli und sie lachte verhalten. „Hast du denn noch Platz?"
„Ja, müsste schon gehen."
„Dann komm." Sie schlichen leise rauf in die Wohnung und Charly zeigte ihr das Bad. Er zog sich schnell aus, stieg ins Bett und schob Uli vorsichtig näher zur Wand hin. Sie atmete tief.
Antje kam, sah sich im Halbdunkel des Zimmers flüchtig um, streifte ihr Kleid über den Kopf und warf es auf den Stuhl. Sie trat ans Fenster und löste ihr Haar. Es fiel weit über ihre Schultern und glänzte matt. Charly starrte zur Decke, lag steif und unbeweglich da. Sie legte sich neben ihn. Er spürte ihre Wärme und bekam eine Gänsehaut.

Broszinski stellte sein Glas ab und ging zu der Frau hinüber.
„Sie sollten nicht mehr fahren", sagte er und berührte leicht ihren Arm. Ihre Augen wurden schmal.
„Was geht Sie das an?"
„Lassen Sie sich ein Taxi rufen. Ich übernehme das." Er schob ihr den Geldschein hin und auch die Wagenschlüssel. Die Frau schnaubte abfällig.

Broszinski winkte nach der Wirtin.

Draußen graute der Morgen. Es sah aus, als werde es ein schöner Tag. Klar und sonnig. Broszinski atmete tief ein. Die Frau wartete nicht auf ihn. Er folgte ihr, passte sich dann ihren Schritten an.

„Was wollen Sie?", fragte sie.

„Dass Sie gut nach Hause kommen."

„Zu Ihnen?" Sie blieb stehen und sie sahen sich an. Broszinski lächelte müde.

„Wo ist Ihr Wagen?"

„Soll es darauf hinauslaufen?" Sie wandte sich ab und ging weiter.

Broszinski zuckte die Achseln. Er ließ sie gehen, zündete sich eine Zigarette an und nahm ein paar Züge. Die Frau erreichte die Kreuzung, überquerte die Straße. Drüben auf der anderen Seite drehte sie sich um und lachte laut. Es war kein fröhliches Lachen.

„Na?!", rief sie. „Was ist? Kommen Sie – fahren Sie mich! Fahren Sie mich irgendwohin!" Sie zog ihre Schlüssel hervor und winkte damit. Broszinski setzte sich in Bewegung. Als er bei ihr war, schnippte er die Kippe weg und nahm ihr die Schlüssel aus der Hand.

„Wohin?"

„Zur Ruhr runter – schwimmen." Sie lachte wieder. „Oder können Sie nicht schwimmen?"

„Jan", sagte er. „Jan Broszinski."

„Das interessiert mich nicht. Sie sollten jetzt aber begeistert sein – ein Bad im Fluss, die ersten Sonnenstrahlen. Samstag – ein wunderbarer Tag, ein heißer Sommertag. Ja, heiß, es wird heiß."

Es klang bitter. „Und vielleicht habe ich danach doch noch Lust auf einen Kaffee bei Ihnen. Wer weiß? Gefällt Ihnen das nicht?"

„So nicht", sagte Broszinski.

„Nein? Dann vergessen Sie's. – Jan. Pole?"

„Nein."
„Was nein?"
„Fahren wir." Er nickte zum Parkplatz rüber. „Der Mercedes da?"
„Der Mercedes", bestätigte sie.

Charly wurde früh wach. Er rutschte ans Fußende der Matratze, stand auf. Er sah nicht gut aus, die Augen verklebt, einen faden Geschmack im Mund, trockener Speichel im Mundwinkel. Wahrscheinlich hatte er geschnarcht. Er gurgelte, putzte sich die Zähne und fühlte sich ein wenig besser. Die Sonne stand schon hoch am Himmel. Charly stieg in seine Jeans, zog ein leichtes Baumwollhemd an und ging einkaufen. Als er zurückkam, hörte er aus dem Bad Lachen. Antje und Uli saßen in der Wanne, ließen Fischchen schwimmen, und Uli schnippte ihm Schaum ins Gesicht.
„Hey, bist du blöd. Ich hab den Schlüssel immer um." Er hing an einem Lederband zwischen ihren Brüsten. Charly tippte sich an die Stirn. Antje lachte.
„Ich will Kaffee." Sie stieg aus dem Wasser. Charly schaute nicht länger hin. Er ging in die Küche und packte die Brötchen aus.
„Und ich ein Ei!", rief Uli. „Viereinhalb Minuten. Und Milch!"
„Hast du Grapefruits da?", rief Antje.
„Cornflakes?" – „Joghurt?!" – „Honig?" – „Kirschmarmelade?" – „Schinken?" – „Käse?" – „Erdnussbutter?" – „Erdbeeren?"
„Ja, Erdbeeren!", schrie Uli. „Erdbeeren und Sahne und ..."
„Ich mach mal Musik", sagte Antje. Sie war zu ihm gekommen und küsste ihn. „Guten Morgen und ... danke."
„Wofür?"
„Du weißt schon. Ich mag dich." Er nickte und wusste es nicht, machte sich weiter am Herd zu schaffen. Antje legte

eine Platte von *Julian Bream* auf und die Musik füllte den Raum. Antje öffnete das Fenster und lehnte sich hinaus.

„Das bist du ja“, sagte Uli und zeigte auf ein Zeitungsbild, das Charly an die Küchenwand gepinnt hatte. Auf dem Foto sah man einen Mann, der auf dem Pflaster lag und Polizisten, die sich über ihn beugten. Charly stand etwas abseits, war aber gut zu erkennen.

„Hab ich doch gesagt, dass ich dabei war.“

„In den Ruhrnachrichten war kein Bild“, sagte Uli.

„Wo warst du dabei?“, fragte Antje.

Er nahm den Abschnitt ab und reichte ihn ihr.

„Ein Mord“, sagte Uli. „Auf offener Straße.“ Antje las. Ihre Hände zitterten leicht, als sie Charly das Blatt zurückgab.

„Hartmut B.“, sagte sie. „Weißt du, wie er hieß?“

„Becker.“ Antje ging in das andere Zimmer. Er sah, dass sie sich eine Zigarette anzündete. „Was ist?“, rief er. „Kennst du ihn?“

„Ich? Wieso? Nein.“

„Du bist so komisch.“

„So, bin ich das?“ Sie lachte kurz auf. „Ich finde es nur schrecklich, dass Menschen einfach so umgebracht werden. – Das muss ja furchtbar für dich gewesen sein.“

„Ich war noch ziemlich im Tran“, sagte Charly. „Aber das ging schon an die Nieren. Einfach so – wie kommst du darauf?“ Er sah zu Antje hin. Sie zuckte die Achseln und schwieg.

„Bist du auch verhört worden?“, fragte Uli.

„Ja.“

„Erzähl doch mal. Ich find das wahnsinnig aufregend.“

„Ein andermal“, sagte er zu Uli. „Wo wollen wir frühstücken? Hier oder …“

„Hier!“, rief Uli und hüpfte auf das Bett. „Hier ist es so schön sonnig.“ Antje drückte ihre Zigarette aus und half ihm, die Sachen rüber zu tragen. Sie frühstückten lange, und Antje erzählte von Hamburg, wie es da ist. Alles ganz anders. Der Blick über die Dächer zum Hafen hin. Möwen in der Luft.

Alster und Elbe. Der Dom. Fischmarkt. Charly begann sich zu langweilen.

Uli wollte was von Udo Lindenberg wissen.

„Sieht man den mal so?"

„Weiß ich nicht", sagte Antje. „Ich nicht." Sie zog die Beine an und verschränkte die Hände vor den Knien. Am rechten Fußgelenk trug sie eine dünne, silberne Kette.

„Was soll das?", fragte Charly und zeigte hin.

„Nichts. Ein Geschenk."

„Fürs Bein?" Antje zuckte mit den Achseln.

„Find ich stark", sagte Uli.

„Irgendwie bekloppt." Charly stand auf und nahm die Zeitung vom Tisch. Er blätterte nach dem Fernsehprogramm, überflog es kurz. Antje reckte sich, gähnte.

„Ich hab noch Lust zu pennen."

„Okay, okay", sagte Uli. „Ich hau ja schon ab."

„Brauchst du nicht", nuschelte Antje. „Ich mach mich ganz klein."

Sie rollte sich zur Seite, vergrub ihr Gesicht in den Kissen. Charly stellte die Tassen und Teller zusammen, schlug mit der Zeitung die Krümel vom Laken.

„Tschüs dann", sagte Uli. „Machs gut, Antje." Antje brummelte was und Uli zwinkerte Charly zu. Er ging mit ihr zur Tür.

Sie lagen nebeneinander, rauchten. Ihm war schwindelig und er schloss die Augen. Antje stützte sich auf.

„Ich hab jetzt Lust auf Luft, auf Wiese, Wald und auf eine Riesenportion Eis. Komm, wir fahren raus." Charly seufzte.

„Na, schön."

Sie strich ihr Haar aus dem Gesicht.

„Komm", bat sie.

„Ja. Wohin willst du denn?"

„An die Ruhr. Blankenstein, Herbede – irgendwo da."

„Das dauert doch Stunden, bis wir draußen sind."

„Wieso? Ich hab doch den Wagen."

„Ach so. Na ja, dann …“

„Charly?“ Charly sah sie fragend an. Sie wich seinem Blick aus.

„Charly, tu mir einen Gefallen. Hol du den Wagen. Er steht am Rathaus.“

„Das können wir doch zusammen …“

„Bitte, hol ihn – ja? Ein roter R4, BO–ZK 49. Er steht auf dem Westring, bei Schultheiß, schräg gegenüber vom *Baita*.“

„Beim *Baita*?“

„Ja, warum siehst du mich so an?“

„Da arbeitet doch Jens.“

„Ja?“ Antje beugte sich vor, nahm ihre Tasche vom Boden. „Jens interessiert mich nicht mehr, schon lange nicht mehr. Hier – die Schlüssel und die Papiere.“

Der Wagen war da, wo Antje gesagt hatte und unter dem Scheibenwischer steckte ein Zettel. Es war nur eine Zahl drauf: 13952. Charly sah sich um. Das *Baita* war noch geschlossen. Er ging rüber zur Post. Auch geschlossen. Auf der anderen Straßenseite war eine Telefonzelle. Charly lief hin, zwängte sich hinein, wartete einen Moment. Dann hob er den Hörer ab, warf Münzen ein und wählte die Nummer. Eine Frauenstimme meldete sich.

„Ja, hallo?“ Im Hintergrund hörte er Musik.

„Ja, wer ist da?“, fragte er.

„Einsneununddreißigzweiundfünfzig“, sagte die Frau.

Charly glaubte zu wissen, was lief. Er räusperte sich.

„Ja“, sagte er. „Ich bin interessiert.“

„Außer Haus?“

„Nein, ich komme?“

„Warst du schon mal?“

„Ich hab die Nummer von einem … einem Freund.“

„Okay, Schatz“, sagte die Frau. „Bea. Haus zwölf, dreimal klingeln. Ich warte. Dauert’s lange?“

„Zehn Minuten", sagte Charly. Er hängte ein. Er hatte richtig vermutet. Gussstahlstraße. Im Winkel. Der Puff. Er rannte zum Wagen, stieg ein und fuhr los.

Antje saß am Fenster, hatte die Beine hochgelegt und hörte Bob Dylan.

„Alles klar?", fragte sie.

„Nein", sagte er und warf ihr den Zettel hin. „Was soll das?"

Sie fing ihn auf.

„Was ist damit?"

„Der war an deinem Wagen. Was ist das für eine Nummer?"

Antje zuckte die Schultern.

„Keine Ahnung. Vielleicht eine Telefonnummer."

„Ja, natürlich!", schrie er. „Natürlich ist das eine Telefonnummer. Aber von wem?" Sie stand auf, nahm ihre Tasche vom Bett.

„Gib mir bitte den Schlüssel", sagte sie. „Und die Papiere. Ich möchte gehen."

„Antje", sagte er leise. „Antje, was ist mit dir los?"

„Ich mag es nicht, wenn man mich anschreit", sagte sie. Ihre Augen waren feucht. Sie biss sich nervös auf die Lippen. Abrupt drehte sie sich um. Er legte den Arm um sie.

„Entschuldige", sagte er. „Es ist nur … ich hab so ein Scheißgefühl, dass du in Schwierigkeiten bist und ich, ich möchte …"

„Ich bin nicht in Schwierigkeiten." Sie wischte sich über die Augen. „Hast du einen Schnaps?" Charly nickte und holte den Korn aus dem Kühlschrank. Sie setzten sich aufs Bett, schwiegen und tranken aus der Flasche. Antje nahm eine Zigarette. Sie hatte in den letzten Stunden viel geraucht. Charly wollte sie fragen, warum sie schwieg. Sie hatten zusammen geschlafen, waren sich nah gewesen und jetzt war sie weit weg von ihm. Er wollte sie fragen, ob sie jemanden liebt, eine Beziehung hat in Hamburg oder hier, der Mann ganz in Weiß, wer das war. Er wollte mehr von ihr hören als Fischmarkt und Hamburger Dom, wollte wissen, wie sie zu ihm stand, jetzt, nach diesen Stunden mit ihm.

Er fragte nicht.

Die Bundesligasaison hatte begonnen und auf dem Weg aus der Stadt sahen sie überall größere und kleinere Gruppen Jugendlicher mit blauweißen Schals, Fahnen und Hörnern. Auf der Gegenseite der Fahrbahn stauten sich die Autos. Das Thermometer im Wagen stand auf 29 Grad, und Antje hatte die Seitenfenster geöffnet. Der Fahrtwind brachte nur wenig Abkühlung. Charly spürte, dass ihm Schweißtropfen den Nacken runterliefen. Seine Handflächen waren feucht. Es war der erste richtig heiße Tag seit langem.

Er sah Antje an. Sie war schön.

Sie fuhren die Königsallee hoch, durch Stiepel, kamen an Wiesen vorbei, auf denen Kühe träge in der Sonne lagen. Und da auf dem Hügel Kalwas Bungalow. *Buchhandlung Kalwa & Sohn, seit 1876 im Dienst der Literatur.* Bei Kalwa hatte er gelernt. Jetzt war der Senior unter der Erde, die Buchhandlung pleite. Aber das Antiquariat hatte der Junior kurz vorher seiner Frau überschrieben. *Wie haben wir das gemacht, Mutti?* Kalwa jun. rieb sich die Hände. Seine Frau sagte nichts dazu. Und Kalwa jun. zog sich wie immer den Trainingsanzug an und fuhr zum Rudern. Mutti stieg in den Zweitwagen. Die Kinder wussten Bescheid. Mutti ist wieder bei dem netten Onkel, der für Vati das Antiquariat leitet. Als Kalwa jun. davon erfuhr, hatte seine Frau bereits alles geregelt. Die Kinder kamen zur Oma. Sie nahm nur ihre Kleider mit. *Wer hätte das von Mutti gedacht?* Den Verlust des Antiquariats verkraftet man ja, aber die menschliche Enttäuschung! Kalwa jun. hatte ganz von vorn anfangen müssen. Mit Grabbeltisch in der Mensa. Ramsch für die Studenten. Das fluppte. Und dann mit Dumpingpreisen wieder voll im Geschäft, Mercedes und Maßanzug. Kalwa jun. war auch bei ihm in der Bücherei aufgetaucht: *Das freut mich aber, Herr Kunkelfuß, dass wir doch noch einmal miteinander zu tun haben. Wer hätte das gedacht?* Charly hatte blöd dagestanden, nichts gesagt, nichts getan. Mann, wo ist deine Wut, dein Hass? Alles kaputt, ersoffen in Bier und Schnaps, kampflos gescheitert, eine Mumie, einbalsamiert in Erinnerungen, die trocken in den Mundwinkeln kleben. Rotz. Er fuhr sich mit der Zunge über die Lippen.

Die Ruhr war jetzt zu sehen. Paddelboote, Zelte am Ufer, Angler.

„Schön", sagte Antje.

„Ja", sagte Charly. Er fand es zum Kotzen. Er hatte wieder Kopfschmerzen.

Auf der Burgterrasse tranken sie Kaffee und löffelten Eis. Charly hatte sich noch einen Cognac bestellt und beobachtete ein junges Paar, das an einem der Nebentische saß. Die Frau trug ein Tuch am Körper, aus dem ein Babykopf lugte. Das kleine Gesicht war fast völlig von einer weißen Mütze bedeckt.

„Manchmal frage ich mich, warum ich nicht schon längst verheiratet bin", sagte Charly. „Okay, oder eine feste Beziehung habe, ein Kind. Ich weiß nicht, aber wenn ich so etwas sehe, habe ich ein ganz seltsames Gefühl, so einen Kloß im Hals. Ich wünsche mir Situationen wie die da oder auch … ich bin vorige Tage mal abends spazieren gegangen, an Häusern vorbei, erleuchtete Fenster, da sitzt eine Familie am Tisch und isst oder grillt im Garten. Da packt mich so was wie Sehnsucht. Und dann, im gleichen Moment, sage ich nein. Ich weiß, was in diesen Familien läuft, wie die sich gegenseitig nerven, fertigmachen. Aber irgendwie will ich auch …" Er unterbrach sich, sah Antje an.

„Ich denke nicht mehr darüber nach", sagte Antje. „Das ist für mich gestorben."

„Echt?"

„Ja, so ziemlich."

„Trotzdem", sagte Charly. „Mir fehlt das." Er sah zu dem Paar mit dem kleinen Kind hinüber und wandte sich dann wieder an Antje. „Es ist schön, mit dir zusammen zu sein."

„Es ist schwierig", sagte sie.

„Was?"

„Mit jemandem zu leben, jeden Tag mit ihm aufwachen."

Als sie wieder in der Stadt waren, fragte Antje Charly, ob sie ihn irgendwo absetzen könne.

„Du kannst hier halten", sagte Charly. „Ich lauf noch ein Stück. Sehen wir uns in den nächsten Tagen mal wieder?"

„Ruf mich an. Ich bin die meiste Zeit über zu Hause und wenn nicht, legt mir meine Mutter einen Zettel hin."

„Wie lange bleibst du hier?"

„Bis Ende September. Vielleicht fahr ich noch ein paar Tage weg, aber das … mal sehen. Ruf mich an, ja?" Sie küsste ihn leicht auf die Wange. Charly stieg aus und winkte ihr nach.

Es war nach zehn, als sie anrief.

„Christiane", sagte sie. „Hallo." Broszinski lächelte in sich hinein. Er wusste inzwischen, dass sie nicht so hieß. Es war leicht für ihn gewesen, ihren richtigen Namen in Erfahrung zu bringen.

„Ja?", fragte er.

„Ich möchte etwas unternehmen – Tanzen vielleicht. Hast du Zeit?"

„Wo?"

„Ich hole dich ab. Deine Adresse … ?" Er nannte sie ihr.

Broszinski steckte die Akte, die er sich vorgenommen hatte, zurück in die Plastiktüte. Er leerte den Aschenbecher und zog sich um. Den hellen Anzug hatte er eine Ewigkeit nicht mehr getragen. Er suchte nach einer passenden Krawatte und entschied sich für die Curryfarbene. Geld, Zigaretten, Feuerzeug, Schlüssel. Aus dem Arzneischränkchen im Bad holte er sich die Packung Kondome, entnahm zwei und redete sich ein, dass er keinen Plan habe. Nur so. Routinemäßig. Er hatte gerade einen letzten Blick in den Spiegel geworfen, als es klingelte. Sie hatte nur knapp eine Viertelstunde gebraucht und sie sah phantastisch aus. Broszinski deutete eine Verbeugung an.

„Willst du mich nicht hereinbitten?“, fragte sie.

„Ich kann dir nichts anbieten.“

„Ich würde gern sehen, wie du lebst.“

„Allein“, sagte er. „Und hier noch nicht sehr lange.“ Sie trat ein und er schloss die Tür hinter ihr.

„Nur ein Zimmer?“

„Ein Zimmer, eine kleine Küche, Duschbad. Vierhundertachtzig kalt. Zufrieden?“

„Und was bist du von Beruf?“

„Wollten wir das nicht aussparen?“

„Ich habe dich angerufen, weil ich mehr von dir wissen will.“

„Warum?“

„Wir werden miteinander schlafen, und ich denke, es wird gut sein.“ Sie streifte ihre Schuhe ab und begann, ihre Bluse aufzuknöpfen. Broszinski schüttelte den Kopf.

„Nein“, sagte er.

„Nein?“

Sie machte weiter und ließ die Bluse zu Boden fallen. Dann drehte sie ihm den Rücken zu und hakte ihren BH auf.

Broszinski ging an ihr vorbei zu dem Sessel und setzte sich. Er zündete sich eine Zigarette an und schlug die Beine übereinander.

„Nein“, wiederholte er. „Lass das – Christiane.“ Sie sah ihn an, hob fragend die Augenbrauen.

„Was soll die Betonung?“

„Das weißt du.“

„Du hast mir nachspioniert?“ Er zuckte die Achseln und rauchte weiter. Sie zögerte einen Moment, bevor sie den BH wieder schloss.

Otto und Charly kannten sich von klein auf, waren zusammen auf der Penne gewesen, hatten Platten und *Asterix* getauscht, gemeinsam den ersten Joint durchgezogen, Eric Burdon, *Tobacco Road* gehört und ohne Englisch zu können kapiert, was Sache war: von zuhause weggehen, Geld machen, reich werden und zurückkommen in die Straße des Elends mit Dynamit und einem Kran, alles in die Luft jagen, alles niederreißen und von vorn anfangen. Das war ihr Traum. Es blieb ein Traum.

Otto lernte Jule kennen und bekam einigen Zoff mit ihren Eltern, mit dem Vater vor allem, dieser Drecksau von Prokurist, der ihm verbieten wollte, Jule auch nur anzusehen. Otto ist kein Mann für dich, hatte er zu Jule gesagt.

Otto schloss seine Lehre als Kfz-Mechaniker bei Kowalski erfolgreich ab und ging zu Fahrzeugwerke Lueg GmbH, Generalvertretung für Daimler-Benz. Mit Einsvier netto fing er an und bei Einsechs heiratete er Jule, die gerade achtzehn geworden war und die Schule schmiss, eine Lehre in der Stadtverwaltung machte, einfache Laufbahn, weil kein Abitur.

„Abräumen", sagte Otto und griff sich die Kugel. Er ging tief in die Knie und warf aus dem Stand.

Sie waren sechs Mann und trafen sich einmal die Woche. Dienstagabend, bisschen kegeln und quatschen, Arbeit und Zahltag, VW und Opel, Urlaub und Autobahn. Stau.

Ihre Zeit war um. Der nächste Klub kam schon die Treppe runter, die fröhlichen Damen von Aral. Otto zwinkerte ihm zu.

„Mit denen mal ein Ausflug, Wochenende, Rambazamba, wat meinste?"

„Was soll's."

„Mann, bist du heute knatschig. Hast'n schlechten Tag gehabt oder wie seh ich das?" Sie gingen rauf und setzten sich draußen auf die Terrasse. „Die erste Rutsche geht auf mich", rief Otto und sie bestellten Alsterwasser, halbe Liter. „Und sonst?"

Charly strich sich über den Schnauz.

„Hab Jens getroffen. Der ist ja ganz schön auf Achse, Italien …“

„Ich weiß“, sagte Otto. „Mailand.“

„Ja.“

„Kannste alles vergessen. Du kennst ihn doch. Der labert und labert und was ist? Pizzabäcker is' er. Rutscht mal für zwei Tage im Jahr nach Mailand runter. Na und?“

„Was regst du dich denn so auf?“

„Weil er überall davon rumquatscht und … ach, ist ja auch egal. Ist schließlich nicht mein Bier. Prost.“ Einer aus ihrem Klub legte Karten auf den Tisch. „Was ist, kleine Runde Skat?“

Charly winkte ab und Otto schüttelte den Kopf.

„Hör mal“, sagte er dann. „Ich hab da 'n Karmann an der Hand, TÜV Juli achtzig, astrein. Wär das nichts für dich?“

„Nee, lass mal. Du weißt doch …“

„Einszwo. So'n Angebot kriegst du nie wieder.“

„Kein Interesse.“

„Aber 'n Bier trinkst du noch mit?“ Otto ließ es wieder auf seinen Deckel schreiben.

„Wie geht's Jule?“, fragte Charly.

„Gut. Versauert nur so'n bisschen bei den Bürohengsten da. Na ja, sie macht in diesem Jahr den Abschluss und dann woll'n wir mal sehen, was sich schiebt. Bei uns inner Firma macht die Chefsekretärin die Mücke, da geht vielleicht was. Aber sonst, alles bestens. Sogar ihr Alter steht jetzt öfter auf der Matte, kriegt sich immer nicht ein. Nein, Kinder, habt ihr es gemütlich! Nix mehr von Prolet und so. Das hab ich ihm ja mal hingerieben, hab ihm gesagt, wenn ich dich damals zu packen gekriegt hätte, ich hätt dich totgeschlagen, mein Wort drauf. Jetzt würd mich das überhaupt nicht mehr jucken, nicht soviel. Prolet, da lach ich doch nur. Prost!“ Sie tranken. „Ich sag dir, unsereins hat wenigstens so was wie Ehre im Leib“, fuhr Otto fort. „Oder Anstand oder so. Aber wenn ich seh, was zu uns in die Werkstatt kommt, diese Wichser, dicken BMW, Mercedes SL, wie die die Versicherungen linken, Leute bescheißen und eine Klappe am Hals, ehrlich, die führen sich auf ... aber bei mir nicht, bei mir gibt's Kontra. Ich mein nur, diese ganze Mischpoke, Doktor soundso und was weiß ich, Frau von tu mir einen bei, studiert und alles, das sind für mich die reinsten Verbrecher. Arschgesichter. Trinken wir noch einen?"

„Ich muss was essen", sagte Charly. „Aber nicht hier."

„Dann lass uns zu Mutter Wittig."

Otto zahlte. Sie verabschiedeten sich und gingen zu seinem Wagen, einem alten BMW, an dem Otto in jeder freien Minute rumbastelte, in Kowalskis kleiner Werkstatt, draußen im Viertel, schön ruhig da, und Opa Krause ist immer noch voll dabei: *Ich sach dir, der hat mehr auf der Pfanne, als jeder Meister bei uns im Betrieb.*

Man konnte noch gut im Freien sitzen und warme Küche gab es auch noch. Sie bestellten Sülze und Bratkartoffeln, schön fettig und viel, und teilten sich einen Teller Salat.
Otto zeigte mit der Gabel auf den Tabakladen gegenüber.

„Der schmeckt mir auch, diese Pfeife. Zweihunderter, kleiner Kratzer am Kotflügel und Rundumerneuerung, ehrlich, ich könnte dir Stories erzählen, da legst du den Löffel hin."

„Erzähl mal."

„Vergiss es. Kommt mir nur die Galle bei hoch. Warum bisse eigentlich nicht in Urlaub gefahren? Ich mein, mal was anderes sehen?"

„Ich fahr im Herbst. Hab jetzt auch nur vierzehn Tage genommen, weil sie bei uns inner Bücherei umbauen."

„Wir wollen ja nach Spanien, vielleicht noch rüber nach Marokko."

„Wann?"

„Mal sehen, vielleicht Ende nächster Woche schon. Hängt von Jule ab. Bei mir ist's schon geregelt."

Die Kellnerin brachte das Essen und nahm den Ascher mit.

„Machen wir noch 'n Zug?“, fragte Otto.

„Ist doch nix los.“

„Nur so, in Ruhe 'n paar Bierchen. Warst du schon mal inner *Kokille*? Nee? Sind immer 'n paar Kollegen von mir, lass uns mal hin.“

Es war zwei Uhr nachts, als sie mit einem Taxi bei Otto zuhause vorfuhren. Otto zog einen Blauen aus der Tasche, reichte ihn nach vorn zum Fahrer hin.

„Bringen Sie den jungen Mann sicher, also bring ihn sicher nach Hause und, und steck dir den Rest, den Rest steck dir innen …“

Charly hielt ihn zurück

„Mach keinen Scheiß. Das Taxi zahl ich.“

„Ich zahl“, lallte Otto.

„Komm, verpiss dich.“

„Was sagste zu deinem Kumpel? Soll mich verpissen? Nee, ich nicht – du. Ich zahl die Kutsche.“

„Also was ist?“, fragte der Fahrer.

„Kassieren“, sagte Otto.

„Ich bring dich hoch“, sagte Charly.

„Das is'n Wort. Das ist gut. Gute Idee. Sehr gut, Kunkelfuß, setzen … äh, nein, aussteigen. Wir gehen jetzt hoch und machen durch, machen durch bis morgen früh und …“

„Soll ich warten?“, fragte der Fahrer Charly.

„Du verpisst dich“, sagte Otto. „Gib Stoff.“

Er warf hinter sich den Schlag zu, stolperte und Charly konnte ihn gerade noch auffangen. Er hielt ihn fest und kassierte das Wechselgeld.

Sie hatten Mühe, den richtigen Schlüssel zu finden und als sie es endlich geschafft hatten die Tür aufzuschließen, stolperten sie auf den ersten Stufen.

„Wir müssen“, sagte Otto. „Wir müssen ganz leise sein, mucksmäuschenstill, kein Lärm, verstehste?“ Wahrscheinlich waren schon alle wach. „Pssst“, machte Otto und polterte weiter hoch. Die Wohnung war im vierten Stock und es dauerte eine Ewigkeit, bis sie oben waren.

Charly ließ sich in einen Sessel fallen. Otto sah nach Jule.

„Pennt", sagte er und zog die Tür hinter sich zu. „Was trinken wir?"

Er wankte zur Schrankwand, schloss eine Klappe auf, die krachend herunterfiel.

„Zeihung, war nicht so gemeint. Was ham wir denn da? Bacardi, Sherry, Pernod, nee, da wirste blind von, aber hier, schöne Remy oder, jau, wir tun uns jetzt 'n Wodka rein, komm, her die Tassen."

„Hast ja ganz schön was im Angebot."

„Dat sach ich dir, astrein. Komm her, halt ruhig." Es ging eine Menge auf den Teppichboden. „Leber duck dich, ich komme."

Sie kippten den Schnaps.

„Noch einen und ich bin klar wie nix", sagte Otto. Er goss noch einmal ein. „Hasse Kohldampf? Komm ma her, guck ma, wat ich hier hab. Wat is dat wohl, he? Jau äh, dat is Kaviar, dat is ganz wat Feines. Dat Gläsken kostet dich … dat machen wir jetzt alle, woll?"

„Lass es", sagte Charly. „Muss doch nicht sein."

„Scheiß drauf, wir nehmen dat Häppchen, jawoll, wir fressen Kaviar und saufen Wodka, wir ham's ja, Kumpel, kost uns ja nix, is alles für lau, nehmen Se ruhig, Otto, kleine Anerkennung, und noch 'n Pülleken, was trinken Sie den gerne, Otto, Calvados oder vielleicht 'n Simpel oder wie dat heißt, die schmeißen dir das Zeug nach, stecken's dir hinten und vorne rein, jau, Alter, so läuft dat bei uns."

„Wer?"

„Diese Scheißer, die haben den Dreh raus. Otto, ich brauch den Wagen heut Nachmittag wieder, das schaffen Sie doch, oder? Und schon haste 'n Schein inner Hand. Ehrlich, Mann, ich hau ihnen nochmal voll inne Fresse, ich scheiß nochmal auf ihre lumpigen Kröten. Diese Drecksäcke, ehrlich. Hier, runter damit.“ Er drückte Charly das Glas in die Hand. „Ich geh ma kurz pissen. Kannst hier pennen.“

„Okay“, sagte Charly. „Dann putzen wir auch noch den Rest weg.“

Witzbolde planieren Karolinenbach zu. Warnung vor der nächsten Grippewelle. Neuer Manteltarif für Brauer gefordert. Unfallopfer. Da: *Festnahme im Mordfall Huestraße. Der Tat dringend verdächtigt ist der türkische Verkäufer Hasan K. (35). Er wurde am Wochenende in seiner Wohnung verhaftet. In seinem Besitz fanden die ermittelnden Beamten eine schweinslederne Brieftasche mit knapp 1000 DM, die die Initialen H.B. trug und offensichtlich dem ermordeten Hartmut B. gehörte.*

Hartmut Becker. Opfer eines Raubmordes.

Charly schüttelte verständnislos den Kopf, faltete die Zeitung zusammen und griff nach dem Pappbecher Kaffee. Er saß bei *McDonalds* und überlegte, ob er es mit einem Hamburger versuchen sollte. Hinter der Theke stand ein Mädchen im blauen Kittel und langweilte sich.

Charly war spät aufgewacht und hatte erst nicht gewusst, wo er war. Dann hatte er den niedrigen Glastisch gesehen, die Flaschen, die halb herausgerissene Schrankklappe: Otto. Wodka und Kaviar ohne Ende. Verrückt.

Er war ins Bad gegangen und hatte sich kaltes Wasser ins Gesicht gespritzt. Jule und Otto waren schon zur Arbeit, aber in der Küche war die Kaffeemaschine noch eingeschaltet. Er hatte, am Fenster stehend, eine Tasse getrunken, hatte hinausgeblickt auf die Straße.

Schmale Grünstreifen, spärliche Bäumchen in Betonkästen gepflanzt. Kein Mensch zu sehen. Die Wagen, die in der Nacht vor den Häusern geparkt hatten, waren weg. Alles wie ausgestorben. Der Wind trieb eine leere Cola-Dose über das Pflaster. Sie rollte in den Rinnstein und blieb dort liegen.

Charly trampte zurück in die Stadt. Er entschloss sich für Hamburger und Pommes. Er zahlte gerade, als einige Mädchen reinstürmten, sich lachend anschubsten, Cola und Shakes bestellten.

Uli stieß ihn in die Seite.

„Hey, das Zeug mach fett und picklig."

Sie schnappte sich ihre Cola und ging mit ihm zu einem der Tische am Fenster. Die anderen Mädchen steckten ihre Köpfe zusammen und kicherten.

„Echt affig", sagte Uli und streckte ihnen die Zunge raus. „Wie geht's?"

„Gut", sagte Charly. Er schüttete die Pommes auf das Tablett und drückte Ketchup drauf. Uli verzog das Gesicht.

„Macht wirklich fett, echt."

„Halt die Klappe."

„Okay, okay, ich mein's ja nur gut." Sie rührte mit dem Plastikhalm in der Cola. „Die Antje ist übrigens unheimlich nett. Liebst du sie?" Charly beugte sich vor, biss in den Hamburger. Uli warf ihr Haar zurück, stützte das Kinn auf. „Kannst du mir ruhig sagen. Ich würd sie auch lieben, wenn ich du wäre. Habt ihr gebumst?"

„Das geht dich einen Scheißdreck an."

„Okay, okay. Mann, bist du spießig." Sie schwieg, hielt es aber nicht lange aus. „Wenn nicht, bist du ganz schön blöde."

„Sonst noch was?", fragte Charly.

„Ich werde sie mal besuchen", sagte Uli.

„Hör mal, ich wüsste nicht, warum ich ausgerechnet mit dir über meine Beziehungen reden sollte."

„Weil wir befreundet sind, und unter Freunden gibt es keine Geheimnisse."

„Scheiße auch", murmelte Charly. „Ich kann das nicht ab."

„Stimmt aber."

„Ja, ja." Charly tippte sich an die Stirn.

„Du nimmst mich nicht ernst." Uli suchte seinen Blick. „Ich bin für dich ein kleines, dummes Ding, gib's doch zu. Sag doch gleich, dass ich dir auf'n Geist gehe. Ich hau schon ab." Sie stand auf.

„Spinn nicht rum", sagte Charly. Er hielt sie am Arm fest und sie setzte sich wieder.

„Gib mir 'ne Zigarette", sagte sie.

Er wusste nicht, was er noch sagen sollte, räusperte sich.

„Hör mal", sagte er schließlich. „Ich weiß nicht, was mit mir los ist. Ich find mich langsam auch zum Kotzen."

Uli nickte und wartete auf mehr. Plötzlich stieß sie ihn an.

„Hey, sieh mal. – Da."

Sie zeigte auf einen Mann, der draußen eine schwere Maschine aufbockte und in das gegenüberliegende Reisebüro ging. Charly sah ihn nur noch von hinten. Er trug enge weiße Jeans, ein weißes T-Shirt und hatte schwarze, gelockte Haare.

„Atze", sagte Uli.

„Wer ist Atze?", fragte Charly. Er war ziemlich sicher, dass es der Mann war, den er zusammen mit Antje gesehen hatte.

„Du kennst Atze nicht?"

„Nee, nie gehört."

„Hat dir Herbert nie von Atze erzählt?"

„Nein", sagte er ungeduldig. „Wer ist Atze?"

„Ein Zuhälter. Herbert hat mal ein Interview mit ihm gemacht, unheimlich lange mit ihm geredet. Das ist sogar gesendet worden, ganz spät abends. Ich hab's gehört."

„Und?"

„Echt stark."

„Was?"

„Na ja, wie der so lebt, was er alles schon gemacht hat. So genau weiß ich das auch nicht mehr. Auf jeden Fall ist er 'n wahnsinnig starker Typ und Herbert ist der Einzige, mit dem er über alles geredet hat. Hat er gesagt."

„Wer?"

„Na, Atze …"

„Hat Herbert das Band noch?"

„Weiß ich nicht. Glaub ich aber schon. Der wirft doch nie

was weg. Du solltest mal sein Zimmer sehen, einfach irre, was da an Papieren und Büchern und so'n Zeug alles rum liegt. Sein Archiv – phh, da stellt er sich vielleicht mit an."

„Sag mal, das ist alles noch bei euch – zuhause?"

„Ja-ja … guck mal, da kommt er wieder. Stark." Charly sah raus.

Ja. Das war er. *Ganz in Weiß. Und ziemlich schwarz*, hatte Antje gesagt. Charly nickte. Klar. Er hatte einen bitteren Geschmack im Mund.

„Weißt du, was das für 'ne Maschine ist?" fragte Uli ihn.

„Nein. Ich würd mir gern mal das Band anhören. Geht das?"

„Ich kann Herbert anrufen …"

Atze stieg auf, kickte die Maschine an und fuhr los.

In der Diele sprang ihnen der Dackel entgegen, bellte und wedelte mit dem Schwanz. Uli warf ihre Mappe auf den Boden, beugte sich zu dem Tier, strich über sein Fell.

„Ja, ist ja gut, Caesar, du bist ein Braver."

„Caesar!" Charly schnippte mit den Fingern. „Ja, komm." Caesar sprang an ihm hoch und Charly fasste seine Vorderpfoten, spreizte die Beine und ließ ihn leicht hin und her schwingen.

„Lass das", sagte Uli. „Du tust ihm weh."

Sie ging vor und Charly folgte ihr. Er war lange nicht mehr hier gewesen. Das Wohnzimmer war groß und hell. Die Tür zum Garten stand offen.

„Charly ist mitgekommen", rief Uli. Ihre Mutter richtete sich im Liegestuhl auf.

„Guten Tag", sagte Charly.

„Guten Tag, Charly." Sie schob ihre Sonnenbrille in die Stirn und reichte ihm die Hand. „Habt ihr Hunger? Dein Essen ist fertig, Uli. Wenn es nicht reicht, könnt ihr euch ja noch …"

„Danke, ich hab schon", sagte Charly. Sein Blick war auf ihre nackten Beine gerichtet.

„Fettige Pommes mit Ketchup, igittigitt!" Uli schüttelte sich. „Was gibt's denn?"

„Huhn mit Reis, du musst es nur kurz warm machen."

„Oh, fein!" rief Uli. „Ist der Alte oben?"

„Ja – Chris hat Kunden. Sie müssen gleich fertig sein. Wie geht es dir, Charly?"

„Gut." Uli zog ihn mit sich.

In der Küche war es angenehm kühl. Uli nahm Teller und Besteck aus dem Schrank und schaltete die Herdplatte ein.

„Sie sieht dir wirklich unheimlich ähnlich", sagte Charly.

„Wer? Andrea? Ja-ja, sie hat sich verdammt gut gehalten."

„Wie alt ist sie eigentlich jetzt?"

„Warte mal … hm, vierunddreißig, ja. Warum?"

„Nur so", sagte Charly.

Sie hatten gegessen und Charly stand auf.

„Komm", sagte er.

„Nun hetz doch nicht so. Krieg ich noch 'ne Zigarette?" Er schob ihr die Schachtel hin, setzte sich wieder und trommelte leicht auf die Tischplatte. „Also du bist vielleicht was von fickrig."

Er hörte auf und nahm sich auch noch eine Zigarette.

„Hab ich dir schon erzählt, dass wir jetzt Mofafahren als Unterrichtsstunde kriegen sollen? Toll, was? Wird sogar benotet. Da kannst du glatt 'ne Fünf woanders mit ausgleichen. Und die krieg ich dieses Jahr bestimmt in Mathe. Mann, da blick ich jetzt überhaupt nicht mehr durch. Warst du gut in Mathe?"

„Nee, nicht die Bohne." Er war immer knapp durchgerutscht, hatte Realschulabschluss und dann die Lehre bei Kalwa gemacht, drei Jahre in der Packkammer, da gab's nichts zu rechnen.

„Schade", sagte Uli. „Sonst hättest du mir helfen können. Chris schnallt das auch nicht."

„Und Rainer?"

„Geschenkt. Außerdem hab ich mit ihm Schluss gemacht."

„So?"

„Ja. Der spinnt doch, der Typ."

Charly fragte nicht nach und Uli schien keine Lust zu haben, darüber zu reden. Sie drückte die Zigarette aus, räumte das Geschirr zusammen. Charly schraubte die Currydose zu.

Herberts Zimmer war im Keller. Uli hatte nicht übertrieben. Herbert bewahrte offensichtlich alles auf, und Charly kam sich vor wie im Magazin der Bücherei. Er ging umher, zog hier und da ein Buch aus dem Regal.

„Klare Systematik. Hier, von der Grün, *Stellenweise Glatteis*, das brauchst du doch."

„Ach du Schande", stöhnte Uli. „Hat der Typ das."

Links neben dem Schreibtisch waren ein Mini-Fernseher, Radio, Stereo-Anlage, Kassettenrecorder. Charly zog eine Schublade auf. Da lagen an die hundert Kassetten, säuberlich beschriftet, nach Jahreszahlen geordnet.

„Kannst du dich erinnern, wann die Sendung war?"

„So vor einem Jahr, oder zwei. Weiß ich nicht genau."

Siebenundsiebzig, sechsundsiebzig: *Rollenspiele Gewerkschaft Marl, Rentenheirat, Kirmes, Grauer Dämon, Betriebsräte Opel* und und und, kein Atze.

„Und wie hieß sie?"

„Wer?"

„Die Sendung."

„Keine Ahnung", sagte Uli. „Aber aufgenommen hat er sie bestimmt."

Charly nahm ein paar Kassetten raus, sah sie sich genauer an. Alles Funkmitschnitte, kein einziges Originalband.

„Hat er irgendwo Abschriften von seinen Sendungen, Manuskripte?" Er kniff die Augen zusammen, sprach mehr für sich. „Ja, hat er bestimmt."

„Ich ruf ihn mal an."

„Hä?“

„Mann, du bist ja ganz weg. Ich hab gesagt, ich rufe Herbert mal an. Dann kannst du dir die Sucherei schenken.“

„Ja-ja, ruf ihn an.“

Uli ging kopfschüttelnd rauf.

Charly kniete sich auf den Boden, nahm sich die nächste Schublade vor. Stadtpläne, Grundrisse von Gebäuden. Er stutzte, sah genauer hin: Das alte Viertel, Maschinenfabrik Mesenholl. Dann Hängeordner: Arbeiterinitiativen, Gewerkschaft, Polizei – Prostitution.

Charly schlug die Mappe auf. Sie war leer.

„Scheiße.“

Kurz darauf kam Uli wieder.

„Herbert ist wohl unterwegs. Er meldet sich nicht.“

„Scheiße“, sagte Charly noch einmal.

Sie saßen im Garten und tranken Wein, einen herben Weißen. Es war die dritte Flasche, und Charly spürte, dass er schon leicht betrunken war.

Andrea und Chris war nichts anzumerken. Uli war bereits ins Bett gegangen.

„Du kannst es ihr nicht verbieten“, sagte Chris.

„Doch.“

„Andrea, du hast ihr auch nicht verboten, mit Rainer zusammen zu sein, sie hat sogar bei ihm übernachtet. Und jetzt hat sie mit ihm Schluss gemacht und du …“

„Ich will nicht, dass sie mit diesem Jerry zusammen ist.“

„Jerry?“, fragte Charly.

„Ja“, sagte Chris. „So ein Junge aus ihrer Schule. Er …“

„Er ist nicht mehr auf der Schule“, unterbrach Andrea ihren Mann.

„Also gut, dann ist er eben nicht auf der Schule. Uli hat zwar gesagt, sie kennt ihn von der Schule, aber bitte, du weißt es offenbar wieder einmal besser.“

„Ja.“

Jerry. Charly war sich sicher, den Namen schon mal gehört zu haben. Er versuchte, sich zu erinnern.

„Andrea, du hast ihn einmal gesehen und du kannst nicht gestern etwas erlauben und heute verbieten."

„Uli muss lernen."

„Ich verstehe dich nicht."

„Das weiß ich." Sie nahm die Flasche, goss ihr Glas voll und das von Charly.

„Bekomme ich nichts mehr?", fragte Chris.

„Bitte." Andrea schob ihm die Flasche zu. Chris verzog den Mund. Er zündete sich eine Zigarette an, nahm ein paar Züge, drückte sie wieder aus.

„Es ist immer wieder dasselbe", sagte er zu Charly. „Man kann mit meiner Frau über nichts vernünftig diskutieren." Andrea warf Chris einen kurzen Blick zu, schwieg. „Bitte, du siehst es ja. Sie sitzt da und schweigt. Wenn sie nicht mehr weiter weiß, dann ist das große Schweigen oder … Andrea, du musst doch einsehen können, dass es nicht so geht."

„Ich habe gesagt, ich will nicht, dass sie mit diesem Jerry zusammen ist."

„Kannst du mir einen akzeptablen Grund nennen?"

„Ich – will – es – nicht."

„Aber mit Rainer durfte sie."

„Nein."

„Komm, komm, Andrea. So nicht. Rainer war ständig hier und sie bei ihm. Das wirst du wohl nicht abstreiten wollen."

Charly war immer noch nicht eingefallen, in welchem Zusammenhang er von Jerry gehört hatte. Jerry, Jerry. Er gab es auf. Es wurde kühl. Nachtfalter flatterten um die Petroleumlampe. Andrea stand auf und ging ins Haus, wortlos. Charly sah ihr nach. Eine wahnsinnige Figur. Er merkte, dass Chris ihn beobachtete.

„Wahrscheinlich geht sie ins Bett", sagte Chris. „In ihr Zimmer. Sollen wir uns reinsetzen?"

„Ich glaub, ich hau mal ab."

„Ach, was. Komm. Wir trinken noch einen letzten Schluck." Er nahm die Gläser, löschte die Lampe. Er schwankte leicht. Charly trottete hinter ihm her.

Broszinski legte das umfangreiche Dossier zu den Ermittlungsakten. Er hatte es flüchtig durchgeblättert und nickte es nun ab. Sein Mann wartete noch auf eine Bemerkung.

„Gute Arbeit", sagte Broszinski. „Bleib dran, aber nicht zu dicht."

„Keine Angst. – Ich kann das trennen."

„Ich will sagen, es gibt auch noch einige andere Personen."

„Ja, ist klar. Ist sonst alles …?"

„Bestens", stoppte Broszinski ihn und stand auf. Der Mann merkte, dass nicht mehr kommen würde und zog den Reißverschluss seiner Lederjacke hoch. An der Tür drehte er sich noch einmal um.

„Ich geh in die Kantine. Ist das okay?"

„Ja. – Bis dann."

Broszinski war ans Fenster gegangen und sah hinaus. Eine Gruppe Schüler war auf dem Weg zur Penne. Er beneidete sie. Einige Stunden Unterricht und dann ins Freibad, baden und Musik aus dem Transistorgerät, herumalbern, sich berühren, Verabredungen treffen. Ein Eis, eine Cola, Knie an Knie. Er bedauerte inzwischen, nicht mit Christiane geschlafen zu haben. Sie war in ihre Schuhe gestiegen und gegangen: *Scheißkerl. Was bildest du dir eigentlich ein?* Broszinski klopfte sich eine Zigarette aus der Packung und zündete sie an. Christiane.

Er glaubte zu wissen, dass es längst noch nicht vorbei war.

Christiane würde sich wieder melden. Sie würden sich treffen. Gut.

Aber er musste aufpassen, äußerst vorsichtig sein. Laufende Ermittlungen, Verdächtige. Er steckte bis zum Hals in der Arbeit und da konnte es schon mal vorkommen, ein Wort zuviel zu verlieren. Gerade in so einem Fall. Und erst recht in der momentanen Konstellation.

Broszinski rieb sich die Schläfen, setzte sich wieder an den Schreibtisch und nahm sich das Dossier vor. Gülden hatte es zusammengestellt, Notizen zu und Gespräche mit Arthur (Atze) Schmidt. Es begann mit einigen biografischen Daten.

Beim Aufwachen am späten Vormittag fühlte sich Charly schlecht. Er blieb liegen, konnte aber nicht wieder einschlafen. Er verschränkte die Arme hinter dem Kopf, starrte an die Decke und dachte an Antje, an Atze, versuchte sich vorzustellen, wie sie sich begegnet waren, ein Blick, eine Geste, sie legte den Arm um ihn, ihre Silhouette im fahlen Licht des Mondes, ihr Gesicht, das sich dem seinen unendlich langsam näherte, verschwamm, ein weißer Fleck, Uli, das Kinn aufgestützt, das ist *Atze, du kennst Atze nicht? Ein starker Typ*, das schwere Motorrad gleitet lautlos vorüber, *es ist nichts weiter, ein Bekannter, wir haben uns gestritten.*

Ein Pochen im Schädel.

Er fror, wälzte sich zur Seite, spürte seinen Schwanz, klein, weich, leblos. Er ballte die Hände zu Fäusten, drückte das Gesicht in die Kissen, der Geruch frischer Äpfel, eine Stimme, weit weg, sehr nah flüsternd, *wenn nicht, bist du ganz schön blöde.* Fett und blöde. Er verkrampfte sich. Ein trockenes Schluchzen. Er warf sich herum, schnappte nach Luft, lag da, die Augen weit aufgerissen, schluckte, nein, dir ist nicht kalt, seine Zähne schlugen aufeinander, er setzte sich auf, sein Herz raste, er atmete tief ein. *Ruf mich an.* Ja. Ja, ich werde sie anrufen. Ich will wissen, was los ist.

Weil ich. Weil du.

Weil du meinen Schwanz gestreichelt und dich auf ihn gesetzt und meine Hände auf deine Hüften gelegt hast, und ich deine Knie spürte, über deinen Rücken strich und du dich vorgebeugt hast, ich deine Brüste geküsst habe, deinen Mund,

und die Augen schloss, mich von sanften Wellen an den Strand treiben ließ, im heißen Sand ausstreckte, und du dich schneller und schneller auf mir bewegt hast, bis du kamst und du dich hast fallen lassen und wir uns eng umschlungen auf die Seite drehten, und ich …

Scheiße. Ja, Scheiße.

Ich will wieder mit dir schlafen. Weil ich dich liebe.

Das Wasser schlug über ihm zusammen, er blieb knapp unter der Oberfläche, den Körper gestreckt, schwamm dann bis zum Beckenrand, kam prustend hoch und wischte sich die Haare aus dem Gesicht. Aus den Lautsprechern war leise Musik zu hören, er drehte sich in Rückenlage, ließ sich treiben, tauchte wieder und kraulte, bis er außer Atem war.

Er war allein in der Sauna. Er trocknete sich ab und ging nach vorn, bestellte Kaffee und nahm eine Zeitung vom Tisch. Er überflog die Überschriften und als ihm die Frau den Kaffee hinstellte, trank er in kleinen Schlucken. Er machte einen dritten Durchgang, schwitzte schnell und hielt es nicht lange aus. Er duschte kalt und heiß, wusch sich die Haare und als er sich abgetrocknet und sich geföhnt hatte, fühlte er sich locker und frisch. Er zahlte und trat auf die Straße. Es war kurz nach drei.

Charly ging langsam bis zur Ecke. Vor der Telefonzelle zögerte er einen Moment, zog dann die Tür auf, nahm den Hörer ab, warf Münzen ein und wählte Antjes Nummer. Die Leitung war frei. Er presste den Hörer ans Ohr. Nichts. Nur das regelmäßige Tuten.

Er stand lange so da und wartete. Schließlich hängte er ein.

Er schlenderte ziellos durch die Stadt, versuchte bis zum frühen Abend immer wieder Antje zu erreichen, aber niemand meldete sich.

Er war auf dem Weg ins *Baita*, als er sie plötzlich sah, zusammen mit anderen wartete sie auf das Umschalten der

Ampel, konnte es kaum fassen, wollte ihr zurufen, auf sie zulaufen, blieb aber wie erstarrt stehen. Antje war nicht allein.

Neben ihr stand Atze, der jetzt den Arm um sie legte. Charly sah, wie er sie flüchtig küsste, es war ihm, als sei das alles nicht wirklich, rasch vorbeihuschende Bilder, imaginäre Körper in der ausgetrockneten sommerlich staubigen Luft, und noch einmal lief dieser flackrige alte Film lautlos ab, mit dem Geruch frischer Äpfel auf einem Kissenbezug made in Italy, *Herbert ist der einzige, mit dem er über alles geredet hat.*

Dunkelheit fiel auf den Film.

Hinter den flüchtigen Gestalten schloss sich geräuschlos die Tür zum *Queen's Pub.* Charly wurde angerempelt. Er ging weiter.

Der Himmel sah aus wie dunkel nachgefärbt.

… und du siehst keinen Weg

Er stieg auf einen Berg und in dem Berg gab es eine Tür aus Eisen, in der ein Schlüssel steckte. Es konnte nicht schwer sein, die Tür zu öffnen. Er versuchte es. Die Tür klemmte. Er warf sich dagegen und stolperte in einen riesigen Saal, rutschte über blankes Parkett vor eine Tafel, an der Jens saß, und Jule und Otto, Antje und noch andere, die er nicht kannte. Sie waren alle in Weiß gekleidet, hoben ihre Gläser und hießen ihn willkommen. Er zog sich an der Tischkante hoch und sah zwischen brennenden Kerzen Atze auf dem Tisch liegen. Er war nackt. Sein Körper war von den Schamhaaren bis zum Hals hin aufgeschlitzt, die Bauchdecke zurückgeklappt und an den Seiten mit Nadeln festgespickt. Greif zu, sagte Jens und fasste in Atzes Leib. Antje beugte sich vor. Die Haare fielen ihr ins Gesicht. Ihre Fingernägel waren schwarz lackiert, und auch ihre Lippen waren schwarz geschminkt. Sie nahm Atzes Schwanz und begann, ihn zu lecken. Er wollte sie zurückreißen und fiel.

Charly wachte schweißgebadet auf.

Charly fuhr mit dem Bus in die Stadt, stieg am Rathaus aus und ging rüber zur Post. Er hob dreihundert Mark von seinem Postsparbuch ab, ließ sich das Geld in Fünfzigern und Zwanzigern auszahlen und rief dann bei Antje an. Ihre Mutter meldete sich.

„Hier ist Charly."

„Charly?"

„Ja, Hans. Hans …"

„Ach, du bist es. Wie geht es dir?"

„Danke, gut", sagte Charly. „Kann ich Antje sprechen?"

„Antje ist gestern zu einer Freundin nach Köln gefahren."

Freundin in Köln, dachte Charly. Atze. Mit Atze ist sie zusammen.

„Ach so", sagte er. „Bleibt sie länger?"

„Sie hat nicht gesagt, wann sie zurückkommt. Soll ich ihr was ausrichten?"

Mit Atze unterwegs. Mit Atze im Bett. Charly verspürte eine Wut, einen Hass auf Atze, auf sie, die sich zu ihm gelegt, mit ihm geschlafen hatte, zärtlich gewesen war und bei ihm Bilder ausgelöst hatte, den Wunsch, dieses Zusammensein zu verlängern.

„Sagen Sie ihr, dass ich angerufen habe." Seine Stimme war ihm fremd, klang kalt. „Sie kann mich in der Bücherei erreichen." „Ich schreibe es ihr auf. Hat sie die Nummer?"

„Ja, ich glaube schon. Wiedersehen." Er hängte ein.

Hinter der Unterführung parkte ein amerikanischer Wagen und um die Kühlerhaube herum standen einige Männer. Einer von ihnen hielt einen Würfelbecher, deckte ihn mit der Linken ab, schüttelte ihn nah am Ohr und verfiel in einen Singsang.

„Kommt, kommt hoch, ja, noch mehr, noch weiter, kommt, seid ihr soweit? Ja? Seid ihr bereit? Ja?"

„Lass sie laufen, Mann", meinte sein Nachbar. „Das sind keine Titten, und du bist kein Baby. Lass sie laufen, es is' Platz genug."

Der Mann ließ die Würfel rollen. Sie hüpften über das Blech, blieben liegen. Der Mann riss die Arme hoch, lachte und küsste seine Finger ab.

„Her mit den Lappen!", rief er. „Her damit!" Charly sah einen Stapel Hunderter auf der Haube liegen. Ein Windstoß erfasste sie und sie flatterten weg. Die Männer liefen ihnen nach, bückten sich und klaubten sie auf. Ein Schein verfing sich in Charlys Jacke. Er wurde ihm weggerissen.

„Glotz nich so dämlich! Zieh Leine!" Charly machte, dass er weiterkam.

Er überquerte die Straße, ging an der Frittenbude vorbei. Auf eine Eisentür war *Freiheit für Franz Branntwein* gepinselt. Hinter dem Durchgang lehnte sich eine ältere Frau aus dem

Fenster. Sie rief ihn zu sich. Charly winkte ab. Er suchte die Nummer 12. Es war ein Neubau im Innern des Hofes. Die Frauen saßen auf Barhockern, rauchten, blätterten in Zeitschriften, lösten Kreuzworträtsel. Eine Blondine öffnete das Fenster. Charly ging an ihr vorbei zur Tür. Er klingelte dreimal. Man machte ihm auf.

„Ja, Süßer?"

„Ist Bea da?" Die Frau drehte sich halb um, rief über den Flur nach Bea. Der Flur war rot ausgeleuchtet.

„Kundschaft!" Bea trat auf den Gang und winkte Charly in ihr Zimmer. Sie trug einen schmalen Slip und einen knapp sitzenden BH, hatte kurz geschnittenes, braunes Haar.

„Kennen wir uns?"

„Ich hab von dir gehört", sagte Charly.

„Okay, Schatz. Zwanzig."

„Nackt?"

„Fünfzig, und richtig schön." Charly gab ihr das Geld.

„Bist du schon lange hier?"

„Knapp ein Jahr. Wie willst du's haben?"

„Einfach", sagte Charly. Sie steckte den Schein weg und zog sich aus. „Kann man dich auch anrufen – für außer Haus?"

„Es ist besser, du kommst erstmal so, Schatz. Damit wir uns gewöhnen. Nun komm, leg dich hin."

Sie streifte ihm mit einer Papierserviette das Gummi vom Schwanz und warf es in den emaillierten Behälter unter dem Waschbecken. Charly sah auf ihren nackten Hintern.

„War es gut, Schatz?", fragte sie danach.

„Doch, ja. War gut." Er stand auf und nahm seine Jeans vom Sessel, stieg hinein. „Trinken wir noch was?"

„Du bist spendabel. Das gefällt mir, Schatz." Sie hauchte ihm einen Kuss auf die Wange und drückte auf einen Klingelknopf neben der Liege.

„Pikkolo auf Drei!", rief sie in die eingebaute Sprechmuschel.

Charly bot ihr eine Zigarette an.

„Kann sein, dass ich dich schon mal gesehen hab?", fragte Bea.

„Hier? Ich weiß nicht."

„Nein, in Wattenscheid."

„Möglich. Ich arbeite da." Bea lachte.

„Ich weiß, wo", sagte sie und nahm ein Buch vom Regalbrett. Es war *Vom Winde verweht* und hatte die Büchereisignatur auf dem Rücken.

„Stimmt", sagte Charly. Es wurde geklopft und Bea warf das Buch aufs Bett, öffnete die Tür. Eine weißhaarige Frau reichte ihr das Tablett mit Flasche und Gläsern rein. Charly zahlte.

„Bist du eigentlich immer hier?"

„Kommt drauf an", sagte Bea. „Am Wochenende nicht mehr so oft. Da glotzen mir zu viele Ausländer. Ich meine, ich hab nichts gegen sie, aber als Kunden machen sie Ärger." Sie goss ein und stieß mit ihm an.

„Kennst du Atze?", fragte Charly, als er sein Glas absetzte.

„Hey – frag mich nach'm Wetter, Schatz. Dazu kann ich was sagen."

„Okay, okay", sagte Charly. „Verstehe."

„Und schau mal wieder rein." Sie streichelte seinen Schenkel und Charly überlegte, noch einen Fünfziger zu opfern. Doch er ließ es. Er ging.

In dem Kaffeeausschank standen die Leute dicht gedrängt um die Tische. Charly zwängte sich zur Theke durch, verlangte einmal ohne alles. Das Mädchen füllte die Tasse, und er suchte sich einen Platz. Eine junge Frau in einem braunen Nylonkittel mit aufgesticktem *K* rückte zur Seite.

„Ich muss wieder rüber", sagte sie zu dem neben ihr stehenden Mann. „Wann kommst du zurück?"

„In zehn, zwölf Tagen."

„Hast du abgeschlossen?"

„Ja." Er griff in die Tasche und gab ihr einen flachen Schlüssel. Sie drehte ihn zwischen den Fingern, bevor sie ihn wegsteckte.

„Bleibst du das nächste Mal länger?"

„Kann sein", sagte der Mann und sah auf seine Uhr. „Es ist halb."

„Ja, ich muss. Also dann." Sie nahm ihre Tasse, stellte sie auf das Tablett neben der Kaffeemaschine und ging schnell raus.

„So ist das, wenn du auf Montage bist", sagte der Mann in die Runde. Keiner hörte hin.

„Deine Frau?", wollte Charly wissen.

„Wie man's nimmt." Er drückte seine Zigarette aus. „Ich bin ständig unterwegs. Mal hier, mal dort. Mach was dran."

„Wohin geht's jetzt?"

„Beirut", sagte der Mann. Charly hatte ausgetrunken.

„Trotzdem", sagte er. „Alles Gute."

Charly fuhr mit dem Dreiundfünfziger raus nach Grumme, stieg bei der alten Zeche aus und spazierte an den Feldern vorbei runter zur Köttelbecke. Der Tag zog sich hin, und er wusste nichts mit ihm anzufangen. Nichts mit sich.

Der Bach war teilweise zugeschüttet und stark verschmutzt, aber der große, runde Stein an der Böschung lag noch da. Charly setzte sich, zog die Beine an und schaute zu den Hochhäusern hinüber. Dort wohnte Rita in einem der Appartements. Er konnte das Fenster sehen. Ein Zimmer mit Balkon, Kochnische und Bad. Vor einem halben Jahr war Rita eingezogen, gleich nachdem sie die Stelle im Schauspielhaus bekommen hatte. Als Assistentin des Bühnenbildners.

Charly dachte an die Nacht, in der er bei ihr gewesen war, mit ihr getrunken hatte. Mit jedem Schluck hatte er da klarer gesehen, sich – ihr gegenüber, Babette: *Eine karge Szenerie. Ein Lokal in Spanien. An der Theke stehen einige Männer, trinken und reden schnell und laut. Links ein Tisch, an dem Babette und er sitzen. Der Wirt kommt hinter der Theke hervor, fragt etwas. Babette bestellt auf Spanisch das Essen. Sie spricht klar und deutlich. Die Männer drehen sich zu ihr und der Wirt verbeugt sich leicht. Was hast du bestellt? fragt er. – Du hast es doch gehört. Cazpacho und Fisch. – Was ist Cazpacho? – Das musst du doch inzwischen wissen. Eine Gemüsesuppe. Sie ist bestimmt sehr gut hier. Babette bricht ein Stück Brot ab. – Haben sie kein Fleisch? – Ich möchte Fisch essen, sagt Babette. Der Wirt bringt den Wein, schenkt ein. Babette dankt. – Ich würde lieber Fleisch essen. – Dann sag es ihm. – Der Wirt sieht ihn fragend an. Er trinkt einen Schluck. – Bueno, sagt er. Babette presst die Lippen aufeinander. Der Wirt geht ab. – Was willst du eigentlich? fragt Babette. – Wie meinst du das? – Von mir. Was willst du von mir? Sie lehnt sich zurück, schlägt die Beine übereinander. Sie trägt ausgebleichte Jeans und ein blaues, ärmelloses T-Shirt unter dem sich deutlich ihre Brustwarzen abzeichnen. Er senkt den Kopf. – Ich liebe dich, sagt er in das Glas. Babette sieht aus dem Fenster. – In der Nacht, bevor wir gefahren sind, habe ich mit Hugo geschlafen, sagt sie zu ihrem Spiegelbild. Die Bühne wird dunkel. Man hört das Meer. Ein Scheinwerfer leuchtet auf, erfasst ihn. Er steht auf einer Klippe, hat einen Fisch am Schwanz gepackt und schlägt ihn auf die Steine.*

Charly brach einen Zweig ab. Mit Hugo geschlafen, dachte er. Und Hugo ist ein Schluffen. Ich habe mir von einem Schluffen Angst machen lassen und bin abgehauen. Hab den Schwanz eingezogen und mich verkrochen. Er stand auf, riss die Blätter vom Zweig und warf sie in den Bach.

Atze. Atze und Antje. Atze und Antje in Köln.

Charly klingelte, hörte Caesar im Flur bellen und trat einen Schritt zurück. Herbert öffnete ihm, hielt den Hund am Halsband fest.

„Herbert!"

„Ey, Alter. Das ist 'ne Überraschung. Komm rein." Er zog

Charly an sich, schlug ihm auf den Rücken. „Hat sich's schon rum gesprochen, dass ich hier bin? Hat Fred dir's gesagt?

„Nee, Fred hab ich schon 'ne Ewigkeit nicht mehr gesehen."

Herbert packte den wild scharrenden Caesar und zog ihn zurück. Charly schloss die Tür. Uli kam die Treppe hinunter.

„Hey." Sie nickte Charly zu.

„Machst du uns Kaffee?", fragte Herbert.

„Du spinnst wohl!"

„Dann komm", sagte Herbert und winkte Charly mit sich. „Setzen wir uns in die Küche. Und du verpisst dich."

„Phh", machte Uli. Sie holte sich eine Cola aus dem Kühlschrank, schüttelte die Dose und riss sie auf. Der Schaum spritzte über den Tisch.

„Das machst weg!"

„Gell?", äffte Uli und lief raus.

Herbert knallte die Tür hinter ihr zu. Im Flur kläffte Caesar.

„Die geht mir vielleicht was auf den Sack", sagte Herbert. „Total verzogen. Die macht, was sie will."

„Seit wann bist du hier?"

„Gestern Nachmittag."

Gestern Nachmittag. Antje überquert mit Atze die Straße, geht mit ihm in den *Queen's Pub*. Charly nahm einen Lappen vom Haken und wischte die Tischplatte ab.

„Ich komm hier rein", sagte Herbert. „Gleich irgendwie Terror. Der Alte hat so'n Typ aus Düsseldorf da, von der Agentur für die er seine Textchen schreibt, auf nach China, plima, plima, hast du das mal gesehen? Na ja, lohnt auch nicht. Auf jeden Fall, meine junge Frau Stiefmutter flirtet mit dem auf Deubel komm raus, mein Alter so 'ne Fresse, schlappt aber treu und brav in den Keller und schleppt eine Flasche Wein nach der anderen an und als der Typ dann endlich raus war, ich kann dir sagen, da lief hier was ab. Da wurde die Scheiße voll auf den Tisch gepackt, ich hab gedacht, ich werd nicht mehr. Mit dem hast du, und mit dem, glaubst du, ich hab keine Augen im Kopf, und letztes Jahr im Urlaub mit dem aus frag-mich-was. Und sie volle Power zurück, natürlich, ich nehm mir jeden, gleich Beine breit und aber hallo – der volle Durchmarsch, bis früh um fünf. Und jetzt spielen sie friedlich Tennis und ich hab 'ne Birne von dem Scheiß … wo ist denn der verdammte Kaffee?"

„Da", sagte Charly. „Hast du mal 'ne Zigarette?" Herbert zog eine zerknüllte Packung aus der Tasche.

„Die letzte. Vorn müssen noch welche sein." Er warf Charly die Packung zu und ging ins Wohnzimmer. Charly füllte Kaffee in die Filtertüte und schaltete die Maschine ein. Das Telefon klingelte.

„Ich bin tot", hörte er Herbert sagen. „Ja? Wer? – Jerry? Moment, ich stell durch. – Für dich, Saubankert." Er kam zurück und schüttelte nur den Kopf.

„Jerry?", fragte Charly.

„Typen kennt die. Kriegen kaum die Zähne auseinander." Er nahm Tassen aus dem Schrank. „Was läuft denn sonst so auf der Szene?"

„Wir haben die Tage versucht, dich anzurufen."

„Wer wir?"

„Uli. Ich hab was bei dir unten gesucht." Herbert rieb sich die Nase.

„Und was?"

„Deine Sendung über Atze."

„Ich hab's nicht gern, wenn man in meinen Sachen rumkramt", sagte Herbert. Charly schwieg, sah an Herbert vorbei auf die Kaffeemaschine. „Und warum interessierst du dich dafür?"

„Uli hat mir davon erzählt und …"

„Uli, Uli! Die fängt sich wirklich bald 'n paar."

„Hör mal …"

„Nix, hör mal. Die hat in meinem Zimmer nichts zu suchen."

„Also, ich hab gesucht", sagte Charly.

„Trotzdem. Ich will nicht, dass sie sich in meine Geschichten hängt. Atze! Hast du gelesen, was da alles zusammenläuft?"

„Nee, die Mappe, die ich gefunden habe, war leer."

„Leer? Welche Mappe?"

„Prostitution. Ich hab …"

„Die ist leer?", unterbrach Herbert ihn. „Das gibts nicht." Er war schon an der Tür.

Chris bestrich eine Scheibe Brot mit Butter und drehte an der Aufschnittplatte.

„Ihr mit eurem Verfolgungswahn", sagte er zu Herbert und griff nach der Gabel. „Hinter jedem Busch der Verfassungsschutz, dass ich nicht lache. Glaub mir, die haben Wichtigeres zu tun, als jeden kleinen Journalisten zu observieren." Er spießte eine Scheibe Rauchfleisch auf und belegte damit sein Brot.

„Ich hab nicht Verfassungsschutz gesagt, sondern Bullen!", fuhr Herbert ihn an.

„Bullen."

„Ja, Bullen!"

„Mir gefällt diese Bezeichnung überhaupt nicht. Diese Undifferenziertheit, mit der hier …"

„Mir gefallen ganz andere Sachen nicht", sagte Herbert. „Mir gefällt zum Beispiel nicht, dass mir hier, in deinem Haus, Unterlagen entwendet werden und dich das offensichtlich in keiner Weise beunruhigt."

„Ob sie entwendet worden sind, wie du dich auszudrücken beliebst, ist vorerst noch mehr als fraglich. Schau lieber mal in München nach …"

„Sie waren hier!" Herbert goss sich Wein ein.

„Und überhaupt, was sollte die Polizei für ein Interesse an dem Gerede eines Zuhälters haben? Das kann sie …"

„Ja, ja, ja! – Scheiße." Charly sah Herbert fragend an.

„Das würd' ich auch gern wissen", sagte er.

„Das spielt jetzt keine Rolle. Ich will wissen, wer außer dir noch alles unten rumgekramt hat."

„Niemand kramt in deinem Zimmer herum", sagte Andrea.

„Aber deine Tochter …"

„Uli hat daran nicht das geringste Interesse."

„Ja, ja – ich spinne, ja?"

„Sieh bitte erst einmal genau nach", sagte Chris. „Ich glaube jedenfalls nicht an diese Schauermärchen. Klammheimliche Polizeiaktionen – lächerlich. Auch wenn du es gern so hättest."

„Und was ist dran?", fragte Charly, als sie wieder in Herberts Zimmer saßen.

„Liest du keine Zeitungen mehr? Mann, die Bullen arbeiten mit allen Mitteln, um an Infos zu kommen."

„Ja, okay – aber Atze?"

„Atze hat Verbindungen, die für die Bullen mehr als aufschlussreich sein können."

„Warum lässt du nicht mehr raus?"

„Warum willst du mehr wissen?" Sie musterten sich. Charly hielt Herberts Blick aus.

„Wir haben mal einiges zusammen gemacht", sagte Charly. „Damals."

„Und?"

„Da gab's so was wie Offenheit. Wir haben über alles reden können."

„Stimmt. Und?"

„Jetzt bist du unheimlich zu."

„Warum bist du nicht offen?", fragte Herbert. „Du willst was wissen und sagst mir auch nicht, warum. Ich weiß nichts von dir. Wir haben uns im letzten Jahr vielleicht zwei-dreimal gesehen, irgendwann nachts im *Oblomow*. Wir haben ein Bier zusammen getrunken und von den alten Zeiten gelabert. Aber was eigentlich mit dir ist, weiß ich nicht. Ich weiß, dass du immer noch in der Bücherei arbeitest, aber das ist auch schon alles. Von dem, was sich möglicherweise bei dir geändert hat, hab ich null Ahnung.. Und wenn du jetzt die alten Zeiten beschwörst, okay, da haben wir über alles geredet. Aber da haben wir auch was zusammen auf die Beine gestellt und jetzt ist da Null."

„Du bist in München …"

„Ich sag nur, dass sich was geändert hat."

„Bei dir."

„Ja, ich rede auch von mir."

„Na gut", sagte Charly. „Wenn du nicht willst …"

„Mann, ich hab nicht gesagt, dass ich nicht will."

„Ist auch nicht so wichtig."

„Du bist ein Arsch! Warum interessiert dich Atze?"

„Nur so."

„Nur so! Nur so kann ich dir überhaupt nichts sagen."

„Und was wär gewesen, wenn ich den Scheiß gelesen hätte?"

„Dann hättest du's eben gelesen", sagte Herbert. „Aber wenn ich davon erfahren hätte, wäre ich stinksauer gewesen. Hätte, wäre! Du hast nichts gelesen und ich will wissen, warum du was über Atze hören willst."

„Ich hab ihn gesehen."

„Und?"

„Mit Antje."

„Mit unserer Antje?"

„Ja, ich hab sie zweimal zusammen gesehen."

„Wo?"

„Einmal in der Kneipe am Stadtpark und dann in der Stadt."

„Hast du sie darauf angesprochen?"

„Sie hat gesagt, es wär 'n Bekannter." Herbert stand auf und rieb sich die Nase.

„Mehr nicht?"

„Mehr nicht. – Also?"

„Ist sie jetzt wieder hier?"

„Nur die Semesterferien über." Herbert sah auf die Uhr.
„Dann lass uns mal zu ihr fahren."

„Sie ist nicht da", sagte Charly. „Ich hab heute Mittag mit ihrer Mutter telefoniert. Sie ist übers Wochenende in Köln – bei einer Freundin. Warum willst du zu ihr?" Herbert zündete sich nachdenklich eine Zigarette an.

„Ich bin wegen Atze gekommen und ich erreiche ihn nicht. Kein Kontakt. Und ich muss mit ihm reden."

Sie trafen sich am Eingang zum alten Stadtpark, am Denkmal.

Broszinski ging auf sie zu und reichte ihr die Hand. Christiane war einen Moment irritiert, lächelte aber dann flüchtig.

„Ich habe nicht viel Zeit", sagte sie. „Du bist bei der Kripo."

„Ich habe nichts zu verheimlichen."

„Halt mir das nicht schon wieder vor – ich möchte dich um etwas bitten."

„Christiane klingt nicht schlecht. Ich kann mich daran gewöhnen."

„Vergiss es. Es war übel. Du wirst mich nie wieder so erleben. – Kannst du über jemanden Auskünfte einziehen?" Broszinski hob fragend die Augenbrauen. Christiane bat ihn um eine Zigarette. Beim Abdecken der Feuerzeugflamme berührten sich ihre Hände und Broszinski war versucht, ihr zu sagen, dass sie gut aussah. Sie hatte ihr dichtes, langes Haar hochgesteckt und kein Make-up aufgelegt. Ihre Augen waren klar. Sie blickte weg, schüttelte den Kopf und nannte einen Namen.

„Und?", fragte Broszinski. „Weiter?"

„Mehr weiß ich nicht. Ich vermute, er dealt. Er treibt sich jedenfalls auf Schulhöfen herum und – ich habe Angst um meine Tochter."

„Kann sie mehr über ihn sagen?"

„Unser Verhältnis ist momentan etwas gespannt. Sie redet kaum mit mir. Ich befürchte, dass sie schon irgendwas nimmt."

Broszinski nickte.

„Okay", sagte er. „Ich werde mich darum kümmern. Auf welche Schule geht sie?"

„Hildegardis. – Danke."

„War das alles?"

„Ich muss zurück. Ja. Es liegt auch an dir."

„Was?"

„Dass ich mich so verhalten habe. Du hast es provoziert." Sie warf die Zigarette weg und sah ihn jetzt offen an. „Belassen wir es dabei." Broszinski fasste sie sanft an den Schultern und zog sie an sich.

„Es war dumm", sagte er. „Alles. Von Anfang an." Ihre Lippen blieben geschlossen, als er sie küsste.

Charly bewegte sich unruhig. Er öffnete die Augen. Die Sonne schien grell ins Zimmer. Sein Mund war ausgetrocknet, die Zunge holzig. Er ging ins Bad und stellte sich unter die Dusche. Als er sich trockenrieb, sah er in den Spiegel. Er zog den Bauch ein, schlang das Handtuch fest um die Hüften und schlug ein paar kurze Haken in die Luft. Scheißtyp! Willst was von mir und lässt nichts raus. Wichs dir doch einen ab mit deinem Atze! Er packte seine Badesachen zusammen.

Auf der Wiese war kaum noch Platz. Charly sah sich suchend um. Von weit hinten winkte ihm jemand zu. Er überschattete seine Augen und erkannte Rita. Vorsichtig stakste er zu ihr.

„Bist du allein?"

„Schön wär's", lachte sie und machte eine weit ausholende Geste. Charly legte sich neben sie. „Na?"

„Was na?"

„Warum hast du dich nicht mehr blicken lassen?"

„Du hast keinen Kaffee im Haus."

„Ich bekenne, ich bin eine Schlampe. Was noch?"

„Nichts." Charly wälzte sich auf den Rücken und blinzelte in die Sonne.

„Hast du eigentlich mal mit Hugo über Babette gesprochen?", fragte Rita nach einer Weile.

„Über Babette? Nee, warum? Das ist für mich längst erledigt."

„Und warum läufst du dann vor ihm weg?"

„Wie kommst du denn darauf?"

„Weil du dich einfach so verpisst hast – nach unserer Nacht."

„Quatsch!" Er setzte sich auf und schlug die Beine unter. „Ich reiß mich nicht drum, ihn zu sehen, aber … ach, Scheiße, was soll's. Macht dir das etwa nichts aus, dass er mit Babette gepennt hat?"

„Ich hab's nicht gewusst."

„Aber jetzt weißt du's." Ein Ball tickte neben ihnen auf. Charly fing ihn, warf ihn zurück und sah Rita fragend an.

„Ich hab mit Hugo Schluss gemacht", sagte sie.

„Ah ja? Echt?"

„Nicht wegen Babette", sagte Rita. „Was er mit ihr hatte, ist seine Sache. Mir stinkt seine Heimlichtuerei, sein Schweigen. Nur nichts mehr sagen, weil's schwierig werden könnte. Das geht mir auf den Keks."

„Hm", machte Charly und dachte an Antje. Rita sah kurz zu ihm hin.

„Mit dir ist auch nicht viel los", sagte sie. Er zuckte mit den Schultern. Sie stand auf, fasste ihre Haare zu einem Zopf zusammen. Charly schaute zu ihr hoch. Scheiße, dachte er. Hugo mit Babette, das hätte den Ausschlag geben können. Damals. Später. Jetzt. Er fand Rita stark, mochte sie. Eigentlich immer schon.

„Ich geh ins Wasser", sagte sie. „Kommst du mit?" Charly stemmte sich hoch und folgte ihr. Als sie sich später abgetrocknet hatten und zusammen zum Eisstand gingen, legte Charly leicht den Arm um sie.

„Ähh, ähh", machte sie und schüttelte ihn ab. „So nicht."

„Was denn?"

„Du weißt, was ich meine. Das funktioniert nicht." Charly schaute zu Boden. Verdammt, ja. Sie hatte recht. Natürlich lief es nicht so. Er war wirklich ein blöder Arsch.

Es war ein schöner Abend. Es war warm. Die Türen der Kneipen waren weit geöffnet und die Leute standen in kleinen Gruppen auf der Straße, Gläser in der Hand, locker-lässig, trinken und gucken. Charly überlegte einen Moment, sich auch einen zu genehmigen. Er sah auf die Uhr. Aus einem der Hauseingänge kam ein Mann. Er war ganz in Weiß gekleidet. Atze. Charly fingerte nach einer Zigarette. Atze hakte die Daumen in den Gürtel und drehte ihm den Rücken zu. Er schien auf jemanden zu warten. Charly ging langsam auf ihn zu. Sein Herz klopfte wie wild und er spürte den Schweiß auf seiner Haut. Noch ein paar Schritte. Charly führte die Zigarette an den Mund.

„Entschuldigen Sie, haben Sie Feuer?"

Atze drehte sich um. Wortlos zog er ein Zippo-Feuerzeug hervor und klickte es auf. Charly sah ihm über die Flamme hinweg in die Augen.

„Danke", sagte er dann. „Können Sie mir auch sagen, wie spät es ist?"

„Sieh auf deine Uhr." Charly zog seinen Arm zurück.

„Die steht", sagte er.

Atze drückte auf einen Knopf an seiner Uhr.

„Einundzwanzignulldrei." Hinter ihnen fiel eine Tür ins Schloss. Ein hochgewachsene Frau kam auf sie zu, weiße Hotpants, Schaftstiefel und auf dem T-Shirt ein Name: *Beatrix*. Es war Bea.

Sie ließ sich nichts anmerken. Charly dankte Atze und ging. Nach ein paar Schritten drehte er sich um, sah, dass Atze etwas zu Bea sagte. Sie lachte und griff nach seinem Arm. Charly ging schnell weiter.

Die Telefonzellen bei der Post waren alle besetzt. Charly kehrte um und lief zurück zur Renne. Er fand eine leere Zelle, warf ein Markstück ein und wählte. Andrea war am Apparat.

„Kann ich Herbert sprechen? Charly hier."

„Herbert ist schon wieder gefahren."

„Wann?"

„Heute Mittag, nach Hamburg."

„Kann ich ihn da erreichen?"

„Ich weiß nicht, wo", sagte Andrea. „Ist es wichtig?"

„Scheiße. – Ja, ich glaube schon." Andrea sagte nichts.

Charly hängte ein. Er fragte sich, ob Herbert Atze vielleicht schon getroffen hatte. Und was er eigentlich von ihm wollte. Er hatte mit Herberts Andeutungen nichts anfangen können. Damals. Wieder kam ihm das in den Sinn. Damals war wirklich alles anders gewesen.

Spät in der Nacht kam er an dem Teppichgeschäft vorbei. Die Leuchtreklame war eingeschaltet: *Orient-Teppiche.* Das O flackerte. Er blieb vor dem Schaufenster stehen. Ein DIN-A 4-Blatt war von innen mit Tesafilm an die Scheibe geklebt. *Fahrer nach Teheran sofort gesucht,* las Charly. Er dachte an Hasan, den die Bullen in der Mangel hatten. Fahrer gesucht. Charly überquerte die Straße und wankte nach Hause. Er war betrunken.

Broszinski stand von seinem Schreibtischstuhl auf und straffte sich.

„Okay", sagte er. „Wir können auch anders. Wir können den Mann veranlassen, eine Anzeige zu machen. Er hat die Hosen gestrichen voll und wird alles tun, um aus der Nummer rauszukommen. Beischlafdiebstahl zum Beispiel."

Beatrix schlug ihre Beine übereinander.

„Ich bin nicht lebensmüde."

„Atze kann dir nichts. Wir haben ihn auf dem Zettel – ganz oben."

„Was wollt ihr dann noch hören? Ich ackere für ihn, mehr nicht."

„Ich denke, er bumst dich auch gelegentlich. Du bist jedenfalls einige Male in seiner Wohnung gewesen."

„Abrechnungstechnisch."

„Erzähl mir keinen Scheiß."

„Ich hab nichts zu sagen." Sie starrte auf ihre Stiefelspitze. Unvermittelt packte Broszinski sie an den Armen und riss sie vom Stuhl hoch. Sie kam aus dem Gleichgewicht, aber Broszinski hielt sie fest.

„Du wirst reden, das verspreche ich dir. Mein Gott, ihr seid alle so was von blöd. Der Typ kassiert dich ab, er gibt dir was auf die Fresse, wenn du nicht spurst und du …"

„Vorsicht, ja? Mein Anwalt …"

„Deiner …?

„Finger weg." Broszinski stieß sie zurück. Sie stolperte, suchte Halt. Broszinski wandte sich ab. Mit leicht zitternden Händen zündete er sich eine Zigarette an, nahm einen tiefen Zug und griff nach dem Telefonhörer. Er hörte Beatrix fluchen.

„Kaffee!", blaffte er in die Muschel. „Und schafft mir jemanden fürs Protokoll ran."

„Nur die Personalien", sagte Beatrix. Broszinski knallte den Hörer auf und drehte sich wieder zu ihr um.

„Wir fangen noch einmal ganz von vorne an", sagte er. „Atze hat dich zu dem Kunden gefahren. Das ist Fakt."

„Damit könnt ihr mir nichts. Ich bin registriert."

„Warte es ab. Wie viel nimmst du dafür?" Beatrix antwortete ihm nicht. Sie rieb ihre Arme und erwiderte kalt seinen Blick.

Broszinski wartete.

Er verließ das Präsidium um vier Uhr morgens. Er war alles

Andere als zufrieden. Er fuhr zum Großmarkt, kaufte sich eine Lage Kieler Sprotten und verzehrte sie im Wagen. Danach war ihm nach einem Bier und er steuerte die Kneipe im Winkel an.

Er trank, bis die ersten Nachtschichtler kamen, Frikadellen und Pils orderten und darüber palaverten, noch kurz einen wegzustecken. Irgendwann war auch er soweit, an den Fenstern vorbeizugehen und nach einer Frau Ausschau zu halten. Es war Ausdruck einer tiefen Verzweiflung. Er wusste nur zu gut, dass er sich danach erst recht beschissen fühlen würde. Aber er machte den Gang.

Der Mut, Angst zu haben

Charlys erster Arbeitstag in der Bücherei war furchtbar. Sein Schreibtisch war zwar sauber und aufgeräumt, und irgendjemand hatte sich die Mühe gemacht, eine Vase mit Blumen auf den Tisch zu stellen, aber trotzdem störte ihn etwas. Er war im Haus herumgegangen und hatte den Kolleginnen und Kollegen Hallo gesagt. Der Dicke war offensichtlich noch nicht da. Der Dicke hieß Anton Kirchner und war Büchereileiter, sein unmittelbarer Vorgesetzter.

Jetzt saß Charly am Schreibtisch und untersuchte die Schubladen, fand zu Ketten verhakte Büroklammern, Zuckerstücke und Süßstoffpäckchen, zwei Erfrischungstücher und ein Paket *Tempo*. Außerdem mehrere Zettel mit Notizen, die in klarer, leicht lesbarer Handschrift geschrieben waren. Er nahm sie raus und blätterte sie durch. Vorbestellungen, Reklamationen, Hinweise auf zu lesende Artikel in der Fachzeitschrift, Anrufe. Wiener vom Presseamt wollte wissen, was die Bücherei in der bevorstehenden Jugendbuchwoche zu tun gedenke. Die Rechnungsprüfungsabteilung bitte dringend zurückrufen. Fotokopien, Fragezeichen, Kirchner, Ausrufezeichen. Charly knüllte den Zettel zusammen und warf ihn in den Papierkorb. Er wusste, um was es ging und war es leid, dem Dicken zum zigsten Mal zu erklären, dass jeder einigermaßen aufgeweckte Elfjährige in der Lage war, den Zählmechanismus des Kopierers mit einer simplen Büroklammer zu manipulieren.

Dann noch ein paar Notizen, die ihm nichts sagten und ein Zettel, auf dem nur *Antje* stand. Er griff zum Hörer und wählte die Nummer der Ausleihe.

Hanna meldete sich.

„Ist Renate in der Nähe?"

„Ja", sagte Hanna. „Du hast ja noch gar nichts erzählt. War's so langweilig?"

„Teils, teils. Gib sie mir mal."

Er hörte, wie Renate herantrippelte.

„Ja-aah?"

Charly schloss die Augen, atmete tief ein.

„Da ist ein Zettel – *Antje*", sagte er dann. „Was ist damit?"

„Ja, du, die hat angerufen, am Samstag, kurz vor Schluss."

„Warum lese ich das nicht?"

„Du, entschuldige. Es war nichts Besonderes, hat sie gesagt. Sie meldet sich wieder."

„Okay", sagte Charly und wollte schon auflegen.

„Du-uhh", sagte Renate noch.

„Ja?"

„Machst du das Kaffeewasser heiß?"

Charly ließ den Hörer auf die Gabel fallen, stand dann auf und schaltete den Boiler ein. Er zündete sich eine Zigarette an, überlegte kurz und wählte Antjes Nummer.

Es meldete sich niemand.

Kurz darauf kam Hanna und goss den Kaffee auf, sah Charly an.

„Es war schlimm ohne dich", sagte sie. „Der Dicke war unausstehlich. Gibst du mir eine Zigarette?" Charly reichte ihr die Packung. Hanna hielt seine Hand fest.

„Trinken wir heute Abend ein Bier zusammen?", fragte sie.

Er zuckte die Achseln.

„Mal sehen", sagte er.

„Du warst lange nicht mehr bei mir", sagte Hanna. Sie ließ abrupt seine Hand los, drehte sich um und stützte sich auf das Waschbecken, den Kopf nach vorn gebeugt. Charly wollte aufstehen, den Arm um sie legen, irgendetwas sagen.

Die Tür wurde aufgerissen. Renate kam ins Zimmer, und Inge, Frau Lemke, die Geißler.

„Der Dicke ist da!", rief Renate. „Besprechung."

„Entschuldige", sagte Hanna leise. Ihre Hände zitterten leicht, als sie sich die Zigarette anzündete. Charly fuhr sich mit der Hand über das Gesicht, legte die Zettel und Papiere zusammen, stand auf.

„Wer hat Ausleihe?“, fragte er.

„Ich“, sagte Inge. Er sah auf die Uhr.

„Ich geh ja schon“, sagte Inge.

Hanna drückte die Zigarette aus.

„Trink erst mal deinen Kaffee“, sagte sie. „Ich geh so lange nach vorn.“

Charly hatte das Gefühl, das nicht durchhalten zu können. Er hatte sich wieder einmal überreden lassen, mit zu ihr zu gehen, auf einen Schluck. Er schluckte, wollte gehen, nichts mehr hören von dem Dicken, von den Kollegen, was der verschlampt hatte und jene tat, aber Hanna presste sich plötzlich an ihn, der Geruch von abgegriffenen Büchern, kalter Rauch in ihrem Haar, feuchte Hände, ihr Körper, die matt geschminkten Lippen, der halboffene Mund, der näher kam, ein schmaler Gang zwischen den Regalen, und sie sagte etwas, summte es, rieb sich an ihm, fordernd, und er hörte Worte, die ihn in ihrer Klarheit erschreckten, es brach aus ihr heraus, und sie klammerte sich fester an ihn, ließ ihn nicht los, er konnte nicht mehr zurück, wollte auch nicht mehr, sah sich an seinem Schreibtisch sitzen und sie zwischen seinen Knien hocken, ihm wurde kalt, Hass kam in ihm hoch, selbstzerstörerischer Hass, und sie fielen auf das Bett und er schloss krampfhaft die Augen, stand neben sich, der Typ da in Socken und Hemd mit leicht gekrümmten Rücken, nackter Arsch, er spürte ihren Griff in seinem Nacken, ihre Hand, hörte kurze, schnappende Laute und empfand nichts, bewegte sich mechanisch, die Zeit schien stehen zu bleiben, eine riesige Halle, Buchstapel bis zur Decke, in deren Mitte zwei ineinander verkrampfte Körper zuckten, ein überbelichtetes Bild eisiger Kälte, der er ein Ende machen musste, jetzt, jetzt gleich, sofort, die Bücher fielen in sich zusammen, er brach ein, Packeis bis zur Brust, das ihm den Atem nahm, er keuchte, drückte sich hoch, biss sich auf die Lippen, bis er Blut schmeckte, warmes Blut, es rann an seinen Schenkeln herunter und er riss die Augen auf, sah das Muster der Tapete und war den Tränen nahe.

„Ich will das nicht", flüsterte er gepresst. Hanna hielt ihn fest und er drückte sein Gesicht in die Kissen. „Ich kann nicht mehr. Ich muss raus, raus."

„Raus?"

„Aus dem Job, raus aus diesem Muff."

„Das verstehe ich."

„Das kannst du nicht", sagte Charly leise. „Verzeih, verzeih mir bitte."

„Du schluckst ja heute ganz schön was weg", sagte Jens und stellte ihm die Pizza hin. „Noch 'n Halben?" Charly nickte.

„Bring einen Liter und hock dich hin", sagte er. Jens sah sich kurz im Lokal um.

„Okay", meinte er. „Ist machbar." Er nahm die leere Karaffe und schob ab. Charly schnitt sich die Pizza zurecht und fing an zu essen.

„Gut?", fragte Jens. Er setzte sich jetzt zu ihm und goss ein. „Also dann – Salute." Sie tranken und als sie die Gläser abgesetzt hatten, verschränkte Jens die Arme, beugte sich vor und sah Charly an. „Freut mich, dass du doch mal gekommen bist, ehrlich, find ich echt gut, Mann."

„War Antje mal hier?", fragte Charly.

„Antje?" Jens lehnte sich zurück und steckte die Hände in die Taschen. „Warum?"

„War sie hier oder nicht?"

„Soviel ich weiß, ist sie in Hamburg", sagte Jens.

„Sie ist hier."

„Ach, ja?" Jens nahm einen Schluck. „Gerade richtig", sagte er dann. Charly zog die Augenbrauen zusammen.

„Der Wein", sagte Jens. „Genau richtig temperiert – Salute." Er lachte. „Mann, warum fragst du ausgerechnet mich nach Antje? Mit der hab ich nix mehr am Hut, verstehste? Vielleicht ist sie mal hier gewesen, weiß ich nicht. Ich hab sie jedenfalls nicht gesehen. Und ich bin auch nicht scharf drauf, sie zu sehen." Charly schüttelte den Kopf und aß weiter. „Das verstehst du nicht, was?"

„Nee", sagte Charly.

„Ist auch egal." Jens wollte aufstehen, aber Charly hielt ihn fest. Jens ließ sich auf den Stuhl zurückfallen, schüttete den Frascati runter und zog eine Zigarette aus der Schachtel. Er rauchte ein paar tiefe Züge. „Ich bin fertig mit ihr", sagte er. „Mit ihr, und mit anderen Weibern auch. Das ist bei mir gelaufen, ein für alle Mal gelaufen. Interessiert mich nicht mehr."

Charly schob den Teller beiseite und pulte in seinen Zahnlücken.

„Ich hab sie vor einer Woche abends getroffen und sie hat bei mir übernachtet", sagte er. „Ich ..."

„Ich will davon nichts wissen", unterbrach ihn Jens. Er sah an Charly vorbei zum Eingang hin und stand auf. „Ich muss in die Küche." Charly drehte sich um. Otto war vorn im Lokal und sah sich suchend um.

„Hey!", rief Charly und winkte ihm zu. Otto hob zögernd den Arm und kam langsam an den Tisch.

„Hallo", sagte er. „Grüß euch. Kann ich mal kurz telefonieren?"

Jens nickte.

„Unten bei den Toiletten. Ich zeig's dir." Sie gingen nach hinten, die Treppe runter. Charly leerte sein Glas in einem Zug. Er verspürte einen leichten Schwindel und schloss die Augen.

Hanna kann's nicht verstehen. Sie hängt an dem Laden, hat sich da reingewühlt, eine warme Kuhle, ein Nest, aus dem sie den Schnabel steckt und hin und wieder mal wegflattern will, mit Reisegepäckversicherung nach Mallorca, drei Wochen pauschal, inklusive Sonne und Meer und Rückflug mit Bacardi in der Basttasche, Cuba libre, der im Wohnzimmer daheim schal schmeckt. Er bekam einen sauren Geschmack im Hals, ihm war, als presse sein Magen sich gegen seinen Gaumen, seine Augen schmerzten. Er rieb sie und atmete heftig mit offenem Mund ein, hustete. Jemand klopfte ihm kräftig auf den Rücken.

„Trink 'n Schlücksken", sagte Otto. Charlys Augen tränten. „Scheiße." Er hustete noch einmal, trank dann. „Wo ist Jens?"

„Hat zu tun. Du siehst nicht gut aus, Alter."

„Ich hatte 'nen langen Tag – wieder Maloche", sagte Charly.

„Soll ich dich nach Hause fahren?"

„Nee, lass mal. Ich lauf noch ein bisschen durch die Luft." Charly schob seinen Stuhl zurück. „Muss nur noch mal pissen."

„Okay", sagte Otto. „Ich hau dann ab. Wir sehen uns ja morgen. Tschüs, mach's gut."

„Tschüs." Charly hob die Hand und stakste nach hinten, zu den Toiletten runter.

Er drehte den Hahn auf, beugte sich über das Becken und hielt die Handgelenke unter den Strahl, starrte in den Spiegel. Er hielt die Luft an, atmete langsam aus. Noch einmal. Und noch einmal. Er drehte den Hahn zu, trocknete Gesicht und Hände und zündete sich eine Zigarette an. Charly stieß die Toilettentür auf und sah sich in dem Vorraum um. Nirgends ein Telefon. *Kann ich mal telefonieren?* hatte Otto gesagt. Unten bei den Toiletten. Jens.

Charly eilte die Treppe hoch, zur Theke.

„Wo ist Jens?" Der Italiener nahm die Arme hoch, verzog sein Gesicht.

„Jens?"

„Ja, Jens, der Koch."

„Ah, Jens. Jens weg. Für Chef unterwegs. Alles in Ordnung."

„Was?"

„Rechnung. Alles in Ordnung. Nix mehr bezahlen."

„Und wo ist das Telefon?"

„Telefon? Telefon hier." Der Italiener zeigte zum Ende der

Theke. „Wollen du telefonieren?“ Charly schüttelte den Kopf.
„Nein“, sagte er. „Nein, danke.“

Er wählte. Die Leitung war frei. Charly presste den Hörer ans Ohr. Das Freizeichen, dreimal, viermal.

„Ja, hallo?“

„Antje?“

„Ja.“

„Charly hier. Ich …“

„Charly! Hallo.“ Seine Halsschlagader klopfte. Er schluckte, atmete ganz flach, sah raus auf die Straße. Drüben ein geparkter Wagen. Ein Citroen. Jemand saß am Steuer. „Ich habe versucht, dich zu erreichen“, sagte Antje.

„Ich weiß. Wie geht's dir?“

„Ich möchte dich sehen.“

„Jetzt?“

„Ich habe mich schon hingelegt“, sagte sie. „Morgen. Hast du morgen Zeit?“

„Ja. Ja–ja, ich …“

„Ich hole dich ab.“

„Von der Bücherei?“

„Ja. Um sechs?“

„Ja, okay. Du …?“

„Ja?“

„Ich freu mich.“

„Ich auch.“ Charly lächelte. Er sah sein lächelndes Gesicht in der Scheibe und lachte fröhlich.

„Ist was?“, fragte Antje.

„Nein, nichts. Ich … ich erzähl's dir morgen. Schlaf gut.“

„Du auch. Tschüs.“

Er wusste, dass sie ihm nachstarrten, von der Treppe aus, vom Eck, am Fenster standen, die ganze Mischpoke, der Büchereiclan: *Guck an, der Kunkelfuß.* Charly bemühte sich, lässig die Straße zu überqueren, knickte um, fing sich und trat fest auf. Es tat weh.

Antje öffnete ihm den Schlag, und er ließ sich auf den Sitz fallen, wandte sich zu ihr. Sie legte die Arme um ihn, küsste ihn.

Charly sah Bewegungen hinter der Gardine, sah Hanna auf der Treppe stehen, die Geißler neben ihr.

„Fahren wir“, sagte er.

„Ich habe Hunger“, sagte Antje. „Hast du Lust auf Griechisch?“

Charly nickte. Während der Fahrt redeten sie wenig miteinander. Auf der B1 war zähflüssiger Verkehr und Antje konzentrierte sich auf die Fahrt, überholte, wann immer es möglich war.

„Wo warst du die Tage?“, fragte er beiläufig.

„In Köln.“

„In Köln? Die ganze Zeit?“

„Bis Samstag“, sagte sie. „Bei einer Freundin.“

„Und?“

„War ganz nett. Und wie war’s bei dir so?“ Er zuckte nur die Achseln.

Das Lokal war auf der Hernerstraße. Sie parkten, gingen hinein und setzten sich an einen der Tische am Fenster. Ein älterer Mann brachte ihnen die Karte.

„Zu trinken?“, fragte er. „Retsina?“

„Ja“, sagte Antje. „Retsina ist gut.“ Charly bestellte vorab ein Pils.

Ein paar Jungs kamen rein, fläzten sich an den Tresen und einer von ihnen warf die Musikbox an, drückte irgend so eine Platte von den Bee Gees, tänzelte ein bisschen herum, schwenkte den Arsch. Die anderen lachten. Sie trugen enge Hosen und weite Pullover, hatten die Haare glatt nach hinten gekämmt.

„Was isst du?“, fragte Antje.

„Weiß noch nicht“, sagte Charly und nahm die Karte.

„Hey“, sagte jemand. „Bist du nicht die Antje?“ Charly sah auf. Einer von den Jungs saß plötzlich mit am Tisch und stieß Antje an. Antje zog die Stirn kraus.

„Ja“, sagte sie.

„Günther“, sagte der Typ. Er strich über seine Scheißfrisur. „Kennst du mich nicht mehr?“

„Günther?“

„Verpiss dich“, sagte Charly.

„Hat er was gesagt?“, fragte der Typ Antje.

„Verstanden?“ Der Typ wandte sich gelangweilt an Charly.

„Tut mir leid“, sagte Antje. „Aber ich weiß nicht …“

„Okay, schon okay.“ Der Typ winkte lässig ab und stand auf. „Schon gecheckt.“ Er ging zurück zum Tresen und sagte was zu den anderen. Die Jungs drehten sich zu ihnen um, grinsten rüber. Antje senkte den Kopf, strich über die Holzmaserung des Tisches.

„Wichser“, sagte Charly. Antje blickte auf.

„Ich kann selbst sagen, wenn mir jemand lästig wird.“

„Er ist mir auf den Sack gegangen.“

„Er hat mich angesprochen.“

„Ist doch egal.“

„Nein, Charly. Das ist es nicht.“ Die Jungs gingen palavernd raus, stießen sich gegenseitig an, klopften von draußen an die Scheibe, zogen Grimassen. Charly stützte die Arme auf den Tisch, drehte sein Glas, schob es hin und her. Er blickte Antje an. Sie sah an ihm vorbei.

„War nicht so gemeint“, sagte er und versuchte, ihre Hand zu berühren. Antje stand auf und ging zur Toilette.

„Scheiße“, murmelte er. „Scheiße, Scheiße, Scheiße.“ Er schlug mehrere Male mit der Faust auf den Tisch. Der Grieche kam.

„Haben Sie gewählt?“

Als Antje zurückkam, war ihr Gesicht ausdruckslos. Sie schwieg, und auch nachdem ihnen serviert worden war, sagte sie nichts.

Charly verging der Appetit. Er stocherte auf seinem Teller herum, pickte das Fleisch heraus, räusperte sich.

„Ich find das scheiße. Ich hab doch gesagt, dass es mir leid tut und ich … Mensch, ich hab mich gefreut, dich zu treffen."

„Davon hab ich nichts gemerkt."

„Ich hab mich aber gefreut."

„Kam nicht viel von rüber."

„Na, hör mal, du …"

„Ich hab jetzt keine Lust, mich darüber zu streiten."

„Aber ich, verdammt noch mal. Du willst mich sehen, du holst mich ab, und was ist? Du bretterst los, stierst auf die Straße, und kaum sind wir hier, kommt dieser Wichser und haut dich an."

„Ich hab dich gefragt, wie es dir geht."

„Wie es mir geht! Ich hab mich acht Stunden mit diesen Idioten in der Bücherei rumgeschlagen, ich hab noch den Kopf voll davon. Ich brauch erst einmal Abstand. So geht es mir."

„Das kannst du ja sagen."

„Sagen, sagen – ich sag's doch."

„Gleich." Charly knallte die Gabel auf den Tisch, zündete sich eine Zigarette an und stieß heftig den Rauch aus.

„Das merkt man oder man merkt's nicht", sagte er. Er sah angestrengt aus dem Fenster, rauchte. Draußen gingen Leute vorbei, ein junges Paar, eng umschlungen, die Köpfe aneinander. *Atze legt den Arm um Antje. Er küsst sie. Sie überqueren die Straße. Antje passt sich seinem Schritt an. Charly sah Antje an.*

„Woher kennst du Atze?", fragte er. Antje griff nach ihrem Glas.

„Woher kennst du ihn?" Sie trank einen Schluck, hielt das Glas in der Hand und sah ihn offen an.

„Er ist ein Zuhälter", sagte Charly.

„Ja, und?"

„Was hast du mit ihm?"

„Ich bin mit ihm befreundet", sagte sie.

„Was heißt das?", fragte er.

„Was ich gesagt habe“, sagte Antje. Sie wich seinem Blick nicht aus. Er fand sie kalt, unglaublich kalt. Ohne Gefühl. Und ich? wollte er fragen. Was ist mit mir? *Darüber denke ich nicht nach, das ist für mich gestorben, hatte sie gesagt.*

„Antje …“ Er fuhr sich mit der Hand über die Augen.

„Ja?“, fragte sie und stellte endlich ihr Glas ab. Ihm wurde der Raum zu eng.

„Lass uns woanders hingehen.“

Sie standen dicht aneinander gedrängt am Tresen und aus den Boxen dröhnte Musik, ein monotoner Rhythmus, eine hohe, gepresste Stimme, die von dem Tag der Freiheit sang, seid ihr bereit für den Tag, für diesen Tag, der da kommen wird, ganz gewiss. Die Leute um sie herum lachten und riefen nach einem Bier, nach einer Cola mit Schuss, wischten sich den Schweiß von der Stirn, waren braungebrannt und gut drauf, und ihre Zähne blinkten im Licht der Neonbeleuchtung. Charly starrte auf den nackten Rücken einer Frau, auf ihr Haar, *es fiel weit über ihre Schultern und glänzte matt,* beobachtete ihre Bewegungen, *sie streifte ihr Kleid über den Kopf und warf es auf den Stuhl, kann ich bei dir schlafen?*

„Warum sagst du nichts mehr?“, fragte Antje ihn.

„Ich glaube, das ist Andrea“, sagte er. *Ich will nicht, dass du mit Atze gehst.*

„Was?“

„Andrea!“ Er zeigte zu einer Frau hinüber. Antje schüttelte den Kopf.

„Kenn ich nicht.“

„Ulis Mutter.“ Antje zuckte nur die Achseln, und Charly machte eine Geste, die bedeuten sollte, ich geh mal hin. Abstand, dachte er. Erst einmal Abstand nehmen. Nicht weiter daran denken.

Er zwängte sich an den Leuten vorbei und lächelte entschuldigend, wenn er jemanden zur Seite gedrückt hatte. Die

Frau saß auf einem Barhocker, hatte die Beine übereinander geschlagen und schien dem, was um sie herum war, weit entrückt. Sie hatte das Kinn aufgestützt und die Augen geschlossen. Es war Andrea.

Charly berührte sie leicht und sie schrak zusammen. Ihre Lider flatterten.

„Charly, ja?“ Sie griff nach ihrem Glas. „Einen Schluck, ja? Ist gut, ein guter Drink. Probier mal.“ Sie lachte kurz und drückte ihm das Glas in die Hand.

„Bist du allein hier?“, fragte er.

„Allein im Wald und nirgends ein Baum, wo ich mich anlehnen kann, ein Baum, Charly, ein Baum von einem Kerl oder anders, wie geht das noch? Ich seh keinen. Siehst du ihn? Trink einen mit, ist ein verdammt guter Drink, der macht dich munter, nein, was denn? Wie ist das? Bist du okay? – Ich bin okay, du bist okay. Großartig. Wir passen zusammen.“ Sie lachte wieder, nahm einen Schein aus ihrer Handtasche und schob ihn über die Theke.

Das Haar fiel ihr ins Gesicht. Charly rückte näher neben sie, lehnte sich an den Tresen. Ein Mädchen stellte ihnen Gläser hin, strich das Geld ein.

„Ist Chris bei dir?“

„Chris? Chris ist in seinem, in seinem, ja, wo ist denn mein Mann, der heilige Christus? Heilig und rein. Kannst du vergessen, Charly.“ Sie schüttete den neuen Drink runter wie nix, zog Charly dann dicht an sich heran. „Ich bin betrunken, Charly. Ich bin ganz fürchterlich betrunken.“ Ihr Haar roch nach frischen Äpfeln, grünen Äpfeln. Charly schloss die Augen. Eine Stimme, weit weg, nah, Uli.

Antje.

Er sah rüber, sah Antje nicht mehr.

Charly löste sich von Andrea, sagte irgendwas, drängte sich durch zu der Stelle, an der sie gestanden hatten. Das Lachen der Leute gellte in seinen Ohren, durchbrach diesen Teppich aus Musik, klirrenden Gläsern und Worten, die Fragen nach dem und jenem, eine Insel in Griechenland, einsam, Ruhe, gesegelt, Küste, Fisch, Beziehung, eine Klarheit. Scheiße! Charly wollte schreien. Er ballte stumm die Hände. Ihre Gläser waren weggeräumt. Antje war gegangen.

Oben auf der Treppe saß Andrea, den Rücken an die Wand gelehnt. Charly zog sie hoch, und sie ließ sich schwer an ihn fallen.

„Kannst du noch fahren?“ Sie kramte in ihrer Tasche. Die Wagenschlüssel fielen zu Boden. Er bückte sich.

„Ja“, sagte er. „Ja, ich kann noch fahren.“ Sie hatte den Wagen auf dem Bürgersteig vor dem Lokal geparkt. Es war ein Mercedes SL, blaumetallic. Charly strich mit der Hand leicht über das Heck, schloss auf, beugte sich rüber und öffnete Andrea den Schlag.

Ein Mercedes. Kalwas Mercedes hatte er mal gefahren, ein kurzes Stück nur. Charly stellte sich den Sitz zurück, sah auf das Armaturenbrett mit all den Funktionsschaltern und steckte den Schlüssel ins Zündschloss. Am Innenspiegel hing eine flauschige, rote Feder. Andrea sah ihn an. Er wich ihrem Blick aus.

Sie fasste sein Kinn, strich über seine Lippen und küsste ihn. Alles um ihn herum schien sich zu drehen. Er wusste nicht, wohin mit seinen Händen. Ihre Lippen waren nun an seinem Ohr.

„Es ist nicht weiter schlimm“, flüsterte sie. „Ich bin nur betrunken, macht nichts.“ Ihre Stimme schien ihm jetzt klar und sehr bestimmt.

Das Magazin der Fahrbücherei war in einem Schulraum über der Turnhalle. Charly schloss die Tür auf und verriegelte sie hinter sich. Er zog ein paar zusammengelegte Kartons unter den Regalen hervor, breitete sie aus, holte sich die alte Decke aus dem Schrank und haute sich hin. Er hatte Hanna gebeten, ihn in einer Stunde hier anzurufen. Er schlief sofort ein. Als das Telefon schrillte, hatte er das Gefühl, gerade erst die Augen geschlossen zu haben. Er angelte nach dem Hörer.

„Entschuldige“, sagte Hanna. „Ein Gespräch für dich. Es scheint wichtig zu sein. Ich stell durch.“ Es war Andrea.

„Der Wagen ist diese Nacht gestohlen worden, bei dir, vor deinem Haus.“

„Was?“

„Ich kann jetzt nicht lange reden. Ich habe Chris gesagt, es sei in der Stadt passiert, verstehst du? Auch der Polizei. Vor dem Schauspielhaus, auf dem Parkplatz.“

„Scheiße.“ Charly klopfte seine Taschen nach Zigaretten ab. Ihm wurde heiß.

„Vielleicht finden sie ihn ja wieder“, sagte Andrea. „Mein Schmuck ist noch bei dir.“

„Ja.“

„Es ist nichts weiter, verstehst du? Ich komm vielleicht heute Abend kurz rüber, später. Bist du zuhause?“

„Ja. – Ja, ja.“

„Ich muss Schluss machen.“ Sie legte auf. Charly saß einen Moment regungslos da und hängte dann sacht den Hörer ein.

„Ich sage nichts, wenn Sie zu spät kommen, bittschön, und ich sage auch nichts, wenn Sie stattdessen früher gehen, ha-ha, ja ja, tausendmal gehört und immer wieder Anlass zur Heiterkeit, nicht wahr, Herr Kunkelfuß? Ha-ha, ja, aber eins, Herr Kunkelfuß, eins dulde ich nicht, ganz und gar nicht. Ich dulde es nicht, wenn Sie, ausgerechnet Sie, unsere Leser wie den, ja, wie den letzten Dreck behandeln, auch nicht, wenn, ich sage wenn, Herr Kunkelfuß, wenn diese Leser Jugendliche sind. Jugendliche, Heranwachsende, die sich vielleicht, vielleicht nicht ganz so verhalten, wie es zu wünschen wäre. – Herr Kunkelfuß, wenn ein Jugendlicher, das will ich damit sagen, wenn ein Jugendlicher diese Bücherei hier betritt, dann ist er in erster Linie ein Leser, eine aufgeschlossene, wissensdurstige Person – vielleicht, bittschön, auch vielleicht nur, aber für die wir, wir hier alle, da sind und mit Rat und Tat zur Verfügung stehen. Das ist unsere Aufgabe, unser Beruf. Und wenn Sie dabei ungewaschene Hände stören, bittschön, wir verfügen über eine Besuchertoilette, wir haben Seife und Handtücher im Depot, Herr Kunkelfuß, aber wir schicken keinen weg, nicht so, Herr Kunkelfuß, nicht mit Bemerkungen wie Dreckspatz und Schlimmeres, ist das klar, habe ich mich verständlich genug ausgedrückt?"

„Ja", sagte Charly und machte Anstalten aufzustehen.

„Wissen Sie inzwischen wenigstens, wen Sie da rausgeworfen haben?"

Charly schüttelte verneinend den Kopf.

„Nein? Na, dann fragen Sie mal bei unserem Herrn Kulturdezernenten an, Herr Kunkelfuß, bittschön." Er schob ihm das Telefon hin. Charly winkte ab.

„Den Sohn des Oberstadtdirektors!", tönte der Dicke. „Und wer hat das auszubaden, bittschön? Ich, Herr Kunkelfuß, ich allein. Aber das war das letzte Mal." Charly nickte müde und ging zur Tür.

„Morgen sind Sie Punkt neun hier", rief der Dicke ihm noch nach. „Punkt neun!"

Charly ging zur Post und hinterlegte zehn Mark am Schalter. Der Beamte wies ihn in die Zelle zwei. Charly wählte Herberts Nummer in München. Eine Frau war am Apparat, Herbert sei unterwegs, ja, für länger. Eine Recherche im Ausland. Mehr konnte er ihr nicht entlocken. Charly dankte und hängte ein, überlegte einen Moment und griff dann wieder zum Hörer.

Antje meldete sich.

„Warum bist du abgehauen?", fragte er.

„Du bist abgehauen."

„Ich bin damit nicht klar gekommen, mit Atze und … können wir uns heute sehen?"

„Moment", sagte sie. Er hörte, dass sie den Hörer neben

den Apparat legte, hörte ihre Schritte im Flur und dass eine Tür geschlossen wurde. Sie kam zurück.

„Ich fahre weg", sagte sie.

„Zurück nach Hamburg?"

„Nein, nein, nach ... irgendwohin in den Süden. Ein kleiner Ort."

„Allein?"

„Ja." Die Sekunden, in denen beide schwiegen, waren wie eine Ewigkeit.

„Ich muss noch einmal mit dir reden", sagte Charly schließlich.

„Ja?"

„Ich ... ich kann's nicht am Telefon, ich muss dich sehen und ... Scheiße, ich krieg's so nicht raus."

„Ich fahre gleich."

„Bleibst du lange?"

„Ich weiß noch nicht. Ein oder zwei Wochen. – Charly?"

„Ja?"

„Ich habe mich gefreut, dich zu sehen und ich freue mich auch, wenn wir uns wieder sehen, aber mehr ist nicht."

„Ich ... ich mag dich, Antje."

„Machs gut." Sie legte auf.

Er liegt auf dem Bett. Die Regalwände rücken näher. Die Schriften auf den Buchrücken tanzen vor seinen Augen. Antje taucht zwischen den Buchstaben auf, die Musik wird lauter, never, never in my life before, I took it, I shook it, I made it, don't fade it no more. *Er stößt die Regale um. Der Dicke schreit. Er lacht und reißt die Tür auf, steht auf einer Bühne. Antje hält ein Mikro an die Lippen.* I feel that heat of blood is the essence of life. Neben ihr steht Atze. *Er läuft auf ihn zu, stößt ihm das Messer in den Rücken. Atze torkelt an die Rampe, bricht zusammen, blood and life.*

Es klingelte.

Charly sah auf die Uhr. Kurz nach acht. Er schaltete die Anlage aus, wälzte sich vom Bett und ging zur Tür.

„Hey“, sagte Uli. „Ich war schon ein paar Mal nachmittags hier, aber …“

„Ich arbeite wieder“, unterbrach Charly.

„Ach ja? Na ja, macht ja nichts.“ Sie nahm den Kaugummi aus dem Mund, knetete eine Kugel und sah sich suchend um.

Charly zeigte auf den Abfalleimer. Sie warf ihn hinein, wischte die Hände an den Jeans ab.

„Herbert ist doof“, sagte sie. „Der Alte auch und Ma spinnt total.“

Sie nahm sich eine Zigarette, warf sich bäuchlings aufs Bett und streifte ihre Latschen ab. „Sie hat sich den Wagen klauen lassen“, sagte sie dann.

„Wer, was?“

„Ma. – Oh, Mann, das hättest du sehen sollen. Diesen hier, flatter, flatter, und so eine Fresse.“ Sie zog den Mund zusammen, schnitt eine Grimasse. „Der Alte ist echt ein Schwein. Ich versteh nicht, warum sie nicht die Kurve kratzt. Ich würde mir das nicht von ihm bieten lassen. Ich hätte ihm wenigstens eine gescheuert.“

„Ich kapier überhaupt nichts“, sagte Charly. Er ging zum Tisch und schob eine Zeitung über Andreas Kette.

„Ist auch egal“, sagte Uli. „Gibt's was in der Glotze?“

„Nee.“

„Bei uns ist jedenfalls die Hölle los. Kann ich hier bleiben?“

„Du spinnst wohl.“

„Ich tu dir schon nichts.“ Sie grinste ihn an. „Okay, okay – aber wenn du Schiss hast, geh ich eben zu Jerry.“ Sie drückte die Zigarette aus, rappelte sich auf und piekste ihn in den Bauch.

„Kannst du dir eigentlich vorstellen, mit mir zu bumsen?“, fragte sie.

„Nein“, sagte Charly schroff.

„Du lügst“, sagte Uli und ging.

Du kannst unbesorgt sein", sagte Broszinski. „Strack – ein Student. Erstsemester Soziologie. Er ist absolut sauber, kommt aus Osnabrück. Streng katholisches Elternhaus. Willst du seine Adresse?"

„Ist das sicher?"

„Sie übernachtet gelegentlich bei ihm."

„Das weiß ich. Ich meine, hat er wirklich nichts mit Drogen?"

Broszinski legte leicht seinen Arm um sie. Sie ließ es zu, sah ihn aber nicht an. Ihr Blick blieb gesenkt, auf ihren Sandaletten.

Sie spazierten den Weg am Stadtparkteich entlang. Einige Ruderboote waren noch auf dem Wasser. Sie würden gleich anlegen. Ihre Nummern wurden bereits ausgerufen.

Broszinski spürte ihre Anspannung. Er wollte, dass sie mit ihm stehen blieb, sich umarmen ließ.

„Nein", sagte er. „Nichts. – Okay, vielleicht zieht er mal einen durch, wer tut das nicht."

„Ich", meinte sie.

„Du trinkst." Sie schüttelte den Kopf.

„Das verstehst du nicht", sagte sie. „Ich kann damit umgehen. Ich weiß, wann ich genug habe."

Broszinski sagte nichts dazu. Sie befreite sich von seinem Arm und ging zu einer Bank, setzte sich. Er baute sich vor ihr auf, schob die Hände in seine Hosentaschen. Nachdenklich betrachtete er sie.

Schließlich schaute sie zu ihm hoch.

„Es tut mir leid", sagte sie. „Aber wir haben es verpasst. Ich kann jetzt nicht mehr. Es ist zu kompliziert geworden."

„Ich fange an, dich zu mögen."

„Ja, das ist es. Das würde ich nicht aushalten."

„Meine nächtliche Gefährtin ist die Dame Einsamkeit", zitierte er. Er wusste nicht mehr, wo er das gelesen hatte. Als er es gesagt hatte, war es ihm peinlich. Sentimentaler Kitsch. Sie nickte nur. Broszinski setzte sich neben sie. Sie schwiegen.

„Ein Katholik", sagte sie dann nach einer Weile. „Ich traue Katholiken nicht."

„Das ist Unsinn."

„Erfahrungen."

„Verallgemeinerungen", sagte Broszinski und zündete sich eine Zigarette an. Sie nahm sie ihm aus der Hand und nahm einen Zug.

„Dieser Sommer hat es in sich", sagte sie. „Es ist überhaupt ein Scheißjahr." Auch darauf konnte und wollte er nicht eingehen.

Es war kühler geworden und Charly setzte den Beutel mit der schmutzigen Wäsche ab, knöpfte seine Jacke zu. An der Frittenbude standen ein paar Männer und tranken Bier. Er schulterte den Beutel und ging weiter. Die Tür zu *Fietis Kneipe* stand offen, und er hörte, dass der Fernseher lief. Wie oft hatte er samstagnachmittags da gesessen oder am Tresen gestanden, gesalzene Erdnüsse in der hohlen Hand, Bier und Korn vor sich, einen ausgeknobelt, Türme gebaut? *Vorstadtfeierabend.* Er summte die Melodie, die Wege waren noch immer nicht gepflastert, der Kies knirschte. Er trat nach einem Stein, rannte ihm nach, kickte ihn weiter. Der Stein prallte gegen ein Aralschild.

„Willzste zu Muttern?", rief ihm Opa Krause zu. „Ma wieder ordentlich futtern?"

„Wat sonst?" Charly ging zu ihm, und sie schüttelten sich die Hand. „Wie läuft's?"

„Wie sollet laufen? Otto is hinten und fummelt an seine Karre rum."

„Da geh ich doch ma gucken", sagte Charly.

Opa Krause zog den Rotz hoch. „Mach dat."

Kann ich mal telefonieren, hatte Otto Jens gefragt. Er hing zwischen den Sitzen, richtete sich halb auf, als die Eisentür hinter Charly ins Schloss fiel.

„Na, du bist mir vielleicht einer. Wat machst du denn hier?"

„Muss bei den Alten vorbei. Maschine Buntes."

„Wo warste denn Dienstag?"

„Dienstag? – Ach so. Ist mir was dazwischen gekommen."

„Neue Braut?"

Otto krabbelte aus dem Wagen und hob die Motorhaube hoch. Wir haben einmal miteinander geschlafen, *aber mehr ist nicht, mach's gut.* Der Hörer wird aufgelegt. Warum kann nicht mehr sein? Die Luft in der Telefonzelle ist stickig. Antje steckt in Schwierigkeiten. Atze. Atze. Ein Zuhälter.

„Antje", sagte Charly.

„Guck ma an."

„Wo hast du eigentlich telefoniert?", fragte Charly.

„Hä?"

„Am Montag. Im *Baita* , bei Jens."

„Ich telefoniert? Weiß ich nix von." Er beugte sich runter, machte sich an ein paar Kabeln zu schaffen.

„Du wolltest telefonieren."

„Scheiße", sagte Otto. „Alles locker. Kannste mal die Lampe hinhalten?"

Charly nahm die Lampe vom Haken und stellte sich neben Otto.

Otto kniff die Augen zusammen.

„Mehr rechts", sagte er. „Telefoniert? Nee, kann ich mich nich dran erinnern. Oder – wart ma, klar. Montag war dat, sachzste? Hab ich doch Jule vom Kotten abgeholt, klar, jau, da hab ich vorher mit ihr telefoniert. Ob sie soweit is, verstehste? Die kloppen da ja zur Zeit was an Stunden runter, dat glaubste nich, ehrlich. Geh ma 'nen Stück zur Seite … so. Nu guck dir dat ma an!"

„Versteh ich nix von."

Otto richtete sich auf, nahm Charly die Lampe ab und klemmte sie an der Haube fest. Er nahm einen Lappen aus der Tasche und wischte sich die Hände ab.

„Aber im *Baita* – nee."

„Nein?“ Sie standen sich gegenüber. Von draußen war zu hören, dass ein Wagen vorfuhr. Otto warf den Lappen auf den Werkzeugtisch.

„Kennst doch Jens – von nix ’ne Ahnung.“

„Wie meinste?“ Hinter ihnen wurde die Tür geöffnet.

„Is jemand für dich, Otto!“, rief Opa Krause.

„Ich komme.“

„Wie meinste dat?“, fragte Charly noch einmal. Otto zuckte nur lässig die Schultern und ging raus. Charly folgte ihm.

Neben der Tankstelle stand ein Typ. Er trug eine verspiegelte Sonnenbrille. Charly kniff die Augen zusammen.

„Was gibt's?“, fragte Otto. Der Typ sah kurz zu Charly hin.

„Ich hab ein Problem“, sagte er dann. „Verteiler.“ Otto hob die Schultern, wandte sich an Charly. Charly starrte den Typ immer noch an. Diese Sonnenbrille.

„Kleiner Nebenverdienst“, sagte Otto leise zu Charly. „Ich reparier hier für'n paar Leute schwarz. Schnelles Geld, verstehste?“ Er rieb Zeigefinger und Daumen aneinander. Charly nickte.

„Willst du nicht doch noch zum Abendbrot bleiben?“, fragte seine Mutter.

„Ich bin verabredet“, sagte Charly.

„Hans? – Sieh mich mal an.“

„Was soll denn das?“

„Du siehst nicht gut aus. Isst du nicht regelmäßig?“

„Mensch, Mutter.“

„Weich mir nicht aus.“

„Ich bin müde. Das ist alles. Komm, lass mich. Ich muss los.“

Seine Mutter seufzte.

„Du musst doch nicht jeden Abend unterwegs sein.“

„Bin ich auch nicht.“

„Aber du schläfst zu wenig. Das sehe ich dir doch an. Was treibst du denn nur?“

„Nichts." Charly stopfte sich noch einen Kuchenrest in den Mund und öffnete die Tür.

„Du hast doch noch Hunger." Er kaute, schluckte, schüttelte den Kopf und hob die Hand.

„Ich komm Mittwochabend. – Tschüs!"

Sie war schon da, saß vorn an der kleinen Bar und nippte an einer Tasse Kaffee.

„Hallo", sagte sie. Er setzte sich neben sie.

„Ich habe Schiss", sagte er.

„Angst? Vor was?" Die Frau hinter der Theke fragte ihn nach seinem Namen. Charly zögerte.

„Schreiben Sie es mit auf meinen Zettel", sagte Andrea. „Komm."

Sie schob die Kaffeetasse zurück und stand auf.

„Vor was hast du Angst?", fragte sie auf der Treppe nach unten.

Charly kam sich unbeholfen vor, tapsig.

„Ich weiß nicht. Dass irgendetwas passiert, uns jemand hier zusammen sieht."

„Na und?" Sie strich ihm flüchtig übers Haar. „Was ist schon dabei?" Im Umkleideraum schloss sie einen Schrank auf und begann, sich auszuziehen.

Charly zog die Tür zur Saunakabine hinter sich zu. Mehrere Personen lagen und hockten auf den Bänken, sahen kurz auf, rückten ein wenig zur Seite, machten Platz. Andrea breitete ihr Badetuch aus, setzte sich. Jemand fragte, ob man was gegen einen Aufguss habe und einige stöhnten, andere sagte nein. Das Wasser verzischte dampfend, brannte scharf in Nase und Augen, trieb Schweiß. Charly schwitzte schon, bevor er saß. Andrea lehnte sich zurück, spreizte die Schenkel und schloss die Augen. Sie war dicht neben ihm, er konnte die Hand ausstrecken, sie berühren, und doch schien sie ihm fremd. Eine Frau, dreißig, nein, vierunddreißig Jahre alt, die es gewohnt war, ihren Körper zu pflegen, die sich in der nachmittäglichen Sonne nach einem Tennisball bückt, gedämpfte Gespräche von der Terrasse her, sie bewegt sich leicht und sicher, greift nach einem Glas, wie er nie nach einem Glas würde greifen können, selbstverständliche Gesten, Hände, die geschickt das Papier von einem Blumenstrauß lösen, mühelos kommen die Worte, ein Dank, die Haut ist kühl und trocken, nicht vorstellbar, dass sie schwitzt, dass dieser Mund schreit, der Körper sich verspannt. Und doch wusste er von einem Moment, in dem das alles zersprungen war, bröckelte, wie bei Babette, die ihre Hände in das Laken krallte, sich im Kissen verbiss, noch immer den Schrei ersticken, nicht hochkommen lassen wollte, der dann doch gurgelnd heraus brach, anschwoll, die Mauern einstürzen ließ.

Danach war Babette in sich zusammen gekrochen, hatte trocken geschluchzt. War steif. Schüttelte seine Hand ab. Stand auf. Ging ins Bad. Kam zurück. Sah aus dem Fenster. Sagte, ich will diese ausgeflippten Nächte nicht mehr. Ich will nicht mehr mit dir schlafen. Lass mich allein. Er hatte sich fröstelnd angezogen, die Kehle vereist. Wie in der Packkammer. Der Junior schiss ihn an und er schluckte es. Nach Feierabend brachte er Pakete zur Post, ging dann zu *Fieti.* Das Bier spülte die Wut hoch, den Hass. Am nächsten Tag war es vergessen, stand er wieder am Packtisch, kuschte. Babette hatte ihn weggeschickt. Schwarz und lautlos war die Nacht. In einer Kneipe kippte er Schnaps in sich rein, trank, bis der Körper schlaff wurde. Andrea legte ihm die Hand auf die Schulter, stützte sich auf.

„Ich geh raus", sagte sie. Charly wischte sich den Schweiß von der Stirn, nickte.

„Ich komm nach." Er zog die Beine an, presste das Gesicht zwischen die Knie, *before I sink into the big sleep I want to hear the scream of the butterfly.* Sein Körper dampfte, als er ins Freie trat und er breitete die Arme aus. Andrea lief vor ihm über die

Wiese, blieb stehen, drehte sich um und winkte ihn zu sich. Sie umarmte ihn. Es war gut, zu gut.

„Wie fühlst du dich?“, fragte sie.

„Bestens“, sagte er.

Den zweiten Durchgang machte er allein, streckte sich auf der mittleren Bank aus, versank in der Stille, bis sie anfing, laut zu werden. Er öffnete die Augen. Das Holz knarrte.

„Guten Abend“, sagte ein Mann. Charly setzte sich auf, blickte zu ihm hin.

„Wir kennen uns doch.“ Der Mann lächelte. „Kunkelfuß, richtig?“

Hauptkommissar Broszinski nahm neben ihm Platz. Er war muskulös, kräftig, seine Haut gebräunt.

„Wie geht es Ihnen?“, fragte er.

„Danke“, sagte Charly. Broszinskis Nähe war ihm unangenehm. Er rückte ein Stück zur Seite.

„Haben Sie noch Urlaub?“

„Nein.“

Broszinski rieb seine Arme, winkelte sie an und drückte die Schulterblätter durch.

„Ja“, fing er wieder an. „Einmal ist alles zu Ende. Wir haben den Mann übrigens gefasst. Sie wissen doch …“

„Ja.“

„Ein Türke. Er hat gestanden. Dem armen Kerl sind angeblich die Sicherungen durchgebrannt. Becker hatte sich abfällig über ihn geäußert, sagt er. Hört sich glaubwürdig an.“ Er lachte trocken. „Ich glaube es nicht. Hinter der Sache steckt mehr.“

Charly schwieg.

„Interessiert Sie das nicht?“, fragte Broszinski.

„Nein.“ Er wollte aufstehen. Broszinski hielt ihn zurück.

„Das sollte es aber. Ich denke, dieser Hasan ist nur ein williges Werkzeug. Er hat übrigens einen der gerissensten Anwälte. – Seien Sie vorsichtig, Kunkelfuß. Sie sind mit den falschen Leuten zusammen.“

„Ich … “

„Ich sag' es Ihnen nur. Trinken wir oben ein Bier und reden etwas. Vielleicht kann ich Ihnen helfen."

„Ich … ich bin nicht allein. – Was soll das?"

Er machte sich frei.

Broszinski zuckte die Achseln.

„Ein Vorschlag", meinte er. „Nichts weiter." Charly schüttelte den Kopf und drückte die Tür auf.

Andrea fing ihn vor den Umkleideräumen ab.

„Lass uns gehen", sagte sie.

„Das wollte ich auch gerade sagen. Ein Bulle hat mich angesprochen." Andrea griff nach seiner Hand. „Ein widerlicher Typ. Ich hatte mit ihm zu tun, als dieser Becker erstochen wurde. Jetzt lädt er mich zu einem Bier ein, der Arsch."

„Komm", sagte Andrea.

Charly öffnete das Fenster. Die Luft war warm, kein Wind. Er betrachtete die Bäume, sah durch die Blätter die Umrisse des gegenüberliegenden Hauses, die matt erleuchteten Fenster. Wie ruhig es war. Wie ruhig und schön, diese Stimmung. Er atmete tief ein, streckte sich. Der Rauch seiner Zigarette kräuselte sich an seinem Arm hoch, zerfaserte und verlor sich im Dunkel.

Andrea bewegte sich leicht. Er sah zu ihr hin. Sie lag lang ausgestreckt bäuchlings auf dem Bett, hatte einen Arm angewinkelt. Ihre Beine waren gespreizt.

Charly ging leise zu ihr hin. *Die hohen Backenknochen. Die schmale Nase. Die Augen. Er sieht ihre Augen vor sich, ganz nah. Ihren Mund. Wie fühlst du dich? Das Gesicht unscharf, verschwommen. Er sieht Antje im Halbdunkel des Zimmers. Sie streift ihr Kleid über den Kopf, legt sich hin. Der Raum ist eine Insel. Andrea fasst seine Hand. Sie führt ihn. Er tut, was sie ihm zu verstehen gibt, mit ihrem Körper. Antje steht auf und geht. Andrea presst ihre Schenkel an seine Hüften. In der Ferne ist ein rasch vorbeifahrender Wagen zu hören. Er sitzt mit Antje auf der*

Terrasse, Burg Blankenstein. Das junge Paar mit dem kleinen Kind. So was wie Sehnsucht. Ich brauche jemanden wie dich. Das ist gut, das ist sehr gut. Es ist schwierig, mit jemandem zu leben, jeden Tag mit ihm aufzuwachen. Antje fährt in den Süden. Irgendwohin. Andrea sitzt neben Chris, trinkt Wein. Andrea zieht ihn tiefer zu sich herunter. Andrea ist Antje und Antje beugt sich zu Atze. Er fällt, stürzt, ist allein.

Er berührte Andrea vorsichtig, schüchtern. Sie hielt die Augen geschlossen. Ihr Mund war leicht geöffnet. Er wünschte, sie halten zu können, für länger und wusste, dass sie gehen würde, gleich schon, nachdem sie sich geduscht hatte.

Das *Baita* war leer. Kein Kellner, niemand war im Lokal, aber hinten aus der Küche hörte er erregte Stimmen. Charly ging zur Theke und räusperte sich. Ein elegant gekleideter, dunkelhäutiger Mann erschien in der Küchentür und kam wild gestikulierend auf Charly zu.

„Geschlossen, Signore. Heute zu, keine Küche. Entschuldigung, bitte."

„Ist Jens da?"

„Jens? Oh, Signore! Jens, Jens! Kommen Sie, sehen Sie selbst. Sie kennen Jens, ja?" Er jammerte noch irgendwas auf Italienisch und winkte Charly in die Küche.

Jens saß auf dem Boden und stützte sich mit den Armen ab. Sein rechtes Bein war unnatürlich abgewinkelt. Er war blass im Gesicht.

„Hallo, Alter", sagte er. „Schöne Scheiße, was?"

„Katastrophe! Katastrophe!" Der Italiener schlug sich mit der flachen Hand an die Stirn. „Was soll werden?!"

Charly kniete sich neben Jens auf den Boden.

„Tut höllisch weh", sagte Jens. „Gib mir mal 'ne Zigarette."

Charly brannte zwei an und schob eine Jens zwischen die Lippen.

„Wie ist das passiert?", fragte er.

„Ausgerutscht“, sagte Jens. „Saudämlich hingeknallt, Mann. Totale Scheiße.“ Er verzog sein Gesicht, grinste.

„Habt ihr schon nach 'nem Arzt telefoniert?“, fragte Charly.

Jens nickte.

Der Italiener stiefelte hin und her und brabbelte unverständliches Zeug.

„Dein Chef?“ Jens schnaubte abfällig.

„Nee, der nich'.“ Sie hörten einen Wagen mit quietschenden Bremsen vor dem Lokal halten. Der Italiener rannte nach vorn. Charly stand auf.

„He, Alter“, sagte Jens leise. „Wir müssen mal in Ruhe quatschen – wie früher.“

„Ich denk, davon willste nichts wissen.“

„Ehrlich“, meinte Jens. „Müssen wir. Diese verdammte Scheiße, Mann. Das hat mir echt noch gefehlt.“ Die Tür wurde aufgestoßen. Zwei Männer in weißen Kitteln kamen rein, hinter ihnen der Italiener, der auf sie einquatschte.

„Schon gut“, sagte einer der Männer. „Kein Beinbruch.“

„Nee? Wat dann, du Schlaukopp?“, fragte Jens.

Am Dienstag war Otto nicht beim Kegeln und Charlys Stimmung ging in den Keller. Er warf unkonzentriert, musste mehrere Runden auf seinen Deckel schreiben lassen, trank selbst nur wenig und verabschiedete sich sofort, als der Damenclub auf die Bahn kam. Er lief eine Weile herum, nur so durch die Stadt, und überlegte, wohin er gehen könne. Er hatte zu nichts Lust, erst recht nicht auf seine Wohnung.

Irgendetwas lähmte ihn und er fragte sich, was diese Dumpfheit ausgelöst hatte, die ihn seit Wochen immer wieder überkam, gleichgültig machte gegenüber dem, was um ihn herum, mit ihm passierte. Antje, Andrea, alles blieb letztendlich schal. Kurze Momente der Freude, Lust, und gleich wieder Trauer, Schmerz – Resignation. Vielleicht war er krank. Eine Grippe, die nicht richtig zum Ausbruch kam. Oder eine

Lungenentzündung. Er rauchte zuviel. Kam schnell außer Atem. Schwitzte nachts. Er war nie ernsthaft krank gewesen, kannte kein längeres Bett hüten, keine Krankenhausaufenthalte und nahm selten Tabletten. Wenn er früher morgens mit schwerem Kopf aufgewacht war, half ihm Kaffee und ein ordentliches Frühstück, Eier mit Speck, eine Flasche Bier hinterher, die erste Lulle. Dann ging er wieder aufrecht.

Jetzt aber drückte er sich gebeugt an den Hauswänden vorbei. Nur weiter so, Kunkelfuß, und du kannst dich auf die nächste Bank packen und den Sabber über die Bartstoppeln rinnen lassen. Fuck! Fick dich nur selbst ins Knie, bemitleide dich.

Er spuckte kräftig aus, spuckte an ein vergammeltes Rad, das an ein Gitter gekettet war. Sauber.

Es wurde dämmrig, die Straßenlaternen flackerten auf. Die Ampel sprang auf Grün. Er spürte einen harten Stoß an seinem Bein, fing sich und schlug wütend auf den Kotflügel.

„Wenn ich gehe, hast du Pause!“, schrie er den Fahrer an und zeigte zur Ampel. „Du blöder Arsch!“ Er trat gegen den Reifen.

Der Fahrer stieg aus.

„Frech werden?“ Er stemmte die Hände in die Seiten und musterte Charly. Charly ließ sich nicht einschüchtern.

„Du kannst was auf die Fresse haben, du Klops! Ich schlag dich zu Klump und deine Scheißkarre dazu!“

Andere Wagen stauten sich, die Fahrer hupten. Der Mann blickte sich um, hob dann abwehrend die Hände und stieg wieder ein. Er gab Gas. Charly fühlte sich schlagartig prächtig. Er sah zu, dass er über die Straße kam. Sein Gang war beschwingt.

Er ging in die *Stadtschänke.* Alle Tische waren besetzt, bis auf einen großen, runden in der Ecke am Fenster. Reserviert, las er.

Charly stellte sich an den Tresen und verlangte ein Pils, und weil das dauern würde, sagte er, einen Kurzen vorweg, kippte den Schnaps gierig und wartete auf das Bier. Als der Wirt ihm das Glas hinschob, bestellte er sofort neu, und er trank und rauchte eine, immer noch high, echt gut drauf. Er hatte es dem Arschloch gezeigt. Als er sich nach einiger Zeit umdrehte, sah er, dass inzwischen der reservierte Tisch besetzt war und von dort eine junge Frau zu den Toiletten ging. Es war Jule.

Er orderte noch einen Schnaps, ein weiteres Pils, und kramte in seiner Jackentasche nach Kleingeld. Es waren nur Groschen und Fünfziger, und so bat er den Wirt um Markstücke, ging dann zum Automaten, der zwischen den beiden Türen zu den Toiletten stand. Als er eine Packung gezogen hatte, riss er das Cellophan ab und knibbelte umständlich an dem Papier herum. Jule erschrak sichtlich, als sie ihn vor sich stehen sah.

„Lange nicht gesehen", begrüßte Charly sie. „Kollegen von dir?" Er machte eine Geste zu dem Tisch hin.

„Ja. – Ja-ja. Das ist unsere Abteilung. Wir, wir feiern Geburtstag."

„Deinen?"

„Nein. Vonner Kollegin. Ich doch nicht."

„Ich dachte – weil Otto heut' nicht beim Kegeln war."

„Otto ist verreist", sagte Jule. „Weißte das nicht? Seit Sonntag schon. Nach Spanien, Marokko vielleicht noch."

„Ach so. Nee, hatte er nix von gesagt. Trinken wir was?"

„Ich weiß nicht", sagte Jule und sah zu ihrem Tisch rüber.

„Ach komm, die haben auch ohne dich ihren Spaß." Er zog sie mit sich. Sie ließ es geschehen. Charly bestellte ein Bier für sie.

„Dann macht Otto also ohne dich Urlaub", fing er wieder an.

„Na ja, ich kann eben zur Zeit schlecht weg. Vielleicht ist es auch mal ganz gut, wenn er allein ist." Charly versuchte, ihr in die Augen zu sehen. Sie senkte den Kopf. „Kennste doch."

„Was denn?"

„Ach, wie's so ist." Sie sah ihn jetzt an. „Nichts. Eigentlich nichts. Das ist es. Dass nichts groß mehr läuft. Ich geh morgens zur Arbeit, und wenn ich heimkomme, ist er nicht da. Er ist nie da, hat immer was zu tun, für die Firma, sagt er, für irgendwelche Freunde, ich weiß nicht. Er sagt nichts, ich erfahr nichts. So isses."

Charly nickte.

„Ich dachte", setzte er an.

„Ja", unterbrach Jule. „Alle denken, es ist bestens. Meine Mutter, der Alte. Sehen die tolle Wohnung, immer ordentlich aufgeräumt, sauber, nett, richtig nett, was soll da schon sein? Der Otto – guck mal an, der bringts, kümmert sich, dass unsere Kleine gut versorgt ist. Es fehlt nichts, aber auch gar nichts. Alles läuft. Otto schafft an, füllt den Kühlschrank auf, die Bar und – ach, Scheiße. Was beschwer' ich mich? Ich muss wieder rüber. Trink du das Bier."

Charly drehte sein Glas.

„Ich ... ich komm mal abends vorbei", sagte er. „Ja?" Jule zögerte. Dann nickte sie.

„Na ja, wenn ... wenn du Zeit hast."

„Nehm ich mir. Morgen?"

„Ich ... ich bin da."

„Okay", sagte er und sah ihr nach, bis sie sich an den Tisch gesetzt hatte. Er trank sein Bier aus. Es schmeckte ihm jetzt schal. Er verlangte noch einen Korn und zahlte gleich alles.

Vor seiner Wohnungstür saß Uli.

„Ich geh heute nicht nach Hause", sagte sie. Ihre Stimme war ohne besondere Betonung. Charly schloss auf und machte Licht. „Sie hocken seit Mittag zusammen und schreien sich an. Ich halte das nicht mehr aus." Sie schlappte hinter Charly her. Charly ging zum Kühlschrank und nahm die Schnapsflasche raus. Er goss zwei Gläser bis zum Rand voll, reichte ihr eins.

„Trink", sagte er.

„Ich mag nicht." Er kippte seinen und nippte noch an dem zweiten Glas.

„Warum schreien sie sich an?"

„Es ist so furchtbar. Sie saufen und schreien."

„Warum?"

„Wegen allem. Weiß der Geier." Ihre Stimme wurde lebendiger. „Wegen dem Wagen. Damit fing's an. Und dann hat Ma wohl irgendwas laufen, mit einem Typ. Okay, ist ja nicht das erste Mal, aber der Alte klinkt total dran aus. Als ob was bei ist, wenn sie auch mal auf ihre Kosten kommt."

„Hör auf."

„Ist doch wirklich nichts bei – Sex, meine Fresse. Deswegen so'n Terz zu machen." Charly schluckte den Rest, setzte das Glas hart auf den Tisch.

„Deswegen brauchst du nicht abzuhauen", sagte er.

„Ich kann es aber nicht mehr hören!"

„Dann stopf dir was in die Ohren!"

„Schrei mich nicht so an!"

„Ich schreie nicht!"

„Doch! Du schreist, die Alten schreien, seid ihr denn alle verrückt?!"

„Vielleicht", sagte Charly und goss sich neu ein.

„Ihr schreit und besauft euch." Charly hatte das Glas schon an den Lippen, zögerte einen Moment und trank es dann auf einen Zug leer.

„Klar", sagte er. „War's das dann?"

„Nein. Gib mir eine Zigarette."

„Nein. Hau ab. Ich will's nicht hören."

„Ich geh aber nicht." Sie griff in seine Jackentasche. Charly stieß sie weg. Uli plumpste aufs Bett. „Spinnst du?"

„Schon möglich." Uli rückte an die Wand.

„Okay", sagte sie. „Okay. Und jetzt?" Charly ließ sich schwer in den Sessel fallen und rieb sich die Schläfen. Er merkte, dass er betrunken war. „Gib mir ne Zigarette – bitte."

Er warf ihr die Packung rüber. Sie kramte nach Streichhölzern. Charly beugte sich vor und gab ihr Feuer. Seine Hände zitterten. Uli sah ihn über die Flamme hinweg an.

„Warum bist du so zu mir?", fragte sie leise.

„Ich bin fertig", sagte er. „Unglaublich fertig. Und ich hab Schiss, einen Heidenschiss – vor allem." Sie tat, als verstehe sie.

„Brauchste aber nicht zu haben."

„Hab ich aber."

„Ich nehm jetzt doch einen Schnaps." Er schenkte ihr ein. Uli nippte an dem Glas. „Ich will irgendwie nicht, dass sie sich scheiden lassen."

„Wollen sie das denn?"

„Der Alte sagt, er kann so nicht leben, nicht arbeiten. Er will alles hinschmeißen."

„Und … und deine Mutter?"

Uli zuckte die Achseln. „Ich weiß nicht. Sie hat soviel getrunken, sie konnte kaum noch sprechen. Wie findest du sie eigentlich? Ich meine, ganz allgemein."

Charly stand auf, ging zum Fenster und öffnete es.

„Allgemein", sagte er. „So was Bescheuertes."

„Was?"

„Nichts. – Kann ich nicht sagen."

„Nein?"

„Nein."

„Und mich? Könnt' ich dir gefallen?"

„Uli", sagte er und wandte sich zu ihr um.

„In zweiundfünfzig Tagen werd ich Sechzehn, dann krieg ich ein Mofa, und von der Omi hundert Mark. – Wie alt bist du jetzt?"

„Vierundzwanzig."

„Jerry ist Zweiundzwanzig – wird er."

„Jerry, Jerry … wer ist das überhaupt?"

„Ein Lieber."

„Und?"

„Einfach lieb. Außerdem hat er immer was zu rauchen da."

„Ah ja – toll." Jetzt fiel es ihm ein. Halterner See. Jens. *Jerry dreht einen Joint.* Ha-ha.

„Hast du auch was?", fragte Uli.

„Nur ein paar Gramm."

„Ich hätte Bock drauf."

„Ich hab zuviel getrunken", sagte Charly.

„Einen", bat Uli. „Nur ein paar Züge. Ich darf doch noch bleiben, ja? Ich will echt nicht nach Hause." Charly ging wieder zu ihr. Sie streckte ihre Hand aus und fasste nach seinem Arm. Sanft aber entschieden zog sie ihn zu sich aufs Bett.

„Na schön", sagte er.

„Machste mal Musik?"

Es war ein Lied von Kris Kristofferson, das Lied vom Teufel, dem silberzüngigen Verführer, der in dein Leben tritt und eine Musik in dir anzündet, die dir keine Ruhe mehr lässt, bis du alles hinwirfst, deinen Job, das Buch in deiner Hand, aufstehst vom Tisch, alles stehen und liegen lässt, endlich die Tür aufreißt, hinausläufst und dieser Musik folgst, die dich immer tiefer hineinlockt in einen geheimnisvollen Dschungel, *where you've never been before.*

Uli sog den Rauch tief ein, legte den Kopf zurück und Charly hatte den Arm um ihre Schultern, tastete nach ihrer Hand.

„Wie fühlst du dich?", flüsterte sie. *Wie fühlst du dich?* Haha. Ein geheimnisvoller Dschungel. Ein weißer Affe schwingt sich von Baum zu Baum und *Hänschen klein, zieht allein, in die weite Welt hinein.*

„Ey", sagte Uli und stieß ihn in die Seite.

„Ja?"

„Der Stoff ist gut."

„Das Lied ist gut", sagte Charly und sang nun leise. „In die weite Welt hinein …"

Uli kicherte.

„Krach, klirr, tschuppp", machte sie. „Muss doch nicht sein, oder?"

„Was?"

„Du singst falsch. Erzähl mir was."

„Was?"

„Irgendwas."

„Ich bin breit", sagte Charly. „Und müde. Ich will weg, irgendwo hin, auf 'ne Insel und ..."

„Und jeden Tag gibt's Bounty und du wirst dick und fett und kugelrund wie Obelix." Sie schüttelte sich angewidert. Asche fiel auf die Bettdecke. Charly nahm ihr den Joint aus der Hand, nahm den letzten Zug.

„Obelix nimmt heimlich ein Schlücksken von dem Zaubertrank", sagte er. „Schlupp, schlürf-schlürf und zack ... haut er dem blöden Affen eins aufs Hirn." Er lachte und Uli rutschte tiefer, legte ihren Kopf in seinen Schoß. Der Tonarm hob sich, klickte zurück und Charly sah den weißen Affen auf einer Lichtung hin und her ticken. Er fand ihn albern und verstand nicht, warum Antje ihn zu sich lockte.

Broszinski holte Bier aus der Küche und reichte ihr eine Dose. Sie knackte sie routiniert und nahm einen Schluck. Das Fenster zur Straße stand offen. Von der Straße her waren Satzfetzen vorbeigehender Passanten zu hören, junge Leute, die auf dem Weg zur nächsten Kneipe waren. Wagen fuhren vorbei. Sie setzte die Bierdose auf dem Fensterbrett ab, lehnte sich an und stützte ihre Hände auf.

„Läufst du mir jetzt nach?", fragte sie.

„Ich glaube, ich muss dir etwas erklären", sagte er und zündete sich eine Zigarette an. „Willst du auch?"

„Nein, danke. Ich höre."

„Dieser Junge – Hans, Hans Kunkelfuß, ich habe versucht, mit ihm zu reden."

„Über mich?"

„Er hat Kontakte, die mir nicht gefallen. Nein, nicht der zu dir. Das ist mir egal. Ich ..." Sie unterbrach ihn mit einem kurzen, abfälligen Lachen.

„Das glaube ich dir nicht. Ich habe mit ihm geschlafen. Ihm hat es Spaß gemacht."

„Und dir?“ Er wollte nicht darauf eingehen, aber sie ließ ihm keine andere Wahl.

„Es war in Ordnung“, sagte sie. „Mir ging es dabei gut, verstehst du?“

„Du hast dafür gezahlt. Euer Wagen …“

„Was … ?“

„Euer Mercedes ist dir vor seinem Haus gestohlen worden.“

„Nein!“ Sie starrte ihn fassungslos an. Broszinski zuckte die Achseln.

„Das meine ich mit seinen Kontakten. Unser Mann hat dummerweise seine Beobachtungen abgebrochen, als du mit Kunkelfuß hoch bist. Es war offensichtlich, dass du bei ihm bleiben würdest – zumindest einige Stunden. Und ganz so gut ging es dir wohl auch nicht.“

Sie fand keine Worte. Broszinski trank von seinem Bier, rauchte und wartete. Schließlich kam sie zu ihm und sah ihn mit blitzenden Augen an.

„Was heißt das alles? Was geht hier vor?“

„Es hat weniger mit dir zu tun …“

„Nein? Dass ausgerechnet du mich anmachst, ich dir dann doch in gewisser Weise vertraue …“

„Ein Zufall.“

„Dich um Hilfe bitte, dir von meinen Problemen erzähle?“

„Ich habe getan, was in meiner Macht stand.“

„Das ist keine Antwort. – Warum?“ Broszinski wandte sich ab und drückte seine Zigarette aus. Sie fasste nach seinem Arm. „Warum?“, wiederholte sie. „Ich will es hören, ich will jetzt alles hören.“

„Alles kann ich dir nicht sagen. Nur das über Kunkelfuß. Vielleicht kannst du ihn überzeugen, mir gegenüber offen zu sein. Ich glaube nämlich nicht, dass er sich der Tragweite …“

„Ich rede von mir.“ Broszinski schüttelte den Kopf.

„Dazu komm ich noch. Ich … “ Das Telefon klingelte. „Entschuldige, oder bist du in Eile?“

Der Mann, der vor dem Schreibtisch des Dicken saß, trug

einen hellgrauen Anzug und hatte kurz geschnittenes Haar. Als Charly die Tür hinter sich schloss, erhob er sich schnell und geschäftig und kam mit ausgestreckten Armen auf ihn zu.

„Ausgezeichnet, Kunkelfuß", sagte Kalwa jun. „Ausgezeichnet, dass Sie kommen."

Er schüttelte ihm mit sichtlicher Begeisterung die Hand. Charly sagte nichts.

Kalwa jun. ließ sich wieder auf dem Drehstuhl nieder, nahm die Plastikmappe vom Tisch und blätterte in ihr. Kirchner lehnte sich zurück.

„Bittschön", sagte er. „Sehen Sie sich das mal an. Herr Kalwa macht uns da ein interessantes Angebot."

Charly warf einen flüchtigen Blick auf die Liste, die der Junior ihm hinhielt. Die Namen von zehn, fünfzehn Verlagen waren aufgeführt.

„Direkt nach der Buchmesse kann ich Ihnen die Neuerscheinungen dieser Verlage zum halben Preis anbieten", sagte Kalwa. „Verlagsneue Exemplare. Lieferung am vierundzwanzigsten Oktober, die entsprechenden Rechnungen können wir dann sofort hier im Hause schreiben. Das ist doch was, Herr Kunkelfuß."

Charly klopfte eine Zigarette aus der Packung. Kalwa jun. reichte ihm Feuer. Er zwinkerte Charly zu. „Können wir nicht machen", sagte Charly zum Dicken. „Die Buchhändler hier am Ort rechnen mit ..."

„Ich weiß, ich weiß", schnaufte der Dicke. „Andererseits sparen wir bei dem Geschäft Gelder, mit denen wir unseren Grundbestand erweitern können. Und das kommt unseren Buchhändlern zugute. Die Neuerscheinungen werden die allemal los."

„Genau", bestätigte Kalwa. „Wir wissen doch alle, wie es in der Branche läuft, und Sie als städtische Einrichtung sollten letztlich einzig und allein daran interessiert sein, zu den günstigsten Bedingungen einzukaufen."

„Das gibt Ärger."

„Herr Kunkelfuß“, sagte der Dicke. „Doch nur, wenn wir die ansässigen Buchhändler überhaupt nicht berücksichtigen. Und das tun wir doch nicht, bittschön. Ich verstehe Ihre Bedenken nicht. Herr Kalwa ist …“

„Herr Kalwa ist sich sehr wohl darüber im Klaren, was sein Angebot für unsere Buchhändler hier bedeutet“, sagte Charly ruhig. „Er macht sie langsam aber sicher kaputt, und dabei können und dürfen wir nicht mitziehen. Wie er an die Messeexemplare kommt, ist seine Sache. Ich kann's mir denken. Aber wenn er sie uns verhökern will, sage ich nein. Ich mache da nicht mit und werde notfalls eine entsprechende Aktennotiz an die Verwaltung geben.“

„Das werden Sie nicht!“, schrie Kirchner.

„Doch“, sagte Charly. „Wenn dieses Geschäft über die Bühne gehen sollte, melde ich es und mache es auch gegenüber unseren Buchhändlern hier publik.“

„Herr Kunkelfuß!“ Der Dicke sprang auf und Kalwa jun. klappte seine Mappe zu. „Herr Kunkelfuß, Sie … Sie kommen bittschön gleich noch einmal zu mir. Entschuldigen Sie, Herr Kalwa, wir telefonieren dann noch miteinander, Sie verstehen.“

Kalwa stand auf, schlug Charly leicht auf die Schulter und lachte.

„Dieser Kunkelfuß, ha-ha-ha. Immer noch der Alte, was? Mensch, Kunkelfuß, das läuft nicht mehr. So schiffen Sie nur ab. Na ja, trotzdem, in Ihrer Haut möchte ich jetzt nicht stecken.“

Die Ferien waren seit über zwei Wochen zu Ende, und die Bücherei begann, sich mit Lesern zu füllen, die ihren Urlaub im Zelt und im Wohnwagen oder in preiswerten Pensionen zugebracht hatten. Charly blickte auf das staubige Grün draußen vor dem Fenster und freute sich, dass er noch Urlaubstage übrig hatte. Er liebte den Herbst und hatte sich inzwischen entschieden, an die See zu fahren, auf eine Insel.

Er war vor Jahren auf Juist gewesen und erinnerte sich gern an die langen Spaziergänge am Strand, an das Kreischen der Möwen, den kräftigen Wind. Babette hatte es nicht gefallen. Sie hatte ständig gefroren und die meiste Zeit lesend im Bett verbracht.

Er sah auf die Uhr.

Hanna bemerkte seinen Blick, schob den Karteikasten zur Seite und stand auf.

„Ich mach uns mal einen Kaffee."

Sie waren allein in dem Zimmer, die Tür zur Ausleihe war angelehnt. „Ich hab den Dicken noch nie so toben sehen", sagte Hanna. „Du kriegst sicher Ärger. Er ist jetzt schon über eine Stunde drüben in der Verwaltung."

„Abwarten."

„Du tust, als juckt dich das gar nicht."

„Er kann mir nichts", sagte Charly.

„Und wenn er denen erzählt, dass du ständig zu spät kommst, Leser vergraulst und ..."

„Er macht doch selbst am meisten blau."

„Diensttermine ..."

„Na und?"

„Ich verstehe dich nicht."

Charly klappte den Aktenordner zu, machte sein Zeichen drauf und legte ihn in den Ausgangskorb.

„Hast du Lust auf Kuchen?", fragte er Hanna.

„Du willst jetzt Kuchen holen?"

„Warum nicht? Magst du keinen?"

„Doch, aber wenn du dem Dicken begegnest?"

„Mach dich mal nicht nass. – Apfel oder Kirsch?"

„Du musst es wissen", sagte Hanna. „Kirsch. Kirsch mit Sahne."

Als der Dicke um halb sechs immer noch nicht zurück war, rechnete keiner mehr mit seinem Kommen, und Charly räumte seinen Schreibtisch auf, holte sich einige Zeitschriften aus dem

Leseraum.

„Ich hau ab“, sagte er zu Hanna.

„Überzieh’s nicht.“

„Ich bin verabredet.“

„Mit der Blonden, die dich letzte Woche abgeholt hat?“, fragte sie.

„Ja“, log er und wollte los. Hanna sah ihn an. Ihr Blick war traurig.

„Verknallt?“

„Kann schon sein – ja.“ Er ging zur Tür, öffnete sie und drehte sich noch einmal zu Hanna um. „Ich kann’s dir nicht erklären.“

Dann ging er schnell hinaus.

Es war lange her, dass er die S-Bahn benutzt hatte, und sie kam ihm kalt und muffig vor. Die Landschaft jagte vorbei, und in jeder Kurve hatte er Mühe, sich zu halten. Am Hauptbahnhof sprang er aus dem Wagen, froh darüber, dass kein Kontrolleur gekommen war. Für die Strecke zu Jule raus nahm er ein Taxi, bedauerte es, als er den Fahrer bezahlte und überlegte, ob er ihm ein Trinkgeld geben sollte, gab ihm schließlich fünfzig Pfennig und verlangte eine Quittung.

Er ging den kurzen Weg zum Hauseingang, klingelte. Es öffnete niemand. Charly versuchte es ein zweites Mal, schlenderte dann ein Stück die Straße rauf. Die Häuser waren dicht nebeneinander gebaut, drei Stockwerke hoch, glatte, hell gestrichene Fassaden, flache Dächer. Er bog um die Ecke, sah auf dem Rasen vor einem der Häuser eine Frau in der langsam verblassenden Sonne liegen. Sie hatte eine Zeitung über dem Gesicht, die Arme lagen auf den Lehnen des Liegestuhls. Wie tot. Keine Bewegung. *Das ist für mich gestorben.* Charly blieb stehen. Das musste Antje doch kapiert haben, dass das für ihn auch erledigt war. Ein abgezirkeltes Leben zwischen Ramafrühstück und Creme für die Nacht. Natur auf drei mal vier

Meter Grün, warten auf den *Allianzvertreter. AFN* als Geräuschkulisse. Darüber dachte er auch nicht mehr nach.

Charly drehte sich um und ging langsam zurück.

Jetzt wurde ihm geöffnet. Im Flur standen vollgepackte Plastiktüten, und Jule lächelte entschuldigend.

„Tut mir leid, ich hab den Bus nicht mehr erwischt. Setz dich, ich pack nur noch aus."

„Ich helf dir." Charly nahm zwei Tüten und ging in die Küche. „Alles für dich?"

„Ach was", sagte Jule. „Meine Eltern kommen Freitag zum Essen und übers Wochenende hab ich eine Kollegin eingeladen. Sie hat einen Wagen und wir wollen Sonntag mal rausfahren."

„Wie lange macht Otto denn Urlaub?"

„Drei Wochen", sagte Jule und bückte sich zum Kühlschrank.

Charly packte die Sachen aus und reichte sie ihr. Vom Küchenfenster aus sah man zwischen den bewaldeten Hügeln die Universitätsgebäude, die Wohnblöcke der Hustadt.

„Weißt du noch, wie wir bei *Fieti* gehockt haben?", fragte Charly. „Da war irgendwie alles klar. Wie die Alten lebten, war für uns nicht drin. Und jetzt – ich guck mich hier so um und sag mir, *Fieti*, das muss verdammt lange her sein. – Haben die anderen euch mal besucht, ich meine, Rita, Hugo, Jens?"

„Jens war mal hier."

„Jens. Das ist auch so eine Pfeife geworden. Nur noch die große Kohle im Kopf und sonst nichts."

„Hast du dich nicht verändert?"

„Klar", sagte Charly. „Ich hab inzwischen auch 'ne scharfe Stereoanlage und ich fress auch jeden Morgen Schinken und überhaupt."

„Na also. Und schlurfst jeden Tag treu und brav in die Bücherei."

„Klar. Ist mein Job."

„Otto versteht das nicht."

„Was?"

„Dass dir das reicht“, sagte Jule. „Dass du immer noch in der Bücherei klebst.“

„Ah ja. Aber er …“

„Er.“ Sie strich ihr Haar aus dem Gesicht, stellte ein paar Sachen ab und schob die abgepackten Steaks ins Fach. „Er sieht das anders. Magst du ein Bier oder lieber Wein?“

„Nee, ’n Bier.“ Sie nahm zwei Flaschen raus und gab sie ihm, schmale Flaschen, um deren Hals silbernes Stanniol gepresst war, drückte die Kühlschranktür zu und reckte sich.

„Ich zieh mir was Anderes an. Gläser und Öffner sind vorn im Schrank. Weißt ja Bescheid.“

Die Schrankklappe war repariert und Charly lächelte gequält in Erinnerung an die Nacht mit Otto. Er machte die Klappe auf, sah im eingebauten Spiegel die halboffene Tür zum Nebenzimmer, sah Jule, die ihren Rock auszog. Sie merkte, dass er sie beobachtete, störte sich nicht daran und Charly nahm die Gläser raus, setzte sich in einen der Sessel und legte die Füße auf den Glastisch, na wenn schon?

Jule kam. Sie hatte weite Jeans und ein T-Shirt mit aufgedruckten blauen Sternchen angezogen. Charly nahm eine Flasche. Er hatte den Öffner vergessen.

„Bleib sitzen“, sagte Jule müde lächelnd. Sie ging zum Schrank.

„Und – wie geht es dir dabei?“

„Was meinste?“

„Was du da gesagt hast – hier.“ Er zeigte mit der Flasche durch den Raum. Jule setzte sich ihm gegenüber auf die Couch.

„Ich find’s beschissen“, sagte sie. Charly rutschte tiefer in den Sessel, musste grinsen.

„Ist aber doch ganz gemütlich.“

„Gemütlich. Bei meinen Eltern war’s auch gemütlich, unheimlich gemütlich. Hast schon recht. Ich bin von zuhause abgehauen, weil ich’s nicht mehr ausgehalten hab vor Gemütlichkeit. Egal, wie und was – das Essen kam pünktlich auf den Tisch und mein Vater leierte Komm Herr Jesus, sei du unser Gast und segne, was du uns bescheret hat, Amen, Mahlzeit. Es stank vor Gemütlichkeit. Und jetzt …" Charly bekreuzigte sich. „Find ich überhaupt nicht witzig", fuhr Jule ihn an. „Ich hab geheiratet, weil ich dachte, mit Otto läuft das nicht, der ist nicht wie mein Vater, der scheißt da drauf. Und was ist? Ja, guck dich um. Wir haben alles und jeden Monat kommt noch was dazu. Wir tun alles rein, vollautomatisch, Küche, Clubgarnitur – Alk. Gib mit noch'n Schluck. Alles nur rein und nichts kommt raus. Verstehst du? Nichts." Sie hielt ihm ihr Glas hin und Charly goss nach.

„Fünfzehnachtzig", sagte sie.

„Was?"

„Das Glas. Nur das Beste, das Teuerste. Das ist unsere Gemütlichkeit. Wir haben unsere Alten längst überholt. Die stehen hier mit solchen Augen und sind stolz auf uns. Aber ich …" Sie trank hastig, verschluckte sich, hustete. „Ich halt's nicht mehr aus. Ich hänge hier rum und öde mich an. Otto ist ja ständig unterwegs, da was am laufen, da schnell was abgreifen. Es ist so beschissen. Ich hock im Büro und abends hier und warte drauf, dass Otto zurückkommt, dass etwas passiert. Ich will nicht wie meine Mutter sein."

„Biste aber schon", sagte Charly.

„Nein, ich will's nicht. Ich will hier raus, weg."

„Sicher, aber dann … dann tu was."

„Ja-ja, tu was. Sagt Otto auch." Sie sprang auf, ihr Glas kippte um, Bier lief über den Rand des Tisches, tropfte auf den Teppich. „Scheiße!" Sie lief in die Küche, kam mit einem Lappen wieder, wischte über den Tisch und kniete sich dann hin. „Ich zieh zu Ille. Sie nimmt am Wochenende schon Sachen von mir mit. Wenn Otto wiederkommt, bin ich hier ausgezogen", sagte sie.

Charly zog fragend die Augenbrauen hoch.

„Warum machst du das?"

„Weil ich's nicht mehr will."

„Nein", sagte Charly. „Das." Er zeigte mit der Fußspitze auf den Teppich. „Du hängst doch noch an dem Zeug." Er hatte das Bein zu weit vorgestreckt, der Sessel rutschte unter ihm weg, kippte, und Charly versuchte sich zu halten, fegte dabei Gläser, Flaschen und Ascher vom Tisch.

„Scheiße! Scheiße! Kannst du nicht aufpassen?!"

„Scheißsessel!", sagte Charly grinsend. Er saß auf dem Boden und rieb sich das Kreuz. „Du hängst dran. Schau dich doch an. Große Worte und dann rubbel, rubbel, blitzblank." Jule schleuderte den Lappen nach ihm, schlug die Hände vors Gesicht, schluchzte.

„Ich … ich muss raus. Ich dreh hier noch durch, ich … ich hab's Otto gesagt, hab … hab ihm gesagt, wie ich … wie ich mich fühle, wie mir zumute ist, was … was mir fehlt, alles, alles, was mir gerade einfiel, ich … ich hab geheult und gestottert, ihn angeschrieen, er … er soll machen, dass er wegkommt, verschwindet, in Urlaub, weg, nur … nur weg. Er hat da gesessen und in einem Katalog geblättert, hat mich nicht angesehen. Ich hab mich vor ihm geekelt, ja geekelt."

Charly stand auf, ging zu ihr hin und zog sie hoch.

Jule wischte sich die Hände an den Jeans ab, schniefte.

„Er hat überhaupt nichts verstanden", sagte sie. „Nachts kam er und … und hat mit mir geschlafen. Ich war wie gelähmt, steif wie ein Brett, und er hat nichts gemerkt. Ich hab die Augen geschlossen und … ich war mir selbst fremd. Dass ich … dass ich das mit mir machen ließ." Charly bückte sich, hob Flaschen und Gläser auf und stellte sie wieder auf den Tisch.

Die Unterredung mit Kirchner am nächsten Morgen war kurz. Kirchner teilte ihm mit, dass für Montag Vormittag um zehn ein Gespräch mit dem Kulturamtsleiter in der Hauptverwaltung vereinbart sei, in dem geklärt werden solle, welche Konsequenzen sich aus seinem Verhalten ihm gegenüber ergäben.

„Ich, Herr Kunkelfuß, ich habe Ihnen vorläufig nichts mehr

zu sagen, und jetzt, bittschön, erledigen Sie die anliegenden Arbeiten. Soweit ich unterrichtet bin, ist die letzte Monatsstatistik noch nicht abgeschlossen und in Bezug auf den Fotokopierer sind Sie mir auch noch eine Erklärung schuldig."

„Das ist", fing Charly an, aber der Dicke unterbrach ihn.

„Machen Sie das schriftlich, Herr Kunkelfuß. Eine entsprechende Aktennotiz, bittschön. Eine Aktennotiz. Das ist ja die Ihrem Arbeitsstil entsprechende Form. So, das wär's, Herr Kunkelfuß. Sie können gehen, aber bittschön nicht vor sechs. Bis achtzehn Uhr geht unser Dienst hier, bis achtzehn Uhr."

Charly knallte die Tür hinter sich zu und ging auf die Toilette. Er sah in den Spiegel und streckte sich die Zunge raus. Dann schloss er sich ein, ließ die Hose runter und hockte sich zum Scheißen hin.

In der Mittagspause ging er in das italienische Café am Eck, bestellte einen Schinken-Käse-Toast und einen doppelten Espresso, und überlegte zu kündigen. Aber dann dachte er daran, wie sich der Dicke die Hände reiben würde und lächelte grimmig. Wegen dir nicht!

Als Charly zurückkam, stellte er fest, dass der Plan für die Ausleihe geändert worden war. Er war von 16-18 Uhr eingeteilt. Charly nahm es gleichgültig zur Kenntnis und löste Renate pünktlich ab. Einer der ersten Leser, mit dem er es zu tun bekam, war ein Mann, dem alle, wenn es eben möglich war, aus dem Weg gingen.

Charly begrüßte ihn äußerst freundlich.

„Sie sind wieder hinter mir her", flüsterte der Mann.

„Das tut mir leid."

„Sie verfolgen mich schon den ganzen Tag. Geben Sie mir Asyl?"

„Ja", sagte Charly. „Selbstverständlich." Der Mann nickte dankbar und wollte in den Lesesaal. Charly hielt ihn am Ärmel fest.

„Einen Moment. Da sitzen schon welche."

„Von denen?", fragte der Mann.

„Ja, undurchsichtige Typen“, sagte Charly. „Benehmen sich merkwürdig. Aber ich weiß einen Platz, an dem Sie vor ihnen sicher sind. Kommen Sie.“ Er ging mit dem Mann auf den Flur und zeigte auf die Tür zu Kirchners Büro.

„Gehen Sie da rein. Da belästigt man Sie nicht.“

„Da ist keiner von denen?“

„Nein, da sitzt nur ein Mann, aber das ist unser Mann. Der tut Ihnen nichts, im Gegenteil. Fragen Sie nach einer Tasse Kaffee und unterhalten Sie sich ein bisschen mit ihm. Erzählen Sie ihm, wer hinter Ihnen her ist. Er interessiert sich dafür.“ Charly klopfte ihm aufmunternd auf die Schulter und ging wieder in die Ausleihe.

Kurz vor sechs kam Heines runtergetrapst, knallte einen Stapel neu eingearbeiteter Bücher auf den Tisch, reckte den Hals und zog seine Krawatte fest.

„Feierabend“, sagte er und zupfte die Manschetten raus.

„In fünf Minuten“, sagte Charly und fing an, die Bücher zu ordnen.

„Is dir wat?“ Charly antwortete nicht und machte weiter.

„Hör ma“, sagte Heines. „Ich düs jetzt ab. Willste nu mit oder nich?“

„Wart noch die paar Minuten.“ Heines runzelte die Stirn, nahm sich die WAZ aus dem Ständer, setzte sich auf die Eckbank und blätterte sie auf, lachte.

„Dat issen Ding, nee sowat.“ Er glättete die Seite, las weiter. „Allet Verbrecher.“

„Rübe runter“, murmelte Charly.

„Wat meinste?“

„Was liest du denn da?“

„Hier – schon wieder so’n Schlitten geklaut, am helllichten Tag.“

Sie hörten, dass Kirchner sein Büro abschloss und nach vorn kam. Heines faltete die Zeitung zusammen.

„Na, Herr Kirchner, alles klar?“, fragte er leichthin. „Auto noch vor der Tür?“ Der Dicke antwortete ihm nicht, sah auf die elektrische Wanduhr. Der Zeiger sprang auf voll. Kirchner drehte sich um und ging.

„Hat er was?“, fragte Heines.

„Altes Leiden“, sagte Charly. „Er ist bescheuert.“

Heines fuhr zügig durch die Stadt, seine kräftigen Hände lagen locker auf dem Lenkrad.

„Jetzt is bald Sense. Ich nehm die Garage, tu ihm die dreißig hinblättern, meinste nich' auch?“

„Die Karre klauen sie dir nicht.“

„Woher weißte? Dat sachste so. Nee, nee, ich mach dat heute noch klar. Dat Schätzken will ich noch 'n paar Jährchen kitzeln. Wat, Armanda?“ Er drückte das Gaspedal durch und der klapprige Ford schoss über die Kreuzung. Charly griff nach dem Gurt.

„Ist doch 'n Prachtstück“, sagte Heines.

„Na ja.“

„Zweifünf krieg ich allemal noch dafür. Willze am Nordring raus?“

„Ja, am Laden.“ Heines schnitt einen Laster und bog rechts ab. Er prügelte die Karre über den Ring und hielt auf dem Gehweg.

Charly dankte, verabschiedete sich von seinem Kollegen und überquerte die Straße. Heines hupte nochmal.

Der Türke wollte gerade schließen. Charly kaufte schnell etwas Käse, Brot und ein paar Trauben, zahlte. Sein Blick fiel auf das Regal mit den Weinflaschen. Er zögerte einen Moment, strich dann das Wechselgeld ein und griff nach den Tüten.

An seiner Wohnungstür steckte ein Zettel. Die Schrift kannte er nicht. *Komme später noch einmal vorbei.* Er schloss auf und legte die eingekauften Sachen auf den Küchentisch. In der Tasse war noch ein Schluck kalter Kaffee. Er schüttete ihn weg. Eine seltsame Unruhe überkam ihn. Er öffnete das Fenster, ging im Zimmer auf und ab. Schließlich warf er sich aufs Bett, verschränkte die Arme hinter dem Kopf und schloss die Augen. Als es klingelte, schreckte er hoch.

Es war bereits dunkel geworden und er stolperte zur Tür, machte Licht. Dann öffnete er. Andrea ging an ihm vorbei ins Zimmer.

„Uli hat bei dir übernachtet“, sagte sie. Ihre Stimme klang hart.

Charly klopfte seine Taschen nach Zigaretten ab.

„Willst du dich nicht setzen?“, fragte er.

„Hast du mit ihr geschlafen?“

„Sagt sie das?“

„Was sie sagt, ist egal. Sie lügt wie gedruckt. Ich will es von dir hören.“ Charly entdeckte die Zigarettenpackung. Sie lag auf dem Tisch. Er beugte sich vor. Andrea packte ihn am Arm und riss ihn zurück.

„Sieh mich an!“ Ihm fiel ein, dass er seine Wäsche nicht abgeholt hatte. Ein blödsinniger Gedanke. Er musste lächeln.

„Sie ist fünfzehn“, fauchte Andrea. „Fünfzehn. Und sie ist meine Tochter.“

„Ich weiß.“ Ihr Griff verstärkte sich.

„Was bist du nur für ein Mensch? Was weißt du? Du weißt überhaupt nichts! Sie ist ein naives, kleines Mädchen, das zu jedem, zu jedem hergelaufenen Typ ins Bett kriecht, wenn man sie gewähren lässt.“

„Nun hör aber auf.“

„Sie denkt sich nichts dabei. Ebenso wenig wie du. Sie lacht und lügt und wirft sich weg. Ich will das nicht. Ich will nicht, dass sie sich wie eine Schlampe aufführt, wie eine billige Hure.“

„Sprichst du von dir oder von Uli?“ Andrea holte augenblicklich aus. Charly sah die Hand kommen. Der Schlag brannte auf seiner Backe. Er rieb sie.

„Du und deine Freunde!“, schrie Andrea ihn an. „Lasst die Finger von Uli, hörst du?“

„Von was redest du?“

„Zieht sie nicht in euren Dreck!“ Charly fasste sich.

„Du hast Angst“, sagte er. „Du hast nur Angst, dass Uli das Gleiche macht wie du.“

„Was ich mache … ihr seid gemein, ihr seid so gemein!“ Sie ballte die Hände, wollte auf ihn einschlagen. Charly hielt ihre Arme fest, zog Andrea an sich.

„Hast du mit ihr geschlafen“, setzte sie neu an.

„Ich habe nicht mit ihr geschlafen. Und ich werde auch nicht mit ihr schlafen – nie. Für wen hältst du mich eigentlich? Wer bin ich denn?“ Andrea ließ sich an ihn sinken. Er merkte, dass sie weinte. Behutsam legte er die Arme um sie. Ihm war, als ständen sie inmitten einer öden Landschaft.

„Sie hasst mich“, sagte Andrea unter Tränen. „Sie hasst mich. Ich habe ihr doch nichts getan, nie, ich war immer für sie da, sie ist doch mein Kind, meine Tochter. Ich will doch nur, dass sie glücklich ist. Mehr will ich doch nicht.“

„Was ist los mit dir, Andrea? Ihr, ihr – ich und meine Freunde?“

„Sag mir die Wahrheit.“

„Was für eine Wahrheit?“ Sie löste sich von ihm. Ihr Blick war auf der Wand, weiß gekalkt, eine weiße Wand. Ihre Lippen bebten.

Andrea. Sie war schön. Sie war da. Sie stand hier vor ihm. In seinem Zimmer. Er brauchte nur wieder die Hand ausstrecken, konnte sie berühren. Er tat es, zog sie wieder an sich.

Sympathy for the devil

Charly polterte durchs Treppenhaus, riss die Tür auf. Herr Ritter stand an den Mülltonnen, hob den Kopf.

„Morgen!“, rief ihm Charly zu.

„Guten Morgen, Herr Kunkelfuß. Spät dran heute.“

„Jau“, sagte Charly und schlug den Kragen seiner Jacke hoch. „Wird kalt.“

„Ja, ja, dieser Sommer. Meine Frau sagt auch, dieser Sommer, sagt sie, Karl, dieser Sommer ist kein Sommer. Die paar schönen Tage, Sie haben doch auch nichts davon gehabt. Meine Frau sagt auch, Karl, sagt sie, der junge Mann …“

„Ich muss los“, fiel ihm Charly ins Wort. „Wiedersehen.“

„Ja, ja, Sie sind ja auch spät dran. Aber … ein Wort noch, Herr Kunkelfuß. Meine Frau, also ich bin ja da nicht so empfindlich, aber meine Frau sagt, nicht, dass Sie das jetzt falsch verstehen, sie ist ja sonst wirklich tolerant, Herr Kunkelfuß, aber diese modernen Schuhe, die die jungen Damen heutzutage tragen, also diese Dame gestern, wie gesagt, ich höre da ja nichts von, aber meine Frau sagt …“

„Okay“, sagte Charly. „Ich achte drauf.“

„Das ist nett, Herr Kunkelfuß, wie gesagt, mir persönlich, wenn ich die Augen zumache, dann können Sie mich wegtragen, ich merk da nichts von. Meine Frau sagt immer, Karl, sagt sie, deinen Schlaf …“

„Klar“, sagte Charly und kam endlich los. Es wurde knapp.

„He, Alter!“ Charly drehte sich um. Oben an der Ecke stand Jens und winkte mit einem Stock. „He, Mann – wart mal!“ Jens humpelte langsam los. Charly ging ihm entgegen. Der alte Ritter verschwand im Haus, Gott sei Dank.

„Da staunste, was, Alter?“

„Wo kommst du denn weg?“

„Bin gerade entlassen worden. Scheißladen, sag ich dir. Machste uns ’n ordentlichen Kaffee? Die Plörre da, Mann, da hängt dir alles von.“

„Ich muss innen Dienst."

„Ach, Scheiß drauf. Du kannst doch blau machen. Komm, wir hauen uns 'n tofftes Frühstück rein. Die packen das auch ohne dich."

„Ich hab Stunk da."

„Umso besser."

„Ehrlich."

„Nun komm. Hast du Eier da, Schinken? – Na also." Er stützte sich bei Charly auf, zog ihn mit. Die Stufen machten ihm zu schaffen, und sie mussten mehrere Male kurz stehen bleiben, bevor sie oben waren.

„Also gut", sagte Charly und schloss aus. „Die Kacke ist sowieso am Dampfen."

„Was ist denn los?"

„Ach, ich bin mit dem Dicken im Clinch."

„Und?"

„Killefitt, kennst das ja. Er hackt auf mir rum und ich wichs ihm ins Knie." Jens humpelte zum Kühlschrank. „Ich mach schon", sagte Charly. „Hau dich annen Tisch und leg die Knochen hoch. Was isses denn?"

„Hab Glück gehabt, Mann. Glatter Bruch. Aber die Scheiße hier bleibt sechs Wochen dran." Er klopfte mit dem Stock an den Gips.

„Na, da haste ja 'ne lockere Zeit vor dir." Charly setzte Kaffeewasser auf und stellte eine Pfanne auf den Herd.

„Von wegen locker. Der Laden muss irgendwie laufen."

„Ach nee", meinte Charly.

Als er mit den Eiern fertig war, setzte er sich zu Jens. Jens tunkte sein Brot ins Dotter, drückte mit der Gabel ein Stück Speck drauf, schön kross gebraten, und beugte sich über den Teller.

„Sag mal, willste den Job inner Bücherei nich ma schmeißen?", fragte er. Charly sah ihn erstaunt an.

„Wie kommste denn da drauf?"

„Das ist doch auf Dauer nix für dich. Städtischer Angestellter oder was weiß ich, da wirste doch hirnrissig bei, Mann. Da läuft doch nichts, oder?“

„Na und?“

„Na und? Na und? Du bist doch nicht doof. Du kannst doch mehr, als zwischen so'n paar alten Schwarten rumkrabbeln. Anderen Job mal, haste da noch nie dran gedacht?“

„Und was zum Beispiel?“

„Was kriegste denn jetzt auf die Hand?“

„Einsvier.“

„Das ist doch nix.“

„Hast du mehr?“

„Logo – Zweifünf im Schnitt, netto, und mehr.“ Charly rührte in seiner Tasse.

„Warum interessiert du dich auf einmal dafür? Was ich mache?“

Jens lehnte sich zurück, rieb sich das Kinn.

„Alter, ich hab ein paar Tage flach gelegen. Da kommen dir schon mal so Gedanken in den Kopp, da fragste dich, der Charly, Mann, der ist doch eigentlich ganz clever, warum klebt der inner Bücherei und macht nicht, ja, weiß der Henker, irgendwas mit mehr ...“

„Wiederhol das noch mal“, unterbrach Charly ihn.

„Was?“

„Mit der Bücherei.“

„Ja, Mann, dass du da ziemlich blöd rumhängst. Hast du doch selbst mal gesagt, oder?“

„Nein, nein.“ Charly winkte nervös ab. Jens sah ihn mit hochgezogenen Augenbrauen an, goss sich Kaffee nach. „Du hast gesagt, warum klebt der da inner Bücherei? – Ja, ja, genau wie ...“

„Ich mein ja nur.“

„Was hast du mit Otto zu tun?“

„Mit Otto? Was soll ich denn mit dem haben? Wie kommste ...?“

„Du hast noch nie gut gekrückt“, sagte Charly.

„Ey, Alter …“

Kann ich hier mal telefonieren? hatte Otto gefragt.

„Otto war an dem einen Abend im *Baita*, wann war das noch?“

„Ja, und?“

„Da seid ihr doch runter gegangen, angeblich zum Telefon.“

„Kann schon sein. – Hast du ’nen Bier, zum Nachspülen?“

„Ja, gleich. – Was macht ihr?“ Jens rückte auf dem Stuhl nach vorn, griff nach der Zigarettenpackung.

„Hol erstmal das Bier“, sagte er. Charly nahm zwei Flaschen aus dem Kühlschrank, öffnete sie. Jens rauchte.

„Ich hätt da ’nen Job für dich“, sagte er.

„Was ist mit Otto?“, beharrte Charly.

„Otto hat damit nichts zu tun.“

„Aber Otto hat was mit dir zu tun.“

„Ja, gut“, sagte Jens. „Hat er irgendwie. – Kannst du die Schnauze halten?“

„Kommt drauf an.“

„Ich muss mich auf dich verlassen können. Selbst wenn’s dich nicht interessiert, behalt’s für dich – okay?“

„Ja, komm.“

„Ist das klar?“

„Ja.“

„Also gut – Otto ist bei Lueg.“

„Weiß ich.“ Jens trank einen Schluck, sah Charly scharf an.

„Ja“, sagte er. „Weißt du. Er verdient sich aber auch noch ein paar Scheine nebenbei.“

„Weiß ich auch“, sagte Charly.

„Das weißt du?“

„Ich hab ihn am Samstag getroffen, bei Kowalski inner Werkstatt. Er hat mir gesagt, dass er da unter der Hand ’n paar Reparaturen macht, aber …“

„Ach so“, unterbrach ihn Jens. „Das – das kannste vergessen, das bringts nicht. Nee, nee, er … also, pass auf. Er kriegt bei Lueg jede Menge Schlitten unter die Finger. Mercedes, selbstredend, BMW, astreine Wagen, Inspektion und so, und natürlich auch die Schlüssel, Mann, verstehst du?"

„Ich bin ja nicht doof."

„Sag ich doch. Siehste, und von so'm Schlüssel is schnell 'n Abdruck gemacht, und die Adresse, wo die Karre zuhause ist, ist für ihn auch kein Problem. Und *ich* kenn Leute, die an so'm Service interessiert sind. Die blättern dafür große Scheine auf den Tisch."

„Verstehe", sagte Charly.

„Is eigentlich 'ne absolut saubere Sache", sagte Jens. „Der Wagen wird als gestohlen gemeldet, is' geklaut, na schön. Versicherung macht Zahlemann, kommt keiner bei zu kurz – im Gegenteil, andere machen auch noch ihren Schnitt."

„So siehst du das?"

„So isses. – Kannst einsteigen."

„Wie ...?"

„Mann, du hast doch 'n Führerschein."

„Ja, aber ..."

„Alter, die Schlitten werden nicht aus Spaß und Dollerei geklaut. Die werden gebraucht und müssen hier weg. Innen Orient, Damaskus und so. Werden natürlich vorher 'n bisken umfrisiert, aber ... so 'ne Fahrt, Mann, einmal kurz runter, die bringt dir tausend Eier bar auf die Kralle. Und Spesen." Jens klopfte wieder auf seinen Gips. „Mein Ding dabei. Und ich bin jetzt inner Klemme. Spätestens Ende nächster Woche muss 'ne Lieferung raus und ich kann mit dem Scheiß hier nicht fahren. Meine Route ist Italien, bis Mailand. Und da ... ey, Charly, du brauchst nur bis Mailand zu gurken und kriegst satt was auf ..."

„Und wer steckt dahinter?"

„Damit hast du nix zu tun. Du bekommst von mir Schlüssel und Papiere ..."

„Wer?"

„Hör mal", sagte Jens. „Was mir echt bei dir aufn Sack geht

ist, dass du immer wieder dämlich fragst. Mann, das musst du dir mal abgewöhnen, sonst steckt du nämlich ganz schnell inner Scheiße."

„In der Scheiße hast du immer gesteckt."

„Aber ich bin längst raus", sagte Jens. „Und weißt du, warum? Weil ich nicht lange quatsche und groß frage, sondern hinlange."

Er hob die Flasche, stieß bei Charly an und trank.

Am nächsten Morgen stand Charly früh auf, holte die Zeitung rauf, machte Kaffee und ein paar Brote und legte sich wieder ins Bett. Er frühstückte und überflog die Überschriften. Er hatte sich für heute einiges vorgenommen, wollte aufräumen und putzen, auch einkaufen, aber schon bei dem Gedanken an den Samstagsbetrieb im Kaufhaus wurde ihm leicht übel. Er legte die Zeitung weg, drehte das Radio an und döste vor sich hin.

Er geht ins Baita. Die Tür fällt hinter ihm zu. Das Lokal ist leer, aber die Musikbox spielt. Geigen setzten ein. Vier, fünf kurze Töne einer Flöte. Eine Maultrommel. Jens kommt aus der Küche. Er geht langsam auf ihn zu. Seine Hände liegen locker an den Schenkeln. Jens zieht die Augenbrauen zusammen. Er greift in die Tasche. Die Musik bricht ab. Sie stehen sich gegenüber. Jens gibt ihm Schlüssel und Papiere. Er beschreibt ihm das Auto, und wo es steht. Er sagt nichts. Er öffnet den Schlag, lässt sich auf den Sitz fallen, starrt auf das Armaturenbrett, steckt den Schlüssel ins Zündschloss. Die rote Feder. Andrea. Sie küsst ihn. Er startet. Der Motor läuft ruhig. Er legt den Gang ein, fährt zur Autobahn raus. Es ist Nacht. Er ist allein.

Er schaltet das Radio ein. Er fährt über die Autobahn, hört das Lied von Kris Kristofferson, fährt die ganze Nacht. Er fährt über die Grenze, über Grenzen. Es wird langsam hell. Die ersten Sonnenstrahlen. Er ist in Italien. Er geht in eine Bar und trinkt einen Espresso. Stühle sind nach draußen gestellt, Leute gehen vorbei. Er hört sie reden, lachen. Sie zeigen auf ihn. Sie lachen ihn aus.

Charly schüttelte den Kopf, stand auf und ging in die Küche und spülte ab. Jule fiel ihm ein, rubbel, rubbel, blitzblank. Einen Moment lang war er nahe dran, das Geschirr an die Wand zu werfen.

Seine Mutter war allein zu Hause.

„Du hättest ja mal anrufen können", begrüßte sie ihn. „Ich habe es gestern in der Bücherei versucht, aber du warst nicht da."

„Ich habe blau gemacht", sagte Charly.

„Aber Hans …"

„Ich hab mich nicht gut gefühlt."

„Bist du krank?"

„Nein."

„Aber … „

„Ma, bitte. – Ist Vattern nicht da?"

„Vati ist draußen."

„Ich geh mal hin", sagte Charly. „Soll ich was mitnehmen?"

„Nein, nein. Aber … kommst du denn nachher nochmal?"

„Ja, klar. Ich nehm dann auch die Wäsche mit. Mach dir mal keine Sorgen." Er küsste seine Mutter flüchtig auf die Wange.

Zum Schrebergarten war es nicht weit, und Charly legte einen kleinen Lauf ein, am Bahndamm entlang, musste nach Luft schnappen, als er das Tor zur Kleingartenanlage erreicht hatte.

Vattern mähte den Rasen. Charly nickte ihm nur zu, ging in den Schuppen und holte den Drahtbesen. Er harkte das Gras zusammen, zupfte an der Eingrenzung Unkraut weg und bekam Lust, auch noch den Zaun auszubessern.

„Nun mach aber mal halblang", sagte sein Vater. „Ich kenn dich ja gar nicht wieder. Warst du schon bei Mutter?"

„Ja."

„Sie sorgt sich ein bisschen um dich. Hast du Ärger in der Bücherei?"

„Nicht der Rede wert."

„Ja, ja, das ist nun mal so. Heute ist es gut, morgen weniger gut, man muss sich arrangieren können. Das hab ich dir ja immer gesagt."

„Hast du dich immer arrangiert?" Sein Vater schüttelte den Kopf.

„Nein", sagte er. „Nein. Wär ich sonst immer noch im Wareneingang ohne Aussicht auf Abteilungsleiter oder zumindest stellvertretender Leiter? Nein, ich hab das nie gekonnt."

„Na, siehste. Also, red keinen Stuss. Was ist, gehen wir annen Zaun?"

„Gehen wir. – Aber weit kommste so nicht." Charly lachte.

„Wer sagt denn, dass ich das will?"

Später saßen sie auf der Bank vor dem Häuschen, blinzelten in die Sonne. Charly drückte sich einen Splitter aus der Daumenkuppe.

„Mutter geht's nicht gut", sagte sein Vater. „Sie hat wieder diese Rückenschmerzen, läuft von Pontius zu Pilatus, aber glaubst du, einer von diesen Herren Ärzten kann ihr helfen? Pillen, Pillen können sie verschreiben, solche Rezepte, aber nützen tut's einen Dreck. Ich weiß auch nicht, aber es hat ja auch keiner mehr Zeit. Erinnerst du dich an den alten Doktor Balwes, der von der Kohlenstraße, der für dich immer Bömskes hatte, was waren das noch für welche? Ja, richtig, diese Veilchenpastillen, hat er doch immer inner Tasche gehabt, ja, der hatte Zeit, hat sich in Ruhe angehört, wo's dich piesackt, hat nach der Familie gefragt, nach'm Garten, da ist man gern hingegangen, aber heute. Ich bin heilfroh, dass ich mit nichts groß Last habe. Wenn Mutter mir so erzählt, wie's bei dem Weitkämper zugeht. Rein, Rezept inne Hand gedrückt, raus. Wird schon werden, Frau Kunkelfuß, legen Sie sich öfter mal lang."

„Wird's denn schlimmer?"

„In letzter Zeit wieder. Kannst du bei Gelegenheit mal mit Hugo sprechen? Vielleicht weiß der 'n vernünftigen Arzt im Krankenhaus."

„Ja – kann ich machen."

„Ist er eigentlich noch mit Rita zusammen?"

„Ich … ich glaub nicht."

„Ihr und eure Mädchen, das ist auch so was. Das macht Mutter auch Kummer."

„Was?"

„Hat sie die Tage erst gesagt. Hans wird uns wohl nie eine Frau ins Haus bringen." Charly beugte sich vor, nahm ein Stöckchen vom Boden und zog Linien in den Kies. „Ehrlich – wie sieht's denn damit aus?", fragte sein Vater.

„Das wechselt."

„Ihr solltet euch alle mal ein Beispiel an Otto nehmen."

„Ja – das is 'n tofftes Beispiel", sagte Charly. „Da ist nämlich Sense. Jule hat die Schnauze gestrichen voll, die zieht gerade heute aus. Da spielt sich nichts mehr ab. Nee, Vattern, ich fühl mich so ganz wohl, das kannste mir glauben." Er merkte, dass es nicht sehr überzeugend klang, warf den Stock weg und stand auf.

Zuhause gab es Kartoffelsalat, Würstchen, eingelegte Gurken aus dem Garten und Tomaten. Sein Vater holte Bier aus dem Kühlschrank, setzte sich an den Tisch und stieß mit ihm an.

„Hat mir fleißig geholfen, der Junge. Wir sind an den Zaun gegangen. Musst du dir morgen mal angucken."

„Wenn nur das Wetter ein bisschen besser wäre", sagte seine Mutter. „In diesem Jahr haben wir wirklich nicht viel vom Garten gehabt. Ich habe dir übrigens die Wäsche schon eingepackt. Hast du genug Strümpfe?"

„Strümpfe? Ja, ja …"

„Es waren nur ein Paar dabei."

„Gibt's was in der Glotze?", fragte Charly seinen Vater.

„Weiß ich nicht. Willst du hier bleiben?"

„Hmm."

„Dann können wir doch mal wieder eine Partie Schach spielen. Ich hab da ein paar neue Züge."

„Ausm Buch?"

„Ja, aber …“

„Verlierst trotzdem.“

„Das werden wir sehen.“ Er legte sein Besteck hin und stand auf.

„Nun iss doch erstmal in Ruhe fertig“, rief ihm Mutter nach.

„Ich will ihm nur das Buch zeigen. Weltmeisterschaftspartien, Hans. Weltmeisterschaft – das wird nicht so einfach für dich.“

„Er liest da oft ganze Abende drin“, sagte seine Mutter und schüttelte verständnislos den Kopf. Charly angelte sich noch eine Wurst aus dem Topf.

Sehr viel später klappte er die Lehnen der Couch runter, breitete das Laken aus und strich es glatt. Die Wände bogen sich vor, er schwankte und zog sich schnell aus. Er streckte sich aus, gähnte noch einmal, schloss die Augen und schlief sofort ein.

Er wurde vom Geräusch der Klospülung geweckt, drehte sich zur Seite und brauchte einige Zeit, bis er wusste, wo er war. Zuhause. Bei seinen Eltern. In seinem alten Zimmer, in dem sein Vater Regale angebracht hatte. Ein Bergwerkmodell stand da, eine Zeche, Zinnfiguren, Farbtöpfe, ein Glas mit Pinseln. Auf dem Tisch vor dem Fenster lagen Unmengen Streichholzschachteln, Bücher und eine historische Karte, eine Grubenlampe hing von der Decke. Charly stand auf, öffnete das Fenster zum Hof. Es klemmte noch immer. Er lehnte sich hinaus, sah gegenüber die Willudas am Frühstückstisch sitzen, Bärbel stieß ihre Mutter an, zeigte lachend zu ihm hin, winkte. Er winkte zurück, fuhr sich flüchtig durchs Haar und schlappte ins Bad.

Der Tisch war schon gedeckt. Seine Mutter schnitt den Butterkuchen in Streifen.

„Ausgeschlafen?“, fragte sie.

„Prächtig“, sagte Charly und wandte sich an seinen Vater. „Du hast mir ja ganz schön einen eingeschüttet.“ Sein Vater rieb sich das Gesicht.

„Ich weiß von nix mehr“, sagte er.
„Ihr ward ziemlich laut.“
„Ja?“
„Vater besonders.“
„Er hat verloren“, sagte Charly und goss sich Kaffee ein. „Weltmeister – ha.“

Als er sich am Spätnachmittag von seinen Eltern verabschiedete, fühlte er sich gut ausgeruht, summte vor sich hin, *the harder they come, the harder they fall*, schnippte mit den Fingern, die Melodie ging ihm nicht aus dem Kopf, *you can get it if you really want*, und er glaubte es. Er kürzte den Weg ab, kam auf die Straße, in der Antjes Mutter wohnte, ein paar Häuser weiter oben. Ein Wagen hielt auf der anderen Straßenseite.

Charly sah überscharf den jungen Mann vor sich, der eine Sonnenbrille trug, verspiegelt. Ein Standfoto. Bewegung kam ins Bild. Der Mann stieg aus, warf den Schlag zu. Die Wagenschlüssel lässig in der Hand. Dieser hastige Gang, das Geräusch der Absätze auf dem Pflaster, die Hand, die die Brille zurechtrückte, das schmale, blasse Gesicht, *ich hab ein Problem, Verteiler*. Charly blieb stehen, und der Typ da rannte weiter, sah nicht zu ihm hin, vor dem *Präsidium* und zuvor ein kleiner Laden, *Orient-Teppiche*, ein Mann torkelte vor ihm heraus, brach zusammen, ein Messer im Rücken, *Sie kannten ihn nicht?* Ein Bulle, der schwitzend neben ihm auf der Saunabank hockte, vom Staat bezahlt, schwitzte Blut, ein dünnes Rinnsal, das unter den Buchregalen hervorsickerte, und Jens lachte, *das ist doch auf Dauer nix für dich, tausend Eier, bar auf die Hand*, Geld schmierte die Stimmen, schnelles Geld, legte ein kaltes, abgestandenes Lächeln auf die Gesichter und kroch in den Magen, kurz vor dem Sprung vom Zehnmeterbrett, am Beckenrand umarmte Antje Atze, und Otto löffelte grinsend Kaviar, spring, rief Jens ihm zu, *spring ab*, jetzt oder nie, ein Schritt nach vorn, ein langsam fallender Körper in der Luft, *slow motion*, an der gläsernen Front der Stadtverwaltung entlang, und der Wind trieb abgegriffene Geldscheine davon, *tausend Mark*, in kleinen, schmutzigen Scheinen.

Der Typ hastete die Stufen zur Haustür hoch, drückte die Tür auf.

Charly überquerte die Straße. Der schwarze Citroen glänzte matt im Licht der Sonne – BO-Y-1612.

Charly sah zu den Fenstern hoch. Es passierte nichts. Keine Bewegung an den Gardinen, absolut nichts.

In der Telefonzelle stand ein älterer Mann, den Hörer zwischen Schulter und Ohr geklemmt, und schrieb etwas in ein Notizbuch. Charly ging dicht neben der Zelle auf und ab, sah immer wieder rein und mehrere Male auf die Uhr. Der Mann schloss kurz die Augen und verzog sein Gesicht.

„Ja, ja", murmelte Charly. „Nun mach schon."

Er stieß seine Schuhspitze in den Kies, ein paar Steinchen prasselten gegen das Glas. Der Mann zuckte zusammen.

Charly lehnte sich demonstrativ an die Scheibe. Es dauerte noch Minuten, bis er sich endlich an dem Mann vorbei in die Zelle drängen konnte.

„Immer mit der Ruhe", meinte der Mann. Charly antwortete ihm nicht. Der Hörer war feucht. Er wählte Antjes Nummer, ließ es lange durchklingeln. Es ging niemand dran. Er wollte schon einhängen, als doch noch abgenommen wurde. Charly hörte jemanden atmen und wartete. Kein Wort, kein weiteres Geräusch. Nur das leise Atmen am anderen Ende der Leitung.

„Antje?", fragte er schließlich leise. Es wurde eingehängt.

Broszinski legte auf. Er hatte auf einen anderen Anruf gehofft, auf ihren. Christiane. Andrea. Er konnte sie nicht vergessen, wünschte, dass sie sich wieder meldete, zu ihm kam. Er notierte, was sein Mann ihm mitgeteilt hatte, zündete sich eine Zigarette an und streckte sich wieder auf dem Bett aus. Sonntage. Sie verrannen, lähmten ihn. Er dachte an frühere Zeiten, an

Frühstücke zu zweit, Spaziergänge und Liebe am Nachmittag, abends noch aus auf ein Bier, ein Spätfilm im Fernsehen, eine Hand auf seinem Schenkel. Vergiss es. Denk nicht länger daran. Andrea ist nicht die Frau, mit der du das haben kannst. Nicht einmal eine Affäre. Sie hatten es in der Tat *verpasst.* Er hatte es sich versaut. Sie würde nichts mehr von sich hören lassen, das wusste er und wollte es doch nicht wahrhaben. Broszinski schaute auf die Uhr.

Es war nach sieben. Er konnte etwas essen gehen, aber er verspürte keinen Hunger. Auch der Gedanke an Bier, an Alkohol, war ihm zuwider. Was sollte er tun? Er griff nach der Fernsehprogrammzeitschrift und legte sie gleich wieder weg. Vielleicht sollte er sie doch anrufen. *Broszinski, Jan, du brauchst nur ja oder nein zu sagen, können wir uns sehen? – Nein, tut mir leid, Sie sind falsch verbunden. Nein.*

Nein und nochmals nein. Er hatte das Spiel verloren und nicht einmal etwas riskiert. Keinen Einsatz gebracht, nichts gezeigt. Nur eine lächerlich distanzierte Haltung, aufgesetzte Überlegenheit. *Ich glaube, ich muss dir etwas erklären. Von meiner Arbeit. Von mir.* Er hatte ihr nichts gesagt, nicht das, was er ihr hätte sagen müssen. Jetzt war es zu spät.

Sie gingen schweigend über den Platz, Kirchner einen halben Schritt vor ihm. Charly wusste, dass der Amtsleiter oben an seinem Fenster stand und ihnen nachsah. Er blieb stehen und zündete sich eine Zigarette an.

„Was ist, Herr Kunkelfuß?“, fuhr Kirchner ihn an. „Wollen Sie hier Wurzeln schlagen?“ Er schloss seinen Wagen auf, warf die Akte auf den Rücksitz, stieg ein, beugte sich über den Beifahrersitz und öffnete den Schlag. „Steigen Sie ein.“

„Ich kann auch zu Fuß gehen“, sagte Charly.

„Bittschön, Herr Kunkelfuß, machen Sie keine Zicken.“ Charly stieg ein. Der Dicke startete und fuhr los.

„Eins will ich Ihnen sagen, Herr Kunkelfuß. In dieser Angelegenheit ist das letzte Wort noch nicht gesprochen. Fühlen Sie sich nicht zu sicher."

Charly klopfte die Asche ab. „Das Gleiche könnte ich auch Ihnen raten", sagte er. Der Klang seiner Stimme war ihm fremd. Kirchner lenkte den Wagen an den Straßenrand, bremste hart und nahm den Gang raus.

„Wie meinen Sie das?"

„Ich kann nachweisen, dass Sie fingierte Rechnungen anweisen lassen", sagte Charly.

Kirchner sah ihn mit zusammengezogenen Augenbrauen an. „Was sagen Sie da?"

„Sie haben mich schon verstanden."

Der Dicke schwieg. Es dauerte lange, bis er weiter wusste. „Geben Sie mir eine Zigarette", sagte er. Er rauchte schon seit Jahren nicht mehr. Charly hielt ihm die Packung hin. Er ließ sich Feuer geben und paffte ein paar Züge. „Was wollen Sie?" Seine Stimme klang tonlos. Er starrte durch die Windschutzscheibe auf die Straße.

„Dass Sie mich in Ruhe lassen, in Ruhe meine Arbeit machen lassen", sagte Charly. Er fühlte sich total beschissen.

„Mehr nicht?"

„Nein."

„Gut", sagte Kirchner und drückte zerstreut die Zigarette aus. „Gut. Sie sind ein … wie haben Sie das rausgekriegt?"

„Nach Kalwas letztem Besuch. Ich kenn den Junior nur zu gut – daran hätten Sie eigentlich denken sollen. Er schmiert wie eh und je. Auf der Messe, in der Uni. Und bei Ihnen. Halbe-Halbe, ja? Damit hatte er Sie."

Kirchner nickte nur und ließ den Motor wieder an.

Wieder in der Bücherei hängte Charly seine Jacke weg und ging ins Büro. Es war leer. Er setzte sich an seinen Schreibtisch, nahm ein Blatt Papier und machte sich einige Notizen. Als Hanna ins Zimmer kam, steckte er das Blatt schnell weg.

„Wie war's?", fragte sie ihn.

„Wir haben, wie man so sagt, Meinungsverschiedenheiten

angesprochen, teilweise auch ausgeräumt und sind jetzt um ein angenehmes Betriebsklima bemüht."

„Amen", sagte Renate, die die letzten Worte mitbekommen hatte. Sie streifte ihre Ringe ab und ging zum Waschbecken.

„Ist jemand oben?", fragte Charly.

„Nein", sagte Hanna.

„Dann geh ich mal hoch."

„Wie war denn sonst die Stimmung?", fragte Renate. Charly antwortete nicht, ging achselzuckend raus.

Oben griff er zum Telefon und wählte.

„Stadtverwaltung Bochum."

„Die Kfz-Zulassungsstelle, bitte", sagte Charly.

„Für welches Kennzeichen? Haben Sie schon eins?"

„Nein, ich …" Er stockte. „Ich möchte Frau Majunke sprechen."

„Einen Moment, ich verbinde." Jule meldete sich.

„Ich bin's", sagte Charly. „Wie geht es dir?"

„Gut." Er hörte Schreibmaschinengeklapper, Stimmen.

„Ich komme in den nächsten Tagen nochmal", sagte er. „Du bist wirklich bei Ille – ja? Okay. Sag mal, kannst du mir sagen, auf wen BO-Y-1612 zugelassen ist?"

„BO-Y-1612", wiederholte Jule. „Bleiben Sie bitte am Apparat."

„Schon kapiert", sagte Charly und wartete. Es dauerte einige Zeit, bis Jule wieder dran war.

„Herr Strack", sagte sie dann. „Jeremias Strack?"

„Und die Adresse?"

„Sie wohnen jetzt also nicht mehr Bochum, Brückstraße 35?"

„Ich dank dir, Jule. Besten Dank. Bis dann."

„Ich verbinde Sie weiter", sagte Jule und Charly legte auf.

Das nächste Telefonat war sehr kurz.

„Sie ist noch nicht zurück", sagte Antjes Mutter. „Ich habe erst Freitag eine Karte von ihr aus Florenz bekommen. Sie will noch einige Zeit bleiben."

„Danke", sagte Charly.

Er klappte die Schreibmaschine aus dem Tisch hoch, spannte einen Bogen ein, stützte die Arme auf und dachte lange nach, bevor er das erste Wort tippte. *Entlassungsgesuch.*

Er schaltete, schrieb langsam weiter, schrieb, dass das heute stattgefundene Gespräch allein nicht der Anlass für seinen Entschluss sei, das Dienstverhältnis fristlos zu kündigen, wohl aber der ausschlaggebende Punkt. *Die eigentlichen Motive liegen tiefer, liegen in dem, was dieser Beruf zwangsläufig beinhaltet, eine für mich erschreckende Regelmäßigkeit. Ich komme in den Dienst und ich komme mit meinen Kolleginnen und Kollegen, mit meinem Vorgesetzten aus, mal gut, mal weniger gut. Der tägliche Ablauf ist festgelegt in entsprechenden Verordnungen und Dienstanweisungen. Das Gehalt ist pünktlich auf dem Konto, die nächste Höhergruppierung absehbar. Alles ist geregelt, selbst Auseinandersetzungen wie die der letzten Tage werden so selbstverständlich gehandhabt, wie das morgendliche Einordnen der Bücher. Man langt hin und stellt den Konflikt weg, bis er wieder aus dem Regal purzelt und mit der gleichen Routine aufgehoben und erneut weggestellt wird. Ich schließe mich da keineswegs aus und gerade das macht mir zu schaffen. Ich frage mich, was ist mit mir passiert, dass ich all das widerspruchslos hinnehme? Und ich merke, dass ich es nicht nur hier in der Bücherei hinnehme, sondern auch in dem Bereich, der als Privatleben bezeichnet wird. Die gleiche Nachlässigkeit mir selbst gegenüber und im Umgang mit Menschen, die ich mag. Ich nehme ihre Probleme zur Kenntnis wie eine Buchreklamation. Es wird sich schon regeln, irgendwie. Mehr bringe ich nicht und schleiche zurück in meinen Käfig, in dem die Stones von einem Leben auf der Straße singen, die ich nicht mehr betrete. Ich könnte ja stolpern, auf die Schnauze fallen, mir weh tun. Aber was ist schon dieser Schmerz gegenüber der eisernen Klammer Routine, die mir den Atem nimmt, die Luft zum Schreien, die Kraft, aufzustehen und weiterzugehen, das angehen, was mich hindert und verhindert, auch wenn ich dabei noch einige Male angeschlagen zu Boden gehe.* Charly machte einen Absatz, schrieb dann noch, dass es ihm mehr gebracht hätte, wenn sie sich heute gestritten, angefetzt hätten, die Wut ausgespuckt und dann vielleicht zu dem Punkt gekommen wären, zu sagen, mit uns geht es nicht mehr, es hat keinen Zweck, machen wir Schluss.

Aber so. *Dieses Drüberwegwischen, dieser dicke Teppich aus Freundlichkeit und verständnisvollem Lächeln, dieses Drumherum schleichen, das alles kotzt mich an. Ich will das nicht mehr. Ich habe es nicht sagen können. Nicht so. Darum schreibe ich es jetzt und erbitte nicht, sondern fordere meine fristlose Entlassung.*

Fertig, aus.

Er las noch einmal durch, was er geschrieben hatte und überlegte einen Moment. Dann faltete er das Blatt zusammen und steckte es in ein Kuvert. Er nahm zwei neue Bogen, legte Kohlepapier dazwischen und spannte neu ein.

Hans Kunkelfuß, Stadtbücherei, 11. September 1978
StA 11, a.d.D.
Betreff: Kündigung
Hiermit kündige ich fristlos den Büchereidienst.

Charly zog die Blätter aus der Maschine, unterschrieb und ging runter. Kirchners Büro war geschlossen. Er hörte ihn telefonieren.

Hanna saß in der Ausleihe, stempelte Buchkarten. Er winkte sie heran.

„Für dich“, sagte er und gab ihr das Kuvert.

„Was ist das?“

„Lies es und behalt es für dich.“ Sie sah den Umschlag an, dann ihn, fragend.

„Ich gehe“, sagte Charly. „Machs gut.“

Charly hielt sich nah an der Wand, blieb auf jedem Treppenansatz kurz stehen und lauschte. Er hatte Angst. Noch eine

Etage. Eine Minute, Sekunden. Dann stand er vor der Tür und schaute auf das Schild: *J. Strack*. Klingel, klingel jetzt sofort. Überleg nicht lange. Drück auf den Knopf und wenn der Typ öffnet, sag: Ich hab dich bei Otto gesehen, vor der Werkstatt. Du hattest ein Problem, Verteiler. Kann ich mal mit dir reden?

Das bring ich nicht.

Du warst gestern bei Antje oder genauer, in der Wohnung ihrer Mutter. Was wolltest du da?

Ich bring's nicht.

Vor dem Präsidium hab ich dich auch gesehen. Du bist an mir vorbei und rein. Aussage machen oder was?

Nein. Ich hab Schiss. Er lässt mich abschiffen, ganz klar.

Quatsch, ich lass mich nicht fortschicken. Mir fällt schon was ein. Schlag auf die Mütze. Einen in die Fresse. Nein. Ja.

Entschlossen drückte Charly auf die Klingel. Er hörte den Summton und hoffte, der Typ sei nicht da. Er ist nicht zuhause. Ist unterwegs, auf Arbeit. In der Wohnung blieb es ruhig. Charly klingelte noch einmal, länger diesmal. Er trat einen Schritt zurück. Von unten aus dem Hau sflur hörte er Schritte. Charly beugte sich über das Geländer, konnte nichts sehen. Die Schritte näherten sich. Er schlich eine halbe Treppe höher, drückte sich in eine Ecke. Jetzt waren die Schritte auf den letzten Stufen zum dritten Stock, waren ganz nah. An Stracks Tür wurde geklingelt, dreimal kurz. Charly trat vor und sah Uli vor Stracks Wohnungstür stehen.

„Da ist niemand", sagte er. Uli zuckte zusammen, drehte sich um und sah erschrocken zu ihm hoch.

„Was machst du denn hier?"

„Ich warte auf Strack."

„Auf Jerry, du?" Charly nahm zwei Stufen auf einmal, packte Ulis Handgelenk.

„*Das* ist Jerry?! – Komm mit!"

Sie gingen ins *Café Zürich*, bestellten Kaffee, und Uli rieb sich noch immer ihren Arm.

„Stell dich nicht so an“, sagte Charly.

„Du hast ihn mir fast ausgerenkt.“

„Ach was.“

„Doch!“, schrie Uli und stampfte mit dem Fuß auf. „Sieh ihn dir doch an.“ Ein Mann am Nebentisch sah interessiert zu ihnen herüber. Uli schnitt eine Grimasse und der Mann hob schnell wieder die Zeitung.

„Ich will Kuchen“, sagte Uli. Sie stand auf und ging zum Buffet. Die Bedienung brachte den Kaffee.

„Darf ich gleich kassieren?“ Charly zeigte auf Uli, die sich offensichtlich nicht entschließen konnte, welchen Kuchen sie nehmen sollte.

„Es kommt noch was dazu“, sagte er.

„Das macht dann meine Kollegin. Fünfsechzig, bitte.“ Er gab ihr einen Zehnmarkschein. „Haben Sie zehn Pfennig?“

„Nein.“ Sie kramte in ihrer Geldtasche und ging dann zur Kasse. Uli und sie kamen gleichzeitig zurück, und die Bedienung zählte Charly das Wechselgeld auf den Tisch. Uli schob ihr die vier Groschen hin und gab ihr den Kuchenbon.

„Die Schwarzwälder Kirsch“, sagte sie. Das Mädchen nahm mit einem Blick auf Charly das Geld und drehte sich um. Uli sah ihr kopfschüttelnd nach. Charly strich die Markstücke ein.

„Woher kennst du Jerry?“, fragte er.

„Sagt noch nicht mal Danke“, meinte Uli.

„Es ist mir scheißegal was sie sagt oder nicht sagt. Ich hab dich was gefragt.“

„Er war auf dem Fest.“

„Auf welchem Fest?“

„Mann, auf dem in Haltern. Was willst du eigentlich von ihm?“

„Wissen, wer er ist und was er macht. Alles, alles will ich von ihm wissen.“

„Du bist wie Ma, ehrlich. – Warum?“

„Ich hab ihn jetzt einige Male gesehen, zuletzt bei Antje.“

„Bei Antje? Du spinnst! Was soll er bei Antje?“

„Er war da – mit seinem Scheiß-Citroen und der noch beschisseneren Sonnenbrille. Jeremias Strack!“

„Jeremias!“ Uli kicherte. „Wie sich das anhört.“

„Kommt hier die Schwarzwälder hin?“

„Ja, ich.“ Uli nahm der neuen Bedienung den Kuchenteller ab.

„Also, was macht er?“, fing Charly wieder an.

„Nichts.“

„Was heißt nichts? Mensch, Uli …“

„Er studiert.“

Charly trank einen Schluck Kaffee und setzte die Tasse dann hart ab.

„Er studiert, ja? Fährt einen nicht gerade billigen Wagen, ist ständig irgendwo unterwegs, aber er studiert. Bist du eigentlich bescheuert?“

„Nee, aber du. Er studiert und hat von zuhause Kohle.“ Sie stach ein Stück Kuchen ab. „Er jobbt auch wohl noch was. Aber echt, das interessiert mich nicht groß. Er hat mich damals auf dem Fest angequatscht, und Rainer war gleich total sauer. Dann stand er bei uns vor der Penne und ich bin mit zu ihm gefahren.“

„Ah ja. Und dann?“

„Was dann? Du nervst vielleicht. Wir haben ein bisschen Musik gehört und kurz einen … was durchgezogen, okay?“

„Aber du warst auch öfter über Nacht bei ihm.“

„War ich bei dir auch und nix …“

„Ja, ja, einmal bei mir und mehrere Male bei diesem Arsch.“

„Mensch, wieso Arsch? Ich …“

„Ich will wissen, was er eigentlich von dir will.“ Uli kratzte den Rest Sahne zusammen.

„Er liebt mich“, sagte sie und leckte die Gabel ab. „Kannst du dir das nicht vorstellen?“

„Nein – ehrlich gesagt, absolut nicht. Was redet ihr denn so?“

Uli schwieg einen Moment.

„Ich kapier' nicht, warum du 'nen Hack auf ihn hast", sagte sie dann. „Bist du eifersüchtig? Ma's Gemecker kann ich ja irgendwie noch einordnen, aber was du hier abziehst, ist echt die Härte."

„Ich glaub, du bist wirklich 'n bisschen blöd. – Wie alt ist er noch mal, sagst du?" Uli schüttelte den Kopf. Sie stand auf und piekste Charly mit der Gabel auf die Brust.

„Komm runter, ja? Sonst waren wir mal Freunde."

Der italienische Kellner stellte Aschenbecher auf die Tische und wechselte die heruntergebrannten Kerzen in den Flaschen aus. Er blickte kurz auf, als die Tür hinter Charly zuschnappte, grüßte und zeigte nach hinten.

„Jens wieder in Ordnung, alles gut."

„Ich weiß. – Küche?"

„In Küche, ja. Chef nicht da." Er zwinkerte Charly zu. „Was zu trinken?"

„Wär nicht verkehrt. Einen Weißen, und Zigaretten, Roth-Händle."

„Bring ich sofort." Jens stand an dem großen Tisch und füllte Paprikastreifen in eine Glasschale.

„Hallo, Alter", sagte er. „Schon Feierabend?"

„Nee, ich hab Schluss gemacht. Gekündigt."

„Was?" Jens hinkte auf ihn zu und fasste ihn an den Schultern. „Du hast gekündigt?"

„Ja."

„Einfach so?"

„Ich hätt's schon längst machen sollen." Jens ließ ihn los und stützte sich am Tisch ab.

„Du hast nicht gekündigt", sagte er. „Du nicht. Das glaub ich nicht." Charly zog den Durchschlag aus der Gesäßtasche, faltete ihn auseinander und reichte ihn Jens. Jens nahm ihn, ging um den Tisch und setzte sich auf einen Hocker. Er las, faltete das Blatt wieder zusammen und strich damit über seine Wange.

„Und das hast du abgeschickt – auf dem Dienstweg?“

„Hm.“

„Ich glaub's einfach nicht. – Und jetzt?“

„Mal sehen.“ Der Kellner brachte die Zigaretten und den Wein, goss sich auch ein Glas ein.

„Auf Jens.“

„Nee – auf ihn“, sagte Jens und zeigte auf Charly.

„Ich Enrico“, sagte der Kellner und gab Charly die Hand.

„Charly.“

„Charly, si.“

„Lass uns mal 'n Moment allein“, sagte Jens. Enrico trank sein Glas aus, angelte sich einen Paprikastreifen aus der Schale und ging. Charly zog sich einen Stuhl heran.

„Heißt das, dass du einsteigst?“

„Nicht direkt.“

„Aber?“

„Kennst du einen Jerry?“ Jens kniff die Augen zusammen.

„Jerry? Nee, nicht, dass ich wüsste.“

„So ein schmaler Typ, dunkles, halblanges Haar, läuft ständig mit so 'ner affigen Sonnenbrille rum. Jerry, Jeremias Strack.“

„Was ist mit ihm?“

„Er war draußen bei Otto.“

„Ja, und?“

„Bei Kowalski in der Werkstatt. Er kam und sagte, er habe ein Problem, Verteiler.“

„Alter, weißt du doch. Otto verdient sich mit Reparaturen noch ein paar Scheinchen dazu.“

„Ja, schon – wer hängt alles mit in dem Geschäft?“

„Eine Menge Leute, Mann.“

„Kennst du sie alle?“

„Nee, warum auch?“

„Kennst du den Boss?“

„Alter, da halt dich mal raus. Wenn du wirklich einsteigen

willst, bin ich dein Mann." Charly stand auf, ging ein paar Schritte hin und her, blieb vor Jens stehen und nahm ihm die Kündigung aus der Hand.

„Okay – Jerry kennst du also nicht. Aber Atze?" Jens griff nach der Zigarettenpackung, klopfte sich eine Zigarette raus, drehte sie in der Hand.

„Haste mal Feuer?" Charly zog sein Feuerzeug aus der Tasche, klickte es auf.

„Ist Atze der Boss?" Jens beugte sich vor, brannte die Zigarette an. Er nahm einen tiefen Zug, stieß den Rauch aus und sah ihm nach.

„Woher kennst du Atze?", fragte er.

„Ich kenn ihn nicht, aber ich hab ihn ein paar mal gesehen." Charly machte eine Pause. „Zusammen mit Antje." Jens hob abwehrend die Hand.

„Alter, lass die Finger von der Frau, schaff dich da nicht rein, das wird nur die Hölle, das sag ich dir. Mit der machst du dich nur fertig, ehrlich, Mann." Er nahm die Flasche, goss Wein nach.

„Ist Atze der Boss?", fragte Charly noch einmal. Jens trank und sagte nichts. „Atze", sagte Charly mehr zu sich. „Atze und Jerry. Und Jerry war gestern bei Antje und … ich muss mit Atze reden."

„Mit wem?"

„Mit Atze. Ich muss mit ihm reden."

„Warum?"

„Kannst du ihm das ausrichten?"

„Was?"

„Mann, dass ich mit ihm reden will!"

„Und über was, Alter? Sag mir das mal."

„Über Antje."

Die Tür zum *Queen's Pub* öffnete sich automatisch, und als Charly das Lokal betreten hatte, schnappte sie hinter ihm zu.

Auf den Hockern an der Theke saßen zwei Männer und würfelten. Neben ihnen lehnte Bea und nippte an einer Kaffeetasse. Sie stellte sie ab und kam auf Charly zu.

„Hallo, Schatz. Lange nicht gesehen." Charly nickte nur, sah sie dann fragend an. „Komm mit", sagte sie. Sie stöckelte vor.

Der hintere Teil des Lokals war nur schwach beleuchtet. Atze saß an einem der Tische, *ganz in Weiß und ziemlich schwarz.* Bea ging zu ihm. Er sah auf und musterte sie.

„Gut sehen wir aus", sagte er. „Wollen wir uns weiter erholen?"

„Er ist da."

„Ich frage dich, ob deine Schicht schon gelaufen ist."

„Sollte ich nicht warten?" Atze seufzte und stand auf. Er legte seinen Arm um Beas Schultern und führte sie Charly vor.

„Eine erstklassige Frau. Ich höre, ihr hattet bereits das Vergnügen. Ist sie nicht gut? Und keineswegs dumm im Kopf. Nein, nur manchmal etwas bequem." Charly merkte, dass Bea sich verkrampfte.

„Ich will was von Antje hören." Atze tat, als wundere er sich.

„Bea ist wirklich ein Engel."

„Fährt Antje für dich?" Atze seufzte wieder, ließ Bea los und gab ihr einen leichten Schlag auf den Hintern.

„Ab", sagte er. „Und keinen Kaffee mehr – ackern." Bea war sichtlich erleichtert und ging schnell wieder nach vorn.

Atze setzte sich, schlug die Beine übereinander und trommelte leicht auf die Tischplatte.

„Antje", sagte er.

„Ist Antje mit in dem Geschäft?" Atze lachte trocken.

„Frag sie doch."

„Ich frage dich."

„Warum setzt du dich nicht?", fragte Atze. Charly zögerte. Dann rückte er einen Stuhl vom Tisch weg und hockte sich hin.

„Was weißt du denn – von meinen Geschäften?“

„Was hat Jens dir erzählt?“ Atze goss Soda in ein Glas, trank einen kleinen Schluck, stellte vorsichtig das Glas ab, schob es von sich weg und griff in seine Jackentasche. Er zog ein Bündel Geldscheine hervor, die mit einer silbernen Klammer zusammengehalten waren.

„Ich will kein Geld“, sagte Charly. Atze lächelte und blätterte ein paar Scheine ab. Er fächerte sie auf den Tisch. Es waren vier Fünfhunderter.

„Wir machen ein Geschäft“, sagte Atze.

„Ich fahre nicht für dich. Damit will ich nichts zu tun haben.“

„Davon ist nicht die Rede.“ Charly wartete. „Du hast Jens nach einem Mann gefragt“, fuhr Atze fort. „Der Mann interessiert mich.“

„Jerry?“

„Jerry. – Du hast ihn mit Otto zusammen gesehen?“

„Ja, und draußen bei Antje. Ich …“

„Antje kennt ihn nicht.“

„Woher …?“

„Sie kennt keinen Jerry. Ich habe sie schon gefragt. Und ich kenne ihn auch nicht. Wie kommst du von diesem Jerry auf mich?“

„Wo ist Antje?“

„Was weißt du von Jerry?“

„Wo ist Antje?“, wiederholte Charly. Atze kniff die Augen zusammen.

„Ich handele nicht“, sagte er. „Hier vor dir auf dem Tisch liegen vier halbe Riesen. Die gehören dir, wenn du mir sagst, was du weißt. Das ist unser Geschäft. Wenn das gelaufen ist, können wir weiterplaudern.“

„Das Geld interessiert mich nicht. Ich will wissen, was mit Antje ist, was sie mit dir …“

„Ich wiederhole mich nicht gern“, sagte Atze, reckte den Arm und schnippte mit den Fingern. Charly drehte sich um.

Er sah, dass die beiden Männer an der Bar von ihren Hockern stiegen, sah, dass Bea gerade das Lokal verließ. Einer der Männer ging zur Musikbox, warf ein Geldstück ein und drückte Tasten. Der andere kam schon an ihren Tisch, wiegte sich in den Hüften. Charly begriff.

„Okay", sagte Charly. „Okay." Der Mann stand direkt neben ihm.

„Schon gut", sagte Atze. „Mach das Ding aus und wartet vorn."

Der Mann zuckte lässig die Schultern. Charly sah ihm nicht nach. Er überlegte, wo er anfangen sollte. Die Musik endete abrupt. Sekundenlang war es unnatürlich ruhig im Lokal.

„Jerry", sagte Charly schließlich. „Jerry. Ich weiß erst seit heute, dass er Jeremias heißt, Jeremias Strack. Brückstraße 35. Er war bei Otto, bei Kowalski draußen, und Jens hat mir gesagt, dass Otto … dass Otto die Schlüssel besorgt, aber erst später, ich meine, als ich Jerry dann gestern bei Antje sah, da dachte ich, Otto hat einen Deal mit Jens, Otto hat auch was mit Jerry laufen, und Jerry … Jerry geht zu Antje, die was mit dir hat. Ich war mir sicher … ja, ziemlich sicher."

„Ist das alles?"

„Jerry … Jerry hat sich auch an Uli rangemacht."

„Wer ist Uli?"

„Die Schwester, die Stiefschwester von Herbert …"

„Herbert Gülden?"

„Ja, und Güldens Mercedes, also der von den Eltern, der ist auch geklaut worden, und Herbert … er wollte mit dir sprechen. Über was?"

„Er hat mit mir telefoniert", sagte Atze ruhig. „Wir sind so was wie Freunde. Er akzeptiert mich, gewissermaßen. Jedenfalls linkt er mich nicht ab. – Steck die Scheine ein. Ich verstehe schon." Er zeigte auf das Geld, stand auf und zupfte an seiner Jacke. „Antje wohnt bei mir. Wenn du mit ihr reden willst, komm mit."

Charly zögerte. Dann nahm er das Geld, hielt es aber noch in der Hand, als er Atze an die Bar gefolgt war.

„Strack", sagte Atze zu seinen beiden Männern. „Brückstraße 35. Kümmert euch um ihn."

Er ging mit Charly zu seinem Wagen. Sie stiegen ein und Atze startete, gab Gas. Der MG schoss mit quietschenden Reifen aus der Parklücke. Sie fuhren ein Stück über den Südring, bogen links zum Schauspielhaus ab. Atze legte den vierten Gang ein.

„Du arbeitest in der Bücherei?", fragte er.

„Ich habe heute gekündigt."

„Was willst du machen?"

„Ich weiß nicht."

„Es gibt immer was zu tun", sagte Atze. Charly schwieg.

Das Haus, vor dem Atze parkte, war eins der Häuser im Ehrenfeld, die zur Straße hin von Hecken und hohen Mauern abgeschirmt waren. Atze schloss das Tor auf, und Charly sah, dass sämtliche Fenster hell erleuchtet waren. Er hörte Musik, ein langsames Stück, Gitarrenakkorde. Sie gingen über den Rasen zur Veranda. Atze zog die Schiebetür auf.

„Antje ist oben", sagte er. „Komm." Charly blieb stehen.

Der Raum war mit einem hellen, flauschigen Teppich ausgelegt, in der Mitte stand ein großer Esstisch mit zwei Stühlen und in einer Ecke ein Fernseher, vor dem mehrere schwarzbezogene Kissen lagen, Zeitschriften und zusammengeheftete Papiere.

„Ich will allein mit ihr sprechen", sagte Charly. Atze zog seine Jacke aus, hing sie über eine der Stuhllehnen. Er rieb über sein Kinn, antwortete nicht. Charly ging an Atze vorbei zur Flurtür.

Er hörte, dass Atze nach einer Zeitschrift griff und den Fernseher einschaltete. Im Flur hing ein quadratischer Kasten, hinter dessen Glasscheibe zwanzig, fünfundzwanzig Hohlspiegel angebracht waren und Charly sah sich ebenso oft auf Zentimeter verkleinert, mit breitem Kopf und unten hin spitz zulaufendem Körper. Er ging einen Schritt vor. Die Truppe schloss enger auf und Charly salutierte.

„Abteilung Marsch!", sagte er zu seinen Jungs und marschierte die Treppe rauf.

In einem der offen stehenden Zimmer sah er Antje. Sie kniete vor einem Koffer auf dem Boden, um sie herum lagen mehrere Kleidungsstücke.

„Richtest du dich ein?", fragte er.

„Du …? Wie kommst du hier her?"

„Mit Atze", sagte Charly. „Kannst du die Musik leiser machen?"

Antje streckte sich vor, hob den Tonarm ab. Die Nadel kratzte über die Platte.

„Scheiße", sagte sie ärgerlich. Charly hockte sich ihr gegenüber auf den Boden.

„War's schön?", fragte er leichthin. „Italien, dicker Mercedes und Tausend bar auf die Hand. Kann man schon ein paar Tage mit leben. Oder kriegst du mehr? Einsfünf, Zwei? Ich hab Zweitausend von ihm, vier halbe Riesen, hier!" Er zog sie aus der Tasche und warf sie ihr hin.

„Sag mal, spinnst du?!"

„Nee, ich gehör jetzt auch zur Firma. Bin der Neue. Gestatten, Kunkelfuß, will meinen Einstand feiern. Gibt's in dem Schuppen hier Sekt?"

„Du bist verrückt", sagte Antje und wollte aufstehen. Charly hielt sie am Arm fest.

„Bleib", sagte er. „Warum machst du das?"

„Was zum Teufel mach ich?"

„Für ihn Wagen verschieben." Antje ließ sich zurückfallen, stieß ihn mit dem Fuß in den Bauch, lachte.

„Ich?"

„Ja, du."

„Willst du wirklich Sekt?", fragte sie lachend und sprang

auf. Sie lief die Treppe runter, und er hörte sie unten Türen öffnen. Er saß da, zog den Koffer näher zu sich und sah hinein. Auf zusammengelegten Blusen lag ein schmales Notizbuch. Er nahm es, blätterte darin, war gerade beim *18. August* unter dem *Bei Charly geschlafen – Uli* stand, als er sie kommen hörte. Er warf das Buch zurück, gab dem Koffer einen Stoß. Der Deckel fiel zu.

„Hier!", rief sie. „Sekt! Sekt für meinen Charly!" Sie drückte ihm die Flasche in die Hand, küsste ihn flüchtig auf die Wange und holte sich ein Kissen. „Wie kommst du darauf, dass ich etwas mit seinen Geschäften zu tun habe?"

„Du weißt davon, und du wohnst bei ihm", sagte Charly.

„Nein, ich weiß so gut wie nichts. Und wohnen tu ich auch nicht hier, nur vorübergehend. Ich war mit ihm ein paar Tage in Italien. Ich habe dir gesagt, dass ich mit ihm befreundet bin."

„Befreundet. – Mehr nicht?"

„Wenn du so willst – ich mag ihn. Mach die Flasche auf."

„Du lebst von ihm."

„Atze gibt mir kein Geld."

„Aber mit ihm rumziehen ist geil, ja? Paar Tage Italien, scharfer Wagen, die Bleibe hier – vorübergehend. Der Mann hat Stil." Er sah auf das Flaschenetikett. „Okay, trinken wir. Gibt's Gläser oder müssen wir aus der Flasche trinken?" Antje riss ihm die Flasche aus der Hand, knibbelte an dem Stanniol.

„Du bist gemein", sagte sie. „Gemein und verdammt überheblich."

„Du hast mich verletzt."

„Scheiße, nein. Ich hab dir nichts vorgemacht. Ich nicht. Ich hab mit dir gebumst, okay. Es war gut. Es war sogar schön. Aber du hast angefangen, dir was einzureden, mir. – Nein, nein, du hast nicht viel gesagt, aber du hast mich mit diesen verdammt traurigen Augen angesehen, von deiner … deiner Sehnsucht erzählt, von dem kleinen, miesen Glück, bei dem ich draufzahle. Ja – ja, ich habe bisher immer draufgezahlt. Bei

Jens, bei anderen Typen, die sich an mich gehängt haben, kleben blieben bis zum geht nicht mehr. Ich sollte für alle und alles Verständnis haben, sie aufrichten, in den Arm nehmen, streicheln – ich hab's satt, diese Rolle zu spielen, Mutter zu sein. Das ist für mich gelaufen. Atze braucht das nicht."

„Atze braucht dich nicht", sagte Charly.

„Aber ich brauche ihn – für mein Vergnügen, meinen Spaß!" Sie drehte heftig und der Korken sprang raus, Sekt spritzte, sprudelte über den Flaschenhals auf den Teppich.

„Und was kriegst du von ihm zurück?", fragte Charly kalt. „Du kriegst nur, was er bei anderen rausschlägt. Asche, Kohle – wie, das interessiert dich nicht, damit willst du nichts zu tun haben, weißt du nichts von. Du, ich bin nicht Jens und auch nicht irgendein anderer Typ. Ich hab dir was gezeigt, von mir – ja, hab ich. Ich hab dir 'ne kleine Karte gezeigt und du sagst, nein danke. Aber mit Atze macht du das Gleiche. Du nimmst die kleinen Karten, aber das große Spiel kümmert dich einen Dreck. – Du spielst ein Scheißspiel."

„Was weißt du denn von mir und Atze?! Du ..."

„Nichts", sagte Charly. „Aber ..."

„Du hast nichts hören wollen, hast nicht gefragt, hast dich bloß verdrückt."

„Aber ich hab ihn kennen gelernt", fuhr Charly unbeirrt fort. „Hier, Zweitausend bar auf die Hand, weil er was von mir wissen wollte, und wenn ich's nicht gesagt hätte, hätte ich was in die Fresse bekommen und Atze hätte das Geld wieder eingesteckt, mir wahrscheinlich noch 'n Tritt in die Eier verpasst. Das ist dein Atze. Nicht nur die happy Tage in Italien und dieser nette Käfig hier. Das läuft hier nur so weich, weil er da draußen knallhart absahnt. Ganz in Weiß und ziemlich schwarz – erinnerst du dich, du graue Maus?" Antje nahm die Flasche mit beiden Händen, trank einen großen Schluck. „Ich scheiß auf sein Geld", sagte Charly noch.

„Du bist eine dumme Sau." Er nahm ihr die Flasche ab, trank nun ebenfalls. Er wischte sich über die Lippen, strich die

Scheine wieder ein, faltete sie zusammen und stand auf. Antje blieb sitzen.

„Trotzdem", sagte sie. „Bei Gelegenheit würd' ich gern wieder mit dir essen gehen."

„Ich auch – nur so, in alter Freundschaft." Er lachte kurz und ging, ohne sich noch einmal nach ihr umzublicken.

Broszinski hupte. Andrea hob den Kopf und sah zu ihm hinüber. Sie trug einen modischen Jogginganzug, hatte Tennistasche und Schläger dabei. Mit ruhigen Schritten kam sie zu ihm an den Wagen. Broszinski hatte das Fenster heruntergekurbelt.

„Steig ein", sagte er. „Ich fahr dich zum Platz."

„Es ist nicht weit."

„Bitte", sagte er. „Ich wollte nicht kommen, aber es geht nicht anders."

„Was?"

„Bitte", wiederholte er und öffnete den Schlag auf der Beifahrerseite. Andrea blickte zum Haus zurück.

Broszinski konnte hinter den Fenstern nichts erkennen.

„Na gut", sagte sie. Er startete schon, als sie sich in Bewegung setzte. Sie verstaute ihre Sachen und rutschte tief in den Sitz. Ihre Hose spannte sich über den Schenkeln.

„Wir müssen noch einmal reden", sagte Broszinski. „Du sollst wissen, warum ich so bin, wie ich bin. Das bin ich dir schuldig."

„Nein", widersprach sie. „Das bist du nicht. Außerdem irrst du dich – bei Charly und überhaupt."

„Kunkelfuß ist nicht der Punkt."

„Oh doch, das ist er schon. Nur das zählt für dich – deine Arbeit, dein beschissener Job, nichts anderes."

„Es hat damit zu tun, ja."

„So einen Mann habe ich seit Jahren – danke."

„Willst du mir nicht zuhören?" Sie sah aus dem Seitenfenster, fasste in ihr Haar und schüttelte den Kopf.

„Wir sind übereingekommen, uns zu trennen. Erst einmal so, ohne offizielle Scheidung. Ich werde zu meiner Schwester in die Staaten fahren. Vielleicht nehme ich Uli mit – es kann auch gut für sie sein." Broszinski atmete tief durch. Er nestelte eine Zigarette aus der Tasche und zündete sie an. Er hatte eine Kreuzung erreicht und musste kurz abstoppen.

„Ich verstehe", sagte er. „Wann?"

„Es ist irgendwie lächerlich", sagte sie. „Dass du mit mir deine Probleme erörtern willst. Uns verbindet nichts."

„Wenn du es so siehst ..."

„Genau so. Wenn du mich heute fragst, warum ich dich überhaupt jemals angerufen habe und auch zu dir gekommen bin – ich wüsste darauf keine Antwort. Aus Langeweile vielleicht."

„Du machst dir was vor."

„Halt bitte hier", sagte sie. Broszinski fuhr an den Straßenrand, bremste. Er schaltete den Motor aus.

„Okay", sagte er. „Dann nicht." Andrea griff nach ihren Sachen, hob sie über den Sitz nach vorn.

„Ich hätte dir zugehört", sagte sie. „Beim letzten Mal noch. Aber was kam da schon von dir – Charly, seine angeblichen Verwicklungen, Vermutungen, Unterstellungen. Ich war danach bei ihm. Ich habe nicht darüber mit ihm geredet, jedenfalls nicht in der Art, wie du zu mir. Von *ihm* habe ich dann was verstanden. *Du* bist und bleibst mir fremd. – Dann nicht, so nicht – mehr ist nie von dir gekommen. Ein kühles Abwinken. Das war's."

Sie öffnete und stieß den Schlag auf. Broszinski sah nicht zu ihr hin. Er rauchte und schaute mit ausdruckslosem Gesicht nach vorn. Sie warf die Tür zu und ging die Straße hoch.

Broszinski schloss die Augen. Als er glaubte, dass er sie nicht mehr sehen würde, öffnete er sie wieder. Für einen Moment hatte er das Gefühl, der Himmel habe sich verdunkelt. Aber es war nur der schnell vorbeihuschende Schatten eines Lasters. Er hatte das Motorengeräusch nicht gehört.

Sie saßen an dem Tisch neben der Tür zur Küche. Atze nippte an seinem Espresso. Er setzte die Tasse ab, zog die vier Scheine aus der Tasche, glättete sie und legte sie auf den Tisch. Er sah Charly an. Charly sah ihn an. Keiner sagte etwas. Atze streckte den Arm aus und klopfte kurz an die Tür. Sie wurde geöffnet. Jens streckte seinen Kopf raus.

„Die Schlüssel", sagte Atze. Jens verschwand, kam kurze Zeit später zu ihnen an den Tisch. Er hatte eine Schürze umgebunden. Atze hielt die Hand auf und Jens gab ihm zwei schmale Schlüssel, an denen ein Stück Pappe hing.

„Du nimmst jetzt das Geld", sagte Atze zu Charly. „Und diese Schlüssel." Er sah auf die Pappe. „Ich fahre dich zum Stadtpark, setze dich Ecke Parkstraße ab. Vor dem Haus Nummer 38 steht ein silbergrauer Zweihundertachtziger. Das sind die Schlüssel dazu. Du schließt auf, startest und fährst los – in Urlaub."

„Todsichere Sache", sagte Jens und klopfte Charly auf die Schulter.

Er wandte sich an Atze. „Charly ist okay. Was wir schon alles zusammen geschaukelt haben, was, Alter? Wie wir den alten Wittkopp auf die Rolle genommen haben …"

„Halt die Schnauze", fiel ihm Charly ins Wort. „Ich steige nicht ein." Atze ließ die Schlüssel hin und her schwingen, warf sie hoch und fing sie in der Luft auf.

„Es ist besser für dich", sagte er. „Ein bisschen Abstand, mal Ruhe haben. Du hast den Kopf voll, weißt zuviel."

„Ich vergess schnell wieder."

„Vielleicht nicht schnell genug."

„Ey, Alter", sagte Jens. „Mach jetzt keinen Terz. Da passiert nichts. Du fährst nur einen Wagen." *Fahrer nach Teheran gesucht. Orient-Teppiche. Eine schmutziger, kleiner Laden.* Charly stand auf.

„Ohne mich. Ich habe nichts gesehen, nichts gehört." Er schob den Stuhl zurück und ging nach vorn zur Tür. Ihm war schlecht. Er wusste, dass Atze ihm nachsah, spürte seinen

Blick im Rücken wie kaltes Metall. *Ein leichter Druck mit dem Daumen. Die Klinge schnellt heraus. Ein hartes Klicken. Die Klinge dringt durch Jacke und Hemd. Der Schmerz.* Charly drückte die Tür auf, würgte. Er lief zum Rinnstein, das Pflaster wölbte sich ihm entgegen. Er kotzte.

Er wurde brutal zurückgerissen, glaubte, dass Atze ihn gepackt hatte und wollte sich losreißen.

„Halt, oder ich schieße!", schrie jemand. Es war ein Bulle, der ihn festhielt. Ein zweiter stand ein paar Schritte entfernt, die MP im Anschlag.

„Scheiße! Wollt ihr mich umnieten?!", schrie Charly. Er zitterte am ganzen Körper.

„Ausweiskontrolle."

„Den Ausweis – halt die Ratte fest."

„Lass mich los!" Charly versuchte, freizukommen. Der Bulle zerrte ihn an die Wand.

„Die Hände nach oben, Freundchen." Er klopfte ihn schon ab, zog ihm die Brieftasche aus der Jacke. „Hier, gib es durch."

Charly sah aus den Augenwinkeln, dass der andere Bulle die Brieftasche auffing, mit der MP aber weiterhin auf ihn zielte. Oh, Scheiße. Terroristen-Hatz. Paranoia. Sein Magen krampfte sich wieder zusammen. Er hörte ein Funkgerät knattern, hörte, wie seine Personalien durchgegeben wurden. *Fahr in Urlaub. Ein bisschen Abstand, mal Ruhe haben.* Zig Gedanken schossen ihm durch den Kopf. Dass Atze wenige Meter weiter im Lokal saß, er nicht den Adler bauen musste, die Arme hoch, gespreizte Beine. Kein Zugriff. Aber auf ihn hier. Ihr Arschlöcher, ihr verdammt blöden Bullen.

„In Ordnung", hörte er. „Scheint soweit sauber zu sein."

Als der Bullenwagen verschwunden war, wischte Charly sich über den Mund. Langsam ging er zurück zum Eingang des *Baita*, betrat das Lokal. Jens blickte zu ihm hin. Atze kam vom Fenster an den Tisch. Ein dünnes, abfälliges Lächeln umspielte seine Lippen.

Charly straffte sich.

„Wichser", sagte er. „Gib mir die Schlüssel. Ich fahre."

„Ist immer wieder amüsant", sagte Atze. „Hast du dir in die Hosen geschissen?"

„Ich fahre die Karre." Jens grinste.

„Ey, Alter – stark."

„Jens fährt mit", sagte Atze.

Atze fuhr noch einmal langsam um den Block, bremste an der Telefonzelle kurz ab, und Charly sprang aus dem Wagen, half Jens. Jens legte den Arm um seine Schultern. Atze gab Gas und winkte ihnen kurz zu. Dann bog er um die Ecke und sie hörten den MG die Bergstraße hoch donnern. Jens verlagerte sein Gewicht auf den Stock.

„Komm, Alter." Er humpelte los und zog Charly mit. Sie hielten sich nah an der Böschung zum Park. Es war dunkel und sie hörten nichts außer ihren Schritten und dem leisen Geräusch der Blätter im Wind.

„Ey", flüsterte Charly.

„Ja?"

„Zigarette?" Jens sah sich um, nickte und sie gingen ein Stück die Böschung hoch, stellten sich hinter einen Baum. Charly klopfte zwei Zigaretten aus der Packung und brannte sie an. Er hielt schützend die Hände um die Flamme.

„Ich hab Schiss", sagte er und gab Jens eine.

„Ich auch."

„Du?"

„Ich fahr nicht jeden Tag und die Route schon gar nicht. – Pack ordentlich Sachen ein, für Grenzkontrollen." Er lehnte sich gegen den Baum, sah zum Himmel hoch und stieß den Rauch aus. „Türkei, da lassen wir den Shit mal besser hier. Ha – weißte noch, du damals? Ein Bett im Kornfeld …"

„Wie bist du in das Geschäft gekommen?"

„Otto", sagte Jens. „Otto kam mit den Schlüsseln rüber.

Hatte ’ne Sauwut auf die Typen, die bei Lueg vorfuhren. Denen zieh ich noch mal die Schlitten unterm Arsch weg – kennst ihn ja. Ich hab sofort gespannt, mit der Nummer komm ich groß raus.“

„Bei Atze.“ Jens rauchte seine Zigarette runter und drückte sie aus.

„Ich wollte endlich mal echt Kohle auffer Hand haben“, sagte er. „Leben, verstehste? Geil ableben.“ Charly griff in die Hosentasche und tastete nach den Schlüsseln, spürte die Zacken.

„Wusstest du das mit Atze und Antje?“

„Das hab ich dir schon mal gesagt, Alter. Das interessiert mich nicht. Die Frau … die hat immer alles gekriegt, sich genommen.“

Nehmen.

Einfach hingehen.

Den Schutz der Böschung verlassen. Charly sah zu dem parkenden Wagen hinüber, knapp hundert Meter vor ihnen, ein Umriss nur, ein dunkler Schatten. Jens atmete leise neben ihm.

„Okay“, sagte Charly. „Nehmen wir ihn uns.“ Sie gingen schnurstracks auf den Mercedes los. Charly steckte den Schlüssel ins Schloss, wie selbstverständlich. Der Schlüssel hakte.

Charly drehte noch einmal. Nichts. Er rastete nicht ein.

Scheinwerfer vor ihnen. Ein Wagen kam die Straße hochgefahren.

Jens stieß Charly mit dem Stock ab.

„Ab“, flüsterte er. Sie versuchten, normal zu gehen. Auf dem Gehweg. Jens humpelte. Der Wagen kam näher, bremste ab.

Polizei. Schon wieder die Bullen. Der Uniformierte am Steuer sah zu ihnen hin. Vor ihnen der Park, Bäume, Büsche, tiefe Dunkelheit.

„Hallo – Sie!“

Jens stolperte, fing sich und hinkte los, schnell, panisch.

„Scheiße“, fluchte Charly.

„Halt – stehen bleiben!“ Die Bullen waren aus dem Wagen. Schritte hinter ihm. Charly blieb stehen. Jens humpelte weiter, warf seinen Stock weg.

„Stehen bleiben oder ich schieße!“

„Jens!“ Jens drehte sich im Laufen um, war schon an der Böschung. Charly spürte eine Hand an der Schulter, einen harten Griff. Eine andere Hand vorn an seiner Jacke. Er sah das Gesicht des Bullen, ein junger Typ.

„Hände hinter den Kopf!“

„Polizei – stehen bleiben! Wir schießen!“ Fenster wurden geöffnet. Stimmen wurden laut. Charly sah Jens nicht mehr. Sah nur das Gesicht des jungen Polizisten. Hände tasteten ihn schnell ab.

Ein Schuss. Ein gottverdammter Schuss!

„Nein!“, schrie Charly. „Nein!“ Und noch ein Schuss. Charly versuchte, auf den Schützen loszustürzen, wurde an seinem Haar zurückgerissen.

„Zum Wagen!“

„Nein! Nein! Aufhören! Ihr seid …“ Wie aus dem Nichts tauchte ein weiterer Mann auf.

„Aufhören!“, schrie auch er.

„Hände aufs Verdeck!“

„Sie sollen aufhören, Mann!“

„Gehen Sie zurück!“

„Rufen Sie die Ambulanz. Der Mann ist verletzt.“

„Hören Sie …“

„Sie hören – Strack, Soko.“ Charly nutzte den Moment, um sich loszureißen, bekam einen Schlag in die Seite. Sich zusammenkrümmend sah er den Typ vor sich, Lederjacke, Sonnenbrille. Jerry. Diese Sonnenbrille! Diese scheißverspiegelte Sonnenbrille! Nachts! Charly wurde wieder gepackt.

„Rufen Sie endlich die Ambulanz“, schnauzte Jerry die Polizisten an. „Da habt ihr ja was angerichtet – Sauerei!“

„Der Mann ist geflohen.“

„Ja, Scheiße – ich bin auf sie angesetzt und ihr ballert sie mir über den Haufen! – Idioten!“ Charly stockte der Atem. Es überlief ihn eiskalt. *Auf sie angesetzt.* Oh, nein! Er wollte schreien, bekam keinen Ton heraus. Um seine Handgelenke schloss sich das Metall, eng.

Hauptkommissar Broszinski saß hinter seinem Schreibtisch, rauchte sein übel riechendes Kraut. Er machte eine knappe Bewegung zu Strack hin und Strack, Jeremias Strack, verließ den Raum. Charly sah ihm mit zusammengekniffenen Lippen nach. Dieser verfluchte Wichser! Bullenschwein!

„Setzen Sie sich“, sagte Broszinski und drückte die Zigarette aus.

Charly zog den Stuhl zurück, setzte sich nah ans Fenster.

Broszinski drehte sich zu ihm.

„Wir wissen, wer Sie zu der Stelle gefahren hat“, fing er unvermittelt an. „Das war Atze – Arthur Schmidt. Geben Sie das zu Protokoll und Sie kommen einigermaßen glimpflich davon.“

„Was ist mit Jens?“

„Er ist im Krankenhaus.“

„Was ist mit ihm?“

„Das wissen wir noch nicht. Wir können nur warten. Also, geben sie es zu Protokoll.“ Charly sah an Broszinski vorbei auf einen Punkt an der Wand, sagte nichts. Jens im Krankenhaus, auf Intensivstation. Angeschossen, getroffen.

„Hören Sie, Kunkelfuß, Sie hängen mit drin, dick drin. Wir haben Sie bei dem Versuch einen Wagen zu knacken gefasst.“

„Ich habe ihn nicht geknackt.“

„Sie hatten die Schlüssel bei sich.“ Broszinski zeigte auf ihn. „Sie, Kunkelfuß. Die hat Atze Ihnen gegeben.“

„Nein.“

„Aber Sie kennen Atze.“

„Nein.“ Broszinski lehnte sich zurück, verschränkte die Arme hinter dem Kopf.

„So kommen wir nicht weiter. – Erinnern Sie sich noch an Becker, an Hartmut Becker?" Charly nickte kurz. „Becker war ein Mann, der jeden Job annahm, auch gelegentlich einen Mercedes über die Grenze zu bringen. Italien, Belgrad – es gibt zig Routen. Angeblich im Auftrag irgendwelcher Geschäftsleute, die aus was für Gründen auch immer nicht selbst fahren wollten oder konnten. Schlüssel und Papiere bekam er von Jens, von Ihrem Freund. Auch das Geld für die Fahrten. Das wissen wir, weil wir Jens schon seit einigen Wochen observieren. Und wir wissen auch, dass das *Baita* die Anlaufstelle der Organisation ist."

Charly zuckte die Achseln.

„Ich hab nichts zu sagen." Broszinski beugte sich vor und sah Charly eindringlich an.

„Hören Sie, Atze hat Becker über den Jordan schicken lassen. Und Becker war nicht hier in meinem Büro und hat geplaudert. Becker hat nur ein paar dumme Bemerkungen gemacht, gedroht, auszupacken. Und schon – zack!" Er schlug mit der flachen Hand auf den Tisch. Ein Bleistift hüpfte aus der Federschale, rollte über die Schreibunterlage. Broszinski griff ihn sich.

„Der Mann geht über Leichen", sagte er.

„Verhaften Sie ihn", sagte Charly.

„Das werden wir schon noch", sagte Broszinski. „Machen Sie Ihre Aussagen und ..."

„Sie können ihm nichts beweisen", unterbrach Charly.

„Sagen Sie aus ..."

„Was ist mit Jens?" Broszinski seufzte.

„Die Ärzte wissen noch nicht, ob er durchkommt."

„Sie haben ihn umgenagelt – Ihre Leute." Broszinski hob abwiegelnd die Hände.

„Der Beamte fühlte sich bedroht", sagte er.

„Bedroht! Jens ist weggelaufen, gehumpelt, aber dieser Bulle hat ihn kaltblütig umgelegt, dieser ..."

„Das sehen wir anders und darum geht es jetzt auch nicht.

Es geht um Sie, Kunkelfuß. Um es Ihnen ganz klar zu machen – wir wissen, dass Atze Becker umbringen ließ und wir wissen auch, dass er der Kopf der Organisation ist. Wir könnten ihn auch verhaften, sicher. Aber was wir in der Hand haben, sind Bruchstücke. Verdachtsmomente. Damit schiffen wir bei der Staatsanwaltschaft ab. Aber Sie, Sie und ihr Freund Jens …"

„Ich weiß nichts."

„Verdammt noch mal, hören Sie mit dem Unsinn auf!" Broszinski schnappte sich eine Mappe vom Schreibtisch, schlug sie auf. „Sie wissen nichts?! – Hier, am 17. August sitzen Sie hier vor mir auf dem Stuhl und erzählen mir, dass Sie Becker nicht kennen, Name nie gehört …"

„Ich kannte ihn auch nicht", sagte Charly, aber Broszinski hörte nicht hin.

„Aber einen Tag später treffen Sie sich mit Ihrem alten Kumpel Jens draußen in Haltern, mit dem Mann, zu dem Becker ständig Kontakt hatte. Mit Jens fahren Sie zurück, er setzt sie vor Ihrem Haus ab und fährt schnurstracks ins *Baita*, trifft da kurze Zeit später Atze und hat offensichtlich viel mit ihm zu bereden."

„Davon weiß ich nichts."

„Aber dass der Wagen, mit dem Atze an dem Abend zum *Baita* gekommen ist, ein R 4, dass der am nächsten Morgen von Ihnen abgeholt wurde, einschließlich der Telefonnummer, unter der Atze in der Regel zu erreichen ist, daran können Sie sich vielleicht noch erinnern …"

„Antjes Wagen …"

„Seltsam, was? Zufall", sagte Broszinski ironisch. „Auch, dass Sie ein paar Tage später genau in das Haus gehen, in den Winkel, Haus Nummer 12, zu Bea und am nächsten Abend Atze locker auf der Straße ansprechen und …" Er blätterte um, fuhr mit dem Finger über die Seite. „Hier, am Dienstag, dem 29. August dann mit jener jungen Dame essen gehen, zu der Atze eine enge Beziehung pflegt, mit ihr dann das U-BO aufsuchen, es aber dann mit … mit einer anderen Frau verlassen, mit ihr …"

„Sie haben mich beschattet. – Ihr Jerry. Sie waren die ganze Zeit hinter mir her. Ich …“

„Sie mit zu sich nehmen, damit draußen dann, vor Ihrem Haus, ihr Wagen gestohlen werden kann.“

„Jerry. Ich hab schon kapiert.“

„Einen Scheiß kapieren Sie. Sie schlafen mit Andrea …“

„Was …?“

„Sie sülzen sie voll, und die Frau kauft dir das auch noch ab. Während ich mir …“ Er brach ab, machte eine wegwerfende Geste.

„Sie sind verrückt“, sagte Charly ruhig.

„Scheiße! Reden Sie endlich! Packen Sie aus – alles!“ Charly schwieg. Sie waren ihm gefolgt, hatten ihn überwacht, wussten, wo er gewesen, was er getan hatte.

„Frisiert Majunke die Wagen um?“, fragte Broszinski. „Otto? – Wo?“ Sie wussten alles und verstanden nichts. Zufällige Begegnungen wuchsen sich im Kopf eines Beamten zu einem Fall aus, Akte Hans Kunkelfuß, ein raffiniert geplanter Coup. Wie dumm Broszinski war. Wie dumm und gefährlich. Charly stand auf.

„Ihre Geschichte ist nicht meine Geschichte. Ich habe Ihnen nichts zu sagen. Was Sie sich da zusammenreimen, ist Ihr beschissener Job, geht mich nichts an. – Ich will einen Anwalt sprechen.“ Das Telefon klingelte. Charly sah zu dem Apparat hin, dann zu Broszinski. Broszinski ließ es noch einmal durchklingeln, bevor er zum Hörer griff. Er sagte nicht viel.

„Ja“, sagte er. „Ja – ja, danke.“ Er legte auf, rückte das Telefon ein Stück von sich weg und wischte mit den Fingerspitzen über die Stelle, auf der es gestanden hatte.

„Jens“, sagte Charly.

„Ja, es tut mir leid, aber … Sie können selbstverständlich mit Ihrem Anwalt sprechen.“ Broszinski blickte auf die große, elektrische Uhr über der Bürotür.

Charly ging den Flur entlang, stieß die Tür auf. Er stand auf den Stufen vor dem Präsidium. Er wollte weinen, aber er konnte es nicht. Er sah den See vor sich, das Stück Strand. Es roch nach gebratenen Würsten. Jens war neben ihm. *Wenn ich hier mal Schluss mache, dann nur Italien.* Das Café. Seine Insel. Jens war tot. Und Antje mit Atze zusammen. Otto irgendwo unterwegs in Spanien. Uli hatte sich von einem Bullen leimen lassen. Ein Scheiß-Bulle.

Herbert hatte Recht. Sie arbeiten mit allen Mitteln. Schießwütige Bullen. Knallen Jens ab. Sein Hals war eng.

Charly rieb sich die Stirn. Er knöpfte seine Jacke zu und ging die Straße rauf. Er wusste nicht, wohin er gehen sollte.

Es wurde langsam hell.

Verrückte Schritte

Verrückte Schritte

Zuerst müssen die Würmer aus der schwarzen, feuchten Erde gepult werden. Die Dicken kommen in die flache Dose: Deckel mit Luftlöchern drauf. Die Lütten in eine rostige Konservendose. Da knäueln sie sich zusammen, schleimen ab. Ich bröckle Erdklumpen auf.

Wilfried reibt sich Gesicht und Hände mit einem Mückenschutzmittel ein, sagt, dass ich das auch tun soll. „Sonst bist du im Nu zerstochen."

Ich spüle mir die Hände im Bach ab, greife ins Gras, kriege Brennnesseln zu fassen. Ein kurzer, stechender Schmerz.

„Lass das Zeug nicht an die Schleimhäute kommen", sagt Wilfried, der schon die Anglerhose über hat, die gelbe Öljacke und Schlapphut auf. Öl-, Gummizeug brauchst du. Das nasse Gras geht bis an die Hüften.

Langsam dunkelt der Himmel ein.

Wir werfen die Angeln aus, drei, dicht nebeneinander. Wilfried sitzt auf einem Jagdsattel, ich auf einem Klappstuhl.

Hock ab, sagt Wachtmeister Studer in den Romanen von Friedrich Glauser, Schweiz, Anfang der Dreißiger Jahre.

Abhocken.

Wir hocken also ab.

In der Ferne das Quaken der Frösche. Eine starke Strömung. Gutes Aalwetter.

„Da beißt er."

Hoffen wir.

Ein Weißfisch beißt zuerst. Der ist schnell erledigt. Ein Stich mit dem Messer hinter die Kiemen, ein bisschen Blut und den Haken raus, neuer Wurm und wieder ausgeworfen die Angel.

„Das lässt sich gut an."

Ich lutsche am Zigarillo, paffe vor mich hin. Die Mücken halten Abstand. Weit hinten im Norden kommt ein Gewitter auf, rückt schnell näher. Geräusche im Wasser. Bisamratten.

„Aale und Bisamratten tun sich nichts."

Wilfried fragt, was ich in den letzten Jahren gemacht habe, fragt nach Arbeit und Frauen. Es ist gut fünf Jahre her, dass wir hier nachts zusammen saßen, mit Dosenbier und Schluck. Damals war noch der Schwede dabei und wir hockten ein Stück weiter unten, mit neun Angeln, kamen ab elf, halb Zwölf nicht mehr zur Ruhe: Kaum war ein Aal vom Haken, biss der nächste.

Knapp vor uns ein Blitz, der die Landschaft in ein gespenstisches Licht taucht.

„Jetzt aber ab in den Wagen."

Hocken bleiben ist nicht.

Ein Wolkenbruch.

Ich gehe den Höhenweg über dem Meer, lockeres Gestein, Lavabrocken, weiter oben ein paar Ziegen. Ich achte nicht auf den Weg, gehe immer weiter in der Mittagshitze.

Außen Bewegung, wenn innen Stillstand.

Wenn ich nicht mehr weiter weiß, muss ich laufen, mich bewegen. Wenn mir nichts mehr einfällt: Raus in den Wald, in die Heide.

Also: Der Weg über dem Meer. Laufen, ohne auf den Weg zu achten. Die Hitze und dann der Wunsch nach einer Abkürzung, einem schnellen Schluss.

Ich bleibe stehen.

Jetzt einfach den Abhang runter und unten dann ein Stück über die Klippen. Später am Strand entlang, von der Pumpstation aus. Ich habe das alles im Blick.

Ich rutsche ein Stück. Es geht leicht.

Ich rutsche aus, rutsche weg, kann mich nicht mehr halten.

Ich stürze, falle, hänge fest in einer Felsspalte.

Unter mir Klippen und Brandung. Über mir lockeres Gestein.

Erst innerliches, verhaltenes Lachen: Sieht 'n büschen dumm aus, aber das kriegen wir schon wieder in die Gänge.

Wir? Ich bin allein. Ich bin allein und versuche, raus zu kom-

men. Es klappt nicht. Das muss doch zu schaffen sein. Ich bin doch bisher aus allen Sachen raus gekommen. Aber ich schaffe es nicht, aus dieser Spalte zu kommen. Es sind nur zwei Meter bis oben.

Ich sitze in der Klemme.

Ich fange an zu heulen, schlage mit den Fäusten gegen die Steine, schlage mich blutig. Einige Brocken lösen sich.

Ich habe Angst.

Ich kauere mich hin, schlinge die Arme um mich, friere in der Hitze. Ich muss hier raus. Ich muss es schaffen. Eine kalte, verbissene Wut. Ich will nicht verrecken.

Ich ziehe mich aus, werfe meine Sachen nach oben auf den Weg. Jetzt bin ich nackt, ungeschützt, verletzbar. Ich kralle die Finger in schmale Risse, ziehe mich Stück für Stück hoch. Haut reißt auf. Ich blute an Brust und Bauch. Eine Platzwunde an der Stirn.

Es dauert lange. Ich weiß nicht, wie lange.

Oben auf dem Weg breche ich zusammen.

Später, unten im Dorf, gieße ich Rum in mich.

Das Gewitter schwächt ab. Alle drei Schnüre sind gespannt. Die Erste reißt, die Zweite auch. Wir waren zu lange im Wagen. Die Aale haben sich in der Böschung festschlingen können.

„Fast unmöglich von da einen weg zu bekommen“, sagt Wilfried.

Die dritte Angel bringts. Ein Aal, lang wie mein Arm und ebenso dick. Wilfried sieht ihn schon im Topf. Aal grün. Aal satt. Die Zeitung, auf der er abschleimen soll, ist nass.

Wilfried drückt den Aal mit dem Fuß am Boden fest, knapp hinter dem Kopf. Der Aal windet sich.

„Halt ihn fest!“

Ich kriege ihn unter den Stiefel.

„Der Aaltöter.“

Der Aaltöter wird am Kopf angesetzt. Eine zweizackige Gabel, die ihn an die Erde presst. Dann Stich. Den Dorn runter, der ihn durchbohrt. Der ihn kaputt machen soll.

Töten. Aale sterben langsam.

Der Aal zieht sich unter den Sohlen der Gummistiefel zusammen, drückt hoch, drückt zur Seite. Wilfried gibt noch einmal Stich. Will den Haken raus haben. Nimmt das Messer, stößt es dem Aal ins Maul, schlitzt ihn auf. Fetzt ihn auf.

„Der hat tief geschluckt."

Der hat eine Kraft, die mir Angst macht. Der versucht freizukommen. Immer noch. Mit zerrissenem Maul voll Blut und Schleim.

„Licht auf den Kopf", sagt Wilfried und setzt neu an.

Etwas Weißes quillt hervor, stülpt sich nach außen. Auf nasser, grüner Wiese dunkles Blut. Noch einmal das Messer. Noch ein Stück weiter aufgerissen den Aal.

Der will den Haken nicht freigeben. Der will nicht sterben.

„Der würde sich auch jetzt noch davon machen, wenn wir ihn losließen."

Aber wir lassen nicht los. Wir nageln ihn am Boden fest.

Im Strahl der Lampe blitzt das Messer auf. Wieder und immer wieder, bis Wilfried den Haken frei hat, den Aal packt und in den gelben Plastikeimer wirft. Da schlägt, da schlingert er noch lange im eigenen Blut und zuckt auch noch, als wir einpacken, nachts um halb Zwei.

An der Kreuzung Mühlenstraße, Mühlenweg, Scheiben-, Schützenstraße stauen sich Wagen und Busse, morgens, kurz vor Acht.

Ich gehe erst einmal zu Bäcker Becker, Brötchen kaufen.

Im Böhmewaldbad ist es ruhig. Aber dann kommt Susi mit einer Klasse aus Neuenkirchen. Schwimmen als Schul-, als Pflichtstunde. Schön. Oder auch nicht.

„Es gibt Mädchen, die haben viermal im Monat ihre Tage."

An der Informationstafel im Flur handgeschriebene Zettel: *Verkaufe Zündapp KS 50, 1.500 DM. Hannoveraner Jährling (Hengst) zu verkaufen. Verschenke Hund.*

Ich notiere das für Broszinski, der bald hier fragen wird, die Lehrer, die Schüler der Berufsschule nahe am Wald.

Zu nah.

Ein Lehrer sieht mich an, geht kopfschüttelnd weiter.

Ich klappe das Heft zu, setze mich auf einen der Heizkörper.

Schüler gehen vorbei. Jungen, Mädchen.

Ein Mädchen in engen, knielangen Shorts, grünes T-Shirt.

„Scharfe Braut“, sagt Olaf und schlägt mir leicht auf die Schulter. „Wie geht's?“

Olaf habe ich mal vom *Welcome* nach Hause gefahren. Olaf wohnt bei Iris in der Nähe. Also draußen, hinter dem Bahndamm. Olaf hat mich damals gefragt, wie lange ich die Iris denn schon kenne. Ich kannte die Iris damals knapp eine Stunde.

„Montag spielt eine finnische Gruppe im *Welcome*“, sage ich.

„Da wird man mal gucken müssen“, sagt Olaf und winkt ab, als ihn jemand fragt, ob er die letzten zwei Stunden noch bleibe. Olaf hat genug für heute.

Fachzeichnen bei Lehrer Bolte. Fachzeichnen im Raum 059. 16 Schüler, fünf kommen aus Druhwald, aus dem Heim. Einer von ihnen heißt Kai, Kai-Uwe.

Kai-Uwe kommt, als der Unterricht bereits angefangen hat.

„Na, war der Kakao wieder mal zu heiß?“, fragt Lehrer Bolte.

„Logo.“

Ein Junge in blauem Cordjackett vervollständigt lässig eine Zeichnung an der Tafel. Er zeichnet mit der rechten Hand, die linke hat er in der Jackentasche. An seinem linken Ohrläppchen ein Ring mit Silberkreuz.

Die anderen Jungs reden, machen sich gegenseitig an.

„Gib mir mal det Lineal rüber.“

„Kannste behalten, is sowieso dir.“

Einige Schüler werden von Bolte besonders oft aufgerufen. Kai, Lutz, Andreas, Angelo.

Angelo weiß die richtige Lösung im Moment nicht. Die Antwort gibt ein anderer.

„Et lag mir uff der Zunge", sagt Angelo. „Darum is die auch so schwer heute, wa."

Pyramide. Pyramidenentwurf. Grundmaße.

„Lest die Sätze durch und füllt die Lücken aus."

Neben mir sitzt Lutz, der Dicke.

„Ey, Dicker, ick bin nich Kai-Uwe, ick bin nich Asterix, ick bin nich Obelix, wat bin ick dann?"

„Bekloppt."

„Nee, müde."

Schräg gegenüber klemmt ein Junge seinen Kuli an den Winkel und klopft damit aufs Heft. Der neben ihm sieht sehr brav aus, ist sehr klein. Kai-Uwe ist nicht viel größer.

Bolte spricht ihn wieder mal an.

„Ja", sagt Kai-Uwe. „Einen Moment." Und unterhält sich weiter mit seinem Nachbarn. Als er fertig ist, guckt er Bolte an. „Ja, bitte?"

Einer hat schmale Lederschnüre um den Hals geknotet, trägt einen schwarzen Blouson mit rot-goldenen Streifen.

Auf einer Jeansjacke: BMW.

Ein Pullover mit aufgedrucktem *California University.*

Signale. Fixpunkte. Kleine Fluchten.

„Herr Bolte, wat soll ick hier machen?"

„Herr Bolte, mir belästigt ein Druhwälder", sagt ein Druhwälder.

Kai-Uwe hustet in die hohle Hand und wirft das Stück Luft auf den Linoleumfußboden. Da ist schon Sand von draußen, und Papierkügelchen liegen da vor Cowboystiefeln und Joggingschuhen, blaugestreift.

„Ey, Dicker, zeig ma deinen Tabak."

Lutz zieht das Päckchen Schwarzer Krauser aus der Arschtasche.

„Heute gibts Hackbraten", sagt Kai.

„Wes ick."

„Krauser gegen Hackbraten, kriegst auch noch die Bohnen dazu."

Lutz tippt sich an die Stirn.

„Dicker, ick mach dir'n Vorschlag. 20 Drehungen und der Hackbraten is dir."

Lehrer Bolte geht zu den Tischen, hilft, wo man ihn fragt. Kai-Uwe geht nach vorn und knallt eine leere Coladose in den Papierkorb. Lutz leiht sich einen Radierer aus. Da sind Löcher reingestanzt. Sieht aus wie ein Mini-Schlagring.

„Ey, zwölfzwoundvierzig."

12.50 Uhr ist der Unterricht zu Ende. Der Druhwald-Bus fährt gegen 13 Uhr. Der Junge in dem blauen Jackett packt sein Zeichengerät weg. Auf seiner Schultasche: *Atomkraft – Nein Danke!*

Ein Druhwälder hat *Love* auf seinen linken Handrücken tätowiert.

Er ist 37 Jahre alt, einsneunundachtzig groß, etwas zu fett an Hüften und Bauch, trägt Jeans, ein helles Baumwollhemd und eine dunkle, offene Weste.

Schwarzes, halblanges Haar, links gescheitelt, nach hinten gekämmt. Rundliches Gesicht. Schnauzbart.

So steht er vor dem Bahnhof in Soltau, neben sich einen Luftkoffer, über die rechte Schulter gehängt eine Trainingstasche.

Er sieht sich um. Es ist niemand da, der ihn begrüßt, ihn abholt.

Jan Broszinski schaut auf die Uhr. Es ist 14.45 Uhr. Es ist ein Freitag, Mitte Mai. Und es ist heiß. Sehr heiß.

Jan Broszinski kommt aus Bochum.

Das Zimmer im Haus am Mühlenweg ist feucht und teuer. 180 Mark. Der Teppich schimmelt. Es riecht nach Moder.

Vom Fenster aus sieht Broszinski auf den Park und auf das Flüsschen Böhme. Er sieht Dreck.

Broszinski legt sich auf das Bett, starrt an die Decke.

Fliegen, eine Spinne.

Er greift in die Westentasche und zieht einen bis auf Daumenlänge herunter gerauchten Zigarillo raus. Nachdenklich schiebt er ihn zwischen die Lippen.

Jan Broszinski kommt aus Bochum.

Jan Broszinski hat sich von Bochum nach Soltau versetzen lassen. Weil.

Kein weil. Er ist gegangen.

Eine Septembernacht im letzten Jahr.

Kriminalhauptkommissar Broszinski und sein Kollege observieren ein Haus am Südring. Ein Mann kommt heraus, geht in Richtung Stadt.

Broszinski folgt ihm.

Der Mann wird nervös. Läuft. Rennt.

Broszinski ruft ihn an. Der Mann rennt weiter.

Broszinski ruft noch einmal: *Stehen bleiben, oder …* Broszinski zieht seine Waffe. Seine Dienstwaffe. Broszinski zielt.

Wohin?

Broszinski drückt ab.

Der Mann geht getroffen zu Boden. Ist tot.

Ich bin gefallen, gestürzt, habe mich selbst ausgetrickst, mir ein Bein gestellt. Oder: Ich bin hart getroffen worden, zu Boden gegangen, habe es gerade noch geschafft, vor Neun–Aus wieder auf die Beine zu kommen. Aber jetzt stehe ich benommen in der Ecke.

Natürlich tut das weh. Schmerzt.

Natürlich habe ich Angst, in die nächste Runde zu gehen.

Ich möchte, dass die Pause so lange wie eben möglich ist. Ich weiß, dass ich mich nicht ernst genug genommen habe. Ich brauche gar nicht erst bei anderen zu suchen. Ich kann bei mir selbst nachschauen.

Ich schaue nach und entdecke Broszinski.

Ich sacke ab.

Ich fülle die Pause mit 10, 12 Flaschen Bier, mit 20 Schnäpsen, mit Knipp und Bratkartoffeln, mit zweimal Kaltes Buffet bei der Buhr'schen Heidjer-Vesper, fülle die Pause mit Cola und Alka Selzer.

Ich kotze.

Ich bekomme wieder ein Gefühl.

Alles was bisher fetzig war ist jetzt schrill. Auch ätzend ist nicht mehr so geil wie schrill. Ein schrilles Programm. Ein schriller Typ. Uwe ist so einer. Uwe ist blond, punkyblond, also weißblond, also kurz und nach hinten gekämmt, also ätzend, schrill.

Uwe hat drei Punkte zwischen Daumen und Zeigefinger eintätowiert. Knast. Immer wieder der gleiche Larry. Körperverletzung, weil wieder mal einer Uwe unterschätzt hat. Den kleinen Uwe, den weißblonden Punky mit Haifischzahn am goldenen Kettchen.

Uwe und noch ein paar, die Richtigen, Uwe und vier, fünf vom Druhwald mischen Tommies auf.

Das kommt so: „Die ziehen gern was weg, wir ziehen gern was weg, die sind außen vor, wir sind außen vor, also mischen wir uns auf."

Ein falsches Wort oder auch das richtige und der erste Schlag trifft voll auf den Punkt. Im *Sahara.* Im CC. Im *Welcome.* Auch im *Mylord.*

Uwe hat überall Hausverbot, Lokalverbot.

Uwe geht am Wochenende zu seiner Freundin. Die wohnt in Soltau und Uwe kennt sie jetzt seit eineinhalb Jahren. Ist fest mit ihr zusammen.

„Du kennst sie ja auch", sagt er zu seinem Nachbar und der

nickt. Der ist still. Der hat nur gefragt, ob er sich zu uns setzen darf, hat sich den Tabak gegriffen, gedreht und geraucht.

Zwölf Mann sind auf der 6. Ich habe mir die Namen notiert.

Ich sitze mit ihnen am Tisch. Ich höre ihnen zu.

„Die Erzieher, sagt einer, die Erzieher essen nur mit, wenn's die dicken Koteletts gibt oder sonst was Gutes."

Zwei Jungs machen Stullen fertig, packen sie ein. Später, bei der Übertragung des Spiels BRD-CSSR, hauen sie sich die Brote rein, trinken Cola, rauchen Selbstgedrehte und *Players.*

Mädchen dürfen Besuche machen. Der Dreh mit der Schraube an der Zimmertür wird immer noch praktiziert.

Liebe unter Verschluss.

An Abenden wie diesen, in warmen Nächten, lebt die Rhododendrenmauer im Park an der Böhme.

Ich bin sie abgegangen. Sie ist gut 100 Meter lang und an die vier Meter breit.

Unter den Blüten keucht und stöhnt es.

Unterdrücktes Lachen. Wortfetzen.

Flaschen klirren. Feuerzeuge flammen auf. Glimmende Zigaretten.

„Die Konkurrenz schläft nicht", sagt Heidi und zieht Strümpfe und Slip aus. Sie und ein zweites Mädchen halten die Stellung in der *Roten Laterne*, kurz vor Mitternacht.

Nebenan sitzt ein Typ und hat die Lauscher hochgestellt.

Einfach kostet fünfzig, nackt achtzig und Whisky-Cola einen Heiermann.

Heidi kommt aus Hamburg, hat aber da nie im Milieu gearbeitet. Sie hat sich immer weiter von der Großstadt entfernt. Jetzt ist sie in Soltau, mal hier im Haus, mal draußen, Autobahnauffahrt Soltau-Süd, in einem der Combi-Wagen mit Celler Nummernschild.

„Da sind die Preise niedriger."

„Da gibts schon was für ein Pfund."

Heide macht es von oben und lässt sich nur bis an die Taille fassen.

„Noch'n Korn?" Das „r" ist kaum hörbar, schwimmt weg, sinkt ab. „Noch'n Korn?", fragt Kurt und füllt bereits ein.

Broszinski geht mit.

Ernst von der Böhmetante lehnt dankend ab. Drei Korn und er steht wortlos auf, geht zur Toilette, kotzt, kommt bleich aber gefasst zurück und spült mit einem Schluck Pils den schlechten Geschmack weg.

Auch Rollie sagt: „Kein Korn." Rollie ist Alkoholiker, trinkt nur Bier. Aus gesundheitlichen Gründen.

„Wo ist denn nun Siggi?"

„Eben saß er noch da."

„Und jetzt ist er weg."

„So was aber auch."

„Der letzte Schluck muss ihn hart getroffen haben."

Das halbleere Glas steht noch auf dem Tisch. Also bleibt die Runde wieder an Kurt und Broszinski hängen.

Jan Broszinski liegt auf seinem Bett und reißt eine Dose Bier auf. Das Zimmer ist feucht und hässlich und in der Zeit, in der Broszinski hier wohnt, wird es noch mehr verkommen, werden leere Bierdosen sich häufen, Tüten mit Müll weiteres Ungeziefer anziehen, das Bettlaken ständig zerknautscht, verdreckt sein.

Das Fernsehbild flackert. Kein Ton. Ein gleichmäßiges Rauschen.

Sie hat gewusst, dass Vorgesetzte und Gericht ihm nichts anhängen, den Fall so verstehen, wie sie ihn sehen wollen und müssen: Bedrohung durch eine zivile Person. Warnschuss auf ein bewegliches Objekt. Fluchtversuch mit tödlichem Ausgang.

Sie hat die Schnauze voll von ihm.

Wer die Schnauze voll hat, dem geht der Mund gelegentlich über. Sie schreit ihn an. Sie wirft Geschirr nach ihm.

Broszinski bückt sich zum Kühlschrank runter. Sie schlägt die Tür hinter sich zu.

Jan Broszinski reißt achselzuckend eine Dose Bier auf.

Eine Frau haut ab. Was soll sein?

Im *Welcome* geht es erst nach elf, nach Mitternacht richtig los. Gespielt wird Reggae. New Wave, manchmal Electric-Blues-Rock, manchmal live.

Welcome live.

Schon bei der Eröffnung vor Jahren gab es einen Toten. Bei der Neueröffnung gibt es Zoff.

„Scheißschuppen", sagt einer, tritt gegen einen Wagenreifen und verstaucht sich den Fuß.

Auf dem Parkplatz Wagen aus Hamburg, Bremen, Lüneburg, Fallingbostel, Landkreis Soltau-Fallingbostel.

Wagen aus Celle, Rotenburg/Wümme, Winsen/Luhe.

Wagen mit englischen Kennzeichen. Holländer.

Motorräder. Mokis. Auch Fahrräder.

Einer kommt rein, mit diesem Reggae-Gang drauf, voll aus dem Bauch, wirbelt einen Schlüsselring am Zeigefinger.

„Ey, Mann."

„Hey."

„Schieb mal 'n Bier durch."

Ein Mädchen tippt mit der Rechten an ihren linken Ellbogen, lässt den Unterarm hochschnellen, lässt ihn über die Schulter springen den Typ: Macht nicht an. Nervt ab.

Hat auch vergessen, die Fahrradklammern vom Hosenbein zu nehmen.

Neben mir an der Theke drei junge Mädchen. *Outsider*-Hosen, weit, unten eng, signalisieren: Insider.

Kaschmir-Pullover. Hochhackige Schuhe.

Die Mädchen inszenieren sich. Ihre Bewegungen abgezirkelt, genau berechnet. Bei jedem Break erstarren sie, zeigen irgendwo hin, auf die Tanzfläche, in eine unbestimmte Richtung. Ihre Gesichter: Masken. Die Augen: tot.

Einem Typ fällt die Bierflasche aus der Hand. Das Geräusch durchdringt die Bauchdecke. Die Scherben zerschneiden die Augäpfel. In ihrem Schreck sind die Masken kleine Mädchen. Sie springen zur Seite und sehen hilflos auf die Bierspritzer auf Brust und Bein.

Dem Vernehmen nach packt einer aus. Einer, der weiß, wo die Deals, wie die Deals laufen: In einem Waldstück bei Bispingen. Im Unterholz. Am Bahndamm in Dorfmark.

Im Röders Park. In der Pause. Nach der Schule. Nachts.

Dem Vernehmen nach hat der schon drei, vier, vielleicht auch fünf oder mehr voll ins Messer rennen lassen.

Jetzt sind die Messer auf ihn gerichtet.

Sternförmig.

Irgendwann in der Nacht klingelt es. Vor meiner Tür stehen Siggi und Rollie.

„Stören wir?“, fragt Rollie.

„Ja“, sage ich.

„Dann ist ja alles gut“, sagt Siggi. „Wir wollten auch nur stören.“

Peter erzählt, dass er nach einem Essen mit Freunden, nach einem letzten Glas Wein in der Kneipe am Eck, noch einen Spaziergang gemacht hat, mit Antje, um den Block.

„In der Erzgießereistraße“, erzählt Peter, „gibt es ein neues Haus und wir hören schon von Weitem, da dröhnt gute Musik, stark.“

„Chapman vielleicht?“

Er weiß es nicht.

Peter sagt zu Antje: „Da läuft noch ein Fest. Da klingeln wir jetzt. Da steigen wir ein."

Es öffnet ihnen ein Mann, so um die Fünfzig, mit offenem Hemd. Aufgedunsen, voll unter Strom. Klar, sie sollen reinkommen. Nur zu.

Die Wohnung ist leer, kein Mensch außer dem Mann, der sie in ein Zimmer führt. Da stehen ein paar Sessel, eine Stereo-Anlage, noch nicht einmal ganz ausgefahren und mit angeschlossener Lichtorgel, die gelb-rot-blau vibriert, ein niedriger Tisch, voll mit Flaschen und einem einzigen Glas. Und ein Kühlschrank, in dem noch mehr Flaschen sind, Bier und Wein und Schnaps.

Sie sollen sich setzen, trinken.

Sie haben es nicht ausgehalten.

„Wir haben fluchtartig die Wohnung verlassen."

„Broszinski", sage ich. „Das ist Broszinski. Nach außen Leben, innen kaputt." Und: „Ich hätte abgehockt."

Breitbeinig ihm gegenüber, die Arme auf die Oberschenkel gestützt, die Hände gefaltet. Wie Wachtmeister Studer in den Romanen von Friedrich Glauser, Schweiz, Anfang der Dreißiger Jahre.

Nach einer Weile hätte ich mir einen Zigarillo angezündet. Gemächlich gepafft. Gewartet.

Ich habe Broszinski kommen lassen. Jan Broszinski, 37 Jahre, Kriminalhauptkommissar. Ich habe ihn hochkommen lassen, bei mir, hier in Soltau, abends bei Kurt an der Theke.

Arm in Arm sind wir über das Kopfsteinpflaster des Mühlenwegs gewankt. In nebligen Nächten. Haben uns flüsternd Geschichten erzählt. Von früher. Natürlich.

Haben was erlebt. Gemeinsam gelacht, als die Geliebte mit offener Hose über die Straße zum Wagen hastete.

Da waren wir uns nah. Waren zusammen im *Deutschen Haus* bei den Zombies, den Mumien, den alten Nazis mit Gichtfingern und Kropf.

Du warst verbindlich, wie immer. Hast geschluckt. Ich hab gezittert, hatte Angst.

„Gehen wir“, hast du gesagt.

Du bist immer näher an mich herangerückt. Ich kam immer näher an dich heran. Jetzt bist du mir sehr vertraut. Ich kann dir auf die Schulter klopfen.

„Na, Alter.“

Bist ein Kumpel.

Ein Gegner, der nicht zu unterschätzen ist.

Es wird Zeit, dass ich die Wahrheit sage. Aber ich kann die Wahrheit nur in Form einer Fiktion sagen.

Broszinski also.

Der kommt aus Bochum nach Soltau, beginnt seinen Dienst Montagfrüh im 2. Stock über der Apotheke, stellt sich vor mit Handschlag, frisch rasiert und ein sauberes Hemd an.

Ein freundlicher Mensch. Ein kollegialer Mensch.

Ruhig und sachlich. Kann hart arbeiten, wenn es drauf ankommt. Hat Ausdauer. Ein gutes Gedächtnis.

Broszinski leistet saubere Arbeit. Versteht sein Handwerk.

Broszinski klärt Fälle auf.

Ein 19-jähriges Mädchen, mitgenommen von einem Fahrer auf der Strecke Neuenkirchen-Soltau, wird vergewaltigt.

„Glaub mir, lieber zehn Mordfälle in der Stadt als einer auf dem Land“, muss sich Wachtmeister Studer sagen lassen. „Auf dem Land, in einem Dorf, da hängen die Leute wie Kletten aneinander, jeder hat etwas zu verbergen. Du erfährst nichts, gar nichts.“

Broszinski lutscht am kalten Zigarillo und hört zu. Und sieht hin. Das kann er gut. Bei anderen. Broszinski klärt Fälle auf, um bei sich nichts klären zu müssen.

Ich gehe frühmorgens in der Heide spazieren. Plötzlich höre ich Musik. Beethoven, Brahms, eine Sinfonie. Ich weiß es nicht. Sie kommt aus einem Waldstück, wird lauter, mächtiger und dann sehe ich einen Mann, grüne Joppe, Kniebundhosen, Wanderstock und ein Transistorgerät geschultert. Er grüßt mich stumm. Ich grüße zurück. Auch stumm. Sehe ihm lange nach, bis die Musik sanft verklingt.

Broszinski stößt mich leicht an.

„Einen letzten Korn?"

Und so stehe ich wieder mit ihm bei Kurt an der Theke. Fußball in Farbe. Siggi kommentiert.

Die Engländer sind Inselaffen.

Die Holländer Kaasköppe.

Die Italiener kommen relativ gut weg.

Und Mister Replay spielt auch wieder mit.

„Was sag ich, der schießt doch glatt ein Tor."

Keine Chance

Keine Chance

Der Mann hatte seine Arbeit beendet. Er hatte die letzten Informationen eingegeben. Jetzt galt es, die entsprechenden Schlüsse zu ziehen. Er lehnte sich zurück und schob seine Brille in die Stirn. Für einen Moment schloss er die Augen.

Fast ein halbes Jahr hatte er gebraucht, um die Unterlagen auszuwerten. Er waren hauptsächlich Zeitungsberichte, Artikel und Meldungen, die für jeden zugänglich waren. Kein geheimes Material, wirklich nicht. Die Fünfundsechziger hatten bestimmt weitaus mehr in der Hand. Selbst einige Journalisten waren mit Sicherheit besser informiert als er. Und doch passierte nichts. Niemand handelte.

Der Mann schüttelte leicht den Kopf. Er glaubte inzwischen zu wissen, warum. Er fingerte eine Zigarette aus der Packung, stand auf und legte eine Musikkassette ein. Rauchend ging er im Zimmer ein paar Schritte auf und ab.

Es war Nacht. Durch die schräggestellten Lamellen der Jalousie fiel das Licht der Straßenbeleuchtung. Der Chinese hatte seine Lokalreklame bereits ausgeschaltet.

Shit, fluchte der Mann. Er verspürte Hunger. Er setzte sich wieder an den Schreibtisch, aktivierte seinen *Commander*, das sprachgesteuerte Telefon, und sprach ihn an. Der Apparat wählte durch und signalisierte, dass der Teilnehmer erreichbar war. Der Mann hob den Hörer ab.

Der Beamte ließ das Band zurücklaufen, stoppte es und drückte auf eine der Tasten.

„Ja, bitte?“, sagte eine weibliche Stimme.

„Ist Michele frei?“ Ganz schwach im Hintergrund war Musik zu hören.

„Einen Moment!“ Sie schaltete um. Im Haus wurde gleich nach dem ersten Rufzeichen abgenommen.

„Ja?“ Das war Peter an der Bar. Undeutliche Stimmen. Gelächter. Gläser klirrten.

„Michele“, sagte die Frau.

„Michele ist auf der Neun.“

„Danke.“ Sie nahm wieder die Verbindung auf. „Tut mir leid. Michele ist beschäftigt. Soll ich Sie vormerken?“

„Wen können Sie mir sonst empfehlen?“

„Sind Sie auf den Typ Michele festgelegt?“

„Mehr auf ihr Angebot.“

„Da hätten wir noch Christie. Einsachtundsiebzig, schmal, schwarzhaarig. Und Gilla, kurzes, blondes Haar. Ganz neu ist Sabine, auch blond, aber etwas füllig. Hatten Sie Birte schon einmal?“

„Gilla klingt gut. Ich versuch es mit ihr.“

„Besuchen Sie uns oder ist es außer Haus?“

„Weidenstraße 18, Klinger. Dritte Etage. Ich muss allerdings mit Karte zahlen.“

„Das geht in Ordnung. Gilla hat alles dabei. Welche Zeit darf ich notieren?“

„Bis zum Schluss.“

„Vielen Dank. Gilla ist in spätestens einer halben Stunde bei Ihnen. Ich denke, Sie werden zufrieden sein.“

„Danke.“

„Auf Wiederhören.“

„Jetzt“, sagte der Beamte. Der Mann und die Frau im *Bonnie* legten fast gleichzeitig auf. Dann verlangte die Frau bei Peter nach Gilla. Peter rief sie.

Der Beamte zog den Regler hoch. Ganz deutlich vernahm Broszinski, dass an der Bar sein Name fiel: „… halt uns Broszinski …“ Der Rest wurde von Peter übertönt, der Gilla den Hörer gab. Der Beamte stoppte das Band.

„Das war diese Nacht“, sagte er. „Nach Eins. Peter hat uns um Sechs seinen täglichen Bericht durchgegeben. Er hat keine besonderen Vorkommnisse gemeldet. Ich hab es kommentarlos zur Kenntnis genommen.“

„Danke“, sagte Broszinski und klaubte aus seiner Westentasche den daumenlangen Zigarillostummel hervor.

Broszinski war im Herbst letzten Jahres zum Leiter der FD 65 berufen worden. Die Abteilung hatte als einziges Aufgabengebiet die Bekämpfung der Organisierten Kriminalität in der Freien und Hansestadt Hamburg. Die Arbeit der Männer konzentrierte sich im Wesentlichen auf Werner „Emma" Stobbe, den „Paten von St. Pauli". Bei Stobbe liefen sämtliche Fäden zusammen. Prostitution, Rauschgift, Falschspiel und Mord auf Bestellung – nichts, was Stobbe nicht direkt oder indirekt steuerte, kein Bereich, an dem er nicht in irgendeiner Form beteiligt war. Die Beamten wussten es, in der Öffentlichkeit sprach man darüber, seitenlange Berichte erschienen in der regionalen und überregionalen Presse. Es hatte auch einige Prozesse gegeben, doch jedes Mal mussten die Anschuldigungen zurück genommen werden, waren Kronzeugen umgekippt oder urplötzlich verunglückt. Stobbe blieb unangetastet. Nachweisen ließ sich ihm letztlich nichts. Lächelnd trat er wieder vor die Kameras. Er war Kaufmann, ein hanseatischer Kaufmann, trug sein englisches Tuch und war sauber in jeder Beziehung.

Broszinski hatte in seinem Büro ein Foto von ihm an die Spickwand gepinnt und betrachtete es jeden Morgen neu. Ein Ritual, Konzentration auf den Mann, der mehr und mehr zu einem persönlichen Gegner geworden war. Manchmal sprach er das Bild auch an.

Hinter ihm räusperte sich jemand. Broszinski drehte sich um. Er hatte Schiller nicht kommen hören.

„Ja?", sagte Broszinski. Schiller hielt ihm einen Becher Kaffee hin.

„Warst du schon unten?", fragte er.

„Ja. – Wie gut kennst du Höfener?"

„Peter? Ist was mit ihm?" Broszinski sagte ihm, was auf dem Band zu hören gewesen war. Ein Mann an der Bar im *Bonnie*, der über ihn gesprochen hatte.

„Ich habe die Stimme nicht identifizieren können", schloss er.

„Peter", sagte Schiller nachdenklich. „Peter ist von Anfang

an dabei. Unglaublich. Wir haben ihn in Frankfurt abtauchen und dealen lassen. Er hat fünf Monate Haft auf sich genommen, um hier entsprechend einsteigen zu können. Scheiße." Broszinski nickte.

„Die Frage ist, was wir mit ihm machen sollen. Auf jeden Fall müssen wir noch jemanden ins *Bonnie* schleusen."

Elinor war auf dem letzten Stück. Sie beschleunigte ihren Lauf. Sie hatte jetzt die *Pointer Sisters* drauf, *Twist my arm.* Ein guter Rhythmus. Der Walkman war in den Bund ihrer Boxershorts gehakt. Elinor lief locker und leicht. An der Ampel hob sie kurz die Arme und machte ein Rumpfbeuge. Ausatmen und ein-, tief ausatmen. Bei Grün spurtete sie weiter.

Vor ihrem Haus traf sie auf den jungen Mann aus der Dritten. Er gaffte sie an. Sie konnte sich denken, warum. Er hatte sein Schlafzimmer unter ihrem, und sie war diese Nacht nicht gerade leise gewesen. Ein Typ, den sie sich im *Madhouse* aufgerissen hatte, hatte eine Wahnsinnsnummer mit ihr abgezogen. Es war schon lange nicht mehr so geil gewesen. Elinor hoffte, dass er noch nicht die Biege gemacht hatte. Als sie zu ihrer morgendlichen Runde gestartet war, hatte er noch fest gepennt. Sie sprang die Treppen hoch und holte den Schlüssel unter der Fußmatte hervor. Der Typ kam gerade aus dem Bad.

„Hey", sagte sie. „Alles klar?" Er grinste sie an.

„Bei dir auch, Lady? – Elinor, stimmt's?"

„Fred, stimmt's?" Sie lachten beide, und Elinor streifte das schweißnasse Shirt ab.

„Und sonst?", fragte er.

„Lassen wir's dabei." Sie bückte sich und zog an den Schleifen ihrer *Nikes.*

„Okay", sagte er.

„Gib mir nachher deine Telefonnummer", sagte sie und kam wieder hoch. Sie reckte sich und spürte seinen verlangenden Blick auf ihrem Körper. Fred kam näher und fasste sie an den Hüften. Mittendrin klingelte es dreimal, und ihr Anrufbeantworter schaltete sich ein. Sie hatte ihn nicht leise gestellt. Die Stimme des Anrufers dröhnte über den Flur.

„Brauche dich. – Jan. – Melde dich umgehend."

„Jan also", lachte Fred. Er umklammerte ihre Handgelenke und drückte sie hart an die Wand. Elinor stöhnte auf und schlang ihre Beine noch fester um ihn.

„Jan", wiederholte Fred. „Jan, Jan, Jan." Sie glaubte, den Verstand zu verlieren und schlug ihre Zähne in seine Schulter.

Sie trafen sich um 20 Uhr im *Klett*. Broszinski bestellte Scampi in Teig. Elinor wählte Lammkoteletts mit gebackenen Kartoffeln und Spinat. Sie hatte einen tierischen Hunger. Broszinski hob sein Glas.

„Du siehst gut aus", begann er und kam dann ohne Umschweife zur Sache. Elinor aß und hörte ihm zu. Er wandte keinen Moment den Blick von ihr. Als er geendet hatte, lehnte er sich zurück, klemmte sich den Zigarillostummel zwischen die Lippen und wartete.

„Und wie lange soll das gehen?", fragte sie schließlich.

„Zwei Monate mindestens."

„Das ist verdammt lang. Ich hab mir gerade einen Typ geangelt, auf den ich voll abfahre."

„Es ist eine Bitte. Du kannst nein sagen. Ich hätte auch sonst volles Verständnis dafür. Es ist ein harter Job."

„Was springt für mich dabei raus?" Broszinski griff wortlos in seine Jackentasche und legte ihr einen Umschlag hin. Sie nahm ihn und schaute hinein.

„Fünftausend", sagte Broszinski. „Brauchbare Informationen werden gesondert honoriert."

„Okay." Sie lächelte ein wenig. „Du weißt, dass mir die Sache an sich nichts ausmacht. Aber bist du dir auch sicher, dass sie mich da nehmen?"

„Mach dir darüber keinen Kopf."

„Na schön. Und sonst?"

„Pass auf dich auf."

Schon nach wenigen Tagen hatte Broszinski die endgültige Gewissheit, dass ihr Mann im *Bonnie* längst nicht mehr für sie arbeitete. Er musste sich bereits vor seinem verdeckten Einsatz dort für die andere Seite entschieden haben. Elinor nannte Broszinski Stammkunden des Clubs, die Peter Höfener in seinen Berichten glatt unterschlagen hatte.

Broszinski beriet sich mit Schiller. Sie kamen zu dem Schluss, Höfener aus dem Verkehr zu ziehen. Siemens nahm die Angelegenheit in die Hand. Elinor musste über den Ablauf in Kenntnis gesetzt werden. Ohne sie funktionierte die Aktion nicht. Elinor willigte ein. Der Zugriff auf Höfener wurde auf Freitagabend terminiert.

An diesem Abend bestellte Elinor von zuhause aus unter der Nummer 61 11 22 eine Taxe. Bereits wenige Minuten später fuhr der Wagen vor. Der Fahrer war ein junger Typ mit pinkfarbenen, kurzen Haaren.

„Zum Bonnie", sagte Elinor. Der Punk legte den Gang ein und bretterte los. Die Fahrt dauerte knapp zehn Minuten. Elinor zahlte mit einem Fünfziger. Zwischen dem Wechselgeld, das der Junge ihr gab, ertastete sie den kleinen Brief. Sie ließ ihn herausgleiten, beugte sich runter und steckte ihn in ihre Pumps. Punky hatte bisher kein einziges Wort gesagt. Jetzt gab er Laut.

„Wenn du auch sonst mal ne schnelle Tour brauchst, ruf nach Wagen 58."

„Okay", sagte Elinor und wiederholte Ruf- und Wagennummer.

„Korrekt." Er streckte kurz den Daumen, und Elinor stieg aus.

Im Gemeinschaftsraum alberten die Kolleginnen herum. Tortenzahn kündigte für Mitternacht Champagner an. Sie hatte Geburtstag. Peter kam herein und fragte wie jeden Abend, wer ihm beim Verteilen der Handtücher helfe. Elinor wartete noch ab. Keine der Frauen bot sich freiwillig an. Peter griff sich Michele heraus. Michele maulte. Achselzuckend trat

Elinor vor. Sie hatte sich schnell umgezogen, trug jetzt nur noch den schwarzen Tanga und hohe Stulpenstiefel.

„Na gut", sagte sie. „Aber bitte fix." Michele nickte ihr dankbar zu. Peter war schon wieder an der Tür. Elinor folgte ihm. Sie begannen auf der oberen Etage. Peter nahm jeweils zwei große und zwei kleine Handtücher vom Servierwagen, und Elinor breitete ein großes auf dem Bett aus, hängte das Zweite und die beiden kleineren ins Bad. Während der Arbeit versuchte Elinor, Peter in ein Gespräch zu verwickeln. Peter gab sich mürrisch. Er klagte über Kopfschmerzen.

„Dann geh doch kurz in die Sauna", sagte Elinor. „Ich mach das schon hier." Peter hob fragend die Augenbrauen.

Jochen Schiller hatte seinen Privatwagen in einer Seitenstraße geparkt und wartete auf den vereinbarten Anruf. Er kam um 22.10 Uhr. Obwohl eine unverfängliche Durchsage vereinbart worden war, drückte er auf die Taste *Sprachverschleierung* an seinem Handapparat.

„Hey, bist du schon unterwegs?"

„Hallo, Schatz", sagte Schiller. „Ich bin gerade aus München los. Machst du pünktlich Schluss?"

„Ja, es sieht gut aus." Das war die entscheidende Meldung.

„Okay", sagte Schiller. „Ich fahr dann direkt zu dir. Schön, dass ich dich höre."

„Ich freu mich auf dich", sagte Elinor.

„Ich freu mich auch", sagte Schiller. „Mein Bruder lässt dich grüßen."

„Danke. Bis später dann."

„Ich beeile mich. Tschau." Schiller wartete noch einen Moment, bevor er Broszinski im Präsidium anwählte.

„Leise rieselt der Schnee", sagte er und klickte sich aus. Dann startete er seinen Wagen und fuhr ihn bis zur Kreuzung vor. Es dauerte nicht lange, bis die beiden Fords vor dem *Bonnie* hielten. Aus dem Ersten stiegen Broszinski und Schulze, aus dem Zweiten zwei Kollegen vom Rauschgiftdezernat. Schiller sah, wie die Gruppe über den Hof zum Eingang ging. Die Beamten würden den Barmann Peter filzen und im Umschlag seiner Hose das Kokainbriefchen finden. Schiller presste die Lippen aufeinander und nickte bitter.

Als Peter abgeführt worden war, übernahm Heinz die Bar. Einige Gäste hatten die Aktion der Beamten mitbekommen und waren im Umkleideraum verschwunden.

„Scheiß Bullen", fluchte Heinz und schenkte sich ein Bier ein. „Das wird Emma schmecken. Aber ich hab immer schon gesagt, dieser Peter ist nicht ganz sauber."

Die drei Japaner grinsten einfältig. Sie begriffen offensichtlich nicht, was vor wenigen Minuten hier über die Bühne gegangen war. Michele zuckte die Achseln und pickte sich einen von ihnen heraus. Es gelang ihr, ihn von seinen Begleitern loszueisen. Tortenzahn pirschte sich heran. Das Geschäft lief weiter. Elinor ließ sich von Heinz eine Cola geben.

„Koks und auf eure Ärsche scharf", sagte Heinz. „Das hat's nie hier gegeben. Ich hab mir noch nie eine von euch gegriffen."

„Peter war ein Netter", meinte Elinor leichthin.

„Hast du dich auch für ihn breit gemacht? Lass den Scheiß. Ihr Hühner seid für die Gäste da und für niemanden sonst." Er wollte noch mehr sagen. Das Telefon unterbrach ihn.

„Ja?", blaffte er in der Hörer. Elinor stieg vom Hocker und nahm ihr Glas.

Klinger starrte während des Telefonats auf seinen Bildschirm. Er hatte *Bonnie* eingegeben und rief die Frauen ab, die er sich bisher hatte kommen lassen. Unter Michele war der größte Textblock. Er bedauerte, dass sie wieder mal nicht frei war. Er brauchte sie. Ein paar Informationen fehlten ihm noch. Michele war die einzige, die unbekümmert über ihre anderen Kunden geplaudert hatte.

Die Frau empfahl ihm eine Neue.

„Sehr groß und schlank, der sportliche Typ, dunkles Haar."

„Sie kennen meine Vorlieben", unterbrach er sie.

„Waren Sie das letzte Mal nicht zufrieden?"

„Nicht so ganz."

„Das tut mir leid. Entschuldigen Sie bitte. Ich frage vorsichtshalber nach." Klinger angelte sich eine Zigarette aus der Packung und lehnte sich zurück. Aus seinem *Commander* ertönte wieder die Stimme der Frau.

„Ich denke, Sie werden mit Elinor sehr gut bedient sein. Sie kann in zwanzig Minuten bei Ihnen sein."

„Gut. Ich möchte mich aber heute zeitlich nicht festlegen."

„Selbstverständlich. Ich sage ihr, dass sie sich melden soll, wenn Sie es für richtig halten."

„Ja, danke." Er beendete und stand auf.

Die Frau, die pünktlich zur angegebenen Zeit vor seiner Tür stand, faszinierte ihn auf den ersten Blick. Er bat sie in das große Zimmer und bot ihr etwas zu trinken an. Sie wollte einen Scotch. Er goss sich auch einen ein und sie stießen an. Klinger trank einen großen Schluck und räusperte sich dann.

„Sie sind neu, wurde mir gesagt."

„Du bist der Erste außer Haus. Ich muss Bescheid sagen, dass ich jetzt hier bin. Die Uhr läuft. Du kennst die Preise?"

„Ja, ja, ich weiß. Der Apparat ist nebenan." Elinor stellte ihr Glas ab.

„Warten Sie", sagte Klinger. „Ich stelle Ihnen die Verbindung her." Er ging vor und aktivierte mit einem Tastendruck den *Commander.*

„*Bonnie*", sagte er, und Elinor beugte sich interessiert über die Anlage. Sie hatte wirklich eine phantastische Figur. „Wählt auf Zuruf", erklärte er. „Sehr praktisch bei der Arbeit."

„Und was arbeitest du?"

„Moment." Das *Bonnie* hatte sich gemeldet.

„Ich bin im Haus", sagte Elinor. Klinger setzte sich neben sie an den Schreibtisch. Er verschränkte die Hände hinter dem Kopf, ließ den Blick nicht von ihr. Elinor lächelte. Die Frau im *Bonnie* bestätigte und Elinor trat nun dicht an Klinger heran.

„Also?"

„Also was?"

„Willst du mir nicht was von dir erzählen?"

„Machen Sie das wirklich erst seit kurzem?", fragte Klinger.

„Ja", sagte Elinor. „Aber das, was du willst, ist genau mein Ding."

„Kein Spruch?"

„Nein, ich werde dabei auch scharf. Sollen wir?"

„Sind Sie Studentin?"

„Nein", lachte Elinor. „Das hab ich hinter mir. Ist das jetzt dein Einstieg?"

„Was haben Sie denn studiert?"

„Englisch und Geografie. Soll ich dir erzählen, was mir während einer Vorlesung passiert ist?"

„Ja, bitte", sagte Klinger, und Elinor strich sich leicht über die Schenkel. Sie schloss die Augen und tat, als versetze sie sich in die damalige Situation.

„Es war kurz vor der Sommerpause", begann sie. „Es war ein heißer Tag, ja, und ich hatte nur ein dünnes Kleid an und darunter diesen Minislip, du weißt schon, nur so ein winziger Fetzen, aber sonst – man konnte alles sehen, meinen Arsch, meine Titten, die Nippel. Ich war selbst geil auf mich."

„Sehr gut", sagte Klinger leise. „Weiter bitte."

Broszinski hatte Höfener bisher nie gesehen. Er musterte ihn. Höfener saß ihm gegenüber am Schreibtisch und rieb sich die Handgelenke.

„Es war richtig, dass ihr mich da rausgeholt habt", sagte er. „Der Laden ist tot, da läuft nichts mehr."

„Ja", sagte Broszinski. „Sie wissen wahrscheinlich, dass wir in der Leitung sind. Glaubst du, dass sie auch bei dir was geschnallt haben?"

„Ich hatte nie Gelegenheit, allein in seinem Büro zu sein."

„Na ja. Irgendwann nagele ich ihn schon fest. Du musst einige Wochen in den Knast."

„Logo", sagte Höfener. „Habt ihr schon jemanden ausgeguckt, zu dem ich Verbindung aufnehmen soll?"

„Bimbo Erwin sitzt, und der Prager Schinken." Höfener lachte.

„Die fette Sau hat bei Emma ausgeschissen."

„Das ist nur gut. Versuchs halt mal." Höfener fischte sein Zigarettenpäckchen aus der Brusttasche und klopfte sich eine heraus.

„Sag mal, wer hat mir eigentlich den Stoff untergeschoben? Darf man das wissen?"

„Wir haben eine alte Bekannte geweckt."

„Verstehe." Höfener blies den Rauch zur Decke. Broszinski holte seinen Zigarillostummel hervor und klemmte ihn sich zwischen die Lippen. Eine Zeit lang sagte niemand etwas. Broszinski fragte sich, ob Höfener ahnte, dass er endgültig raus war. Anzumerken war ihm nichts. Broszinski ging zum Fenster. Es war eine Vollmondnacht. Der Himmel war klar. In der Scheibe spiegelte sich sein Gesicht. Es war hart. Stobbe, dachte er. Wie viele unserer Männer hast du noch auf deiner Seite? Womit köderst du sie? Wie machst du sie fest? Broszinski hoffte, dass Schiller etwas fand. Schiller war jetzt in Höfeners Wohnung. Wir kriegen Kollegen zu fassen, dachte Broszinski, und immer noch nicht ihn. Scheiße, eine verfluchte Scheiße ist das. Für Sekunden war er versucht, Höfener anzuschreien, aus ihm raus zu prügeln, warum, warum er abgesprungen war.

Es war gegen drei Uhr morgens, als Elinor sich von Klinger aus mit der Taxe zu Broszinskis Wohnung fahren ließ. Sie war hellwach. Broszinski war noch nicht zu Bett gegangen.

„Michele, wisst ihr, dass Michele Stobbes Trumpfkarte ist?", sprudelte sie heraus. „Michele, mit richtigem Namen Michaela Ordy."

„Ordy?"

„Ja, ich hab's gerade von einem Kunden gehört. Was heißt gehört, ich hab's gesehen. Du, das war Wahnsinn, der Typ ist ein Verrückter, du glaubst gar nicht, in was der sich reingeschafft hat."

„Ordy", wiederholte Broszinski. „Ich kenne nur eine Ordy, und die ist vor ungefähr zwei Jahren tödlich verunglückt. Irene Ordy, die Rechtsanwältin."

„Michaela ist ihre uneheliche Tochter. Sie hat sie auf Ibiza geboren, 1956. Sie war das ganze Jahr über in Stobbes Haus." Broszinski erinnerte sich dunkel. Elinor redete weiter. Von Klinger und dessen Vermutung, wer Michaelas Vater sei. Sie nannte den Namen. „Er soll kurze Zeit ihr Stammgast gewesen sein. Ihr leiblicher Vater hat es mit ihr getrieben, und damit hat Stobbe ihn in der Hand." Broszinski sah sie ungläubig an.

„Darum passiert Klingers Meinung nach nichts", schloss Elinor. Sie ließ sich erschöpft zurückfallen. Broszinski stand auf. Er merkte, dass er am ganzen Körper bebte. Wenn es stimmte, was Klinger heraus gefunden zu haben glaubte, war wirklich alles klar. Nahtlos fügten sich plötzlich entscheidende Teile zusammen.

„Okay", sagte er. „Okay. Ich check das durch. Hat er dir das einfach so erzählt?"

„Nein, aber darüber will ich jetzt nicht sprechen." Broszinski sah Elinor lange an. Sie hielt seinem Blick stand. „Wirklich nicht", sagte sie. „Braucht ihr mich noch im *Bonnie*?"

„Nein. Dein Lover?"

„Ja, ich hab ihn seitdem nicht mehr gehabt."

Drei Tage später rief Broszinski Elinor an. Sie war außer Atem, und er fragte sie, ob er störe.

„Nein", sagte sie. „Ist er es?"

„Er kann es sein. Die Ordy hat seinerzeit in seiner Kanzlei gearbeitet. Er hat ihr auch ermöglicht, sich selbständig zu machen. Es gibt Gerüchte, dass zwischen ihnen was war, ja."

„An Gerüchten ist immer etwas."

„Ja, aber sie bieten keine Handhabe. Michele oder Michaela

soll jedenfalls keine Ahnung haben, wer ihr Vater ist, heißt es."

„Aber Stobbe weiß es." Broszinski hörte, dass jemand in Elinors Wohnung war.

„Du bist nicht allein", sagte er.

„Nein", sagte sie. Sie sagte es zu dem, der bei ihr war. Und der antwortete. Broszinski vernahm deutlich seine Stimme und es überlief ihn kalt. Es war der Mann, der im *Bonnie* gewesen war. Der seinen Namen genannt hatte.

„Elinor!", schrie er. „Halt deinen Typ fest! Elinor!"

„Was schreist du so? Was ist?"

„Elinor, den Namen, den Namen von dem Typ! – Schiller, einen Wagen in die Grindelallee! Zu Elinor! Los, los! Schnell!" Die Verbindung zu Elinor brach abrupt ab. Broszinski warf den Hörer auf die Gabel. Schiller stürmte schon aus dem Büro.

Gottfried Klinger ließ Broszinski nur widerstrebend eintreten. Broszinski kam ohne Umschweife zur Sache.

„Sie haben vor einigen Tagen eine Frau aus dem *Bonnie* angefordert. Elinor. Sie ist heute Vormittag ermordet worden. Ich denke, Sie können mir den Namen des Mörders nennen. Die Fingerabdrücke, die wir gefunden haben, sind nicht in unserer Kartei."

Klinger schluckte.

„Elinor?"

„Ja. Sie hat für uns gearbeitet. Sie hat mir erzählt, womit Sie sich beschäftigen. Lassen Sie die Finger davon. Auch wenn Sie mit allem richtig liegen – Sie haben keine Chance."

„Elinor, sie hat …"

„Sie hat sich einen Typ aufgegabelt, der … Scheiße, reden wir nicht drum herum. Sie hat Sie mit den Spielchen aufgegeilt, die er mit ihr getrieben hat."

„Das ist … entschuldigen Sie, ich …"

„Verdammt! Elinor hat uns geholfen! Sie ist an einen von denen geraten und hat Ihnen, Ihnen auch den Namen dieses Dreckskerls genannt."

„Sie hat … Fred“, sagte Klinger leise. „Sie hat von einem Fred erzählt, von einem Sommertag. Sie sagen, dass …?“

„Er ist aus Stobbes Umfeld. Einer, der bisher sauber geblieben ist. Er hat Elinor getötet, als sie Stobbe erwähnte. Er war in ihrer Wohnung, als ich mit ihr telefonierte. Über das, was Sie … zeigen Sie mir, was Sie haben!“

Klinger nickte. Mit müden Schritten ging er voran in sein Arbeitszimmer und schaltete den *Mac* an. Broszinski zog sich einen Stuhl heran und setzte sich neben ihn.

Klinger startete das Programm. Wortlos klickte er in der Menüleiste *Suchen* an und tippte *Fred* in das Feld.

Der Juniorchef des alteingesessenen Speditionsunternehmens Düsterloh, Fred Düsterloh, wurde noch am gleichen Tag verhaftet. Das Verhör ging über Stunden. Fred Düsterloh gestand zwar den Mord an Elinor – er bezeichnete es als Totschlag im Affekt –, wollte aber nie im *Bonnie* gewesen sein und erst recht nicht von Werner „Emma“ Stobbe wissen.

Auf Klingers Bildschirm war Freds Name nur einmal aufgetaucht. Klinger hatte die Gästeliste eines Senatsempfang eingegeben. Unter den Geladenen waren sowohl Stobbe wie auch Fred Düsterloh gewesen. Und natürlich der Senator, den Klinger in Verdacht hatte, Michaelas leiblicher Vater zu sein.

Spät in der Nacht ließ sich Broszinski von Schiller nach Hause fahren. Bevor er ausstieg, bat er Schiller um eine Zigarette.

„Bist du soweit runter?“, fragte Schiller.

„Ja“, sagte Broszinski. „Ziemlich tief.“

„Elinor?“

„Alles. Der ganze Sumpf, der ganze Dreck. Umgedrehte Kollegen, ein abgewichster Jungunternehmer und …“

„Den Laden durchkämmen wir.“

„Finden werden wir nichts. Das weiß ich schon jetzt. Es ist zum Kotzen. Die Verbindungen reichen bis nach ganz oben, auch bis zu unserem Chef. Und wenn du dir das vor Augen hältst – keine Chance."

„Abwarten", sagte Schiller. „Nächsten Monat kommt ein Neuer zu uns – Fedder. Ich hab gehört, er hat Biss."

Broszinski zuckte die Achseln. Er war müde, unsäglich müde.

Editorische Notiz

Letzte Station vor Einbruch der Dunkelheit
Erstausgabe Reinbek, 1990.
Schnelles Geld
Erstausgabe der überarbeiteten und ergänzten Neuausgabe Reinbek, 1992.
Verrückte Schritte
Erstveröffentlichung
Keine Chance
Erstausgabe Stuttgart, 1997

Alle Texte wurden für diese Ausgabe neu durchgesehen.

Wir danken für die Förderung dieses Projektes
der Kunststiftung NRW.

KUNSTSTIFTUNG ➲ NRW

Von Frank Göhre liegen zudem im Pendragon Verlag die Krimis „Zappas letzter Hit“ sowie „St. Pauli Nacht“ (mit dem Kinofilm als DVD) vor.

Unsere Bücher im Internet:
www.pendragon.de

Originalausgabe
Veröffentlicht im Pendragon Verlag
Günther Butkus, Bielefeld 2008

Lektorat: Günther Butkus, Markus Eberwein
Umschlag: Michael Baltus
Foto: Uta Zeissler (www.muito.de)
Satz: Pendragon Verlag auf Macintosh
Gesetzt aus der Adobe Garamond
ISBN 978-3-86532-993-6
Printed in Germany

ZAPPAS LETZTER HIT
von Frank Göhre

2. Auflage
240 Seiten, Paperback, Euro 9,90
ISBN 978-3-86532-050-3

Der St. Pauli Killer „Zappa" hat seine Frau und sich in der Haftzelle getötet. Die spektakuläre Tat ist längst Geschichte. Doch Zappas Tochter kann das damalige Geschehen nicht vergessen. Sie glaubt, dass ihr Vater Opfer eines Verrats geworden ist. Sie will ihn rächen.

„Zappa", ein berüchtigter Auftragskiller (Hitman), wusste wesentlich mehr, als er ausgesagt hat. Dieses Wissen wird zu seinem letzten Hit – die Spur führt zu den wahren Tätern. Aber sie sind nicht die Einzigen, die im expandierenden Hamburg in die Enge getrieben und ausgeschaltet werden sollen.

„Frank Göhre setzt gekonnt seine Trilogie über den Hamburger Kiez fort. Formal ungewöhnlich verknüpft er Lokalkolorit und Zeitgeschehen mit der Krimihandlung."

WELT AM SONNTAG

Frank Göhre

MO

Der Lebensroman des Friedrich Glauser

Originalausgabe, ISBN 978-3-86532-085-8
256 Seiten, Festeinband, Euro 19,90

Friedrich Glauser gilt als Vater der deutschsprachigen Kriminalliteratur.

„Mo – Der Lebensroman des Friedrich Glauser“ ist eine literarische Annäherung an diese „Vatergestalt“. Glauser war seit früher Jugend süchtig. Zeitlebens war er vom Morphium beherrscht, vom „Mo“, wie er es nannte. Von seinen 42 Lebensjahren verbrachte er über acht Jahre in Irrenhäusern und psychiatrischen Anstalten. Dort schrieb er seine ersten Romane um den „Wachtmeister Studer“.

Frank Göhre zeichnet das Bild eines in sich Verstrickten, eines Umtriebigen, spürt den Möglichkeiten und Wirklichkeiten eines gelebten Lebens nach, sieht in Glauser einen Zeitgenossen. Das Faktische der Biografie öffnet sich der Fiktion und umgekehrt, wird zu einer Variation, zum Roman einer Lebensgeschichte voller Brüche und Lücken.

DER SCHATTEN DES GELDES

von Stefan Naglis

Ein Zürich - Krimi

152 Seiten, Paperback, Euro 9,90 / ISBN 978-3-86532-062-9

In einem Auto wird die Leiche eines Mannes gefunden. Alle Indizien deuten auf Selbstmord. Doch dann stößt Marc Steiner von der Kripo der Kantonspolizei Zürich auf einige Widersprüche. Der Tote arbeitete als Informatiker bei einer Schweizer Großbank. In seiner privaten Mailbox findet man Aufstellungen über Nummernkonten und große Geldbeträge. War er etwa illegalen Bankgeschäften auf die Spur gekommen? Marc Steiner ermittelt zusammen mit seiner neuen Dienstkollegin Lara Binelli und sie entdecken Spuren, die zu einem Auftragskiller und zur russischen Mafia führen.Eine spannende Geschichte um eine Geldwäscheaffäre, die das Ermittlerduo bis in die oberste Chefetage einer Schweizer Bank führt.

„Der kompetent und gut recherchierter Thriller entwickelt sich ungestüm in Richtung eiskalter Russenmafia und Geldwäscherei.“

NEUE ZÜRCHER ZEITUNG